ADULTÉRIO
PARA INICIANTES

SARAH DUNCAN

ADULTÉRIO
PARA INICIANTES

Tradução de
VALÉRIA RODRIGUES

EDITORA RECORD
RIO DE JANEIRO • SÃO PAULO

2007

CIP-Brasil. Catalogação-na-fonte
Sindicato Nacional dos Editores de Livros, RJ.

Duncan, Sarah
D932a   Adultério para iniciantes / Sarah Duncan; tradução
Valéria Rodrigues. – Rio de Janeiro: Record, 2007.

Tradução de: Adultery for beginners
ISBN 978-85-01-07425-6

1. Adultério – Ficção. 2. Ficção inglesa. I. Rodrigues,
Valéria. II. Título.

                        CDD – 823
06-4360   CDU – 821.111-3

Título original inglês:
ADULTERY FOR BEGINNERS

Copyright © 2004 by Sarah Duncan

Publicado originalmente por Hodder & Stoughton, Londres, Reino Unido.

Todos os direitos reservados. Proibida a reprodução, no todo ou em parte,
através de quaisquer meios.

Arte-final de capa: Rafael Nobre

Direitos exclusivos de publicação em língua portuguesa somente para o
Brasil adquiridos pela
EDITORA RECORD LTDA.
Rua Argentina 171 – Rio de Janeiro, RJ – 20921-380 – Tel.: 2585-2000
que se reserva a propriedade literária desta tradução

Impresso no Brasil

ISBN 978-85-01-07425-6

PEDIDOS PELO REEMBOLSO POSTAL
Caixa Postal 23.052
Rio de Janeiro, RJ – 20922-970

EDITORA AFILIADA

*Para minha Isabel.
Com amor e desculpas por não ter
encontrado outro nome.*

AGRADECIMENTOS

Este livro não teria sido escrito sem o apoio maravilhoso de meus amigos de letras: Rachel Bentham, Sue Swingler, Linnet van Tinteren, Lesley Sylvester, Linda Ewles, Kate Page, Jane Riekemann, Nancy Kinnison, Sarah Stone, Sue LeBlond, Beverley Grey, Geraldine Lindley e Maria Thomas. Jane Riekemann e minha irmã, Annie Love, forneceram informação sobre como vivem os expatriados. Agradeço também à minha agente, Lavinia Trevor, e à minha editora, Mari Evans, por me adotarem, e à Romantic Novelists' Association pela ajuda e incentivo. Finalmente, obrigada a Jannina Henderson e Jago por tolerarem o fato de eu ter sido extremamente enfadonha por mais de seis quilômetros toda manhã.

1

Droga, pensou Isabel, sentindo um pingo frio grudado à parte interna das coxas. Neil havia desabado sobre ela, como se o esforço tivesse lhe causado um infarto. Os movimentos de inspiração e expiração pareciam ter lhe roubado todo o ar. Talvez não estivesse respirando. O corpo, peludo, suado, ainda amassado pelo sono, afundava o dela. Isabel sentia braços e pernas esmagados sob o peso de Neil, tão achatada como se fora uma mulher feita de biscoito. Os lenços estavam fora de alcance, supondo que ainda houvesse algum na caixa. Droga, droga, droga, pensou ela. Ontem mesmo troquei a roupa de cama. Neil se mexeu um pouco e aninhou-se no pescoço dela. Ainda não estava morto. Empurrou-o sem muita força.

— Você está pesado.

— Desculpe. — Neil fez o corpo rolar e se afastou. Sua pele descolou-se de Isabel. Ergueu-se da cama e caminhou trôpego para o banheiro, bocejando e coçando o peito num gesto automático. Isabel continuou comprimida sob o edredom, ouvindo o som da água no cômodo ao lado e o cantarolar de Neil, que parecia estar se batendo. O que ele estaria fazendo? E por que provocava tanto barulho? Ela já tinha aprendido que as paredes na nova casa eram muito finas, mas o comportamento de Neil em nada havia mudado.

Os lençóis estavam frios e úmidos embaixo do corpo de Isabel. Tarde demais para fazer alguma coisa a respeito. Segundo o jornal de domingo, pensou, estou no meu apogeu sexual. Os homens chegam ao auge aos 18 anos, as mulheres, aos 36. Trinta e seis anos. Isso fazia com que parecesse terrivelmente velha.

Neil retornou, cantando baixinho, aparentemente sem se incomodar com a barriga saliente sob a toalha amarrada em torno do quadril, e começou a se vestir. Era um homem grande, ombros largos cujas poucas sardas tinham quase desaparecido após tanto tempo sem exposição ao sol forte. Ela percebeu que a pele dele, geralmente lisa e saudável, estava flácida. Dois meses a portas fechadas, trabalhando no escritório, dois meses sem se bronzear. Aquele tinha sido um verão terrível.

O edredom estava fofo, dando a impressão desconcertante de que o corpo dela havia sumido. Isabel tirou os braços para fora do tecido e os esticou junto ao corpo, de modo que a coberta ficou retesada por cima do peito, definindo sua silhueta. Durante todos os anos vividos no exterior, tinha dormido com uma camiseta larga de algodão, mas estar de volta ao úmido verão inglês exigia algo mais quente. Com vistas ao inverno, cogitara comprar um pijama de flanela para se proteger da cabeça aos pés, mas optou por uma camisola comprida. Bonita, embora não exatamente sexy. Neil não pareceu se importar.

— Talvez no jornal de hoje haja um emprego maravilhoso para mim — disse Isabel, animada. — As pessoas estão voltando das férias, resolvendo mudar de emprego ou tentando uma promoção.

— O quê? — Neil vasculhava as gavetas da cômoda.

— O problema é que exigem experiência e qualificação. Não tenho nenhuma das duas. — Notou que ele não estava prestando atenção, preocupado em procurar buracos nas meias que, em suas mãos, lembravam fantoches de pano.

— Eu quero um emprego — disse Isabel numa voz meio

estridente, mexendo os dedos como se estivessem enfiados em meias e pudessem falar. Neil olhou para ela, inexpressivo.

Ela deixou as mãos caírem na cama.

— Não as recoloque na gaveta se estiverem furadas. Jogue-as em cima da cama.

Neil lhe lançou um olhar que dizia: Poderia jogar fora todas essas porcarias de uma vez.

— Vou comprar meias novas para você hoje. — Em algum momento, sua vida de compras e sexo gostoso tinha se transformado numa existência de reposição de meias e bimbadinhas. As atividades ainda eram as mesmas, mas mudara a maneira como as encarava. Neil encontrou um par em condições de uso e sentou-se na beira da cama para calçá-lo.

— Você sabe que não precisa trabalhar. Temos como nos sustentar.

— Só porque alugamos a casa de papai. E não se trata somente de dinheiro. — Ela desviou a vista para o teto, olhos semicerrados. — Quero algo mais, eu acho.

— Mais. — Ele revirou os olhos. — Como o quê? O que você poderia fazer?

Neil não queria que a frase soasse tão mal, pensou Isabel, enquanto ocupava os dedos fazendo dobras no edredom. O que ela poderia fazer? Tinha sido rejeitada nos poucos lugares aos quais havia se candidatado, sequer tinha sido chamada para entrevistas. — Algo num escritório. Arquivo?

— Querida, é fácil perceber que há anos você não pisa num escritório. Não existem mais arquivos, está tudo no computador. Melhor esquecer essa idéia. — E deu um tapinha nos pés dela. — Se você quer arquivar, pode me ajudar. Deus sabe o quanto preciso de auxílio com a papelada.

— Não quero exatamente trabalhar arquivando. É que, eu gostaria... — Frases desconexas zumbiam na cabeça de Isabel.

Eu quero fazer algo, quero ser diferente, quero ser... quero... quero... Mas as palavras que saíram de sua boca foram:

— Trabalhar não me impediria de lhe ajudar. Eu poderia assumir todo o serviço doméstico. Pagar as contas, manter as despesas em dia, esse tipo de coisa.

— Se eu deixasse por sua conta, o telefone já estaria cortado. — Ele parara com as calças ainda nos joelhos, e ria. — Você se lembra da época em que morava em apartamento, a luz foi cortada e você precisou convencer o homem a voltar e refazer a ligação, caso contrário não poderia receber os convidados para o jantar? — A voz de Neil era divertida, indulgente. Isabel sentia-se mortificada.

— Mas isso foi há anos. E só aconteceu uma vez.

Ele deu de ombros e se afastou.

— Depois disso fomos morar fora.

Isabel brincava com um fio de cabelo escuro.

— Você disse que queria ajuda. — Isabel percebeu que sua voz soara infantil e amuada, e muito mais se comparada ao tom firme de Neil.

— Não, agradeço a gentileza em me oferecer ajuda, mas é melhor não.

Com o dedo indicador, Isabel acompanhou o desenho do edredom. Já era tempo de parar de roer as unhas. Dizem que as pessoas conseguem se livrar do hábito, mas não havia acontecido com ela, ainda. A camisola estava amarfanhada nas costas. Ela mudou de posição na cama. Neil estava escolhendo uma camisa que ela, por acaso, passara no dia anterior enquanto ouvia o programa *Woman's Hour*, sonhando acordada em ser entrevistada por Jenni Murray como a mulher que tinha algo a dizer.

Neil cantarolava e abotoava a camisa. O bigode escondia o lábio superior, fazia da boca um segredo. Ele segurou duas gravatas contra o peito e olhou para Isabel, sobrancelhas levantadas, inquirindo. Fazia isso todas as manhãs. Ela se sentia exausta, braço erguido para apontar.

— A da esquerda — disse, sem olhar. — Por que você não tira o bigode?

Ele a fitou, surpreso.

— Por quê? — repetiu ele, se concentrando no laço da gravata.

— Não sei. Para mudar? Ficar diferente?

— Beijar um homem sem bigode é como comer ovos cozidos sem sal.

Ela franziu o nariz, tentando lembrar-se de quando fora a última vez em que beijara um homem sem bigode.

— E como você sabe disso?

Ele novamente deu de ombros.

— Era o que minha avó costumava dizer.

— Essa não é uma boa explicação.

Neil beijou-lhe a testa.

— Melhor eu ir logo. Quer que eu lhe traga uma xícara de chá? — Ele verificou as horas. Ela imaginou o que ele faria se a resposta fosse sim. Mas dizer sim seria contrariar as regras do jogo.

— Não, obrigada. Vou me levantar em um minuto. E você não pode perder o trem.

— Até logo.

— Na hora de sempre?

— Na hora de sempre.

Isabel deitou-se na cama, imóvel. Era curioso terem estabelecido tão rapidamente o que passou a ser chamado "hora de sempre". Haviam atravessado mais de três mil quilômetros, se mudado para um outro país, e ainda assim, em poucos meses, já tinham criado padrões aos quais se prendiam. Mas a Inglaterra não era um país estranho para eles. Era a casa deles, seu lar. Então por que se sentia deslocada? Estava encalhada numa terra de ninguém, tendo de um lado a clausura e os privilégios da vida de expatriada, dos quais se desligara há pouco; de outro, as demandas de uma Inglaterra meio desconhecida e esquisita. Em 18 anos de ausência, sua terra natal tinha se transformado num lugar inóspito e moderno.

Virou-se para ver o relógio da mesa-de-cabeceira. Ainda dispunha de cinco minutos antes de precisar se levantar. Às vezes, ficava deitada até ouvir Neil bater a porta da frente, mas hoje estava inquieta e balançava as pernas na beira da cama. Mais cinco minutos. O que os artigos das revistas sempre falavam a respeito? Levante cinco minutos mais cedo todos os dias e faça exercícios, escreva um poema ou dedique-se a respirar profundamente para liberar o estresse. Respirar parecia a opção mais fácil. Inalou o ar com força, sentindo-o passar pelas narinas, a caixa torácica se expandir, prendendo a respiração — dois, três, quatro — e depois relaxando, expirando pela boca num sopro suave. Era isso — alguma coisa ela podia fazer.

Então lembrou-se. Naquela manhã, na escola, haveria um café-da-manhã para os familiares de alunos novatos. Uma chance para conhecer outras mães, informava o comunicado. Isabel mordeu os lábios. Acostumara-se a cafés-da-manhã para conhecer expatriadas recém-chegadas; pessoas novas estavam sempre tentando se enturmar. Não tinha motivos para ficar nervosa, mas sabia que ficaria. Por fora, um certo ar esnobe; por dentro, contorcendo-se de tanto embaraço. Elas não vão me comer, disse para si mesma, levantando-se e espreguiçando-se. Com os dois minutos e 37 segundos extras que lhe restavam, lavaria o cabelo em honra daquelas mães de calouros que estava prestes a conhecer.

Isabel afundou o pé no freio para não bater no carro da frente. Esquecera que não dirigia seu velho automático. Parou. Estava numa fila de veículos a caminho da escola, em meio a motoristas ocupados em manobras ou arrancadas desatentas. Era como se cada pai ou mãe de Milbridge tivesse escolhido 8h46 como o horário ideal para deixar as crianças na escola no primeiro dia de aula. Os alunos andavam com dificuldade, carregando o peso das mochilas, enquanto bolsas com apetrechos esportivos eram arrastadas pelo chão, no qual chuteiras amarradas pelos cordões deixavam rastros. Vendo-os cruzar o portão do colégio, Isabel pensou que pareciam refugiados.

— Olhos bem abertos à procura de uma vaga para estacionar — disse às crianças, que não responderam. Michael lia uma enciclopédia sobre pesca e Katie desenhava carinhas no vidro da janela lateral. Isabel sacudiu o cabelo na frente do aquecedor, lamentando tê-lo lavado. Isso tinha-lhes atrasado e o cabelo não secaria a tempo, mesmo que o aquecedor fosse ligado no máximo e o ar circulasse em temperatura digna de uma fornalha. O tal café-da-manhã para pais de novatos era logo após a entrada dos alunos. Mal podia conter tanta ansiedade. Se mantivesse o aquecedor funcionando àquela temperatura, chegaria ao evento suada como uma porca. E já estava nervosa o bastante sem mais esse inconveniente. "Cavalos suam, cavalheiros transpiram e damas brilham suavemente", costumava dizer sua mãe. Nada de menção a porcos. Para não correr riscos, desligou o aquecedor.

Conseguiu encontrar uma vaga recém-desocupada por um pai — obviamente a oportunidade de conhecer gente nova em meio a goles de café não era algo atraente para todos — e, às pressas, fez as crianças descerem do carro e seguirem para o pátio. Uma placa grande apontando o caminho para "Café-da-Manhã de Pais Novatos" lhe causou contrações no estômago. Gostaria de ainda estar em jejum.

St. Joseph era uma pequena escola particular na periferia de Milbridge e costumava ser chamada de escola preparatória, como se dali os alunos fossem automaticamente transferidos para as escolas públicas mais importantes. A diretora tinha enumerado tanto as qualidades das instalações quanto as dos estudantes. "O pai daquele é um respeitado proprietário de terras; e aqui temos um dos refeitórios." O esnobismo da diretora quase levou Isabel a se decidir por outra escola. Neil dissera que estava exagerando. Ela sabia que seria duro para Michael e Katie se adaptarem à vida na Inglaterra e imaginava que turmas menores amenizariam o choque cultural. Pelo menos os professores pareciam normais, o que já era tranqüilizador: mulheres comportadas em casacos de lã. A futura professora de Katie lhe pareceu especialmente acolhedora e compreensiva. E Isabel gostava daquela atmosfera meio provinciana, dos espaços abertos, do fato de tudo parecer fora de moda. Nada era moderno; mesmo os poucos computadores eram obsoletos, com telas pequeninas em monitores enormes e teclados atarracados.

A escola funcionava numa casa vitoriana, junto a um cedro e ao gramado que se estendia até o campo de esportes. Quando visitara o local pela primeira vez, tudo parecera calmo em meio a um zumbido distante, como se cada sala de aula abrigasse uma colméia de abelhas diligentes. O sol batia no saguão de entrada, fazendo brilhar partículas de poeira e fotografias de glórias passadas — a equipe infantil de *netball** erguendo um grande troféu, a diretora exibindo a um infante da família real o cheque destinado a uma instituição de apoio à infância.

Ao entrar no prédio, logo percebeu que o saguão estava apinhado de mulheres falando o mais alto que podiam, cumprimentando-se, acenando, tagarelando sobre as férias. Uma delas levantou a saia para mostrar às outras um espetacular conjunto de

---

*Variação do basquete na qual os times são formados por sete jogadores. (N. da T.)

hematomas na coxa. Isabel podia ouvi-las rirem enquanto a narradora explicava como havia sido escoiceada por um cavalo. Segurou firme as mãos dos filhos e abriu caminho até as salas de aula.

Entregou primeiro Michael; ele era mais velho e parecia mais confiante com relação à nova escola. Demorou mais que o necessário na turma de Katie, receosa de deixá-la, receosa de ir embora, só o fazendo quando percebeu que não havia mais mães no local. Esperava ter oportunidade de se olhar em algum espelho e verificar como estava seu cabelo, mas ficou inibida de usar o banheiro das crianças.

Então seguiu as placas que indicavam o café-da-manhã e se viu no que antes havia sido um estábulo e agora era um ginásio com cordas para alpinismo e degraus junto às paredes. Vozes confiantes ecoavam pelo ambiente, eram rebatidas pelo teto alto e misturavam-se ao ruído de colheres e xícaras.

Hesitou, ainda na porta, não ousando entrar e encarar as mães. Não havia um só homem à vista, percebeu, e todas pareciam já se conhecerem. Algumas vestiam-se de maneira casual, outras usavam terninhos como se fossem para o trabalho. Isabel achou que estava vestida de modo muito vistoso, com cores berrantes para a luz suave de setembro. Sem pensar, levou as mãos aos brincos, comprados em um passeio a Dubai, contas beduínas brilhosas enfiadas em fios dourados que chacoalhavam levemente quando ela se movimentava. Tentou gravar na memória o lembrete de, para uma próxima vez, escolher uma roupa bege.

Olhou em volta procurando alguém com quem conversar e notou uma mulher sozinha, em pé, segurando uma xícara de café com o maior dos cuidados, como se um pouco menos de vigilância pudesse fazê-la cair. Isabel ficou impressionada em ver que a mulher tinha o rosto maquiado com capricho e havia feito escova no cabelo. O rosto era anguloso, como se tivesse sido desenhado com a ajuda de régua e esquadro; os dentes chamavam a atenção, principalmente o de ouro, e levaram Isabel a imaginar que poderia ser comida por eles. Mas a expressão da mulher parecia revelar que ela também se sentia deslocada. Então Isabel respirou fundo e foi até ela, torcendo para que a estranha não achasse seu cabelo muito esquisito.

— Oi — disse. — Você também é nova aqui?

A mulher inclinou a cabeça, concordando, e sorriu com delicadeza.

— Segundo ano. Millicent.

— Katie — disse Isabel. — Primeiro ano. E Michael, no quarto.

— Meu filho, Rufus, está no quarto ano. Não aqui, em outra escola.

Isabel esperou para ver se a mulher tinha mais alguma coisa para falar, mas ela apenas a fitava, como se brincasse de Seu Mestre Mandou, no qual Isabel tinha inexplicavelmente sido escolhida como mestre. Isabel passou a mão pelo cabelo, na esperança de acabar com qualquer traço de excesso de vitalidade.

— Acabamos de nos mudar — tentou prosseguir.

— De Londres? Também acabamos de nos mudar de lá. Seu marido usa o trem todos os dias?

— Não, quer dizer, sim. Desculpe, não estou sendo clara. Não nos mudamos de Londres, mas sim, ele vai para o trabalho de trem.

— De onde vocês vieram?

— De vários lugares: Síria, Arábia Saudita, Tailândia. Meu marido trabalha para uma grande empresa de engenharia, e temos ido para onde nos mandam, não importa a localização.

Houve mais uma pausa. Isabel percebeu que sua interlocutora, a despeito do penteado e da maquiagem, estava ainda mais nervosa que ela.

— Onde você morava em Londres?

— Twickenham.
— Estudei ali perto — disse Isabel.
— Richmond House?
— Você também estudou lá?
— Sim. Meu Deus, que coincidência. — As bochechas da mulher coraram. Parecia menos aflita por ter descoberto algo em comum com Isabel, que também se sentiu mais à vontade.
— Você não achava aquele lugar uma porcaria?
— Horrível. Quando você estudou lá? Eu saí em 1979.
— Saí em 1982. Duvido que você se lembre de mim. Meu nome de solteira era Isabel Cooper. Agora é Freeman.
— Helen Delapole antes, Weedon-Smith agora. — Helen sacudiu os ombros ossudos. — Que mundo pequeno!
Isabel estava prestes a perguntar a Helen onde sua família havia morado, mas foi interrompida por alguém que lhe colocou nas mãos uma xícara com um líquido marrom-escuro.
— Café? — indagou uma voz. Isabel se virou e viu uma mulher imponente vestindo suéter cor-de-rosa decorado com um rebanho de ovelhas, do tipo que vira as pessoas usarem à época em que deixara a Inglaterra, há 18 anos. Talvez houvesse uma loja em Milbridge vendendo roupas de antigamente.
— Obrigada pelo café — disse Isabel, conseguindo despejar metade no pires.
— Sou Mary Wright, presidente da Associação de Pais e Mestres. E você?
— Isabel Freeman — respondeu, resistindo ao impulso de recuar um ou dois passos. O rebanho de ovelhas estava disposto de maneira organizada em linhas brancas e felpudas do suéter, mirando na direção da axila direita de Mary, cujos seios eram ressaltados. Uma das ovelhas tinha uma expressão esquisita e era a única a olhar na direção contrária. Era assim que Isabel se sentia e foi isso que a fez desviar o olhar. — Sou nova aqui.

— Claro que é. Senão eu a conheceria. — Mary voltou-se para Helen que, obediente, declinou nome e sobrenome. Isabel tomou um gole do café amargo, instantâneo e com um pouquinho de leite.

— E onde vocês moram?

— Em Battleford — disse Helen, gaguejando levemente. — Acabamos de nos mudar.

— Ah, vocês devem ser os novos moradores da antiga casa dos Hurstbourne. — Helen concordou com um movimento de cabeça. — Um contador, creio que foi isso que Vicky disse. — Mary fez mais perguntas. Helen forneceu vários detalhes sobre o marido contador na City, a velha propriedade rural da família, o sobrenome duplo, o pônei mantido num cercado. Isabel imaginou que a diretora teria adorado Helen.

— Meu Clemmie estuda com sua filha. Você deve levá-la ao Clube do Pônei — disse Mary graciosamente e acrescentou: — Sou diretora do clube. — Surpresa, surpresa, pensou Isabel. Agora chegara a sua vez.

Ela sabia que a vida real não a faria marcar pontos no sistema de Mary, então disse:

— Vivemos em Old Palace, meus filhos chamam-se Raphael e Hermone, e meu marido é perito internacional em identificar e equacionar problemas quase insolúveis, especialmente em se tratando de dispositivos mecânicos. É uma versão engenheiro de Red Adair.*

— Mesmo? — Helen arregalou os olhos.

Isabel riu.

— Não, não mesmo. Vivemos numa casa nova, Neil é apenas um engenheiro comum e as crianças chamam-se Michael e

---

*Célebre bombeiro norte-americano especialista em acidentes envolvendo petróleo. (N. da T.)

Katie. Mas no que diz respeito a ser internacional, é verdade. Moramos em nove países diferentes desde que nos casamos.

— Que interessante! — disse Mary, que parecia não ter gostado da vida inventada de Isabel. — Foi um prazer conhecê-las. Espero vê-las em todos os eventos da Associação de Pais e Mestres. Tenho de circular mas, antes de ir, quero ter certeza de que receberão etiquetas — disse Mary. *Como assim?* pensou Isabel, já sentindo-se marcada com a frase "Não levar a sério". Mary vasculhava a massa de mulheres tagarelas.

— Ah, lá está ela. Justine! — chamou, acenando.

Uma mulher se espremia no meio da multidão. Suas mechas louras pareciam tão perfeitas quanto suas roupas, que conseguiam ser simultaneamente casuais e elegantes. Isabel sentiu-se desgrenhada e vestida de maneira vulgar, como um periquito na muda diante de um falcão peregrino.

— Justine, nenhuma delas tem etiqueta — disse Mary.

— Não se preocupe. Vou providenciar. — Não havia nada na voz ou na atitude de Justine sugerindo que suas palavras ou modos fossem impróprios, mas Mary lhe lançou um olhar cheio de desconfiança.

— Tenho de circular — repetiu e voltou para a multidão. As mulheres à frente lhe abriam o caminho como se fossem o mar Vermelho.

Justine deu um sorriso felino.

— Mary tem quatro filhos na escola, o que pode explicar por que age como se fosse a diretora. Vocês precisam saber que não são as únicas que ela trata com condescendência; ela faz isso com todas. — Justine puxou um rolo de etiquetas da bolsa. — Por favor, escrevam o nome de vocês, a série em que seus filhos estudam e colem as etiquetas. Assim poderão identificar outras mães cujos filhos estudam com os de vocês, e se apresentarem. — Justine destacou duas etiquetas e as entregou. — Têm caneta?

Helen começou a preencher a etiqueta enquanto Isabel examinava o fundo da bolsa.

— Acho que tenho — murmurou, apalpando a chave do carro, moedas soltas, batom e o que pareciam ser milhares de pedaços de papel.

— Pode deixar. Achei uma.

Isabel ajeitou a postura.

— Isabel Freeman — disse, observando Justine escrever com uma caneta esferográfica azul e elegante. — Mãe de Michael, quarto ano, e Katie, primeiro.

— Primeiro ano — repetiu Justine. — Tenho uma filha no primeiro ano. Rachel. Turma da professora Baker.

— A mesma de Katie, então.

— Ótimo. A turma estava cheia de meninos. Rachel vai adorar ter uma nova colega. Talvez você e sua filha pudessem nos fazer uma visita para o chá, qualquer dia, após as aulas. Se não estiverem muito ocupadas, é claro.

— Nós adoraríamos.

Justine entregou a Isabel um cartão de visitas.

— Aqui está. Meu telefone está na parte de baixo.

— Quanta elegância! — Isabel examinou o cartão. — É seu?

Justine disse que sim, com a cabeça.

— Consultora de vestuário, cores e imagem. — Isabel leu em voz alta. Eis por que Justine parecia tão perfeita. — Deve ser estranho estar em evidência o tempo todo — deixou escapar e, em seguida, corou com tamanha falta de tato. — Quero dizer, imagino que você se sinta sempre como se fosse uma propaganda de seu negócio.

Justine virou a cabeça para o lado.

— É verdade, mas uma vez que você sabe o que deve vestir, isso deixa de ser um problema. Tudo parece estar apropriado.

— Certamente isso funciona com você — disse Isabel, sabendo que, sem varinha de condão, jamais pareceria tão elegante quanto Justine. Para começar, seu cabelo estava horroroso. — Voltamos à Inglaterra durante o verão e ainda não me acostumei ao clima daqui. Estou sempre morrendo de frio ou de calor por ter vestido a roupa errada.

— Nem tudo se resume a cores. Posso organizar seu guarda-roupa e ajudá-la na compra de peças novas — disse Justine.

Isabel hesitou. A idéia de alguém revirando suas coisas a apavorava, muito embora pudesse ser útil. Parecia pessoal demais, parecia algo que a exporia excessivamente.

Justine tocou o braço de Isabel, de leve.

— Não se preocupe. Não vou pressioná-la a comprar roupas novas.

— Sempre desejei isto — disse Helen.

Justine entregou o cartão de visitas a Helen.

— Ligue para mim se quiser mais detalhes.

— Ligarei. Seria bom fazer uma limpeza no guarda-roupa. Ainda tenho muitas peças que usava para trabalhar antes de meus filhos nascerem.

— Você ainda trabalha? — perguntou Isabel, querendo mudar de assunto.

Helen se mostrou desalentada.

— Oh, não, as crianças já me ocupam o bastante.

— E quanto a você? — perguntou Justine a Isabel.

— É quase impossível uma estrangeira casada conseguir emprego. Mudamo-nos muitas vezes, e em vários países pelos quais passamos as mulheres não tinham permissão para trabalhar. Mas agora que nos restabelecemos na Inglaterra, vou procurar o que fazer.

— Que tipo de emprego?

— Não sei. Só cursei um pouco de TEFL.

— Teefele?
— Teaching English as a Foreign Language.* Estive em algumas escolas de idiomas, mas todas queriam novas qualificações; meu velho certificado TEFL não conta. A alternativa seria obter experiência em trabalhos informais, o que só poderia ser possível no próximo verão, e quero algo para já. Por isso não sei ao certo o que procurar. Qualquer coisa, acho, apenas para começar.
— Sabe digitar? — Isabel respondeu que sim e Justine prosseguiu. — Conheço uma pessoa que procura alguém para trabalhar em escritório, meio período. Ele me ofereceu o serviço mas, para ser franca, agora que estou novamente solteira, preciso trabalhar em horário integral.
— Meio expediente seria maravilhoso!
— Não deve ser nada muito excitante, apenas serviço rotineiro de escritório.
— Não, seria ótimo. — Isabel não se importava com o tipo de emprego. Sentia a adrenalina se misturar à cafeína e correr por suas veias. Teve de se controlar para interromper os saltinhos de alegria.
— Se me der seu telefone, descubro se a vaga ainda está disponível e, se estiver, peço a ele para entrar em contato com você. — E entregou a Isabel uma das etiquetas da Associação de Pais e Mestres.
Isabel começou a escrever seu telefone, mas precisou verificar no caderninho de endereços.
— É estúpido, mas ainda não sei o número de cor. — Pensou ter dado a impressão de ser meio desorganizada, então acrescentou rapidamente: — não costumo ter problemas para me lembrar das coisas.

---

*Curso para formação de professores de inglês. (N. *da T.*)

— Não se preocupe, ele é a pessoa mais desorganizada do mundo. Perto dele, qualquer um pode parecer um exemplo de eficiência. — Justine olhou-a longamente, como se refletisse. — Na verdade, é provável que não esteja lhe fazendo um favor — disse.

Isabel queria perguntar o que isso significava, mas se distraiu com a voz de Mary vinda do outro lado do ambiente, sobrepujando sem esforço o barulho das outras mulheres.

— Justine! Precisamos de etiquetas aqui, por favor.

Justine franziu o nariz.

— Tenho de ir e evitar um desastre. Ninguém deve ficar sem etiqueta, vocês sabem. — E tocou novamente o braço de Isabel. — Não vou esquecer do seu emprego.

Isabel a observou se espremer e abrir caminho entre a multidão, e depois voltou-se para Helen.

— Suponho que isso é o que chamam de rede de contatos — disse, com vontade de cantar. — Provavelmente não vai me levar a lugar nenhum mas...

— Nunca se sabe — disseram em uníssono, e o coração de Isabel bateu mais forte. Parecia ter encontrado uma amiga.

2

Isabel voltou do centro da cidade e lentamente descarregou as sacolas. Outras mulheres conseguiam fazer uma viagem de compras por semana, mas ela tinha de dar várias escapulidas ao mercado. Nem tanto porque a comida faltava e sim porque eram poucas as coisas que sabia cozinhar. E havia também o hábito luxuoso de estar acostumada a muitas opções. Podia comprar bulbos, excitada pela forma fálica, o aroma enganoso de anis, os benefícios à saúde mas, uma vez em casa, tudo isso ficaria esquecido, se estragando lentamente na prateleira de vegetais. Afinal, o que se faz com bulbo? As crianças não comeriam e Neil tinha feito careta e posto de lado no prato quando ela o preparara assado. Era como patins com asas: uma idéia soberba que na prática não funcionava.

Guardadas as compras, pensou que poderia comer algo, pois já chegara a hora do almoço. Era estranho cozinhar para apenas uma pessoa, após anos preparando refeições para Neil e os filhos. Agora, na maior parte das vezes, nem se incomodava em almoçar, só beliscava. Não valia a pena cozinhar somente para ela. Hoje o que realmente queria era um sanduíche com manteiga de amendoim, com pão branco e macio, mas se conformou com uma sopa instantânea de baixa caloria. Examinou a correspondência enquanto esperava a água da chaleira ferver. Neil dava uma olhada nas cartas antes de ir trabalhar e costumava levar as que lhe eram endereçadas para ler no trem. A Isabel cabiam os catálogos e as propagandas. Despejou a água quente na sopa em pó. Parecia light. Tinha gosto de light. Isso a faria parecer light? Com melancolia, lembrou-se do sanduíche besuntado de manteiga de amendoim. Como havia se comportado bem, tomando apenas a sopa, poderia se permitir um biscoito.

Escolheu uma das canetinhas vermelhas de Katie, verificou se a ponta não estava completamente seca e se sentou, carregando o jornal local. Caneta numa das mãos, biscoito na outra, foi até os classificados de empregos, que prometiam centenas de vagas. Empacotadores, vendedores, motoristas de caminhão-guindaste. Enfermeiros, soldadores, diretores para isso e aquilo. Treinadores. Conferencistas, especialistas em remoção de detritos. Tantos empregos, nada que ela pudesse fazer. Mastigou mais um biscoito, espalhando migalhas de chocolate sobre os anúncios. Nenhum deles parecia querer o que ela poderia oferecer. Todos queriam coisas diferentes — certificados cujas abreviaturas pareciam um emaranhado de consoantes e algarismos romanos. No mínimo dois anos de experiência em função administrativa.

Pegou outro biscoito e percebeu que já tinha comido metade de um pacote de *cookies* de chocolate. Muito pior que um sanduíche com manteiga de amendoim. Pelo menos comprara dois pacotes pelo preço de um, o que significava que não havia desperdiçado dinheiro. Começaria uma boa dieta no dia seguinte. O pacote de biscoitos poderia ser uma condescendência final.

Tinha engordado ao longo dos últimos dois anos. Não podia nem mesmo atribuir tal mudança às gestações. Pensando a respeito, se deu conta de que se lembrava de dias passados na Síria, em casa, isolada e entediada, comendo para se consolar. Não podia sequer sentar ao volante e sair dirigindo para qualquer lugar. Por razões de segurança, os funcionários e suas famílias estavam proibidos de dirigir. Mas agora estamos na Inglaterra. Não há restrições ao trabalho feminino. Vou arrumar um emprego e no Natal já terei emagrecido, decidiu.

Num papel quadriculado, Isabel começou a desenhar um diagrama, semanas no topo da folha, numa coluna horizontal; peso na vertical. Então traçou uma linha marcando a perda de um quilo a cada sete dias. Até o Natal, eu poderia facilmente já ter recuperado o peso que tinha há dois anos, pensou. E se fizesse bastante exercício... Traçou outra linha para 1,5 quilo semanais. A linha caía de maneira abrupta, folha abaixo. Estaria magra no Natal, teria desaparecido em março. Não mais botões arrebentando, nada mais de cinturas e cós apertados. Amassou o pacote de biscoitos vazio e o jogou no lixo. Sentiu-se cheia de energia, como se já tivesse perdido uns 12 quilos.

O telefone tocou e ela foi atender, tropeçando numa peça de Lego, caindo e torcendo o tornozelo. Fez um grande esforço para levantar-se e apoiar-se no consolo da lareira. Pegou o telefone.

— Ah, alô?

Uma voz masculina perguntou:

— Isabel?

— Sim, é ela.

— Parece que você está com dor.

— Eu caí.

— Dá para notar. — A voz profunda fez uma pausa. — Meu nome é Patrick Sherwin. Soube que está procurando emprego.

— Sim. — Isabel parou de esfregar o tornozelo e fez uma careta. Caí mesmo. Deve ter parecido a Patrick que ela era um desastre total. Tentou manter em mente regras de "boas maneiras ao telefone". Respirou fundo. — Você é amigo de Justine? — Não parecia ser a abordagem ideal, era como dizer a alguma criança: "Você é amiguinho da Justine, meu anjo?" Aprumou a postura. Controle-se. Aja normalmente, ordenou a si mesma.

— Foi o que ela disse? Sim, imagino que sou. — Ele parecia ter achado graça.
— Que rapidez! Falei com ela hoje de manhã.
— Ela é rápida. — Isabel se deu conta de que a voz dele era maravilhosa, gostosa como algo cremoso. — Preciso de alguém para me ajudar no escritório. Nada muito complicado, apenas manter a papelada em ordem, e em dia, e atender ao telefone. Esse tipo de coisa. Está interessada?
— Claro que sim.
— Por que não vem ao meu escritório para conversarmos? Amanhã está bom para você?
— Não sei ao certo — disse ela, desconcertada pela idéia de que seu desejo poderia realizar-se.
— Embarco para Roma no fim do dia, então...
— Não, não, amanhã está perfeito — disse, sem sequer se incomodar em consultar a agenda, sabendo que não tinha compromisso nenhum nas próximas semanas além de "pegar o terno de Neil na lavanderia" e "levar as crianças ao dentista".
— Ótimo. Meu endereço é Downton Street, 45. Sabe como chegar?
— Procuro no mapa.
— Então a vejo, digamos, às 12h30?
— Perfeito — afirmou Isabel, esperando que sua voz parecesse tão tranqüila quanto a dele.
— Até amanhã, então.
Colocou o fone no gancho e se abraçou, mãos quase nas costas. Uma entrevista de emprego. Conseguira uma entrevista de emprego.

Isabel mal pôde esperar que Neil cruzasse a porta. Correu até ele assim que ouviu o barulho da chave na fechadura.

— Adivinhe o que aconteceu? Consegui uma entrevista de emprego.

— Muito bem. Que emprego?

Isabel esfregou o nariz.

— Serviços administrativos típicos de escritório, acho.

Neil deixou a pasta no chão e se espreguiçou.

— Parece bom. Vou subir e mudar de roupa. Volto logo para que você me conte tudo a respeito. As crianças já foram dormir?

— Sim. Lamento. Estavam tão cansadas quando voltaram da escola que eu as mandei para a cama cedo. — Automaticamente ela recolheu a maleta do chão.

— Não se preocupe. Fui eu quem me atrasei.

— Tem jantar para você.

— Que bom! Volto em um segundo. — Isabel observou os pés dele subindo as escadas com alguma dificuldade. Há pouco tempo ele subiria os degraus de dois em dois. Colocou a pasta no local que Neil e o arquiteto responsável haviam chamado, com exagero, de gabinete; na verdade, um pequeno recuo junto à porta de entrada. O artifício alterava de maneira ilusória o tamanho do cômodo e quase fazia o saguão parecer maior. Na opinião de Isabel, teria sido melhor se o espaço tivesse sido acrescentado à cozinha, mas Neil havia gostado do vestíbulo.

Ela foi à cozinha, tirou a torta de peixe do forno e colocou-a num suporte ao lado da tigela de salada. Sentou-se e esperou, pegando pedacinhos frios e torrados do prato, até que Neil descesse. Os móveis da cozinha eram novos, madeira clara com puxadores de aço inoxidável, mas ordinários. Algumas das portas já estavam arranhadas, e havia uma aparência de encardido nas beiradas que jamais sairia, não importa o quanto se esfregasse.

— Então, qual o ramo de atividade desse escritório?

Isabel colocou um pouco de torta de peixe no prato de Neil, tentando pensar.

— Hummm. Não sei bem. Sirva-se de salada.
— Obrigado. Como se chama a empresa?
— Não sei. — Ela resmungou de propósito. Sabia que não dispunha de respostas para as perguntas de Neil. Afinal, já havia repassado mentalmente inúmeras vezes a conversa que tivera ao telefone. Mas a tática da incoerência falhou quando ele comentou não ter entendido o significado do resmungo. Neil parecia confuso.
— O que dizia o anúncio? Mostre-me.
— Não foi um anúncio. — Isabel sentiu sua excitação desaparecer como água na areia. — Alguém disse que conhecia uma pessoa precisando de alguém e, bem, me telefonaram e perguntaram se gostaria de fazer uma entrevista. Rede de contatos. Você sabe como é — disse ela com um sorriso radiante, esperando estar transmitindo confiança.
— Mas quem telefonou?
— O nome dele é Patrick. ...Sherman? Sherden? ...Patrick Sherwin, acho. É amigo de uma mulher que conheci na reunião de pais novatos hoje de manhã. Foi ela quem me indicou.
— E você sabe o nome dessa mulher?
— Claro, é Justine. Ela tem uma filha na mesma turma de Katie.
— Tudo isso parece meio esquisito. Onde vai ser essa entrevista?
— Downton Road, 45
— Onde é isso?
Pelo menos uma pergunta à qual saberia responder, pois já tinha consultado o guia de ruas.
— Perto do centro, no lado mais afastado da cidade. Naquela área em que há vários chalés georgianos, pintados em tons pastel. Incrivelmente bonita. — Ela as podia imaginar com clareza: tinham jardineiras nas janelas e telhados de ardósia. Neil não se interessara pelo local quando estavam procurando onde morar, pois conside-

rava aquelas habitações pequenas demais, caras demais e pouco práticas. Recusara-se a perder tempo entrando numa delas.

Neil resmungou.

— É um endereço comercial?

— Ele disse que sim.

— Pois não parece. — Ela tinha de admitir: Neil estava certo, não parecia mesmo um endereço comercial. Observou o rosto do marido enquanto ele terminava a refeição, tentando sondar seu estado de espírito. Talvez pudesse fazê-lo conversar sobre algo que não endereços comerciais.

— Ah, imagina só... No café dos novatos encontrei uma mulher que estudou na mesma escola que eu. Mundo pequeno, não? O nome dela é Helen e o marido chama-se George Alguma Coisa-Smith. Ele toma o mesmo trem que você para ir e voltar do trabalho, em Londres. Vivem nas imediações de Milbridge e ela nos convidou para almoçar no próximo domingo. No colégio, ela estava três turmas à minha frente. Parece muito simpática. — A voz de Isabel minguava.

Neil empurrou o prato e lambeu o bigode.

— Não posso dizer que gostei disso, Bel.

— Da torta de peixe? Oh, querido, lamento.

— Não estou falando da torta de peixe. Do emprego. — Neil apoiou o cotovelo na mesa, cruzou as mãos em frente ao rosto e olhou para Isabel por sobre elas, como faria gentilmente um diretor de escola (firme, mas justo) para repreender um garotinho que tivesse cometido infração de pouca gravidade. — Você não sabe que tipo de firma é, como se chama, o nome do homem que telefonou ou o tipo de serviço ao qual está se candidatando.

— Sei, sim. É digitar, atender ao telefone, coisas assim.

— Isso é o que você acha.

— Neil, não estrague tudo. É a única entrevista que consegui. Pensei que você fosse ficar contente.

— Contente? Querida, a Inglaterra não é o mesmo lugar de 15, ou mesmo dez anos atrás. Acho que não é seguro. Você não sabe nada sobre essas pessoas. Esse homem pode ser qualquer um.

— Ele pareceu correto ao telefone. — Na verdade, deu a impressão de ser lindo, mas ela sabia que tal comentário não impressionaria Neil.

— Isabel. — Ele jogou o corpo contra as costas da cadeira e olhou para o teto. Parecia tão pomposo e seguro de si que Isabel sentiu vontade de bater nele. E ela que tinha preparado *treacle tart** para ele... Tirou a iguaria do forno e começou a cortá-la, golpeando a massa com a faca. Não é justo, não é justo. Bruscamente, jogou uma fatia no prato que estava em frente a Neil.

— Você está dizendo que não posso ir?

— Só estou preocupado com sua segurança. — Calmamente, ele pegou uma colher e fez uma pausa. — Você não vai comer?

— Estou de dieta.

— Desde quando?

— Desde hoje à tarde.

Ela cruzou os braços e ficou vendo-o comer, prestando atenção a cada bocado que levava à boca. A mandíbula de Isabel doía de tanto que cerrara os dentes. Não era justo. Estava tão animada e agora Neil tinha posto tudo a perder.

— Você não quer que eu trabalhe, não é? — deixou escapar.

— Não se trata disso.

— Não?

— Estou preocupado — começou ele, mas ela o interrompeu.

— Você fala como se fosse o dono da verdade e eu, a errada. Mas sei que não é assim. Você não quer que eu saia de casa. Basta

---

*Torta feita a partir de xarope de melado. (*N. da T.*)

que eu cuide de você e das crianças. Lavar, cozinhar e fazer faxina dia após dia.

— Não seja ridícula. — Ele parecia quase aborrecido ao se levantar.

— E não vá embora. Isso é importante, quero conversar a respeito.

— Talvez quando você estiver mais serena.

— Eu estou serena — gritou Isabel.

— Obrigado pelo jantar. — Ele colocou a cadeira no lugar e sorriu para um ponto imaginário, acima da cabeça de Isabel. Um sorriso contido que não alterou seu rosto e nem a expressão dos seus olhos. — Vou assistir ao noticiário.

— Eu sou mais importante que o noticiário — berrou ela, mas ele já tinha se afastado. Eu *sou* mais importante. Recolheu as migalhas dos pratos e os colocou na lavadora. Em seguida, de maneira lenta e decidida, se serviu de uma fatia generosa de sobremesa, mergulhada em creme.

No dia seguinte, Isabel não sabia o que vestir. Uma entrevista de emprego pedia um terninho, o que ela não tinha, então teria de escolher uma saia. Não parecia se tratar de uma empresa com muitas formalidades. Manteve o pensamento afastado da opinião emitida na véspera por Neil. Abriu o armário com cuidado — uma das portas já estava começando a despencar e a empenar nas dobradiças, frágil demais para suportar o próprio peso — e começou a procurar entre as roupas atulhadas, experimentando-as mentalmente. Muito apertada, muito curta, muito antiquada — como era possível que já tivesse usado todos aqueles plissados, quase uma fantasia de dona-de-casa austríaca? Sabia que podia jogar as roupas fora, mas descobriu que era difícil se livrar delas, e simplesmente as mantinha. A esposa do empregado de uma grande corporação estava sempre afogada em roupas lavadas a seco, obviamente inadequadas. Sua mão pousou no vestido favorito, branco salpicado de hibiscos rosas. Muito chamativo. Muito feminino. Não, a única alternativa era uma saia azul-marinho reta e comprida, que esperava fazê-la parecer mais alta e esbelta. Era razoável dizer que os homens apreciavam as curvas femininas mas, em se tratando de roupas, era definitivamente melhor poder caber em manequins pequenos.

Encolheu a barriga para puxar o zíper e se olhou no espelho, se dobrando para verificar como ficara a parte de trás. Sem protuberâncias excessivas, embora as pernas parecessem ridículas, surgindo por sob a barra da saia, cinco centímetros de carne branca sólida que cediam a vez a meias pretas em volta dos tornozelos. Seus pés pareciam enormes e estranhamente chatos. Tirou as meias, cujo elástico haviam desenhado um anel de linhas verticais vermelhas em torno das panturrilhas gordas. Não parecia muito atraente.

Ficou na ponta dos pés para ver se a saia ficaria melhor com salto alto, apertando os olhos num esforço para imaginar o resultado com meia-calça cor da pele. Ficaria bem, mas não tinha o tipo correto de sapatos. Então, de volta ao jeans. Talvez preto, com uma jaqueta por cima, longa o bastante para cobrir os quadris. O problema passou a ser a parte do meio do corpo. A menos que encolhesse o estômago, ele se espalharia por sobre o cós. Na realidade, precisaria respirar em algum momento e isso significava ter de vestir um casaco de malha ou um suéter sob a jaqueta para esconder a barriga. E sabia, mesmo sem tentar tal combinação, que isso faria as mangas da jaqueta ficarem apertadas demais. Além do mais, aquele era o dia mais quente desde que tinham retornado à Inglaterra.

E daí se estava um pouco acima do peso? Era mãe, não uma modelo. Fez uma careta no espelho ao se certificar de como estava sua aparência. Era uma mulher casada respeitável que iria encontrar alguém por conta de um possível emprego, e não uma candidata ao teste do sofá. As palavras de Neil cintilavam em sua mente, mas ela as repelia. Por que sua aparência importaria tanto? Por que tinha de morrer de fome para parecer jovem e sexy? Suas habilidades eram o mais importante, certamente. Olhou seu reflexo no espelho, afastando o cabelo do rosto e desejando que pelo menos uma vez ficasse bem arrumado como o de Justine, e não eriçado. Por que alguém me daria um emprego? O que sei fazer? Como posso convencê-lo de minhas qualidades?

Obtive boas notas e um certificado TEFL. Ensinei crianças em escolas onde a água potável mais próxima ficava a dois quilômetros de distância. Posso assobiar e cantar ao mesmo tempo. Sei dirigir jipes por dunas de areia e sou melhor do que Neil em fazer o carro enfrentar leitos secos no deserto. Li *Guerra e paz* da primeira à última página, mesmo os trechos enfadonhos, e acho Anthony Trollope engraçado. Adoro literatura do século XIX e música barroca.

Nenhum desses atributos parecia relevante para uma mulher em busca de emprego num escritório. Mas quero ser útil, pensou ela. Quero fazer algo além de ficar sentada bebendo café e jogando tênis de vez em quando. Franziu o cenho, pegou a saia que havia descartado e que estava jogada no chão, amarrotada, e a sacudiu, com energia. Decidiu que, sendo necessário, a usaria mesmo com sapatos baixos. Porém, se corresse contra o tempo, conseguiria ir à cidade em busca de uma roupa nova. Afinal, já era tempo de se presentear com algo além de rosquinhas.

3

— Belos sapatos — disse o senhor Sherwin, levantando uma das sobrancelhas.

— Obrigada — disse Isabel, levemente aturdida, fosse pelo fato de ele ter notado, fosse pelo comentário. Pretendera comprar algo sensato, baixinho. Sapatos úteis. Nada de camurça ameixa-púrpura com saltos de 7,5 centímetros e uma tira de pele de cobra, da largura do indicador, cruzando os dedos sobre a frente extravagantemente bicuda. Mas, por um segundo, na loja, se rebelara contra a sensatez de praxe; assim, os sapatos de salto baixo permaneceram nas prateleiras e os ameixa-púrpura foram adquiridos. Em honra a eles, também comprou meias-calças cor da pele ultrafinas e as calçou já dentro do carro, apertando-se desajeitada sob o volante, tentando manter a dignidade. Podia sentir o peito do pé se arqueando, esfregando suavemente contra o forro dourado brilhante do calçado. Para equilibrar-se, tinha de ficar muito ereta, os quadris encaixados, os ombros para trás e as nádegas encolhidas.

— Deixe-me encontrar um lugar para você se sentar. — Ele olhou em volta. Toda a superfície da sala parecia estar coberta de papéis. Ele pôs uma pilha de lado, sem prestar atenção se os cantos das folhas, postas umas sobre as outras, coincidiam. O gesto pôs à mostra parte de um sofá de algodão estampado e já desbotado. — Aqui.

Isabel sentou-se e retesou o corpo quando as molas do sofá ameaçaram ceder sob seu peso. Ela se acomodou na beirada.

— O escritório propriamente dito é no andar de cima, mas lá a situação é ainda mais caótica. Vou pegar uma cadeira para mim — disse ele por cima do ombro enquanto saía da sala. Isabel teve dificuldades em imaginar um local mais desordenado que aquele. Iria se lembrar disso em detalhes quando conversasse com Neil: Downton Street era uma área de chalés georgianos, arrumadinhos como casas de boneca. O saguão e a sala de baixo tinham sido transformados num único cômodo, de modo que a porta da frente abria direto para a sala de estar coberta por papel de parede. Num dos cantos, havia degraus que levavam ao segundo andar.

Patrick voltou com uma cadeira de cozinha.

— Como você pode ver, preciso desesperadamente de alguém capaz de organizar minha papelada. Pretendia arrumar parte disso tudo no fim de semana, por isso há muitas coisas aqui embaixo mas... — ele deu de ombros, as palmas das mãos para cima. — Papelada não é comigo — acrescentou. Isabel podia perceber que era verdade. Só não tinha certeza se teria condições de colocar tudo em seus devidos lugares.

— O que você faz? — perguntou ele. Neil não tinha dito com todas as letras que não fizesse a entrevista, mas sabia que ele não aprovaria. O mínimo que poderia fazer era reunir alguns detalhes.

— Instalo sistemas de computadores, forneço programas, hardware, o que for necessário. Você não fala italiano, fala?

— Não — disse Isabel. Imaginava que de nada adiantaria mencionar suas péssimas notas em latim no tempo do colégio.

— Não tem importância — disse ele. — Seria apenas algo a mais. Tenho clientes na Itália também, por isso perguntei.

Isabel ficou imaginando se ele próprio era italiano. Tinha a pele morena e cabelo castanho-escuro, mas eram seus gestos que pareciam italianos, o modo como movimentava os ombros. E, obviamente, as roupas caras. A maioria dos sujeitos especializados em informática, os quais só conhecera porque trabalhavam na mesma empresa que Neil, eram muito diferentes. Barbados, sérios demais e malvestidos, sempre desconfortáveis em seus ternos, como se os cabides ainda estivessem presos aos ombros do paletó. O sotaque do senhor Sherwin, porém, era impecavelmente britânico.

Ele se recostou na cadeira.

— Fale-me sobre você, em que já trabalhou, esse tipo de coisa.

Isabel apertou as alças da bolsa, tentando se lembrar em que já havia trabalhado. Era bastante difícil fazer com que experiência zero se transformasse em algo capaz de impressionar.

— Não tenho trabalhado ultimamente, pelo menos não de maneira formal. O emprego do meu marido tem-nos feito viajar mundo afora, muitas vezes por países em que as mulheres são proibidas de trabalhar. Voltamos ao Reino Unido nesse verão, e é por isso que estou interessada na vaga. Disse que queria alguém em meio período?

— Você tem filhos?

Isabel respondeu que sim, com a cabeça. Em algum lugar, no fundo de sua mente, sabia que patrões não poderiam perguntar a candidatos ao emprego se tinham filhos ou não. Era o tipo de comportamento que Neil criticaria.

— Dois — disse ela, empurrando Neil para longe de seus pensamentos. — Katie tem seis anos e Michael, oito. Ambos estão na escola.

— Isso significa que não pode trabalhar em horário integral?

— Bem, na verdade, não posso. — Ela mordeu o lábio. — A escola oferece regime de semi-internato, o que me permitiria dispor de mais tempo, mas prefiro manter a situação como está, pelo menos no primeiro ano letivo. — A voz de Isabel parecia sumir.

— Então a que horas você teria de sair?
— Às três?
— Sei. E de manhã, a que horas chegaria?
— Após deixá-los na escola. Posso chegar bem cedo, antes das nove, se for necessário.
— Hummm, não costumo madrugar. — Patrick olhou para ela como se meditasse profundamente.

Isabel se encolhia por dentro. Sabia que estava indo mal na entrevista, que deveria estar falando sobre seus pontos fortes e no modo como suas muitas qualidades ajudariam os negócios de Patrick, e não se concentrar no pouco tempo de que dispunha para trabalhar. Porém, não estava segura de como poderia, de fato, colaborar com a empresa de Patrick. Se ao menos tivesse mais detalhes sobre o que ele procurava...

— O que exatamente você está procurando? — tentou.
— Alguém que possa dar conta disso tudo — disse ele, apontando. — E também atender ao telefone e tratar com os clientes quando eu não estiver. Em resumo, uma secretária. Quero alguém preparado para ser flexível e se desincumbir de tarefas diversas, que não se espante caso eu peça que vá ao banco fazer depósitos ou à lavanderia. — Seus olhos fitaram os pés de Isabel, como se duvidasse que alguém com aqueles sapatos pudesse se ocupar de algo tão simples como ir à lavanderia.

— Não vejo problemas em realizar tarefas desse tipo — disse Isabel, tentando puxar os pés para mais perto de si e esconder os sapatos. Estava começando a se sentir nervosa. Até agora, nada do que Patrick mencionara estava além de sua capacidade. Ir à lavanderia, ir ao banco e atender ao telefone eram missões que saberia desempenhar. Para uma secretária, eram atribuições muito mais ordinárias que outras não dominadas por ela, como datilografar ou taquigrafar.

— Quase todo o trabalho consiste em operar um computador. — Ele fez uma pausa. — Imagino que saiba usar um. — Ela fez que sim com a cabeça, e ele prosseguiu. — Uso a maioria dos programas básicos de informática para serviço de escritório: Sage, Word, Excel e outros. Você os conhece?

— Tenho todos esses programas instalados no computador de casa — disse Isabel, sem precisar mentir, apenas omitindo que a máquina pertencia a Neil e que ela pouco a tinha utilizado.

— E internet?

— Ah, sim — disse Isabel, aliviada por poder demonstrar que tinha alguma habilidade. — Vivi fora do país. Internet é o modo mais fácil de manter contato com amigos espalhados pelo mundo todo.

— Ótimo. — continuou Patrick, franzindo as sobrancelhas. — Você trouxe o currículo?

Isabel balançou a cabeça, o entusiasmo desaparecendo como a poeira sugada por um aspirador de pó. O nervosismo fazia sua boca ficar seca, o semblante tão enrugado quanto a superfície de uma lichia.

Ele coçou o nariz.

— Que tipo de trabalho você já fez?

— Antes de me casar, trabalhei na BBC como pesquisadora. — Não precisava contar a ele que fora experiência de um único verão, dois meses de trabalho não remunerado. — E lecionei inglês no exterior, em colégios e em aulas particulares.

— Então é professora? — O senhor Sherwin olhou o relógio. Parecia entediado.

— Não. Quer dizer, sim. Pode-se dizer que sim. Ensinei inglês para estrangeiros.

— Acho que não preciso de suas aulas. — Ele sorriu, e Isabel tentou retribuir o sorriso. — Então, na verdade, não tem experiência em escritório — disse o senhor Sherwin.

Isabel fitou o chão. Todos aqueles anos e nada para mostrar a não ser um bronzeado já meio desbotado e alguma perícia no tênis. O que ela tinha feito da vida?

— Não, mas passei anos administrando uma família, muitas vezes em circunstâncias bastante difíceis. — Sem perceber, ela se sentara mais ereta. — Se entendi bem, precisa de alguém bem organizado e não exatamente com habilidades específicas para trabalhar num escritório. — Ela colocou no rosto uma expressão que imaginava ser de confiança e eficiência mas, por dentro, estava à beira das lágrimas. Era desesperadamente importante que fosse bem-sucedida, apenas para mostrar a Neil que poderia arrumar um emprego, muito embora parecesse que iria passar os dias arrumando a bagunça criada pelo senhor Sherwin.

— Não necessito de mais que 15 horas semanais de trabalho. São cinco horas em três dias — disse Patrick, e ela olhou para ele, assustada com a idéia de estar quase conquistando a vaga. — No meio da semana seria mais conveniente para mim.

— Você quer dizer terça, quarta e quinta-feira? Seria perfeito para mim também. — Ela mal podia respirar de tanta excitação.

— Por que não começa na próxima semana e veremos como tudo funciona? Chamemos de período de experiência, sem compromisso de ambos os lados.

— Parece ótimo. — Sorriu para ele. Concordaria com qualquer coisa que ele dissesse. Consegui o primeiro emprego a que me candidatei, pensou. Não foi tão complicado, afinal. Sentia-se maravilhosa. Um emprego, um emprego de verdade. Um emprego significava objetivos e méritos e salário e... Opa! Percebeu que estivera tão concentrada em ser aceita que esquecera completamente de conversar sobre salário. Engoliu em seco.

— Hummm, posso perguntar sobre a remuneração?

— Ah, imaginei algo como três libras e cinqüenta por hora. O ego de Isabel desinflou rapidamente.

— Isso é ultrajante. Quero dizer, é menos do que recebe uma faxineira. — Ficara horrorizada ao descobrir quanto se pagava em Milbridge a alguém disposto a trabalhar em casas de família. Mas talvez faxineiras fossem mais raras que secretárias de poucas habilidades.
Ele sacudiu os ombros, sem se perturbar.
— Cinco libras — disse ela, a respiração suspensa enquanto negociava.
— Você não tem experiência, nem qualificação. Pode-se dizer que estou lhe oferecendo uma oportunidade de treinamento.
— Isso é exploração. Supermercados pagam mais do que você.
— Então vá trabalhar num supermercado. — Ele reclinou na cadeira, totalmente relaxado e convencido de que ela não pretendia trabalhar num supermercado. E ela não pretendia mesmo.
— Quatro libras.
— Três libras e setenta e cinco — contrapropôs ele, sorrindo. O sorriso a irritou.
— Quatro libras — repetiu ela, determinada a não ceder. Não o deixaria pensar que era uma oponente fácil de derrotar.
— Facilita os cálculos.
Ele riu e se levantou.
— Não quero que digam que estou me aproveitando do fato de ser inexperiente. Quatro libras a hora. Negócio fechado? — ele estendeu a mão.
Isabel também se pôs de pé. Tinha esquecido dos saltos altos cor de ameixa e as solas novas e ainda macias deslizaram no tapete. Quase tropeçou, agarrando na mão de Patrick para se equilibrar. Seu toque era cordial e firme.
— Fechado — disse Isabel.

Consegui um emprego. Consegui um emprego. As palavras pareciam música na cabeça de Isabel. A remuneração seria uma ninharia, mas Neil tinha dito que o dinheiro não era importante e se Neil dissera isso... E ela tinha negociado o próprio salário. Foi buscar os filhos na escola.

— Temos de parar no supermercado e comprar ovos — disse a eles.

— Podemos comprar doces? — perguntou Michael. As duas crianças não estavam acostumadas a ver tantas guloseimas à venda, pois tinham vivido muito tempo na Síria. E Isabel agora fazia o possível para mantê-los longe do excesso de açúcar.

— Claro que podem — disse ela, sorrindo diante da surpresa demonstrada por Michael.

Perambulou pelos corredores carregando uma cesta de arame, apanhando bolo de chocolate, vinho e um vaso de ciclame de inverno e de tudo o mais que chamasse sua atenção — chás dietéticos, sorvete, xampu com aroma de manga e azeite de oliva de boa procedência. Quando as crianças tornaram a falar de doces, deu uma libra a cada uma e ambas se afastaram, tagarelando excitadas. No caixa, notou ter esquecido os ovos e precisou correr por entre as prateleiras para procurá-los, pois não sabia ao certo em qual parte da loja estavam expostos. Nem o tédio flagrante do funcionário nem a conta surpreendentemente alta iriam diminuir o ânimo de Isabel.

Consegui um emprego. Consegui um emprego. Já podia se imaginar contando a Neil, antecipando como ele ficaria admirado e satisfeito. "Vai lhe fazer bem", diria ele. "Parabéns!" Repassou mentalmente a entrevista que tivera com Patrick, o momento aterrorizante em que ele pedira um currículo, o sofá meio bambo, as pilhas de papel por todo lado. Riu-se por dentro. Nunca vira alguém tão bagunceiro, sem dúvida precisava de uma assistente. Imaginou, então, o escritório já livre da montoeira de papel, a sala arrumada, tudo devidamente arquivado em ordem alfabética, ela mesma no centro de tudo, uma espécie de

Miss Moneypenny* com camisa listrada para dentro de um cós fino, na mão uma caneta intacta, sem marca de dentes. A visão cresceu e ela já administrava um escritório amplo, onde vasinhos de plantas se multiplicavam exuberantes e em profusão sobre as mesas de funcionários felizes que digitavam em teclados de computadores. Campainhas de telefones tilintavam de maneira agradável e os chamados eram atendidos de maneira cortês, vozes doces que diziam... o devaneio foi interrompido de repente, pois só agora lhe ocorreu que não havia perguntado ao senhor Sherwin o nome da empresa. Neil não se deixaria impressionar.

Neil não se impressionou.

— Não entendo por que não perguntou — repetia ele. — Por que não quis saber?

— Não me passou pela cabeça perguntar — disse Isabel, sentindo-se estúpida e desejando não ter contado a ele, achando que teria sido melhor permanecer calada. No dia da entrevista, Neil chegara em casa tão mal-humorado que Isabel evitara comentar sobre a entrevista com Patrick. Na tarde de sábado, foram à cidade comprar um sofá. Sentada no banco do carona, esperando que ele manobrasse para entrar no estacionamento, Isabel se tranqüilizava com a idéia de que não haveria discussão, pois Neil já teria esquecido as objeções que apresentara anteriormente. Ledo engano. Ele queria debater o assunto, talvez com a intenção de, aos poucos, minar o entusiasmo e o orgulho da mulher por conta do emprego novo.

— Na terça-feira eu descubro o nome da empresa. E desse, gosta? — Isabel sentou-se num sofá escolhido ao acaso, ignorando as crianças que pulavam nas poltronas de couro perto dali, no corredor. — É muito confortável.

— É horroroso — disse Neil, os cantos do bigode caídos.

---

*Secretária que aparece nas histórias de James Bond. (*N. da T.*)

— Podemos pedir para trocar o tecido. Sente-se e veja se não é confortável. — E deu uma palmadinha no sofá que estava a seu lado. Neil sentou-se e se reclinou, olhos fechados como se fosse cair no sono.

— Não gostou de eu ter arrumado emprego? — perguntou ela.

— Claro que gostei, querida. — Neil se aprumou com um suspiro. — Só está me parecendo meio esquisito. O homem mora lá, você não sabe o nome da firma, não ficaram claras as tarefas que você vai desempenhar...

— Sei o que vou fazer. Coisas que faz uma secretária.

— Como, por exemplo?

— Arquivar. Classificar. Organizar. Esse tipo de coisa. Nada que eu não possa fazer.

Neil esfregou a nuca e ficou de pé.

— Não se trata do que você pode ou não fazer. É uma questão de segurança.

Isabel também se levantou.

— Você não queria que eu fosse à entrevista por achar que não seria seguro, e não houve contratempos. Nem todos são assassinos furiosos com um machado na mão, nem estupradores, você sabe disso.

— Mas você não podia afirmar que tudo correria bem, essa é a questão. Você foi encontrar esse sujeito num endereço particular. Ninguém sabia onde ou com quem estava.

— Mas não houve problema. — Isabel sentia como se tivesse voltado aos tempos do colégio, sendo responsabilizada por algo que não tinha feito, a injustiça queimando seu corpo por dentro. — E você sabia onde era, eu tinha lhe dito, em uma daquelas casas georgianas que você achou pequenas demais para nós. E a mulher-closet da escola, Justine, conhece o senhor Sherwin.

— Maravilhoso. Então não tinha problema. A mulher-closet o conhece. — Ele saiu corredor afora. Isabel o observou examinar as etiquetas de preços e deixá-las cair com desdém. Ele seguiu em frente e continuou olhando em volta, analisando o salão, como se, dentre todos os sofás expostos, não houvesse um único digno de ser comprado.

Isabel foi até ele e chamou sua atenção, dando um puxão na manga de sua camisa.

— Por que está sendo tão desagradável? — disse entre dentes, mantendo a voz baixa para que ninguém mais a ouvisse.

Neil mirou a orelha esquerda da mulher.

— Desculpe. Não quis ser desagradável — disse num tom moderado que sempre enlouquecia Isabel. — Estou preocupado por você estar sendo...

— O quê? Burra?

— Burra, não. Ingênua. Inexperiente.

— Neil, sou adulta e não uma criança que precisa que tomem conta dela. Passei todos esses anos atrás de você, indo de um país para outro, e não me queixo. Aceitei que houvesse certas restrições por viver em culturas diferentes. Era a vida que tínhamos escolhido. — Mordeu o lábio, se concentrando para parecer tão ponderada quanto Neil e não dar a impressão de ser passional e descontrolada. — Mas agora estamos de volta e não vou mais viver como uma muçulmana confinada. Estou de volta à minha terra.

— Só estou preocupado com você.

— Não precisa se preocupar.

Houve um silêncio curto. Isabel percebeu que a combinação de luz néon, teto baixo e ambiente sem janelas no andar térreo da loja estava lhe causando dor de cabeça. E os cartazes de "Compre já para o Natal" espalhados por ali em pleno mês de setembro eram sinais deprimentes de que o tempo passava rápido.

— Não gosto dos quadrados — disse Neil, tocando com a ponta dos dedos o braço do sofá mais próximo. — Prefiro os que têm almofadas.

— Você se refere aos mais tradicionais.

Ele deu de ombros e foi em direção às crianças, no outro extremo da loja. Katie e Michael tinham encontrado um balanço de jardim e se projetavam para frente e para trás, olhos fechados, pés pendurados, totalmente relaxados. Pelo menos uma vez na vida não estavam brigando e disputando entre si. Balançavam-se suavemente e em perfeita harmonia.

Por que estavam sempre batendo boca?, pensou Isabel. Desde que retornaram, era uma discussão após a outra. Neil costumava ser meu melhor amigo, mas agora estamos sempre em discordância. Talvez não devêssemos ter voltado.

Foi atrás de Neil, que tinha se acomodado num sofá grande com braços roliços. Ela sentou-se na outra ponta, consciente do espaço que havia entre os dois.

— Gosta desse? — disse ela, finalmente.

— Não é mau — disse ele. — Gosto desse tecido. — E alisou o braço do sofá, os dedos percorrendo o pano macio.

— Chenile — disse Isabel. — Talvez capas soltas fossem mais práticas.

— Gosto da cor também.

Era um tom quase marrom que não chegava a bege, nem a chocolate, nem a cor nenhuma.

— Pode escolher a cor que quiser — disse Isabel.

— Gosto dessa.

— Não acha que é meio sem graça? Quero dizer, poderíamos optar por algo como isso aqui. — Ela puxou o caderno de amostras de tecido e o entregou a Neil, aberto num terracota vibrante. Ele pegou como se o volume fosse se transformar num vagalhão e afogá-lo, como se estivesse sendo atacado por um tonel de sopa de tomate.

— Sei que é um emprego idiota — disse ela. — Sei que não é importante, nem brilhante ou o que quer que seja. Não é o que quero fazer pelo resto da vida ou mesmo durante mais que os próximos seis meses. Mas é um começo, e eu tenho de começar de baixo.

— E por que tem de começar? — disse ele, manuseando as amostras.

— Neil, já discutimos isso várias vezes. Quero trabalhar, quero ser útil. As crianças estão na escola o dia todo, o que vou fazer com o tempo livre?

— Isso não era problema na Síria.

— As crianças eram menores. E era diferente. Tinha de ir às compras todos os dias, cozinhar e não havia oportunidade de fazer qualquer coisa além disso. Agora tudo mudou. E a vida é tão cara por aqui, que um pouco mais de dinheiro é sempre bem-vindo.

— Difícil imaginar como ficaria o sofá tendo em mãos só esse pedacinho de pano — disse ele, franzindo a sobrancelha enquanto examinava as amostras. — Acho que o melhor tecido é o que já está no sofá do mostruário.

Isabel permaneceu calada enquanto fitava o sofá. Lamacento seria a melhor descrição. Tomou o caderninho de amostras das mãos de Neil e deu um piparote melancólico nos quadrados de cores vívidas como pedras preciosas — safira, esmeralda e rubi. Lamacento seria uma boa definição para qualquer outra cor menos vibrante. Mas havia insistido para que o marido a acompanhasse e a ajudasse a escolher, então seria injusto ignorar a preferência dele.

— Gosta mesmo desse?

— Sim, por que não?

— Não acha que devemos olhar mais alguns?

— Não, fico com esse. — Ele fez uma pausa. — Já aceito que você queira trabalhar. Só não vejo por que tem de ser nesse emprego.

— Porque foi o único que consegui — quase gemeu Isabel, exasperada. — Não posso escolher o emprego que quiser. Não tenho experiência, nem qualificação. Provavelmente sequer conseguiria trabalhar como vendedora de sofás.

— Você pode me vender um sofá sempre que quiser. Venha aqui e me dê um beijo. — Era o fim da discussão. Isabel pensou em pressionar um pouco na tentativa de mudar a opinião de Neil sobre a cor do tecido mas, como ele já tinha cedido quanto ao emprego, resolveu não bater pé. Ele a abraçou. — Assim é melhor. Quanto custa? Você está sentada em cima da etiqueta.

— Desculpe. — Isabel se levantou e retirou a etiqueta que estava quase sob o seu corpo. — É caro. — Tentou calcular quantas horas teria de trabalhar para atingir aquele valor, mas se atrapalhou com os números. Seriam mesmo necessários cinco meses de salário para comprar o sofá?

— Vamos pegar as crianças, pagar e ir embora.

Isabel correu a vista pelo salão e por todos os sofás que não tinham avaliado ainda.

— Mas não olhamos todos.

— Achei que já tivéssemos decidido. — Neil pôs-se de pé e acenou para as crianças. — A propósito, de quanto vai ser o salário?

— Quatro libras a hora.

Ele a encarou.

— Está brincando? É menos que o salário mínimo, você sabe disso.

— Não, não sabia — disse Isabel, pegando a amostra de chenile pelo lado avesso e alisando-o com a ponta dos dedos. — Não sabia que havia um salário mínimo.

— Oh, Isabel. O que faço com você? — Neil olhou para ela com superioridade. —Definitivamente, você é um caso perdido.

Como eu deveria saber que havia um salário mínimo? Isso não existia quando eu morava aqui, pensou ela, enquanto os filhos se aproximavam correndo e pulavam no sofá escolhido por Neil. Pelo menos consegui o emprego. O senhor Sherwin não me considerava um caso perdido. A idéia de que ele pudesse tê-la tomado por uma tola cruzou a mente de Isabel. Afinal, de início tinha oferecido três libras e cinqüenta a hora. Mas em seguida, relembrando, considerou mais provável que o senhor Sherwin também desconhecesse a existência de um salário mínimo. E, seja como for, não me importo, disse para si mesma. Não importa quanto vou ganhar, o que conta é a experiência. Após alguns meses posso procurar um emprego que pague melhor.

Seguiu Neil e as crianças até o balcão. Neil estava empenhado em negociar um desconto, considerando que levariam para casa exatamente a peça exposta no salão de vendas. O funcionário da loja provavelmente ficaria contente por se livrar de algo com uma cor tão monótona, pensou Isabel.

— Podemos entregar na quarta, quinta ou sexta-feira — disse o vendedor.

— Tem de ser na sexta — disse Isabel, sentindo imenso orgulho. — Trabalho às quartas e quintas. — Era maravilhoso poder dizer aquilo. Neil riu por sob o bigode mas sacou a carteira e pagou o sofá sem dirigir uma só palavra à mulher. Isabel imaginou que a cor do sofá escolhido poderia ser definida como "cor-de-burro-quando-foge". Talvez fosse possível combiná-la com azul-verônica.

Enquanto caminhavam em direção ao carro, Isabel colocou a mão no braço de Neil.

— É só um período de experiência — disse. — Só para ver como as coisas se desenvolvem. Sem compromisso de ambos os lados.

Neil fez um afago na mão de Isabel.

— Se é o que você quer — disse ele. Ainda assim, não entendo o porquê.

Isabel apertou o braço dele.

— Vai dar certo. Você vai ver.

4

Isabel parou na entrada e examinou a porta, pintada de verde-papagaio, mas com lascas o suficiente para revelar outras camadas de cores por debaixo, como um M&M meio chupado. Tocou a campainha. Nada. Bateu, uma série de pancadas duras. Nada ainda. Olhou para os dois lados da rua, sentindo que chamava a atenção sem saber como agir. Queria gritar que estava sendo aguardada pelo dono do imóvel. Bateu novamente e tentou espiar pela janela, procurando evitar o rosa chocante das nereidas que tomavam sol na base da parede da casa. Parecia muito escuro lá dentro. Ela lutara com as crianças para irem à escola cedo, tirando-as da cama e arrastando-as para o carro, deixando Michael sair com o cabelo despenteado porque isso consumiria cinco minutos, tempo em que o menino tentaria se rebelar contra o uso do pente. Sentia-se enganada. Fora uma longa jornada até ali e não havia ninguém à sua espera.

Deu dois passos para trás e mirou as janelas. As cortinas estavam fechadas e ela imaginou se o senhor Sherwin usava aquele endereço como moradia e escritório. Talvez ainda estivesse na cama, apesar do frescor da manhã e do brilho do sol. Lembrou-se de ouvi-lo mencionar algo sobre não ser madrugador. Mas não podia acreditar que ele esquecera que ela viria. Ela andou até o portão, saindo relutante, e várias vezes virou-se para verificar se a porta não fora aberta no tempo em que se mantivera meio afastada. O jardim da frente precisava de capina, ervas daninhas subindo por entre o desenho formado pelos tijolos na trilha que cruzava o jardim. Uns poucos brotos já desbotados, manchados de marrom-café em torno das extremidades das pétalas, surgiam de uma moita de rosas dispersas que poderiam, em outros tempos, terem sido bonitas.

Isabel parou diante do portão, sem querer batê-lo atrás de si, conjeturando o que iria fazer. Então notou um homem passando na rua, jornal dobrado sob o braço e uma caixa de leite balançando nas mãos. No segundo seguinte, reconheceu o senhor Sherwin, que não dava a mínima impressão de estar com pressa enquanto atravessava a distância que o separava dela. A meio caminho ele parou, apanhou um telefone celular e começou a falar. Ainda estava falando quando notou a presença de Isabel. Com a mão livre, esfregou levemente a palma contra a testa, sinal universal de esquecimento — ou estupidez — e deu um sorriso largo e forçado, ainda tagarelando com alguém do outro lado da linha e sem interromper a marcha. Findo o trajeto, destrancou a porta, não sem antes entregar o jornal e o leite a Isabel a fim de procurar as chaves nas profundezas dos bolsos da calça, o telefone preso entre a orelha e o ombro.

Ele teve de abaixar a cabeça para cruzar a soleira da porta e, já dentro de casa, fez um gesto para que Isabel entrasse também. Ela o obedeceu, tentando não entreouvir a conversa ao celular recheada de jargões. A sala parecia ainda pior do que na semana anterior. Obviamente haviam desaparecido quaisquer intenções que, porventura, dias antes, ele tivera de arrumar aquela papelada. Ela hesitou e dispôs alguns dos papéis numa pilha malajambrada e sentou-se com cuidado no sofá. Quase todas as molas já tinham cedido, deixando à Isabel a alternativa de recostar-se indolentemente contra as almofadas macias de penas ou manter-se dura como se usasse um espartilho. Sentou-se com os joelhos unidos, as costas retas e o jornal e o leite no colo, observando

Patrick ir e vir pela sala, sempre ao telefone, como se alheio à existência dela.

Após alguns minutos, deu-se conta de que parecia a esposa de um candidato a presidente ouvindo com avidez o discurso do marido. Fingiu procurar algo dentro da bolsa, tentando não escutar a voz interior que dizia; o que você veio fazer aqui? À medida que o senhor Sherwin conversava, o chamado da razão prevalecia. Ela levantou-se.

— Preciso desligar — disse ele. — *Ciao*. — Guardou o aparelho e olhou para Isabel, que fervia por dentro. Claro que ele poderia ter interrompido a ligação mais cedo, se quisesse. — Isabel. Já é terça-feira? Esqueci de você. Não importa, é bom que esteja aqui. Temos muito trabalho pela frente. — Ele fez um gesto vago para abarcar a sala. — Seria ótimo se você pudesse dar alguma ordem a isso tudo e depois nos preparar um café. A cozinha é bem ali. Logo vou ter uma noção mais exata do que há para ser feito hoje. Tenho de dar uns telefonemas, mas farei isso no jardim. Leve o café até lá. É preciso aproveitar ao máximo o sol, certo? — E saiu da sala, já discando um número no celular.

Isabel ficou na sala vazia, os olhos piscando sem parar. Bem, isso é que é me colocar no meu lugar, pensou. Como Neil riria disso. Mas cá estou, e para trabalhar. Colocou o jornal e o leite nos degraus e começou a recolher todo o material impresso, pronta para distribuí-lo em pilhas — jornais, folhetos, cartas. Não estava segura de como prosseguir com a classificação, sem saber sobre o que eram. À medida que avançava na tarefa, se familiarizou com certas palavras e formou novas pilhas de papel. Faturas, contas — uma quantidade alarmante de advertências por atraso de pagamento —, folhetos brilhosos de equipamentos e serviços de informática, recortes de jornais. Alguns eram escritos num idioma que ela reconheceu ser italiano. O telefone tocou e sua mão hesitou por cima do aparelho, sem ter certeza se deveria ou não atender, mas a campainha parou antes que se decidisse. Extratos bancários, relatórios financeiros, recortes do *Financial Times*. Cartas que pareciam ser documentos vindos diretamente da Alfândega, da Receita Federal e de várias empresas. No fim, tinha ajeitado todo o material em oito grandes montes, que ocupavam o tampo da velha cômoda de carvalho. Não sobrara um só papel no chão. E ela agora sabia que a empresa chamava-se Patrick Sherwin Associados.

Seguiu na direção que o vira tomar minutos antes e se deparou com a cozinha, um cômodo amplo quase inteiramente tomado por uma imensa mesa de pinho típica de fazendas, grande o suficiente para uma família de 12 pessoas. Havia pratos e xícaras sujos na pia. Fôrmas de alumínio indicavam que, no fim de semana, o senhor Sherwin consumira um bocado de comida pronta. Encheu a chaleira e colocou-a no fogo. Enquanto aguardava que a água fervesse, lavou a louça e jogou as quentinhas no lixo, torcendo para que aquilo não se transformasse num precedente. Já era ruim o bastante ter de limpar a bagunça de duas crianças e um marido, e agora havia também a bagunça do patrão.

Terminado o serviço, olhou em volta, procurando mais o que fazer. A cozinha já parecia em condições de ser usada, mas ainda era impessoal. Isabel então foi ao jardim da frente e colheu um punhado de nereidas. As frágeis flores cor-de-rosa não tinham aroma, mas ficaram bonitas no pote de geléia vazio, sobre a mesa da cozinha, as pétalas longas arqueando dos centros carmins, as extremidades cheias de babados como uma peça de lingerie. Começou a explorar o guarda-louça. Parecia que o senhor Sherwin comprara somente café do tipo tradicional, não instantâneo, e Isabel encheu a cafeteira até a boca. Foi buscar o leite, despejou um pouco numa jarra e colocou o resto de volta numa geladeira que estaria totalmente vazia não fossem duas garrafas de Pinot Grigio, um pedaço de cheddar já seco e quatro cilindros plásticos contendo filmes para máquina fotográfica. Colocou duas xícaras na bandeja, ao lado da cafeteira e do leite, e saiu para o jardim, apertando os olhos contra a luz do sol.

O senhor Sherwin estava sentado na extremidade de uma mesa do jardim, as pernas cruzadas e os pés no alto, enquanto balançava a cadeira para trás, ainda falando ao telefone. Assim que percebeu a presença de Isabel, baixou as pernas e encerrou a conversa.

— Obrigado, é exatamente disso que precisava. — Sorriu para ela. — Como pode ver, está tudo meio confuso, mas felizmente há de melhorar. Hoje eu gostaria que você atendesse ao telefone da casa e anotasse os recados, além de começar a arrumar o escritório. É a sala de cima, no fundo. — O celular tocou e ele pegou o aparelho. —Desculpe, você vai aprender o serviço ao longo do dia. Quando tiver terminado o seu café, pesquise vôos para mim com destino a Milão, na sexta-feira. Retorno no domingo, de Heathrow, se possível. Use a internet para conseguir o melhor preço. O computador está no escritório. — Ele olhou para a tela do celular. — Céus, é aquele idiota do Andrew novamente. — Pressionou o botão para atender a ligação e, com um grande sorriso, exclamou: — Andrew! Em que posso ser útil?

Era embaraçoso permanecer sentada ali, à toa, tentando não ouvir a conversa do senhor Sherwin ao telefone. Demorou-se por não mais que um minuto e foi tomar o café dentro de casa. Decidiu reservar o vôo enquanto ele estava no jardim e tagarelava ao celular. Assim, não testemunharia sua primeira tentativa de reservar algo pela internet. Lavou a xícara e subiu as escadas para desbravar o escritório.

O escritório era o cômodo de trás, não aquele que tinha as cortinas fechadas. Obviamente tinha sido usado outrora como quarto, pois havia um colchão encostado contra a parede. Tinha mais papéis amontoados no chão ou jogados nas prateleiras da estante, prestes a cair. E duas grandes caixas de papelão cheias com um emaranhado de fios elétricos e plugues. Num dos cantos, monitores e teclados de computadores estavam agrupados aleatoriamente. No alto deles, um quadro de avisos quase escondido atrás de múltiplos pedaços de papel espetados em ângulos estranhos, os quais disputavam espaço com cartões de visita enfiados nos cantos da moldura e duas fotografias de um carro esporte faiscante, polido com esmero admirável.

Outras fotografias estavam presas nas paredes, paisagens a maioria. Isabel reconheceu vários desses lugares. Não eram instantâneos, mas o que Isabel pensava serem fotografias no seu verdadeiro sentido. Lembrou-se das caixinhas de filmes na geladeira. Evidente que o senhor Sherwin levava o hobby a sério.

Uma delas traçava os contornos de um corpo feminino, que era tudo o que a sombra permitia discernir. Um quadrado solitário de luz dourada iluminava um pedaço de pele nua. Seria a esposa do senhor Sherwin? Ou quem seria? Isabel fixou o olhar resolutamente na imagem, tentando apreender os traços da mulher, mas estavam escondidos na escuridão suave. Um barulho no andar de baixo fez com que desse um pulo e ela abandonou o exame do retrato.

No meio da sala, avistou uma mesa, e sobre ela, um computador. Encarou o objeto, nervosa. Embora tivesse dito ao senhor Sherwin que sabia o que fazer, até então só havia usado a internet para mandar e receber e-mails. No fim de semana, Neil tinha lhe presenteado com uma aula de informática, o que trouxe à sua lembrança as lições que o mesmo professor lhe dera sobre como dirigir um automóvel. Ele tinha uma paciência sem fim com os erros da aluna. Um bom mestre, afinal. Tenho de agradecê-lo como merece, pensou ela, sorrindo ao lembrar-se da tolerância do marido. Hesitou diante da única cadeira colocada em frente ao computador. Certamente o senhor Sherwin o havia usado há pouco tempo: a máquina estava ligada e havia duas xícaras vazias no lado direito da mesa. Ela tocou o monitor. E se não conseguisse fazer o que devia?

A sala parecia abafada. Isabel abriu a janela corrediça e se debruçou no parapeito. Inalou profundamente o ar fresco da manhã, deixando a brisa enchê-la de confiança. Sabia que Neil viria em seu socorro com apoio técnico caso enfrentasse problemas com o computador. Querido Neil, querido. Era um homem bom. Olhou para baixo e viu o senhor Sherwin no jardim. Parecia uma atividade esquisita ajudar um desconhecido a arrumar seus documentos e pertences. Mas ele dava a impressão de ser um sujeito peculiar, muito casual e nada parecido com um executivo. Não podia imaginá-lo trabalhando na mesma empresa que Neil, por exemplo. Tentou adivinhar quantos anos tinha. Não havia sinais de que o cabelo rareava, mesmo visto assim, de cima, ao passo que o pobre Neil já tinha uma área calva e entradas.

Um sussurro por trás dela fez com que percebesse que a aragem vinda de fora ameaçava espalhar ainda mais os papéis pela sala. Fechou a janela. Era uma pena impedir que o frescor entrasse naquele lugar, então puxou novamente a guilhotina da janela para deixar uma fresta aberta. Hora de trabalhar, pensou.

A prioridade número um eram os vôos. Rapidamente fez consulta a várias companhias aéreas e obteve uma lista de horários e tarifas, anotados com caligrafia caprichadíssima, conforme supunha faria uma secretária eficiente. Roma num fim de semana, Milão no fim de semana seguinte. Parecia muito glamoroso. Talvez, pensou, ela e Neil pudessem passar um fim de semana na Itália. Podiam pedir aos pais dele que tomassem conta das crianças. Ela nunca fora à Itália, e nos tempos de estudante perdera a oportunidade de correr a Europa de mochila nas costas.

Colhidas as informações sobre os vôos, voltou sua atenção para o ambiente. No canto, havia um velho armário de arquivo.

Abriu as gavetas uma a uma e descobriu que estavam quase vazias, apenas umas poucas pastas de papel-cartão marrom entocadas entre os ganchos suspensos internos. Fez etiquetas para identificar as gavetas. Clientes e Contas foram evidentemente as duas primeiras. Artigos e anúncios tirados de revistas e jornais podiam ficar juntos sob o título Informação, já na terceira gaveta. E tudo o mais poderia ir para a parte de baixo cuja etiqueta seria, pelo menos por algum tempo, Outros. Resolvido isso, pôs-se a trabalhar nas pilhas de papéis, dividindo-os em categorias.

Debaixo de algumas revistas de informática, Isabel encontrou uma prancheta vermelha para anotar lembretes, devidamente acompanhada de uma caneta. Fez uma relação do que tinha a fazer. Vôos. Aprimorar procedimentos de arquivo. Arrumar escritório. Arrumar sala de estar. O rol ficava mais comprido à medida que pensava no que havia pendente, até que chegou ao fim da folha de papel. Marcou como já realizadas as duas primeiras missões da lista.

O telefone tocou enquanto ainda olhava para a prancheta com a sensação do dever cumprido. Localizou o aparelho no chão, sob a mesa.

— Bom dia. Patrick Sherwin Associados — disse, numa entonação que imaginava ser a usada por uma secretária eficiente. — Em que posso ajudar? — Por dentro, rezava para que não fizessem perguntas difíceis. Dada a situação, praticamente qualquer pergunta poderia ser considerada difícil. Felizmente quem estava do outro lado da linha queria apenas falar com o senhor Sherwin.

Isabel abriu a janela.

— Senhor Sherwin, senhor Sherwin — chamou, gritando para o jardim, acenando. — Telefone. — Ele olhou para cima. — Telefone — repetiu ela, fingindo estar segurando o aparelho junto ao ouvido.

— Vou atender no andar de baixo — respondeu ele. — Quem é?

Isabel fez uma careta.

— Desculpe.

Ele balançou a cabeça.

— Não importa. — Isabel sentiu-se uma tonta por não ter perguntado. Qualquer idiota teria pensado em fazer isso. Afastou-se da janela quando ouviu a voz do senhor Sherwin.

Ele a olhava com os olhos apertados por causa da luz do sol.

— Você não precisa me chamar de senhor.

— Oh!

— Patrick é o suficiente.

Ele fez um meneio com a cabeça e entrou na casa. Isabel voltou ao telefone.

— Ele já vem — disse, esquecendo-se de usar a entonação de ultra-eficiência. Esperou até ouvir o ruído informando que o senhor Sherwin tirara o aparelho do gancho no andar de baixo. Então, desligou o de cima, pensando que passaria a chamar o senhor Sherwin de Patrick. Parecia quase desrespeitoso referir-se ao patrão pelo primeiro nome. Ou era um comportamento antiquado, um arcaísmo que ainda preservava por ter vivido anos fora do país? Mas ele não me chama de senhora Freeman, pensou. Neil provavelmente consideraria esse o tratamento correto. Mas Neil também pensa que devo ficar em casa lavando suas meias ou algo no gênero. Em vez disso, eis-me aqui: trabalhando. E isso me faz bem.

— Vocês devem se orgulhar muito da mãe que têm — disse Isabel aos filhos, que comiam espaguete, salpicando molho de tomate pela mesa. — Depois que o senhor Sherwin escolheu o vôo, fui incumbida até mesmo de passar à companhia aérea o número do cartão de crédito dele. — Durante o dia se acostumara a chamá-lo de Patrick, mas não quis usar o primeiro nome do patrão em conversa com as crianças.

— Isso quer dizer que vou ganhar um Playstation?

— Não. — Ela esfregou o rosto de Michael, a despeito dos protestos do menino. — O senhor Sherwin tem sangue italiano.

— Por que não posso ter um Playstation?

— Porque não.

— Você não vai ganhar um montão de dinheiro agora que está trabalhando?

— Não. E, de qualquer forma, é uma questão de princípios, não de dinheiro. Não quero que tenha um videogame no quarto.

— Todo mundo tem.

— Não importa. Você não quer conversar sobre a Itália? É de onde vem o espaguete.

— Pensei que viesse do supermercado.

— Muito engraçado. Coma tudo, Katie. — Katie sugava longos fios de espaguete, jogando o corpo para trás como se isso fosse necessário. Com uma investida final, a boca como a de um peixinho dourado de aquário, fez o fio de espaguete desaparecer.

— Sou a Dama — disse, começando um novo novelo. Isabel ficou confusa, depois se lembrou do desenho da Disney. — Ah, A Dama e o Vagabundo. É mesmo, eles comem espaguete num restaurante italiano, não é? — Katie fez que sim com a cabeça, os olhos esbugalhados pelo esforço da sustentar a sucção.

— E se beijam, eca! — Michael fingiu enfiar dois dedos na garganta e acrescentou ruídos de ânsia de vômito.

Típico de garoto, pensou Isabel, não sem uma ponta de orgulho. Não importa o tipo de educação que tivessem, as crianças dividiam-se por gênero, meninos gostando de armas e batalhas; meninas, de bonecas e princesas.

— O senhor Sherwin é muito bagunceiro, muito pior do que eu.

— Disse isso a ele? — perguntou Michael.

— Claro que não. Ele é meu patrão. Vamos, os dois, comam tudo. Tem bolo de chocolate de sobremesa.

— Hmmm. — Katie começou a comer com modos.

Era bolo comprado pronto, nada de bolo caseiro, pois não tivera tempo para isso. Os primeiros sinais de culpa típicos da mãe que trabalha fora deram a Isabel uma excitação ilícita. Não era mais apenas alguém com funções acessórias, mas uma mulher com um emprego a zelar, ocupada demais para trivialidades, correndo de uma reunião para outra. Uma vida cheia até a borda de propósitos. Cortou um pedaço de bolo para cada um — incluindo um para si mesma, sob o pretexto de que merecia um pequeno agrado. E embora não fosse tão gostoso como os feitos em casa, ainda assim era passável.

Cantarolou baixinho enquanto tirava a mesa do chá e o bom humor continuou até Neil chegar em casa. Ele fez algumas perguntas sobre o dia de Isabel, as quais ela respondeu da maneira mais neutra possível, não querendo dar início a atritos. Esperava que, mantendo-se longe de bate-bocas, Neil aceitasse que trabalhasse com Patrick. Pretendia enviar e-mails a alguns conhecidos informando sobre o novo emprego e uma longa mensagem para Frances, sua amiga mais próxima, que vivia na Tailândia, a meio planeta de distância. Tencionava também conversar pessoalmente com alguém sobre a novidade.

Sacou da bolsa o cartão de visitas de Justine, já com orelhas e amassado, bem diferente da imaculada senhora cujo nome o pedacinho de papel ostentava. Usou o telefone do saguão, longe de Neil, que estava na sala de estar, comodamente instalado em sua poltrona em frente à televisão — exatamente como seu pai.

— Liguei apenas para agradecer. Comecei a trabalhar para Patrick Sherwin.

— Eu soube — disse Justine, parecendo divertida.

Por ele? Isabel imaginou o que Patrick poderia ter comentado com Justine. Não tinha certeza se lhe agradava a idéia de os dois discutirem a seu respeito. Não, estava sendo tola. Provavelmente Patrick apenas fizera uma referência breve. Fez uma pausa, sem saber como dar prosseguimento ao papo.

— Não quero interromper a conversa, mas estava de saída — disse Justine.

— Para algum lugar especial?

— Apenas a turma de sempre.

A turma de sempre. Ela imaginava Justine sorvendo gim-tônica num clube, holofotes refletindo em seus cabelos, empoleirada num tamborete de bar enquanto um grupo de admiradores se curvava contra o balcão de latão polido.

— Quem sabe na próxima semana você e Rachel não gostariam de tomar chá depois da saída da escola? — disse Isabel de supetão.

— Seria ótimo. — E marcaram para a semana seguinte.

— Tenho de correr. Vejo você semana que vem. Suponho que vá querer saber das fofocas sobre Patrick — acrescentou Justine.

— Não, não, claro que não — respondeu Isabel, mas não pôde deixar de perguntar: — Há fofocas sobre ele?

Justine riu.

— Tenho de ir. Você vai ter de esperar.

Mais tarde, Isabel trocava de roupa e preparava-se para dormir enquanto Neil lia, sentado na cama, um relatório de trabalho. Divagou se ele notaria caso ela passasse a ter o corpo coberto por pêlos ou um terceiro seio. Vestiu a camisola e saltou na cama. Após um minuto, aninhou-se a ele, que continuou lendo, mas colocou o braço em torno dela. Com a cabeça contra o peito de Neil, podia sentir o coração dele bater, forte e regular.

— Neil. — Interrompeu a frase para chamar a atenção dele. — Sou realmente grata por ter me ajudado com o computador.

Ele apertou o ombro de Isabel.

— Fico feliz em ajudar. Sabe disso — disse, virando a página.

Ela chegou mais perto, deixando a mente perambular pelos acontecimentos do dia. Fora cansativo, e havia muito a fazer até o escritório de Patrick Sherwin ser considerado arrumado. Mas estava gostando de levar ordem ao caos. E ele se mostrara impressionado com o que ela conseguira fazer até então.

— É engraçado. Em casa, nunca pago as contas ou coisas do tipo, mas faço isso para um completo estranho. Talvez eu pudesse cuidar disso para nós.

Neil deu um resmungo.

— Só se quiséssemos receber avisos por atraso de pagamento.

— Você nunca vai esquecer isso, não é? — Isabel se afastou de Neil e se ajeitou para dormir, de costas para ele. — De qualquer modo, Patrick diz que nenhuma empresa paga as contas antes da data-limite. Chama-se administrar o fluxo de caixa.

— Grande administração, se quer saber. Completamente irresponsável.

Isabel podia imaginar a expressão no rosto de Neil ao dizer isso, e sem se dar conta que o remedava a meia voz. Completamente irresponsável. Para ela, era razoável fazer as grandes companhias esperarem. Elas podiam suportar a demora.

— E desde quando o nome dele é Patrick?

Ela congelou por um segundo.

— Ora, desde que nasceu, imagino — respondeu, tentando parecer distraída, e apagou a luz da cabeceira. — Vou dormir.

— Você entendeu o que quero dizer.

Sim, ela entendera.

— Não seja tão antiquado. Aposto que na sua empresa você chama todo mundo pelo nome.
— É uma situação muito diferente, e você sabe disso.
— Acho que não sei, não. — Ela arqueou os ombros sob o edredom. — Estou cansada. Boa noite.
Apertou os olhos contra a luz vinda do abajur da cabeceira de Neil, desejando dormir rapidamente. Na penumbra, podia ouvi-lo virar as páginas do relatório. Estranho como um barulho tão desprezível podia encher o ambiente. Depois de certo tempo, ele pôs os papéis de lado com um suspiro e desligou a lâmpada.
Um murmúrio de respiração.
— Isabel? — Uma mão serpenteava em direção a ela, tateava por dentro da camisola.
— Estou cansada. — A mão pousou sobre um seio inerte. Uma mão fria e grossa, com dedos atarracados. Ela manteve os olhos fechados. No escuro, Neil não podia perceber isso.
Ele pressionou o corpo contra o dela e perguntou, como sempre:
— Quer?
Inútil dizer que não. Sempre respondia sim porque sim era uma resposta mais fácil que não. Dispensava discussões e tentativas desajeitadas de excitá-la, o que ela considerava profundamente constrangedor. Dizer não quase sempre significava ceder em seguida. Ela dormia mais cedo quando dizia sim e, na maior parte das vezes, dormir era o mais importante. Essa noite dormir era o mais importante. Ela engoliu em seco, um pequeno som na escuridão.
— Tudo bem. Vá em frente.
— Tem certeza?
Como resposta, Isabel enganchou as pernas por sobre o quadril dele para atraí-lo. Sem precisar de mais incentivo, ele mergulhou, se perdendo na sensação física, uma dança que ambos conheciam, suave e praticada ao longo de anos. Praticada até o

ponto em que não tinha mais significado. Em outros tempos, é claro, tinha sido a coisa mais maravilhosa do mundo, mas 18 anos e dois filhos depois, o sexo tinha definhado e se limitado a uma atividade rotineira. Supunha que isso acontecia com freqüência, a julgar pelo que outras mulheres comentavam.

Sexo com Neil era como um passatempo, como jogar golfe. Neil ainda era ardente e Isabel, esposa solidária que era, o seguia. Em algumas vezes ainda se deixava levar, e as sensações simplesmente arrastavam-na, carregavam a ambos, juntos. Em outras, apenas o acompanhava na transa, respirando profundamente, elogiando o desempenho dele e esperando que o exercício físico pelo menos lhe trouxesse algum benefício. Não era algo capaz de fazê-la feliz ou infeliz — era mais uma faceta da vida de casada.

Mas naquela noite havia algo mais, uma questão escondida: é só isso? Deve ser, tem de ser algo mais. Resignação não era o mesmo que contentamento. Não importa o quanto Neil se sacudisse sobre ela, sentia-se vazia. Parecia que era somente um taco chacoalhando em uma bolsa de golfe. Uma lágrima quente e inesperada escorregou de suas pálpebras cerradas e, de repente, ela não queria nada além de estar sozinha.

Sabendo que isso o apressaria, cravou as unhas nos braços dele, respirou de modo mais pesado, e murmurou:

— Vai, agora. — Estimulado por esses sinais de centelha de paixão, ele alcançou o 18º buraco e desmoronou sobre ela. O corpo caiu pesado, repleto e satisfeito. Ele a beijou, depois rolou para o outro lado da cama e se acomodou para dormir. Enroscando-se em posição fetal, Isabel percebeu que não conseguia lembrar da última vez em que Neil se dera ao trabalho de perguntar se fora bom para ela.

5

Quando Helen convidara toda a família para o almoço de domingo, Isabel ficara excitada. Afinal, fora o primeiro convite desde que voltaram ao Reino Unido. Agora, do lado de fora da grande casa vitoriana de Helen na região rural de Milbridge, já não estava tão segura. Mal conhecia Helen e jamais tivera contato com o marido, George. Os vínculos entre as duas mulheres — ambas novas na área, ambas tendo estudado na mesma escola — não pareciam suficientes para justificar a formalidade de uma visita dominical.

Neil tocou a campainha, uma peça ornada e fundida em ferro, da qual pendia uma corrente. Silêncio.

— Talvez eu tenha me enganado quanto ao dia — disse Isabel, tiritando. Estava frio na sombra e lamentou não ter levado um casaco. Desejava puxar a manga de Neil e sussurrar: "Deixa para lá, vamos voltar para casa", mas seria muita infantilidade.

— Almoço de domingo, você disse. Hoje é domingo. — Neil tocou a campainha novamente.

— Talvez eu tenha me enganado quanto à semana. — Mas, não, ouviam-se passos dentro da casa, e Helen abriu a porta da frente, as bochechas coradas. Então houve as apresentações, as crianças foram mandadas para o salão de jogos e os adultos ganharam bebidas, o que significava pingos de gim em goladas de tônica. George e Neil reconheceram-se da plataforma da estação ferroviária, e Helen soltou exclamações sobre mais essa coincidência.

— Não é tanta coincidência assim — riu George. Seus olhos eram azul-claros e surpreendentemente grandes num rosto vermelho, como um retrato hanoveriano. — Todo mundo toma o 7h20. — Sua voz era desdenhosa, e Helen pareceu diminuir de tamanho.

— Que casa linda! — disse Isabel rapidamente, embora achasse o lugar deprimente.

— Tivemos sorte em encontrá-la — emendou Helen, animada. E começou a contar uma longa história sobre corretores, autenticação de documentos, topógrafos e trâmites. — Isso nos tomou quase um ano. — Elas conversaram sobre imóveis e preços de imóveis, depois passaram para o quesito estofados. Helen revelou onde era possível encontrar tecidos espantosamente baratos e de qualidade aceitável. Era o tipo de conversa martirizante e enfadonha para qualquer um alheio ao assunto, mas totalmente absorvente para quem se interessa por decoração. Para os aficionados por cinema, equivale a aconchegar-se domingo de manhã com uma xícara de chá fresco e um pacote de biscoitos de chocolate diante de um filme preto-e-branco estrelado por Bette Davis.

Isabel não conseguia lembrar-se de já ter tido uma conversa assim; as casas nos conjuntos residenciais apenas existiam, eram caixas para se viver nelas. Agora ela se inclinava para frente a fim de ouvir cada palavra da anfitriã, uma conspiração feminina sobre mobília e bules de chá floreados. Helen ganhara ares exageradamente coquetes: Isabel não conseguia discernir se era porque encontrara uma interlocutora atenta ou se pelo contraste com o diálogo tipicamente masculino entre George e Neil — que parecia se dar a respeito do melhor modo de viajar de Hull a Bristol. Embora não tivessem sido exatamente contemporâneas na escola, Isabel podia imaginar Helen mais jovem discutindo os méritos da sombra azul-clara ou a melhor marca de rímel.

Helen estava no meio da descrição de algum produto mágico (cujos pedidos podiam ser feitos pela internet) capaz de impedir tapetes de escorregarem em pisos estáveis, os dentes brilhando de entusiasmo, quando Rufus e Michael se aproximaram, à procura de comida. Helen agitou as mãos para o filho, que se servia de punhados de batatas chips.

— Oh, querido. Não faça isso. Vamos comer logo. — Rufus continuou a entupir a boca de batatinhas. Ele tinha o mesmo cabelo da mãe, cor de areia molhada, crescendo liso, denso como um pincel de barba. Era muito mais alto que Michael. O filho de Isabel havia seguido o colega, mãos enfiadas nos bolsos. Isabel ergueu as sobrancelhas para a cria, verificando, sem nada falar, se ele estava feliz. O menino, porém, fechou a cara para ela. Isabel presumiu que o gesto deixava entrever felicidade, só não de todo revelada porque Michael ficaria envergonhado com qualquer demonstração pública de afeto maternal.

— Em que escola está estudando, Rufus? — perguntou ela.

— Benedict's — resmungou Rufus por entre as batatas.

— Internato, folgas somente no fim de semana — disse Helen. — Muito melhor que colégio em tempo integral.

Isabel abominava a idéia de mandar Michael para o internato, por mais que isso fosse "melhor". Seria como pagar para ter os braços arrancados.

— Não sei como você agüenta — disse ela.

— Oh, mas ele adora, não é, querido? E você vai ver que a maioria dos garotos em Joseph's vai para o internato no fim do quarto ano. Deve ser um pouco solitário para os que não vão. Benedict's é bem perto. Sempre que posso, compareço aos jogos e eventos. Não é, meu bem? — Ela estendeu um braço para Rufus.

— Aham. — Ele a afastou com um movimento de ombros. — Que horas sai o almoço? Estou morto de fome.

Helen levantou-se, o rosto repentinamente ansioso.

— Quase me esqueci do almoço.

— Posso ajudar? — Isabel se ofereceu, mas Helen pediu que permanecesse sentada, podia cuidar de tudo, e correu para a cozinha. Em dez minutos estavam todos em volta de uma grande mesa polida numa sala de jantar formal, enquanto George cortava nacos de uma generosa peça de carne bem passada. As paredes eram pintadas de verde e cheia de gravuras emolduradas de faisões mortos. Uma fruteira rococó enfeitava o aparador de mogno esmeradamente polido, ladeada por castiçais de prata. O ambiente poderia funcionar como cenário para um chá de domingo em família numa série dramática. Só faltavam serviçais de uniformes engomados.

George dava o máximo de si para personificar um chefe de família vitoriana. Isabel olhou na direção de Neil, querendo partilhar seu divertimento, mas ele estava conversando com a anfitriã que, por sua vez, meneava a cabeça, com ar tão distraído como se contasse as colheres. Isabel podia imaginar a ladainha na mente de Helen — pimenta, sal, mostarda, molho madeira, raiz-forte — e notou com uma ponta de solidariedade que Helen não iria relaxar até que toda a comida tivesse sido consumida e as crianças correndo no jardim ou assistindo a um vídeo. Era como se sentisse que todo seu valor como mulher fosse mensurado por sua habilidade em produzir um tradicional assado dominical.

— Isso está maravilhoso, Helen — disse Isabel. — Que banquete. Não temos uma refeição assim há tempos, não é, Neil?

— Não, o que é lamentável — disse Neil, comendo com gosto. Isabel sentiu-se culpada. Havia esquecido o quanto Neil elogiava a comida da mãe quando vinham passar as férias no Reino Unido. Mas agora eles não estavam de férias, estavam em casa para sempre. Devia preparar esse tipo de repasto para Neil.

— Em países quentes não se tem apetite para refeições mais pesadas, não é? — perguntou Helen com a voz suave, sorrindo com simpatia para Isabel do lado oposto da mesa. — Só salada, massa e pratinhos assim.

Isabel devolveu o sorriso e ia abrir a boca para falar, mas George a interrompeu.

— É preciso que a comida seja decente. De outro modo, o domingo não é domingo.

Isabel tentou pensar em algo espirituoso que, embora não ofendesse diretamente o dono da casa, deixasse claro que estava se comportando como um tolo pomposo. Porém, a frase que lhe permitiria ser, de uma só tacada, muito cortês e inequivocamente rude não lhe veio. Optou, então, por não retrucar. Conversou um pouco com Helen sobre a Associação de Pais e Mestres e ajudou Katie a cortar a carne, a despeito de uns poucos comentários irônicos de George sobre crianças mimadas.

Como previra, Helen não relaxou até que o último prato com restos de maçã fosse colocado na lavadora e o café posto na mesa. Rufus escorregou da cadeira com um olhar oblíquo para o pai, que estava ocupado em uma digressão sobre as acrobacias do euro. Michael hesitou, procurando o olhar de Isabel.

— Tem algum problema se as crianças saírem da mesa? — sussurrou para Helen, que respondeu negativamente, apenas com um movimento de cabeça. — Vão brincar, queridos. — Katie e Millie escaparam de mãos dadas. Isabel as observou com melancolia. Preferiria correr e ir brincar em vez de permanecer sentada naquela sala formal e abafada, o cós da roupa ameaçando cortar seu estômago ao meio.

George trouxe conhaque e duas taças, o que a irritou. Não que quisesse beber, mas achava que ele deveria ter lhe perguntado se queria um aperitivo. Olhou para onde estava Helen, entretida em ouvir a conversa dos homens. George tentava convencer Neil a associar-se ao clube de golfe e, por alguma razão, Isabel voltou o pensamento para Patrick. Ela mexeu o café com vagar, observando o creme rodopiar de forma psicodélica. Praticamente se esquecera dele ao longo do fim de semana, mas agora ele se fizera lembrar e podia imaginá-lo de maneira muito clara — recostado na cadeira, à vontade, a voz grave zombando das pretensões de George. Franziu o rosto, numa careta. Deveria estar contente por Neil estar se dando tão bem com George mas, não, sentia-se levemente perturbada. Os dois maridos estavam sentados e reclinados, a camisa vermelha xadrez de George esticada na barriga, os quadrados distorcidos em desenhos como pinturas de Bridget Riley. Ele acendeu uma cigarrilha.

— Então — disse ele em meio a baforadas. — Como vocês dois se conheceram?

— Numa festa — deu de ombros Isabel. — Como a maioria das pessoas.

— Ora, querida. A maioria não se conhece em festas. — Neil estava sorrindo para Isabel, a taça de conhaque na mão grande. Ela sorriu com firmeza, esperando que o gesto colocasse um ponto final no assunto.

— Aha, aí tem uma história, posso apostar — disse George, as bochechas brilhantes e rosadas como as de um querubim.

— Era uma noite muito quente de verão, na verdade uma massa de calor e...

— Neil, eles não estão interessados nisso. É uma história muito comprida — disse Isabel a Helen, balançando a cabeça.

George bateu na mesa.

— Vamos lá, desembucha.

— Como estava dizendo, era uma noite muito quente...

George levantou sua taça de conhaque.

— Você já disse isso — criticou.

— É, já disse — emendou Neil, amistosamente. Isabel percebeu que ele já tinha bebido mais do que ela imaginara.

— Neil, realmente eu não acho... — ensaiou Isabel, mas ele a interrompeu.

— É uma boa história. Não seja boba. — Ele agitou uma das mãos, pedindo para que não o atrapalhasse. — Aliás, era uma festa de dois aniversariantes. Um completando 18, outro 21 anos, eu acho. Foi há tanto tempo que não consigo lembrar.

— Eram os 18 anos de Lin e os 21 de Peter — disse Isabel, se esforçando para encontrar um modo de encerrar a conversa.

— Lin também estudava em Richmond House — disse a Helen. —Você a conheceu? Chamava-se Lin Hetherington. A mãe tinha um carro esporte.

Helen lembrasse ou não de Lin, Neil estava decidido a prosseguir.

— Não importa. As famílias não economizaram: havia tendas, toldos, jantar, banda, dança. Infra-estrutura total. Fazia muito calor e alguém mais afoito pulou na piscina. De roupa e tudo, veja você, e logo todos o seguiram. Até mesmo Isabel.

— Neil, você não a salvou de um afogamento, salvou? — Helen parecia impressionada.

— Melhor que isso — disse Neil com satisfação. — Eu já a tinha visto mais cedo naquela noite. Obviamente era a garota mais bonita da festa. E estava vestida de maneira diferente das demais, numa coisa longa e esvoaçante.

— Era um vestido de segunda mão que comprei no mercado de Portobello Road. — Lembrava-se claramente do vestido. Crepe azul-marinho de boa qualidade, salpicado de flores brancas e vermelhas, fechado na frente com botões na forma de morangos, acabamento em linha escarlate, comprido até os calcanhares. Tinha a cintura muito marcada e era o tipo de roupa usada pelas atrizes de Hollywood nos anos 1940. Hoje certamente seria uma peça para colecionador, mas na época era uma maneira barata de se vestir. Fez a mente retroceder décadas. Como carecera de autoconfiança ao se pôr lado a lado de garotas presenteadas com mesadas polpudas e passeios para comprar roupas no Harrods com o cartão do banco das respectivas mamães. Ela não podia competir com isso, e como só dispunha mesmo daquele vestido simples, qualquer disputa estava fora de questão. No entanto, o estilo da década de 1940 lhe caía bem, destacando a cintura fina (outros tempos), ao mesmo tempo em que disfarçava os quadris mais generosos. — Adorava aquele vestido — disse ela, mais para si mesma que para os demais.

— E aí, o que aconteceu?

— Isabel era uma das que haviam mergulhado na piscina, mas logo saiu da água e foi para baixo de uma das tendas espalhadas no jardim.

— A água estava fria. Afinal, a festa aconteceu em Surrey e não nos trópicos. Queria me aquecer.

— Ela começou a dançar, certo? Mas a cada movimento, o vestido se abria um pouquinho.

— Abria? — Helen olhou para Isabel, sobrancelhas erguidas.

— Acho que deve ter sido o cloro da piscina. Não sei se o vestido era sintético, mas o tecido simplesmente não agüentou. Parecia algodão-doce, as fibras molhadas se rompendo. Não exatamente se rasgando ou esgarçando, era como se derretessem, se dissolvessem a cada gesto, a cada movimento.

Ela podia lembrar nitidamente, olhando para baixo e vendo...

— É tão constrangedor — disse a Helen, ávida por um pouco de solidariedade feminina.

Helen parecia confusa.

— Talvez devêssemos tomar café na sala de estar.

— Nada disso. Continue, Neil — disse George, dando tapinhas no estômago.

Isabel tentou mandar mensagens telepáticas ao marido. Esperava que seu rosto estampasse um sorriso casual, transmitindo assim uma insinuação vigorosa o bastante para que Neil a captasse.

— Por favor, Neil, pare aqui.

— Mas essa é a melhor parte. Escutem só — disse Neil, imune à telepatia, completamente alheio ao constrangimento de Isabel. — Ela não estava vestindo nada por baixo.

Isabel queria encolher e desaparecer. Todos olhavam para ela. Helen de olhos arregalados, talvez levemente chocada. Neil contente com o efeito que a história estava causando e, quanto a George, seus olhos estavam ainda mais esbugalhados.

— Era uma noite muito quente — foi tudo o que Isabel pensou em dizer.

— Imagino — interrompeu George, que não piscou, nem cutucou Neil nas costelas, mas a Isabel pareceu ter sido exatamente essa a atitude do dono da casa. Ela puxou para si o casaco de lã que usava, tentando erguer uma barricada contra os olhos predadores de George que haviam se cravado nos peitos dela. E, de repente, sentiu-se novamente com 18 anos, exposta, aflita, as pessoas ao redor rindo e apontando.

— No escuro, tinha concentrado o olhar nos rostos que circundavam a pista de dança, em busca de ajuda, de um amigo, e a cada volta que dava o vestido sorrateiramente esfarrapava um pouco mais. Cruzou os braços sobre os seios, sentindo as costas cederem. Foi andando para o lado, movendo-se com cuidado para minimizar o estrago e a humilhação, os risos ecoando em seu cérebro. E então veio um homem segurando um paletó de smoking. "Pegue isso", disse ele, cobrindo os ombros de Isabel. O tecido ainda estava quente do corpo dele, o forro de seda escorregadio contra a pele úmida.

— Que romântico! — exclamou Helen, os olhos brilhando enquanto sorria para Isabel, que deu de ombros, se esgueirando até Neil, seu salvador do passado, agora seu carrasco. "Como pôde fazer isso?", perguntou a ele sem precisar abrir a boca. Ele, no entanto, tinha as vistas fixas em outra direção.

Os olhos de George lampejavam.

— Espero que ela tenha sabido agradecer.

— Acho que soube, sim — disse Neil, presunçoso. Ele chegou a dar uma piscadela para George como para insinuar todos os tipos de aventuras sexuais. Isabel, porém, sabia que a noite terminara com Neil levando-a de carro, sã, salva e intacta, para o apartamento que dividia com amigas em Fulham. Houve uns poucos beijos por sobre a caixa de marchas do Ford Mondeo, o cabo do câmbio funcionando como um cinto de castidade último modelo. Ela o teria convidado a entrar, provavelmente teria dormido com ele, mas sendo o tipo de homem que era não lhe ocorreria sugerir algo assim a uma moça de família. "Garotas boas não transam no primeiro encontro" era algo tão arraigado nele que sequer registrou a oportunidade.

Por alguma razão, uma imagem de Patrick veio à cabeça de Isabel. Ele a teria resgatado ou teria feito parte da multidão que ria, como George? Um salvador, pensou ela. Podia vê-lo pousando o paletó sobre seus ombros, mas depois aproveitar-se-ia sem pudor da gratidão dela e a violentaria atrás das tendas. Tal pensamento a fez estremecer. Que coisa esquisita de se pensar, disse para si mesma.

Katie entrou na sala de jantar e foi furtivamente até a mãe, colocando os bracinhos finos em torno do pescoço dela.

— O que foi? — disse Isabel, aliviada pela distração, escorregando um dos braços para a cintura da filha.

Katie aproximou a boca do ouvido de Isabel.

— Quero ir ao banheiro — cochichou, a respiração quente.

— Não pode pedir a Millie? — cochichou também Isabel.

— Quero ir com você. — O rosto de Katie era miúdo, os olhos contorcidos de embaraço.

Isabel desculpou-se com Helen, agradecida por ter motivos

para escapar, e foi com Katie até o saguão. Percebeu que a porta do lavabo não tinha tranca, razão pela qual a menina estava ansiosa. Isabel ficou de pé, do lado de fora, protegendo Katie de invasões indesejadas, muito embora não se vissem ou ouvissem que os garotos estavam por ali. Era isso o que considerava ser a verdadeira maternidade. Pequeninos cuidados. Narizinhos gentilmente assoados. Roupinhas postas para lavar, secar e passar, meias de lã guardadas aos pares. Mãos frias colocadas carinhosamente sobre frontes com febre. Ovos cozidos e depois mergulhados em água gelada para que as claras ficassem duras e as gemas moles. E as torradinhas com manteiga e sem casca. Galos curados com beijinhos. Laços de amor mantidos por mil intimidades cotidianas, fortalecidos por mil bons serviços diários prestados aos filhos.

Katie reapareceu, desatenta, ainda ajeitando a calcinha com as mãos. Isabel puxou o vestido de Katie, aprumando-o no corpo.

— Vamos encontrar Millie?

Katie concordou com um movimento de cabeça. Isabel a segurou pela mão e foram para o quarto de brinquedos, onde Millie se entretinha com uma casinha de bonecas. Katie se soltou de Isabel e se abaixou ao lado da amiguinha. Isabel observou-as brincar, apreciando o frescor da pele das crianças, a seriedade com que conversavam. Millie tinha idéias muito decididas sobre o que acontecia e o papel que caberia a cada uma das bonecas. As bonecas mães ficavam na cozinha, os bebês e as crianças na cama, no andar de cima, ou fazendo traquinagens na sala de estar. Isabel se ajoelhou junto a elas. Podia lembrar-se de sua própria casa de bonecas, mobília de diferentes tamanhos, dando a impressão de que a casa pertencia aos Três Ursinhos e não a uma boneca de sorriso descorado e cabelos feitos de lã encaracolada.

— E o pai? O que ele faz? — perguntou.

Millie fez uma pausa na arrumação.

— Não temos boneco para fazer o pai — disse, de maneira banal, e voltou a discutir com Katie onde instalar o gato naquele mundinho exclusivo para mães e bebês. Isabel pegou um bule de chá miniatura, decorado com cenouras, equilibrando-o com cuidado na palma da mão. A tampa da pecinha abria, mas o bico não era furado, o que tornava o objeto sem função. Não haveria chás de bonecas. Isabel rolou o brinquedo entre os dedos, tão desapontada quanto Hunca Munca na história de Beatrix Potter.*

As menininhas tagarelavam, um murmúrio contínuo. Não a estavam excluindo, simplesmente não havia lugar para ela na brincadeira. Isabel se levantou, sentindo os joelhos rangerem. Estou ficando velha, pensou, e voltou ao mundo dos adultos.

Foram embora já no fim da tarde, George prometendo a Neil indicá-lo para membro do clube de golfe. No caminho de casa, Isabel mostrou-se aborrecida com o marido pelo que havia entendido como traição. Ele, porém, não parecia arrependido nem desejoso de reconhecer que criara problemas entre o casal.

— Já contei essa história para um punhado de gente — disse ele, bocejando, apesar de ter tomado dois cafés.

— E eu nunca gostei — retrucou ela bruscamente.

Não era exatamente verdade. Contar uma história a um grupo de amigos sob o céu azul do Oriente Médio era bem diferente de ter o passado revelado sob o olhar atento e arregalado de George numa tarde inglesa cinzenta. Ela teria se importado se Neil tivesse contado a Patrick? Tentou imaginar o que Justine iria desvendar sobre Patrick durante o chá.

— Gosto dessa casa — disse Justine, olhando em torno da cozinha de Isabel, o cabelo balançando como o de uma garota-propaganda.

---

*Autora e ilustradora, a inglesa Beatrix Potter (1866-1943) é referência em literatura infantil e criadora de inúmeros personagens. (N. da T.)

— Eu não gosto — disse Isabel, e percebeu em seguida quão esquisito tal comentário poderia soar. — Quero dizer, não é das piores, tem quartos em número suficiente e a cozinha é equipada, mas está longe de ser o que desejava. É o que dá procurar casa às pressas.

— Você deve ter uma vista formidável do andar de cima.

— Ahã. — Isabel tomou um gole de chá, pensando em imóveis. — Preferia estar morando numa casa mais antiga. Moramos em imóveis modernos por muito tempo e acho que sonhava que, ao ter minha própria casa, seria mais tradicional. E pensei que moraríamos no campo e não na cidade.

— Um chalé com rosas ladeando a porta? — Justine parecia ter achado graça, os olhos cintilantes de uma zombaria gentil. Isabel não conseguia definir se gostava ou não dela, mas, depois de ter convivido com o conformismo aconchegante de Helen, apreciava o tom ácido das palavras de Justine.

— Algo assim, não estou bem certa. Passei toda a infância vagando de uma casa para outra e prometi a mim mesma que meus filhos teriam raízes em um lugar.

— Seu pai era militar? — perguntou Justine.

Isabel bebeu o restante do chá, esperando Justine deduzir que a pergunta havia se desfeito no ar. E prosseguiu com a conversa.

— A alternativa era pagar aluguel, e isso eu não queria. Só fomos notificados de que Neil seria transferido a poucos meses da mudança. No ano passado, por essa época, sequer sabíamos que estaríamos aqui.

— Como assim?

— Nunca se sabe com muita antecedência. É o modo como a empresa funciona. É possível candidatar-se aos lugares preferidos, mas se é mandado para onde há disponibilidade. Se permanecêssemos no exterior, nossa próxima parada teria sido a Nigéria ou Eindhoven, dois destinos nada atraentes. E eu desejava voltar ao Reino Unido, de modo que Neil se apresentou para uma vaga na matriz. Procuramos por um local próximo à estação que termina em Warteloo. E cá estamos nós.

— Bem, me parece uma casa muito boa. Muito espaçosa.

Espaçosa. Isabel estremeceu por dentro ao ouvir isso; parecia se tratar de uma palavra usada somente por corretores de imóveis. Uma palavra afável, como "bonito", "saboroso" e "bem-estar". Não seja mesquinha, disse para si mesma, Justine está apenas tentando ser gentil.

— Magnólias por toda parte fazem maravilhas. — Ela olhou em torno da cozinha, sua própria personalidade imposta à insipidez pelo acréscimo de jarros de cobre do Marrocos e uma corrente de pimentas vermelhas como um colar arcaico feito de corais. — A sorte nos ajudou. E, como mantivemos uma casa alugada em Londres durante todo o tempo em que moramos fora, não tivemos problemas financeiros muito sérios ao voltar.

— Vocês ainda a têm? Deve valer uma fortuna.

— Não sei quanto vale — disse Isabel, constrangida. — Mas ainda a temos. Se dispuséssemos de mais tempo, provavelmente a teríamos vendido e comprado uma outra por aqui, mas temos bons inquilinos e, do modo como os aluguéis estão subindo em Londres, talvez seja melhor não nos desfazermos dela. — Isabel franziu o cenho. Neil quisera que vendessem a casa que fora do pai dela, reclamando do custo e das controvérsias com os inquilinos sobre as despesas de manutenção. Isabel sabia, no entanto, que seu pai teria preferido que a casa fosse legada aos netos em vez de financiar um imóvel mais caro. Secretamente, esperava que isso garantisse renda suficiente para pagar os estudos universitários de Michael e Katie: seu pai sempre lamentara não ter ele próprio conseguido cursar a universidade. Pensar nas crianças lhe trouxe de volta ao presente.

"Acho que é hora de preparar a refeição das crianças. Rachel gosta de massa? — Justine fez que sim com um gesto de cabeça. — Tento pensar em coisas diferentes, mas eles não experimentam nada novo e acabo eu comendo o que compro de novidades. Por isso, tendo a só gastar com o que sei que vai agradá-los — disse Isabel. — Outro dia Neil disse que apenas três coisas na vida eram certas: a morte, os impostos e o macarrão para o almoço. — E quebrou o silêncio reinante na cozinha, colocando água para ferver, pegando uma caçarola e um ralador de queijo. — Você conhece Patrick Sherwin bem? — perguntou, da maneira mais despretensiosa possível.

— Ah, Patrick — disse Justine, encostando-se na poltrona. Isabel pensou se o encosto da cadeira era bom o bastante. — Se o conheço bem? — disse Justine, lentamente, como se ganhando tempo para responder. — Eu o conheço há... uns oito anos.

— Bastante tempo.

— Parece uma eternidade. Só Deus sabe. Ele também estava casado quando nos conhecemos.

— Então ele já foi casado? — perguntou Isabel, sentindo-se culpada em falar sobre Patrick pelas costas, mas incapaz de resistir. — Mas agora está divorciado, não está?

Justine deixou escapar um riso de desdém.

— Não sabia?

Isabel jogou o espaguete na panela, observando os fios duros se dobrarem e ficarem flexíveis na água quente. Sentiu-se tola e ingênua.

— Talvez não seja surpreendente que você não saiba. Patrick pode manter-se muito quietinho quando lhe convém.

— Não esperaria que ele conversasse comigo sobre algo tão pessoal — disse Isabel, sentindo que sua voz tinha um tom pudico e relutante em insistir na discussão a respeito de Patrick.

— Mas você quer saber, não quer?

Isabel deu de ombros, sem querer dizer sim.

Justine ergueu os olhos para o teto.

— Não acho que Patrick ou Caro tenham nascido um para o outro. Ela era parte da nata da sociedade local. Na verdade, ainda é. Após o divórcio, se casou com o proprietário de dois mil acres na região de Petersfield. — Justine brincou com um biscoito que estava no seu prato. Isabel percebeu que Justine não havia comido nenhum dos biscoitos caseiros que ela comprara no mercado especialmente para a ocasião. Não é à toa que era tão magra. Isabel já tinha comido quatro. — É engraçado como os ricos sempre se casam com os ricos, não é? — disse Justine.

— Não sei. Talvez seja por isso que continuam ricos.

— Ricos para sempre. — Justine esfarelou um pedaço de biscoito, esmagando-o com o dedo indicador. — Você vai aprender que existe uma quantidade espantosa de pessoas com dinheiro por aqui. Nem tanto na cidade, mas nas redondezas. Dinheiro a valer. Alguns ganharam o que tem na City, outros foram brindados com belas heranças. — E torceu o nariz.

Isabel não sabia o que dizer. A conversa parecia ter se desviado rapidamente de Patrick e Caro, e ela não tinha idéia do que fazer para retomar o assunto.

— Caro é rica? — tentou Isabel.

— Riquíssima — disse Justine. — Era de esperar que com todo aquele dinheiro pudesse se vestir de maneira decente.

Justine fez parecer que se sentia pessoalmente afrontada pela maneira como Caro se vestia. Então Isabel percebeu que talvez fosse, sim, uma afronta pessoal.

— Você deu assessoria de estilo a Caro?

— Sim. Ela tinha assessoria integral, incluindo cores, tudo, serviço completo. Não que isso tenha lhe ajudado muito. Ou que eu tenha conseguido lhe ajudar — acrescentou Justine, após refletir melhor. Isabel imaginou o que tal frase poderia significar, mas não quis insistir, pois Justine agora tinha os olhos fixos no infinito.

— O macarrão está quase pronto. Por que não chama as crianças? — Justine levantou-se e saiu da cozinha. Isabel rapidamente pôs três pratos sobre a mesa, escorreu a massa e fez um molho acrescentando uma porção de manteiga, um pouco de creme e uma mistura de *gruyère* e cheddar ralados. Ao fim da tarefa, surpreendeu-se com o fato de nenhuma das crianças ter aparecido ainda. Foi até o saguão, verificar. — Ei! — chamou, gritando escada acima. — Meninos, hora do lanche. — Silêncio. Chamou novamente, e dessa vez ouviu sons de passos. Michael foi o primeiro a surgir, descendo os degraus com os ombros caídos, da maneira exata como se comportam os adolescentes. Rachel e Katie foram as próximas e, por fim, Justine, que dizia:

— Vamos, garotas! — num tom enérgico. Isabel teve a sensação clara de que Justine não fora buscar Rachel e Katie para o chá, e sim que aproveitara o ensejo para uma incursão de reconhecimento no andar de cima. Justine sorriu ao passar pela dona da casa, enxotando as crianças para a cozinha. Isabel mais uma vez deu de ombros. Não havia nada que pudesse fazer a respeito, exceto esperar que os quartos não estivessem desastrosamente desarrumados.

Justine mostrou-se muito lisonjeira com as habilidades culinárias de Isabel, elogiando com entusiasmo como fora inteligente preparar algo tão delicioso em tão pouco tempo. Isabel não sabia como reagir. Era óbvio que se tratava de um prato simples, e as palavras de Justine pareciam exageradas. Ela agora estava de pé examinando tudo o que havia sobre o consolo da lareira: um amontoado de cartões-postais, pinturas a dedo, tesouros empoeirados e listas de coisas por fazer.

— Este é Neil? — perguntou. Isabel virou-se. Justine apontava para a fotografia de um homem em pé, mãos nos quadris, relaxado, confiante, enquanto no fundo um céu imponente era riscado pelos primeiros raios do crepúsculo, conferindo tons dourados a uma cadeia de montanhas recortadas.

— Aham, é a Arábia peninsular, deserto de Empty Quarter.

— Não é deserto, você sabe — disse Michael, servindo-se de uma garfada generosa de macarrão. — É só o modo como o chamam.

— Não fale de boca cheia — disse Isabel, automaticamente. — E nem interrompa quando alguém está falando.

— Não tem problema — disse Justine, fazendo Isabel sentir-se uma mãe severa e repressora. — O que há lá, já que não é deserto?

— Uma porção de coisas. Pássaros, animais, pessoas.

— Areia? — A voz de Justine tinha uma cadência atraente, quase como se estivesse flertando.

— Ah, sim — disse Michael, distraído. — Um bocado de areia. Posso pegar um pedaço de bolo?

— Depois que as meninas tiverem terminado. — Isabel notou que Rachel estava fazendo um esforço enorme e disse a ela que não precisava comer tudo. Justine a interrompeu na hora.

— Tenho uma regra segundo a qual as crianças devem comer tudo o que está no prato. — Deu um meio sorriso para Isabel, que estava pasma. Regra número 23 da maternidade: nunca interferir na disciplina imposta por outra mãe. Ainda assim parecia injusto esperar que a criança comesse, numa casa estranha, algo de que não gostasse. E era uma atitude desnecessária. Ninguém ganharia nada em forçar uma criança a comer.

— Acho que dei a Rachel uma porção grande demais — disse, cuidadosamente. — Deveria ter perguntado quanto ela queria. O prato ainda está bem cheio de modo que... — Isabel sorriu para Justine, que de má vontade concordou que a filha não precisava raspar o prato.

Isabel recolheu a louça e, em seguida, cortou o bolo. Fora da embalagem de papelão, parecia menor do que pensara. Na pressa, cortou pedaços sem considerar o centro do círculo e sem fazer uma cruz atravessando a peça para, só depois, reparti-la em fatias individuais.

— Acho que fiz uma grande bagunça — disse Isabel, lambendo os dedos, confusa com a forma que o bolo tomou. — É do mercado WI. Eu costumava fazer bolos em casa, mas agora...

— Uma fatia era curta e larga, as outras compridas e finas, como uma questão trigonométrica no dever de casa de Michael: quantos desses são triângulos escalenos, quantos são isósceles? Michael e Katie disputaram sobre qual dos dois ficaria com o maior quinhão. Isabel sentia-se aturdida, especialmente porque Rachel permanecia sentada em silêncio, ocupada com a fatia desconjuntada que lhe coubera. Os modos da menina eram impecáveis. Talvez Justine estivesse certa em insistir em boas maneiras à mesa, não importassem a ocasião ou as circunstâncias. Justine estava olhando novamente a fotografia de Neil.

— Sempre gostei dessa — disse Isabel. — Éramos recém-casados e Neil tinha me dado a câmera de presente.

— Ele parece jovem.

— Estamos casados há tanto tempo! Neil tinha 26 anos e eu, apenas 19.

— Dezenove! — Os olhos de Justine arregalaram-se com uma pontada de malícia. — Ninguém se casa aos 19 anos hoje em dia.

— Eu sei — disse Isabel, com expressão de desalento. Mais uma vez precisaria deixar claro que ela e Neil não haviam se casado por conta de uma gravidez não planejada. — Neil estava prestes a assinar um contrato de dois anos na Arábia Saudita e eu só poderia acompanhá-lo na condição de esposa. E assim, de acordo com as leis locais, tornei-me propriedade dele, e a companhia se dispôs a pagar minha passagem, além de nos garantir acomodações adequadas para casados. Não fosse assim, Neil teria de se alojar numa espécie de albergue medonho. — Deu de ombros, como já era de hábito. — E não havia muita coisa me prendendo no Reino Unido. De modo que nos casamos, partimos para o deserto e vivemos felizes para sempre. — Ocasionalmente, em geral após uma briga, ela especulava o que teria acontecido se não tivessem precisado se casar tão precipitadamente. Nos últimos tempos a dúvida tornara-se mais insistente, pipocando em situações improváveis. — Mais bolo? — acrescentou, adiantando o prato com triângulos mal desenhados.

Katie e Michael, que já haviam acabado de comer, afastaram as cadeiras e correram para fora da cozinha. Rachel hesitou.

— Por favor, posso me retirar da mesa, senhora Freeman? — disse, as mãos colocadas sobre o peito.

— Pode me chamar de Isabel. Senhora Freeman faz parecer que sou muito velha. E claro que você pode se retirar se já está satisfeita. Vá se juntar às outras crianças. Que modos adoráveis! — disse para Justine, enquanto Rachel corria ao encontro de Katie.

Justine sorriu, deleitada, e começou a arrumar a mesa.

— Não, não, deixe disso. Arrumo tudo depois. Quer mais chá? — perguntou Isabel, pensando melancolicamente na sala de estar e numa conversa que não envolvesse crianças e afazeres domésticos. Uma conversa sobre outros assuntos. Como Patrick Sherwin. Mas Justine tinha assumido o comando, devolvendo ordem à cozinha. Isabel era só constrangimento com a quantidade de utensílios que pareciam ter sido usados para uma refeição tão frugal. Desejava ardentemente despejar tudo na pia e arrumar mais tarde. Elas mal tinham terminado de ajeitar tudo quando Neil apareceu na porta da cozinha.

— Chegou cedo — disse Isabel quando ele a beijou no rosto.

— Peguei o 16h20. — Ele voltou-se para Justine e estendeu-lhe a mão. — Olá. Neil Freeman.

Ela pegou a mão estendida.

— Olá. Justine Torens.

— A filha de Justine e Katie estudam na mesma turma — foi a contribuição de Isabel, torcendo para que Neil se recolhesse ao segundo andar ou ao escritório, a portas fechadas. Porém, não foi o que o marido fez. Ficou por ali, bebendo chá e jogando conversa fora com Justine, sem dar sinal de que pretendia sumir. Isabel ainda tinha muito o que conversar e perguntar a Justine e estavam perdendo tempo falando sobre um dos projetos favoritos de Neil, uma represa enorme que havia fornecido eletricidade para centenas de milhares de casas mas que também tinha feito desaparecer sob a água várias aldeias de um vale remoto. Isabel olhou com ar ameaçador. Como poderia Neil supor que Justine estava interessada em tudo aquilo? Embora Justine agisse com elegância, assentindo com a cabeça e fazendo perguntas, Isabel podia ver que não estava prestando muita atenção.

Finalmente Justine pôs um ponto final.

— Realmente tenho de ir — disse, pegando a bolsa. — Já abusei da hospitalidade de vocês.

— De maneira alguma — Neil e Isabel disseram ao mesmo tempo: Isabel, de modo mecânico, e Neil, com um sorriso brilhante como se não falasse da boca para fora.

— Fique para um drinque — acrescentou ele.

— Eu adoraria, mas não posso. Obrigada. Preciso mesmo ir. — Rumou para o vestíbulo e chamou Rachel. Depois retornou e estendeu a mão a Neil. — Foi um prazer conhecê-lo. Seu trabalho parece fascinante. — Rachel já vinha descendo as escadas, seguida por Katie. — Muito obrigada por nos receber, nos divertimos muito, não é mesmo, Rachel?

Rachel mostrou obediência e, com um movimento de cabeça, indicou que concordava com a mãe. Isabel se viu abrindo a porta da frente. As pessoas costumavam levar horas se despedindo: crianças desapareciam, tinham perdido um pé do sapato, esquecido o brinquedo no jardim, esse tipo de coisa, mas Justine estava saindo sem mais delongas. Ao passar pela soleira, fez uma pausa.

— Eu ia contar tudo sobre Patrick, não ia?

Isabel fez que sim, consciente de que Neil também estava no saguão, logo atrás dela.

— Numa outra oportunidade, talvez.

— Na verdade, não há muito o que contar. Ele não tem segredos terríveis, não guarda esqueletos escondidos no armário. Se há esqueletos, estão totalmente expostos. É provável, até, que bebam com ele no The Mason's Arms. — E disparando um olhar que cruzou Isabel e foi direto para o interior do cômodo, cochichou: — Você sabe o que dizem sobre ele, não sabe?

Isabel balançou a cabeça.

— O quê?

— Dizem que... — Justine olhou de esguelha para Isabel como se avaliando como reagiria — é muito bom de cama.

6

Bom de cama. Isabel separava a correspondência em cartas, propagandas inúteis, contas. Bom de cama. As palavras pareciam gravadas no seu cérebro, de modo que algumas das cartas pareciam endereçadas a "Patrick Sherwin, Bom de Cama" e não a "Sr. Patrick Sherwin, Downton Road, 45". Quem dizia que ele era bom de cama? E como Justine sabia? Será que ela e Patrick...? Isabel pensava nisso enquanto fazia café para o patrão. Tinha muito pouca informação a respeito de Justine além do fato de ser divorciada. O telefone tocou.

— Patrick Sherwin Associados — respondeu. Bom de cama, pensou. — Vou verificar se ele está. — Segurou o fone contra o peito enquanto gritou por Patrick, que deveria estar no andar de cima. — Um minuto, por favor — disse a quem estava do outro lado da linha, e esperou por Patrick. Ele desceu fazendo um certo estardalhaço e tomou o telefone das mãos de Isabel.

— Sim? — disse. Isabel tentou não ouvir a conversa. De qualquer modo, era um diálogo tedioso, algo sobre um computador que não funcionava. Patrick tentava entender qual era o problema apresentado pela máquina e, pensou Isabel, estendendo-lhe o café, não estava conseguindo evitar que a voz transparecesse irritação. Ele sorriu ao pegar a xícara e ela sentiu-se corar. Bom de cama. A frase martelava como um refrão em sua cabeça. Podia imaginar líderes de torcida cantando, as saias rodopiando:

Bom de cama! — palmas, palmas, palmas. Bom de cama — palmas, palmas, palmas.

Voltou à cozinha, preparou chá para si. Com ar sonhador, retirou o sachê de dentro da xícara e lançou-o na vasilha de lixo junto à pia. O que fazia um homem ser bom de cama? Sempre pensara que, para as mulheres, era a atitude mental que fazia a diferença. Tinha certeza de que isso se aplicava a ela, muito embora sua experiência para além de Neil fosse limitada e parecesse ter ocorrido há muito tempo. Talvez experiência fosse o xis da questão. Mas o homem poderia estar somente repetindo os mesmos movimentos, várias e várias vezes. Ou aprenderia o que agradasse a uma mulher e depois teria de aprender novos truques para a próxima. Para isso precisaria ser sensível. Atencioso. Receptivo. Qualidades não tradicionalmente atribuídas aos homens. Pelo menos, não aos poucos que conhecera. Talvez todas as mulheres gostassem das mesmas coisas. Mas era como dizer que todo mundo gostava de batatas. A maioria das pessoas gosta, mas algumas vão além e preferem chips, ou cozidas, bem assadas ou ainda como purê e em variações exóticas como *duchesse* e *dauphinois*.

Fez uma careta. Não podia ser uma questão de tamanho — bem, não somente de tamanho. Quanto à criatividade, muitas vezes poderia se limitar a algo desconcertantemente mecanicista, como se houvesse uma lista de posições a realizar, uma a uma. Um pouco por cima, um pouco à esquerda, na mosca! Uma busca por quantidade e variedade, talvez sem qualidade. Como ser capaz de pintar milhares de quadros, nenhum com talento. E ainda havia quem dissesse que fazer amor era uma arte. Tomou um gole do chá quente. Como Neil fora irritante em se intrometer no exato momento em que Justine iria contar algo interessante.

— Por que tenho de trabalhar com imbecis? — gritou Patrick ao entrar, fazendo-a dar um pulo. — Essas pessoas são débeis mentais. É o bastante para enlouquecer qualquer um. — Ele abriu a porta do armário da cozinha e a fechou em seguida, com um estrondo. — Onde está meu café?

— Onde você o deixou — disse ela, observando-o apreensiva. A fúria de Patrick parecia encher o ambiente. Ele martelou os dedos no tampo do armário, depois passou-os pelo cabelo, que parecia faiscar de eletricidade.

— Pegue-o — disse ele, jogando as mãos para cima como se não contivesse mais tanta exasperação por conta da obtusidade de Isabel. Obediente, ela foi até a sala de estar e recolheu a xícara. Pensou em dizer "Vá você mesmo pegar", mas já estava dando meia-volta para retornar à cozinha. Não vou fazer papel de capacho, pensou. Mas lá estava ela com a xícara em punho. E ele parecia de fato muito zangado. Podia ouvi-lo fazendo alvoroço na cozinha, batendo as portas do armário. Ele se enfurecera com muita rapidez, fora como combustão espontânea — sem explicação e devastadora. Ela cruzou a entrada da cozinha e pôs a xícara sobre a mesa.

Patrick não deu sinal de ter notado o retorno de Isabel. Estava ocupado demais andando de um lado a outro do cômodo, amaldiçoando a imensa estupidez, a total ausência de cérebro e a completa falta de entendimento dos clientes. Cuspia as palavras com paixão.

— E eles têm o descaro de me dizer, a mim — e apontou um dedo contra o próprio peito, para dar ênfase —, que o sistema não funciona!

Isabel não sabia o que dizer. Ela fez um movimento com os ombros e ensaiou o que imaginava ser um sorriso tranqüilizador.

— Não se aborreça. Tenho certeza de que você vai dar um jeito nisso.

Ele virou-se para ela, os olhos lampejando.

— Não me aborrecer? O que diabos isso quer dizer? Claro que me aborreço. Claro que estou aborrecido pra cacete, sua idiota. Vou dar uma volta.

Passou por ela como um foguete, o balanço dos ombros exprimindo de maneira tão forte energia reprimida que ela, involuntariamente, deu um passo para trás. A xícara de café sobre a mesa deve ter sido varrida pela jaqueta de Patrick, pois saiu voando, indo se esfarelar no chão, espalhando cacos e café preto. Seguiu-se um segundo barulho, pois Patrick saiu para a rua, batendo a porta atrás de si. O som reverberou pela casa.

Isabel permaneceu rígida até que a calma reinasse no ambiente. Então se curvou e recolheu os cacos de louça. Suas mãos tremiam. Nunca vira alguém tão enfurecido, nunca vira, de perto, uma fúria tão bem traduzida em gestos. Neil se retraía numa concha fria; na infância, os professores de Isabel haviam sido sarcásticos, os pais haviam mantido os bate-bocas a portas fechadas. Embrulhou os cacos num jornal e os colocou no lixo.

Deveria se demitir? Ou estava sendo histérica? Hesitou, depois começou a enxugar e esfregar o chão, para evitar que o piso ficasse manchado. Neil ficaria horrorizado se soubesse que Patrick a xingara, pensou. O que ela dissera para aplacar a raiva de Patrick foi inútil, tolo, talvez. Mas era ultrajante chamá-la de idiota, ainda mais com tanta veemência. Neil iria querer que ela abandonasse o emprego.

Bom de cama.

Seria covarde jogar tudo para o alto, disse a si mesma. E não desejava voltar para o calvário semanal de consulta aos classificados e à humilhação de ter dificuldades até mesmo para agendar uma entrevista de emprego. Torceu o pano de prato e o colocou dobrado sobre a pia. Por ora, continuaria a trabalhar com Patrick e veria o que aconteceria.

Estava no andar de cima do escritório, tentando separar faturas pagas das não pagas, quando escutou, no andar de baixo, a porta da frente dar um estalido suave e passos suaves. Manteve-se de costas para a entrada, a cabeça baixa.

— Isabel?

— Mmmm — disse ela, sem se virar, aparentemente absorta no trabalho.

— Desculpe, não devia ter perdido a cabeça. — A voz profunda era contrita. Um ronco surdo, pensou ela, e sorriu por dentro, ainda examinando as faturas. Isabel amarrara o cabelo para trabalhar e estava com a nuca à mostra. Podia sentir os olhos de Patrick sobre si. Talvez ele intuísse o estado de espírito dela, pois aproximou-se e ficou de pé, a seu lado.

"Não devia ter me descontrolado daquele jeito. Não quis ser grosseiro. Meu sangue italiano foi mais forte, eu acho. Minha mãe é mestra em fazer as xícaras voarem. Espero que isso não a faça desistir de trabalhar para mim. — Ele fez uma pausa. Sua voz soava hesitante e ela percebeu que não estava acostumado a pedir desculpas. Isso a fez sentir-se poderosa. Ele tocou de leve o braço dela. — Isabel?

Ela ergueu os olhos e, por um segundo, teve o pensamento louco de que ele iria beijá-la.

Mas ele não a beijou.

— Deixe-me levá-la para almoçar, quero me redimir por ter sido tão injusto. — Ela podia sentir o sangue nas faces e virou-se para esconder sua perturbação.

— Trouxe sanduíches. — A voz dela parecia tensa, tão tensa quanto a dele parecia relaxada.

— Livre-se deles. Diga que me perdoa e vamos almoçar.

Ela engoliu em seco.

— Eu o perdôo e agradeço pelo convite, mas vou comer meus sanduíches. Acho que é o melhor a fazer.

— Você não me perdoou.

— Não se trata disso. Na verdade, nem tinha pensado a respeito. — Exibiu o que esperava ser um sorriso especialmente afável. A eficiente e muito respeitável senhora Freeman. — Parece que faltam várias faturas. Da 4.550 em diante. Tem idéia de onde possam estar?

— Nenhuma. Abomino papéis.

— Já percebi.

Ele olhou em volta da sala como se fosse a primeira vez que via aquele ambiente.

— Você pode tentar procurar naquela caixa.

Ele indicou uma velha caixa de papelão para papel de fotografia, fininha e amarelo brilhante, empoleirada no topo de uma pilha de monitores de computador. Ela começou a buscar as faturas que faltavam, esperando que a linguagem de seu corpo indicasse que estava ocupada; ainda assim, todos os seus sentidos estavam ligados em Patrick, que deixou a sala em poucos minutos.

Isabel suspirou e continuou vasculhando a caixa. Encontrou velhos cartões de visitas, um cardápio de comida indiana para entrega em domicílio, um retrato. Pegou a foto. Lânguido, Patrick lhe sorria, o braço casualmente dobrado sobre uma garota magra e bronzeada de cabelos louro-prateados vestindo biquíni branco. Sua ex-mulher? Ou uma outra namorada? Estavam num iate, e o céu que os emoldurava era de um azul-cobalto intenso. Verificou o verso da fotografia, mas não havia nada escrito, nenhuma indicação de quando a cena havia sido registrada. Fez a foto escorregar para baixo do cardápio indiano e tentou não pensar em Patrick com uma aparência insuportavelmente glamorosa. E bom de cama.

Trabalhou no andar de cima durante todo o resto da manhã, localizou as faturas extraviadas, amarrotadas e meio rasgadas, atrás do aquecedor. Quando olhou pela janela, pôde ver Patrick andando de um lado para o outro do jardim, aparentemente falando sozinho, os braços balançando. Parecia completamente enlouquecido. No entanto, logo percebeu que ele estava usando uma espécie de fone de ouvido que lhe deixava as mãos inteiramente livres enquanto vociferava ao celular.

Estava certa em não sair para almoçar com ele, pensou. Era importante manter os limites, não cruzar a linha entre os territórios. Ele era seu patrão, afinal. Embora não devesse gritar com ela. Neil ficaria furioso se soubesse o que acontecera. Fechou a janela pensativa.

Apesar de tudo, gostava de trabalhar para Patrick. As duas últimas semanas tinham sido interessantes, cheias de objetivos e metas a cumprir. Gostava de arrumar toda aquela bagunça, separando a correspondência em arquivos e pastas, organizando as gavetas de metal antes vazias, criando etiquetas e colando-as nas orelhas das fichas. Gostava de digitar as cartas, especialmente com o corretor ortográfico para mitigar seus parcos conhecimentos lingüísticos. Gostava de ser útil; gostava de ser definida por seu trabalho e não por suas funções como esposa e mãe. Gostava de atender ao telefone numa voz peculiar que transmitisse eficiência; e gostava quando Patrick saía para uma reunião e ela tinha a casa só para si; e gostava quando Patrick estava lá, o modo como se dirigia a ela enquanto trabalhava. Gostava da maneira como ele negligenciava as contas, ainda que Neil dissesse ser uma atitude totalmente irresponsável. Algumas vezes ele se inclinara sobre Isabel para trocar uma palavra ou duas enquanto ela digitava, perto o bastante para que sentisse o calor do corpo dele. Gostava disso também.

— Certo. Sem desculpas. Você vai almoçar comigo.

Isabel deu um pulo. Patrick entrara no escritório e tinha o casaco dela nas mãos.

— Mas meus sanduíches...

— Dê para os patos. Você vem comigo. — E a ajudou a vestir o casaco.

— Mas... — disse Isabel, aceitando a bolsa que ele lhe estendia e se deixando ser gentilmente empurrada para fora da sala.
— Nada de mas. É política da empresa.
— O que é isso?
— Ninguém pode dizer "mas". E os patrões que gritam com os empregados têm de compensá-los, levando-os para almoçar. — Ele baixou a voz enquanto desciam as escadas. — Isso evita processos por assédio.
Isabel riu sem graça.
— Se prometer não lhe processar, posso comer meus sanduíches em paz?
— Não, você tem de participar do almoço. — E abriu a porta. — Vá na frente.
Isabel hesitou por um segundo, depois saiu da casa.
— Obrigada — disse ela.
O Mason's Arms era no fim da rua. Isabel passara por lá com freqüência, mas nunca entrara.
— O que você quer beber? — perguntou Patrick.
— Algo sem álcool. Uma limonada sem açúcar, por favor.
— Peça uma bebida de verdade.
— Não costumo beber no almoço.
— Eu insisto.
— Então uma taça de vinho branco.
Ele foi ao bar enquanto ela olhava em volta. Sentia-se culpada por estar num ambiente escuro e tradicional quando lá fora o dia estava gloriosamente ensolarado, talvez o último dia de sol do ano. Parecia uma atitude decadente, como ir a uma sessão de cinema à tarde em pleno verão. Não era o que ela esperava estar fazendo. Na verdade, não conseguia se lembrar da última vez em que estivera num pub como aquele, estritamente para adultos. Desde o tempo de solteira, supunha. Ao voltarem para o Reino Unido, Neil e ela haviam tentado uns poucos pubs de ci-

dades do interior com as crianças, mas esse de hoje era muito diferente. Não tinha espaço para as famílias, nem área externa para os pequenos brincarem.

— Vamos nos acomodar enquanto ainda há lugares vagos — disse Patrick, entregando a Isabel uma taça de vinho e indicando uma mesa perto da lareira. Eles sentaram-se, Patrick em frente a ela, as pernas cruzadas de modo que o tornozelo esquerdo repousava sobre o joelho direito. Parecia inteiramente à vontade.

Isabel estava empoleirada na ponta do assento. Ela não tinha contado com uma situação daquelas. Almoço num pub, na companhia de um estranho. Bem, não exatamente um estranho. Seu patrão. Disparou um olhar em direção a ele. Não era bonito, o nariz curvo, talvez quebrado numa partida de rúgbi, olhos meio escondidos. Pálpebras semicerradas deveriam lhe fazer parecer sonolento, estúpido mesmo, em vez de vibrante e alerta. Várias vezes Isabel havia imaginado qual o significado de "olhos de matador" e agora supunha ter descoberto. Era uma expressão que sempre a intrigara, como "fuck-me shoes"*. O que afinal significavam? De repente, pensou nos sapatos de camurça ameixa que usara na entrevista e corou.

— Está ficando lotado e acho melhor fazermos logo o pedido. Já decidiu o que gostaria de comer?

Sua mente parecia vazia.

— *Ploughman's***, por favor — disse ela, mencionando o único prato cujo nome lhe ocorreu.

Observou-o avançar por um caminho sinuoso entre os outros clientes até o bar, alto o bastante para ter de se curvar sob as

---

*Sapatos de saltos altos e finos que funcionam como fetiches masculinos. (N. da T.)
**Prato muito comum em pubs ingleses, composto por fatias de queijo, picles, pão, manteiga e salada verde. Ao pé da letra, significa "do lavrador". (N. da T.)

vigas do teto. Imaginou quantos anos Patrick teria. Quarenta? Quarenta e dois? O pub estava cheio — clientes que trabalhavam em escritórios nas imediações. Homens em ternos cinza com casacos jogados sobre os ombros, gravatas frouxas e mocassins; mulheres de saia justa, blusa e salto alto. Lembrou-se de Justine dizendo que os esqueletos de Patrick provavelmente bebiam com ele no Mason's Arms. Patrick era cliente habitual, a julgar pela quantidade de pessoas que o cumprimentavam.

Ele voltou com mais uma rodada de bebidas. Ela procurava, atrapalhada, algo dentro da bolsa, mas ele a interrompeu.

— É por minha conta — disse, e se acomodou na cadeira. — Conhece bem Justine?

— Só a conheci há duas semanas. — Ela piscou na atmosfera enfumaçada, surpresa em como a vida tinha mudado. — E você? Conhece-a bem? — Bom de cama, pensou Isabel.

— Há alguns anos. — Sua voz ainda era profunda, relaxada, mas havia alguma intenção no tom que ele empregara. — Fale-me sobre o tempo que trabalhou na BBC. Conheço algumas pessoas que trabalham lá.

— Foi há uma eternidade. — Ela tomou um trago de vinho, sentindo a viscosidade fria em torno da boca. — Antes de me casar.

— E parou de trabalhar assim que se casou? Típico da década de 1950.

— Era difícil arrumar emprego nos lugares para os quais Neil foi mandado. Era complicado mesmo nos países em que não havia restrições ao trabalho feminino, pois precisaria de visto especial. Sem ele, de nada adiantam as qualificações do candidato estrangeiro. — Isabel brincou com o porta-copo de papelão, pensando no passado. — Na época, parecia fazer sentido. Neil estava indo para o exterior com contrato de dois anos e eu só poderia acompanhá-lo se fôssemos casados. E se fôssemos casados a empresa forneceria moradia; se fosse solteiro teria de ficar num alojamento. E eu queria viajar, então...

— Parece um arranjo muito conveniente. — A voz de Patrick era seca. Isabel não queria que ele a entendesse mal.

— Estávamos completamente apaixonados, é evidente.

— Claro. — Os olhos dele estavam entreabertos, mas ela pôde perceber que refletiam o fogo da lareira que aquecia o salão. — E agora?

Isabel correu um dedo pela borda da taça de vinho.

— Todos sabem que vivemos bem — disse, consciente da aspereza da própria voz. — Veja, é a nossa comida que vem ali? — Patrick virou-se e acenou para a garçonete, chamando-a à mesa. Ela baixou o frugalíssimo almoço "de lavrador" em frente a Isabel e uma torta fumegante com batatas chips diante de Patrick.

— E mais uma rodada de bebidas por minha conta — acrescentou ele, enquanto a garçonete se afastava.

— Oh, não, não devo — disse Isabel. —Tenho de pegar as crianças na escola mais tarde.

— Não vai fazer nada além disso hoje à tarde, vai?

— Vou trabalhar para você.

— Então essa é a sua tarefa de hoje à tarde. Disse na entrevista que estava preparada para ser flexível. — Ele a estava provocando? Isabel olhou para Patrick, mas ele estava ocupado fazendo um buraco no alto da torta, liberando nuvens de fumaça.

— O cheiro está ótimo — disse Isabel.

— Cerveja Guinness e carne. Fazem aqui mesmo. Experimente um pouco. — Ele espetou um naco de bife no garfo e estendeu para ela. Isabel hesitou, depois abriu a boca. Estava delicioso. Os olhos de ambos se encontraram e Isabel corou. Não devia ter feito aquilo, pensou. Uma fronteira havia sido cruzada. Você simplesmente não deve se comportar desse modo com um

estranho. Seu patrão, ainda por cima. Estendeu o braço para pegar a taça de vinho, deixando entornar um pouco sobre a mesa.
— Desculpe.
— Não precisa se desculpar — disse ele, enxugando a poça com um guardanapo de papel. — Uma mulher bonita nunca deve pedir desculpas.

Isabel rapidamente pousou a taça antes que derramasse mais vinho por todo lado. Patrick comeu mais torta como se não tivesse dito nada de extraordinário. Talvez para ele não fosse mesmo extraordinário, pensou Isabel.

— Sirva-se se quiser mais. — Ele indicou o próprio prato.
— Não, obrigada — disse ela, pegando um pedacinho de queijo e levando-o à boca. O dedo estava salgado. Ele tinha dito que era uma mulher bonita? Ela agarrou-se internamente a tal idéia. Fazia muito tempo desde a última vez que ouvira elogios à sua aparência. Lançou um olhar furtivo sobre Patrick, que terminava a refeição. Ele ergueu os olhos, como se pudesse sentir que estava sendo examinado.

— Você não está comendo. Não gostou do prato?
— Não, não, está ótimo, obrigada. Não estou com muita fome, é isso. — Ela tentou pensar em algo para dizer que a fizesse se sentir segura. — Vive aqui há muito tempo?
— Na área, há cerca de oito anos. — Ele aproveitou a última batata chip para absorver o molho do prato e a comeu com satisfação. — Minha mulher queria se mudar para fora de Londres, um lugar em que pudesse criar cavalos.
— Cavalos?
— Estábulos em Londres custavam uma fortuna.
— Então se mudaram para o campo.
— Sim. Foi o maior dos erros que cometi na vida. — E recostou-se na cadeira.
— Por quê? Não gosta da vida rural?

— Disse isso?
— Creio que não.
Esperou que ele falasse mais, mas ele permanecia calado, imóvel, a camisa branca enrugada dando destaque à pele morena.
— Lamento. Pensei ter ouvido você dizer que não gostava do campo.
— Não.
— Então eu me enganei. Devo ter entendido mal... — Bebeu um pouco mais de vinho para escamotear o constrangimento. Patrick brincava com o garfo, de cara fechada.
— Não desgosto do campo. De qualquer tipo de meio rural. Porém não gosto do que esse tipo de área campestre na periferia de uma grande cidade faz às pessoas. Os homens saem para trabalhar durante a semana e as mulheres ficam em casa, têm filhos e tomam conta da casa. Ou se tornam aficionadas por cavalos e toda energia que deveriam destinar ao sexo é sublimada e dirigida a algum quadrúpede desgraçado. Ou ainda pior, marido e mulher adotam cavalos e passam a caçar. E esse é o fim da linha. — Ele rolou os olhos.
Isabel não estava segura sobre o que dizer.
— Então você é contra as caçadas.
— Claro. Não dou a mínima para raposas e ninguém ligaria para elas se parecessem com ratos. Caçadores são criaturas esnobes e cheias de si.
— Sua esposa não caçava, presumo.
— Era uma caçadora ardorosa. Ainda é. Está sempre perambulando com arreamentos ou polindo freios.
— Isso não tornou a vida de vocês difícil?
— Óbvio que não. — Ele deu um sorriso, exibindo os dentes. — Nós nos divorciamos.
Isabel sentiu-se muito tola.
— Lamento.

— Não lamente. Foi melhor assim. A não ser pelo fato de eu ter ficado nessa pocilga e não em Londres. — Ele se espreguiçou. — Hummm, era disso que eu precisava. Quer mais alguma coisa? Que tal um conhaque?

— Não tenho de voltar ao trabalho? — Isabel empurrou a cadeira para trás como se prestes a ir embora.

— Não seja boba. Fique e tome um conhaque. Ou um café.

— Ela hesitou, de novo. Tinha bebido duas doses generosas de vinho e sentia-se zonza.

— Talvez um café seja uma boa idéia...

Ele pediu dois cafés e dois conhaques, apesar dos protestos dela. Estranhamente, as bebidas que chegaram à mesa pareciam ter sido servidas em dose dupla. — Se você não beber, bebo eu — disse Patrick, num gracejo. E com sutileza ergueu o copo de conhaque em direção a ela. Num gesto pouco refinado, Isabel fez com que a própria taça tilintasse contra a de Patrick. Fazia anos que não tomava algo com teor alcoólico tão alto, e bastou um pequeno gole para fazer sua garganta pegar fogo.

— Não devia ter gritado com você — disse Patrick. — Não a culparia se tivesse decidido se demitir.

— Não, está tudo bem — disse Isabel, constrangida.

— Claro que não está tudo bem. Você só está sendo educada.

— Não é isso. Eu apenas não interpretei o incidente como uma ofensa pessoal.

— É muita generosidade sua.

Isabel não sabia o que dizer, então tomou mais um pouco de conhaque.

— Pessoas que conseguem manter-se casadas sempre me espantaram — disse Patrick, como se fosse esse o assunto sobre o qual estavam conversando. — E são felizes, obviamente. Não é impressionante se permanecem casadas e são infelizes. — E tomou o resto do conhaque.

— Pode ser. Todos os casamentos passam por acertos de rota.

— Isso é um eufemismo para covardia. Ser assustado demais para sair da gaiola.

— Não, não é covardia — disse ela, tropeçando nas palavras no afã de se defender. — Tem a ver com constituir família, ficar junto não importa o que aconteça.

— De bom e de ruim? — A voz de Patrick era cínica. — Soa como aquele poema: "E que sempre se agarrem firmes às suas babás por medo de encontrarem algo pior"*.

— Não é essa a minha experiência — disse ela, empurrando o copo de conhaque para longe.

— Então a felicito por estar entre os sortudos.

Houve um silêncio curto e desconfortável. Isabel podia sentir o coração acelerado e uma película de suor sobre a pele. Não estou acostumada a beber durante o dia, pensou. Não deveria estar aqui.

Patrick quebrou o silêncio.

— Você me acha cínico demais.

— Não saberia dizer. Mal o conheço.

— Talvez eu seja cínico quanto a casamentos. — Ele se curvou para a frente e ela notou que os olhos dele não eram castanhos, como imaginara, mas de um verde profundo. — Veja você, minha mulher me abandonou.

— Lamento. — O coração de Isabel era todo solidariedade para com Patrick, cuja mão tocou suavemente para demonstrar simpatia. Fez isso enquanto bebia um pouco mais de conhaque para que o gesto parecesse incidental.

— Sim, me abandonou — disse ele, quase para si mesmo, a voz suave e baixa. — Fui trocado por aquele maldito quadrúpede.

---

*Trecho do poema "Jim", no qual um menino se solta da mão da babá e acaba comido por um leão. Escrito por Hilaire Belloc (1870-1953). (*N. da T.*)

Isabel deixou escapar um riso estridente, que sufocou pressionando a mão firmemente contra a boca.

— Desculpe — disse, quando pôde. — É que soou tão engraçado.

— Não tem muita graça quando acontece com você — disse ele, os olhos faiscando na direção de Isabel, que tentou assumir ar de seriedade.

— Foi mesmo por causa do cavalo que ela o abandonou?

— Mais ou menos.

— Isso é horrível — conseguiu dizer, antes de novamente precisar pôr a mão sobre a boca para abafar o riso.

— Fico feliz em ver que você achou isso tudo tão divertido. — E acrescentou de maneira lúgubre: — E era uma égua, a infeliz.

Bebi demais, pensou Isabel, os olhos marejados de tanto rir. Mas não ria assim há tempos. Patrick começou a falar sobre Milbridge e a empresa. Isabel tentava ouvir, mas seu cérebro parecia não querer se concentrar, mantinha-se operando na superfície. Patrick pediu mais dois conhaques e bebeu ambos. Isabel nem se abalou. Nada mais lhe importava. Não lhe importava se as pessoas observavam os dois. Não lhe importava a perplexidade de Neil caso soubesse que tomara conhaque no meio do dia.

— Estou gostando realmente de trabalhar para você — disse.

— Apesar do meu temperamento horroroso?

Ela fez que sim com a cabeça, feliz.

— Bem, suponho que seja melhor voltarmos e trabalhar um pouco. — Ele tomou a última dose de conhaque. — Embora seja praticamente hora de você ir para casa.

— Oh, não. — Isabel pôs-se de pé num pulo, bateu o joelho numa das pernas da mesa e sentou-se novamente de supetão. — Já devia ter ido embora há muito tempo.

— Você tem tempo de sobra. Fico contente que não tenha desistido de trabalhar para mim. — Ele meneou a cabeça na direção de Isabel, em seguida rumou para ao balcão, onde pretendia fechar a conta. Isabel esfregou o joelho, e levantou-se de maneira menos afobada. Os sapatos pareciam escorregar no tapete, como se os joelhos não estivessem convenientemente unidos à parte inferior das pernas. Patrick retornou e eles deixaram o pub.

Isabel piscou com força ao sair do local, atingida pelo ar fresco e pela luz do sol, tão vívida que fazia os olhos doerem. Sentia que tinha almoçado como um troglodita, não como um lavrador.

— Você está bem? — disse ele, franzindo as sobrancelhas.

— Sim, estou — disse Isabel, olhando de esguelha para ele, repentinamente cônscia do quanto havia se embriagado. — Acho melhor não dirigir, mas estou bem, posso ir andando até a escola e depois eu e as crianças tomamos um ônibus.

— Tem certeza?

— Absoluta — disse, com cuidado para não enrolar a língua. Estava consciente de que Patrick a segurava pelo cotovelo e a conduzia com suavidade pela calçada.

"Estou bem — repetiu. — De verdade. — Deu uma topada com o dedão do pé numa pedra rachada do calçamento e tropeçou, torcendo o tornozelo. Patrick a segurou impedindo-a de cair, as mãos firmes.

— Desculpe — disse, sem fôlego. — Obrigada por me salvar. — Sorriu para Patrick e notou que ele se curvava em sua direção. Ele vai me beijar, pensou pouco antes de suas bocas se encontrarem.

Pega de surpresa, não pensou em protestar, em gritar, em empurrá-lo. Sua cabeça zumbia, sentiu o sangue correr para as bochechas. A boca dele tinha um gosto diferente, a mão era quente e áspera enquanto segurava a cabeça dela com firmeza, a outra enlaçando-a pelas costas, mantendo-a junto a si. Ele tinha gosto de conhaque e café. Estava tão estupefata que se deixou beijar por vários segundos antes que seu cérebro pegasse no tranco e abrisse os olhos. No entanto, antes mesmo que tivesse tempo de esboçar qualquer reação, ele a soltou.

— Não devia ter feito isso. — Deixou caírem as mãos que tocavam Isabel. — O que posso dizer? Não adianta tornar a lhe pedir desculpas.

Ela o fitou. Os neurônios pareciam ter lhe abandonado e só era capaz de registrar o gosto que a boca de Patrick deixara na sua.

— Veja, vamos considerar que se tratou de um momento de loucura. Tente esquecer o que aconteceu. — Ele fez uma pausa e olhou para ela, indeciso. — Acha que consegue?

Isabel concordou com um gesto para só depois acrescentar:

— Consigo o quê?

— Esquecer o que aconteceu.

— Oh! — Ela aprumou a postura e pendurou a bolsa no ombro. — Não tem problema, você não precisa dizer mais nada. É melhor que eu vá. — E estendeu a mão. — Obrigada pelo almoço.

Ele apertou a mão dela, cheio de formalidade.

— Não há de quê.

— Então, até amanhã.

Ela subiu a rua com cuidado, tentando manter-se em linha reta e sentindo os olhos dele nas suas costas, mas quando virou a esquina e olhou para trás, ele já tinha desaparecido.

À noite, Isabel teve dificuldades em cumprir seus afazeres domésticos, mal conseguindo se lembrar onde havia colocado utensílios de cozinha que, segundos atrás, estavam em suas mãos. A colher de pau foi um caso à parte: parecia ter vida própria, sumindo e depois ressurgindo em lugares improváveis. Era cansativo manter uma busca incessante pelos objetos, em especial quando você esquece o que era mesmo que estava procurando. Sempre tentava manter a casa razoavelmente arrumada e o jantar pronto para quando Neil chegasse do trabalho, mas hoje tiveram de esperar séculos por um ônibus e todo o serviço se atrasara. Se Neil quisesse uma esposa-robô deveria ter se casado com uma, pensou, fazendo barulho ao bulir nas panelas. Deu uma mexida desnecessariamente vigorosa no frango que estava no fogo, o molho espirrou por sobre a borda e provocou um chiado ao cair sobre a boca do fogão elétrico. Droga. Sabia que deveria retirar a mancha de imediato, antes que se solidificasse e ficasse gravada para todo o sempre no esmalte do fogão. Porém, todos os panos de limpeza pareciam ter desaparecido.

O que diria a Neil?

Neil, Patrick me levou para almoçar e depois me beijou na saída do pub.

Neil, você acredita nisso? Patrick me beijou hoje, mas decidimos fingir que isso nunca aconteceu.

Neil, a boa notícia é que estou realmente me dando bem com o patrão. A má notícia é que ele me beijou.

Neil, meu patrão me beijou na saída do pub, não fiz nada para impedir e agora não consigo tirá-lo da cabeça.

Não se lembrava da última vez em que ganhara um beijo assim. Se é que um dia já tinha sido beijada assim. Ela e Neil devem ter se beijado daquele jeito em algum momento no passado, não? Mas beijar Neil tinha sido como voltar para casa, um porto seguro, não o início de uma viagem perigosa. Não que aquele beijo fosse o início de algo. Rememorou o episódio, o toque da boca de Patrick pressionando a sua, o braço dele em torno do seu corpo, o modo como a mão acolhedora e masculina apoiou sua cabeça. Isabel fechou os olhos, abriu os lábios...

Corrigiu o gesto. De repente, arregalou os olhos e cerrou a boca com determinação. Ouviu a televisão chiando na sala de estar e pensou em Neil sentado imóvel em frente ao aparelho, em sua poltrona de couro especial. Eles nunca assistiam à TV no exterior — não havia ao que assistir — mas, desde que voltaram, Neil havia tomado gosto pela atividade. Por vezes pensava que ele estava inconscientemente imitando o comportamento do pai, mas isso parecia mesquinho. Pobre Neil, destroçado depois de um dia duro de trabalho, enquanto ela...

Encheu a panela com água e colocou para ferver. Sinta-se ofendida. Sinta-se enojada. Reprisou a cena mentalmente, dessa vez concentrando-se na sensação de ter sido afrontada. Como ele ousara? O problema era — Isabel não conseguia evitar a recaída — o inesperado daquilo, a sensação deliciosa de derreter que começara na ponta dos dedos dos pés e tomara o corpo todo. Devia tê-lo esbofeteado. Ou reagido. Cerrou os dedos no cabo da colher de pau, exasperada. Foi tão repentino, disse para si mesma. Não poderia ter tomado nenhuma atitude. Foi melhor não ter feito um escândalo. Melhor ser britânica e polida e trocar apertos de mão formais e fingir que nada aconteceu.

Reduziu o calor do fogão para manter em temperatura branda a panela com a galinha e observou as bolhas amainarem. Sabia o que era preciso fazer. Não devo desapontar Neil, pensou. Devo somente dizer ter concluído que o emprego não era o que eu desejava e esquecer o incidente de uma vez por todas. Posso arrumar outra coisa para fazer, outros empregos virão. Afinal, jamais faria fortuna trabalhando para Patrick.

Mexeu o frango, pensativa. Por outro lado, posso continuar e fingir que nunca houve beijo algum. E se acontecer novamente? Não, vou deixar claro que isso não deve se repetir. Tenho de dizer isso a ele. Pensou no rosto de Patrick, podia adivinhar o sorriso divertido, podia imaginar-se iniciando cheia de confiança um discurso previamente ensaiado, e depois gaguejando... Não, teria de fingir ser outra pessoa para conversar sobre isso com ele. Alguém impositivo. Como aquela tal de Mary, na manhã do café com os pais de novatos. Inconscientemente, arrumou as costas e estufou o peito. Olhe bem, Patrick. Quero trabalhar, mas é só isso o que quero. Certo? Podia imaginar Mary dizendo isso. Nada de truques ou segundas intenções. Ele teria de fazer o que Mary desejava, estava certa disso. Pôs a tampa sobre a panela com firmeza. Era exatamente isso o que iria fazer.

A água do arroz já estava fervendo, as bolhas estourando na superfície. Pôs-se a calcular a porção necessária. Três punhados por pessoa. Já havia colocado quatro ou cinco? Ou seis? Sacudiu a panela e olhou o conteúdo. Não era muito habilidosa em avaliar quantidade. E acrescentou mais uma porção, para evitar problemas. E depois mais uma, por precaução dobrada. As mãos de Patrick eram longas e elegantes, morenas e de unhas curtas. As mãos de um esportista. De um marinheiro, talvez. Uma a tinha envolvido e a segurado próxima a ele, a outra tinha inclinado sua cabeça em direção a ele, cuja pele firme, quente e áspera roçara contra o pescoço dela.

Pare com isso. Jogou a tampa sobre a panela de arroz e ligou o exaustor no máximo. Pôs a mesa. Talheres. Facas. Garfos. Colheres. Não havia nada para a sobremesa. Guardou então as colheres, distribuiu os pratinhos e facas para queijo e biscoitos. Movimentava-se com rapidez ao redor da mesa, colocando os preciosos desenhos de Michael cuidadosamente de lado e acondicionando, numa bolsa plástica, a massa de biscoito que as crianças usavam como brinquedinho de modelar. Como Excalibur à espera do rei Artur, uma faca cravada num vidro aberto de manteiga de amendoim captou a atenção de Isabel. Retirou a lâmina, fechou o pote e, em seguida, ajeitou lugares para si e para Neil, de modo que ficassem frente a frente na mesa, sal e pimenta marcando o território neutro no meio. Guardanapos. Fez uma busca minuciosa em uma das gavetas e encontrou um par de guardanapos de papel, levemente amarrotados, mas ainda assim uma alternativa melhor do que papel-toalha. Enquanto alisava os vincos teve uma visão de Patrick espalhando o guardanapo sobre os joelhos, os dedos fortes e delicados. E se ela tivesse retribuído? E se a mão dele tivesse escorregado para dentro da blusa dela? Tremeu. Impossível. Não podia continuar trabalhando para ele. Seria o mesmo que concordar com... o quê? Resolutamente, afastou-o do pensamento. Concentrou-se no jantar.

Checou o arroz, que estaria pronto em poucos minutos. Parecia que cozinhara grãos demais. A saída seria fazer uma salada de arroz com o que sobrasse. Ou fritar e montar uma *paella*. Talvez dessa vez realmente pudesse preparar um prato diferente. Suspirou. Costumava ser capaz de inventar alternativas, costumava não ser tão inútil. Parecia tão fácil para outras mulheres, esse era o problema. Se para todas fosse uma luta como era para Isabel, não sentir-se-ia tão desesperada. Cuidadosamente escorreu o arroz e o distribuiu pelas beiradas do prato, deixando um espaço no meio para dispor o frango. Pôs a travessa na mesa. Para ser franca, estava sem apetite, pois havia comido com as crianças durante o chá e ainda dera cabo de dois sanduíches de manteiga de amendoim. Mas mesmo saciada, tinha de fazer companhia a Neil. Olhou para o relógio. Quase nove horas. Como era tarde: ela devia ter passado o tempo sonhando. Sonhando com Patrick. Não, não pense nele. Pense na ceia de Neil. Começou a transferir o frango para o prato, fazendo uma ilha pequena, mas montanhosa, no meio de um oceano branco e encaroçado.

— Como passou o dia? — disse Neil, gim-tônica numa das mãos, encostado no batente da porta da cozinha.

— Opa. — Um pedaço de frango saltou, deslizou pela mesa e foi ao chão. Abaixou-se para recolher a sujeira, que acabou jogada no lixo sob a pia. O rosto de Isabel permanecia escondido do marido para que não pudesse constatar o quanto tinha as bochechas vermelhas.

— Talvez devêssemos arrumar um cachorro.

— Você sempre disse que não queria cachorro. — Isabel cravou os dedos na ponta da pia.

— Não teria sido nada prático antes. Mas se vamos mesmo ficar no Reino Unido, podemos ter um. Quem sabe um Westie terrier?

Os pais de Neil tinham um westie velho de olhos negros acusadores e manto peludo, amarelado pela idade, o que causava a impressão de estar manchado de urina. Seria como ter um espião dentro de casa. Ela voltou o rosto para Neil.

— Teríamos de levar o cão para passear todos os dias.

— Ele lhe faria companhia.

— Mas estou ocupada. Trabalhando. — Tenho de me demitir, pensou. Tenho de contar a Neil o que aconteceu. Tenho de procurar outro emprego.

Neil se sentou e sorriu para ela.

— Vamos comer? Estou morto de fome.

— Sirva-se. — Ela empurrou a colher com que Neil deveria se servir.

— A comida parece ótima — disse ele. Repetia a mesma frase todas as noites, independentemente do cardápio.

— Fiz arroz demais. Neil, com relação ao emprego...

— Para mim nunca vai ser demais. Sempre gostei de arroz. — Ele se ocupava em grandes garfadas, os grãos de arroz presos ao bigode. Isabel olhou para o prato vazio diante de si e estendeu o braço para se servir.

— Esse emprego...

— Você está achando pesado demais.

— Não foi o que eu disse.

— Não a culparia se estivesse achando muito pesado, com tudo o que precisa fazer.
— Não se trata disso.
— Imagino que esteja achando um pouco enfadonho. Por que não pede demissão e procura algo mais interessante?
— Não é enfadonho — disse ela, as imagens de Patrick rodopiando na cabeça. É tudo, menos enfadonho.
Neil sorriu com indulgência.
— Ah, pelo visto ainda está considerando tudo uma grande novidade.
Ela não sabia como responder. Não imaginava que algum dia o beijo recebido de Patrick deixasse de ser uma grande novidade.
— Se não quer continuar, por mim tudo bem — disse Neil.
— Você não quer que eu trabalhe, não é?
Ele assumiu uma expressão de desagrado.
— Pensei que já tivéssemos discutido isso. Espero ter deixado claro que não tenho objeção ao seu trabalho, se é mesmo isso o que você quer.
— Você fala como se estivesse me dando permissão para trabalhar.
— Não vamos retomar essa discussão — disse ele, voz de diretor de escola, educada mas firme.
Ela pressionou os lábios um contra o outro. Era como ter 15 anos e o pai a proibir de ir a uma festa a qual ela não fazia a menor questão de comparecer. Tanto fazia, afinal. Nos olhos, molduras pesadas de lápis preto e lágrimas de tédio causadas por rapazes que só sabiam conversar sobre guitarras Fender, beber demais e passar mal. Não é à toa que Neil parecera tão adulto e sofisticado comparado a seus possíveis rivais. Ela olhava para ele, entretido em pescar os últimos grãozinhos de arroz que ainda havia no prato.

— Estava delicioso. Tem sobremesa?
— Queijo e biscoitos. — E indicou com um movimento de pescoço. — Estão ali, ao lado.
— Se você não se incomoda, vou levá-los para a sala. Quero assistir a um programa de televisão.

Permaneceu sentada, quieta, enquanto ele escolhia alguns biscoitos e queijo e deixava a cozinha. Uns poucos segundos depois, a televisão ganhou vida. Isabel continuou no mesmo lugar, observando o molho passar do estado líquido para sólido e o arroz se transformar numa massa disforme, fria e pegajosa. O problema sou eu ou é ele?

Levantou-se e tirou a mesa, lançando os restos de comida no lixo. Cozinha em ordem, subiu para o segundo andar e se preparou para deitar. Apagou a luz e deitou-se direto sob o edredom, sentindo o algodão frio em torno do corpo. No andar de baixo, a televisão foi desligada e os degraus rangeram com o peso de Neil, que subia. Ele se despiu sem fazer barulho, no escuro, e entrou na cama ao lado dela, que continuou imóvel, esperando.

— Estou com dor de cabeça — disse Isabel tão logo ele a tocou. A mão se deteve, mas retomou o carinho.
— Você precisa relaxar.

Isabel apertou os olhos com força. Sim era mais fácil que não.
— Não — disse ela, empurrando Neil. — Estou com dor de cabeça. — Era verdade, suas têmporas latejavam com a dor provocada pelo álcool ingerido durante o dia.
— Querida, você vai se sentir melhor....
— Não vou, não. — Disse isso mais alto do que pretendia e fez uma pausa para se controlar. — Estou cansada, com enxaqueca e quero dormir.
— Mas...
— Não!

Nova pausa. Em seguida:

— Tudo bem, pode ficar tranqüila. Qualquer um pensaria que estou prestes a violentar você em vez de apenas tentar ser afetuoso. — Neil ergueu um pouco o corpo e virou-se, ficando de costas para ela. No escuro, Isabel podia sentir que estava ofendido e mal-humorado. Sabia que esperava que ela cedesse, se retratasse, acariciasse seus ombros e pedisse desculpas. Há duas semanas ela teria agido exatamente assim.

Dessa vez, porém, enterrou a cabeça sob o travesseiro e tentou cair no sono.

7

Na manhã seguinte, Isabel deu uma pancada seca e rápida na porta da frente da casa-escritório de Patrick. Ao longo das duas últimas semanas, aprendera que a campainha nem sempre funcionava e que Patrick às vezes ainda estava dormindo quando ela chegava. Ele abriria a porta com os olhos sonolentos e bocejando, com aquele cheiro de quem acabou de sair das cobertas, o corpo ainda quente, o cabelo desalinhado por conta de um moletom enfiado com desleixo por sobre a cabeça. Ela se curvou, se apoiou contra a lateral da casa e descansou a testa no tijolo frio. Desejava parar de pensar no "bom de cama" alardeado por Justine, pois isso ainda a assombrava, e muito. Desejava parar de pensar no beijo de Patrick. Não devia estar aqui, pensou, sem fazer um só movimento.

— Isabel!

Ela olhou para cima. Patrick estava debruçado na janela, os ombros nus.

— Você chegou na hora do meu banho! Pegue! — Jogou as chaves para ela e desapareceu para dentro da casa.

Isabel olhou as chaves nas mãos. Esconda-as bem atrás da caixa de correio e corra, dizia a voz da razão, mas tal atitude pareceria ridícula. Pueril. Sou uma adulta; posso lidar com isso, disse a si mesma. Aja como se nada tivesse acontecido, e se ele fizer qualquer menção ao dia de ontem, aja como Mary. Digna. Calma.

— Estou aqui para trabalhar — resmungou, virando a chave na fechadura e entrando na casa. Enquanto recolhia a correspondência deixada no chão e punha-se a separar o que era importante, podia ouvir Patrick se deslocando no andar de cima. Faturas, carta da Itália, conta de luz, revista de informática. O que ele estava fazendo lá em cima? Tinha voltado para o chuveiro? Não, podia ouvir uma porta sendo fechada com estrondo. Depois passos no patamar da escada. Baixou um pouco mais a cabeça, como se tentasse decifrar o endereço de um dos remetentes, de modo que ele não visse que estivera sendo observado.

Patrick descia os degraus ruidosamente.

— Bom dia, bom dia. Desculpe. Talvez eu deva pedir que compre pilhas novas para meu despertador.

— O quê?

— Você tem razão, não é parte do seu trabalho. Eu mesmo faço isso quando sair para comprar jornal. A propósito, fique com as chaves. Assim vai evitar que eu precise sair do banho outra vez. — Ele estendeu os braços. — Já devia ter-lhe entregado as chaves. Hum, acho que é hora do café.

Isabel o seguiu até a cozinha.

— Está de bom humor — disse ela.

— Estou? — Ele jogou café na cafeteira. — Tive uma boa noite de sono, só isso.

Era óbvio que ele não havia passado metade da noite em vigília, preocupado com o beijo. Durante todo o tempo em que esteve ocupado em fazer café, cantarolando de modo quase imperceptível, as mãos ágeis, permaneceu sob a análise criteriosa de Isabel.

— O carteiro deixou alguma coisa interessante hoje para nós?

— Nada. Talvez isso — disse ela, lhe entregando a carta da Itália.

— Ah, *mama*. — Apalpou o envelope e sentiu que era volumoso. — Namorado novo, suponho. Algo mais?

— Dê uma olhada. — Isabel empurrou o resto da correspondência para Patrick e, com passos duros, seguiu para o escritório do andar de cima, não se importando se tinha sido rude ou não. É demais, pensou. É realmente demais. Não preciso estar aqui. Podia muito bem estar fazendo outra coisa. Ligou o computador e esperou que estivesse pronto para ser usado. Poderia estar me dedicando a uma porção de atividades diferentes. E não perdendo meu tempo com esse idiota do Patrick Sherwin e sua empresa igualmente idiota.

— Aqui está.

Uma xícara de chá foi colocada na mesa, ao lado de Isabel.

— Obrigada — murmurou ela, sem levantar os olhos.

Podia sentir que ele não se afastara logo e ainda estava ali, bem próximo, de pé.

Ele pigarreou.

— Algum problema?

Ela ergueu o olhar para ele mas, antes que dissesse uma só palavra, foi atingida pela verdade inegável da situação. Ele tinha esquecido completamente de tudo. Ele não se lembrava do beijo da véspera.

— Não, problema nenhum. Está tudo bem, tudo bem. — Ela esticou o corpo para alcançar a bolsa e fez uma busca minuciosa nos seus pertences, até encontrar um elástico de cabelo. Enquanto prendia o cabelo na nuca, deu um meio sorriso para Patrick. — Obrigada pelo chá.

— Às ordens. — Ele fez uma pausa e saiu, fechando a porta do escritório atrás de si.

Tão logo ele se foi, Isabel escondeu o rosto entre as mãos. Como fui boba! Enrubesceu diante da lembrança de como havia sofrido no corre-corre doméstico matinal ao imaginar o momento em que o reencontraria. Tinha criado um roteiro mental: contaria a Patrick que estava decidida a ignorar seu vergonhoso comportamento masculino na saída do pub e que nunca mais tal fato repetir-se-ia. Então ele diria algo do tipo: "Mas como poderia evitar?" E se aproximaria e... Na maior parte das vezes em que repassou o enredo, Isabel conseguiu fazer com que sua imaginação não fosse além desse ponto. A única coisa que não havia incluído no roteiro era a amnésia dele, o esquecimento total do beijo.

Bem, ela também esqueceria. Sorriu, a boca num esgar, ciente do rendado desconfortável de seu melhor sutiã sob a camisa listrada. Ninguém precisava saber quão tola tinha sido. Ou poderia ter sido. As tiras do sutiã eram apertadas, comprimindo os seios e transformando-os em hemisférios redondos. Sonhara com Patrick tocando-os, as mãos calorosas e insistentes envolvendo-os da mesma forma que haviam abarcado a taça de conhaque. Sentiu como se estivesse estado à beira de um lugar escuro, um lugar muito estranho onde uma Isabel diferente tinha assomado. Mas de algum modo conseguira se safar e voltar para dentro de si. E para Neil também, é claro.

Sim, para Neil, com quem havia gritado na noite passada. Vou compensá-lo, pensou. Vou tentar ser uma esposa melhor e mais interessada. Vamos conversar mais, vou prestar mais atenção ao trabalho dele. Posso muito bem esquecer o beijo. Afinal, que importância teve? Nenhuma. Não significou nada. Um almoço bêbado, um dia de sol. Não significou nada.

Entrou nos programas de contabilidade e começou a analisar arquivos sobre encomendas e pagamentos, já sentindo-se melhor. Para ela, era natural ter ficado perturbada pelo beijo, pensou, pois em quase vinte anos fora a primeira vez que outro homem — e que não Neil — se aproximava dela. Não é à toa que fiquei alvoroçada, foi tudo tão inesperado. Provocou um curto-circuito em meu sistema e me tirou do eixo. Graças a Deus, pensou. Graças a Deus não cheguei a fazer papel de boba.

Os relatórios tomaram quase toda a manhã. Aprendera que Patrick não mantinha as tarefas contábeis em dia e, enquanto envelopava lembretes de cobranças, tinha certeza de que pelo menos metade dos clientes já havia pagado. A questão era saber qual metade estava quite e qual em débito. Deu de ombros. Não era problema dela. Como dissera Neil, Patrick agia de maneira inteiramente irresponsável.

Impaciente para desligar o computador, pressionou o botão "desligar". Percebeu que cometera um erro, tentou voltar ao programa para só depois fechá-lo como deveria, mas a máquina se recusava a responder. Insistiu, em vão.

— Droga. — Frustrada, deu um soco no computador e se arrependeu de imediato ao ouvir a máquina miserável emitir um gemido agudo.

— Patrick — chamou. — O computador está com problema.

— O que foi? — perguntou ele, subindo as escadas.

— Não sei. Ficou meio esquisito.

— Fez algum estrondo? — Ele entrou na sala.

— Não — mentiu. — Pressionei dois botões ao mesmo tempo ou algo assim.

— Tudo bem. Vamos dar uma olhada.

Ele debruçou-se sobre a mesa, uma das mãos casualmente nas costas da cadeira, o ombro roçando o dela, observando a tela e manuseando o mouse. Isabel podia sentir o aroma da loção pós-barba e de café. A boca de Patrick estava na mesma altura da boca de Isabel. Ela voltou a cabeça na direção dele. Alguns centímetros mais e poderia ter tocado as bochechas dele com a ponta do nariz. Suas bocas estavam bem próximas. Levantou os olhos para encontrar os de Patrick, que estava entretido em observar o monitor.

— Aqui está. — Ele ergueu o corpo. — Não sei ao certo qual era o problema, mas agora parece que está tudo sob controle. Se houver mais contratempos, me chame.

— Farei isso. — Isabel fixou o olhar na tela. Era sua imaginação ou o mouse ainda mantinha o calor da mão de Patrick?

Ele olhou para fora da janela.

— Está um dia muito bonito, ideal para trabalhar ao ar livre. Vou transferir as ligações feitas ao escritório direto para o meu celular.

— Deve chover mais tarde.

Ele espiou pela janela.

— Bobagem. O céu está claro.

— É o que diz a meteorologia.

— O que a meteorologia sabe? — disse ele, saindo.

De fato, pensou Isabel, sozinha no escritório. O que qualquer um de nós sabe?

No almoço, desceu ao térreo, direto para a cozinha e, embora não sentisse muita fome, comeu um sanduíche que preparara em casa. Enquanto mastigava podia ouvir Patrick do lado de fora, no jardim, falando ao telefone. A cozinha parecia muito silenciosa. As flores que havia colhido no primeiro dia de trabalho, há duas semanas, ainda estavam sobre a mesa, murchas e mofando na ponta dos caules. Ao terminar a refeição ligeira, jogou fora as flores velhas e as substituiu pelas últimas nereidas do jardim da frente e uns poucos raminhos de alecrim, cuja função era dar volume ao arranjo. Alecrim para trazer recordações, pensou, e imediatamente recordou-se do beijo. Esqueça isso, aconselhou a si mesma, enquanto subia as escadas.

Mas não conseguiu sossegar e trabalhar. O ambiente estava muito abafado, muito empoeirado. Começou a escrever um e-mail para Frances, a amiga na Tailândia. Socorro! Não conte a ninguém, especialmente a David, mas estou numa confusão tremenda. Eu quero... Deletou a última palavra. Eu sinto... Descansou as mãos sobre o teclado, fitando as letras na tela. Numa só rajada, apagou a mensagem e fechou o programa. Desconectar?, perguntou o computador. Desconectou e levantou-se. Foi até a janela tomar um pouco de ar fresco.

Lá embaixo, no jardim, podia ver Patrick reclinado na cadeira, as pernas cruzadas, os pés em cima da mesa, sem os mocassins. Ele mexia os dedos dos pés ao sol do outono, alheio à observação de Isabel. Parecia completamente à vontade.

O ar estava denso, como se todo o oxigênio tivesse acabado e o mundo prendesse a respiração. A luz era dourada, fazendo as casas de tijolos arderem num vermelho causticante, os tetos cinza de ardósia agora cor de mercúrio, a pintura branca cintilando tão intensamente que causava dor na vista. Mais além, na cidade, havia uma massa de nuvens densas púrpura e negras. Desceu e foi até o jardim.

— Acho que vamos ter tempestade. Quer que eu leve seus papéis para dentro?

Patrick olhou para ela, o rosto tomado por uma expressão aborrecida.

— Não precisa. — E tornou a rabiscar anotações em tinta verde sobre o relatório que estava lendo.

Isabel encolheu os ombros e voltou para a casa. Inquieta com a aproximação do temporal, decidiu preparar um chá. Enquanto colocava água na chaleira, o céu escurecia e a luz assumia um matiz esverdeado. A temperatura caiu perceptivelmente. Olhando pela janela da cozinha, ficou satisfeita ao ver que Patrick perscrutava as nuvens para logo em seguida pular da cadeira, já com a camisa exibindo algumas manchas escuras, resultado da queda de gordos pingos de chuva.

— Deus do céu! — Ele começou a juntar os papéis que estavam sobre a mesa, e berrou: — Isabel, onde diabos você está?

Bem feito, pensou ela. Afinal de contas não sou uma mulher tão estúpida. Contou até vinte e só então saiu para o jardim a fim de o ajudar, abaixando a cabeça involuntariamente ao ouvir o estrondo de um trovão. Como se o barulho fora uma deixa, a chuva desabou para valer. Eles agarraram punhados de papéis e correram para dentro da casa, descarregando-os na mesa da cozinha e partindo para resgatar uma segunda bateria de documentos. Foram necessárias três viagens para recolher todo o trabalho de Patrick e pô-lo a salvo na cozinha enxuta. Patrick balançou a cabeça, espalhando pingos d'água como um cachorro.

— Deus, que país miserável para se viver.

— Quer uma xícara de chá? — disse ela, olhando de soslaio para os pés descalços de Patrick.

— Aceito — respondeu meio rabugento, sacudindo os papéis encharcados e molhando o chão limpo.

Isabel pegou duas xícaras de chá que faziam parte de jogos diferentes, ambas bonitas, cada uma a seu estilo, salpicadas com rosas campestres, e alcançou o alto do armário de louça para pegar um bule, na forma de um repolho, com uma lasca no bico. Despejou a água fervente no chá e, sobre o bule, pôs um abafador com formato de gato vira-lata. Patrick era como um gato, pensou, mas não vira-lata. Tinha um quê de gracioso, como um siamês. Olhou novamente de esguelha para ele, e sorriu para si mesma. Sem dúvida um siamês molhado e mestiço de pêlo eriçado.

Pensou em colocar as xícaras e pires formalmente na mesa, mas desistiu e os deixou de lado. Não podia se imaginar sentada à cabeceira, de posse do bule, e perguntando a Patrick, como se brincando de casinha: "Vou fazer papel de mãe?" Os botões de rosa das xícaras combinavam com a cor das nereidas, as pétalas estreitas se abrindo para formar exóticas aranhas róseas. Acariciou-as delicadamente com as pontas dos dedos e as flores tremularam ao toque.

— Que saco! — disse Patrick, olhando pela janela para a cortina d'água. — Deixei meus sapatos lá fora.

— Tarde demais. Já estão estragados — disse Isabel, colocando-se ao lado dele. — Chá? — Virou-se querendo olhar para ele e, nesse exato momento, ele também deu meia-volta, encontrou o olhar dela e o sustentou. Isabel sabia que devia escapar, fingir que nada estava acontecendo. Mas já tinha sido capturada, estava suspensa no tempo. Sua respiração mudara, tornara-se leve e superficial, na quietude do ambiente. Ela tocou a camisa de Patrick, sentindo o calor do peito dele por sob o tecido.

Muito lentamente, ele passou a ponta do dedo ao longo da linha do queixo de Isabel e depois desceu pelo pescoço. Instintivamente, ela reagiu ao toque, erguendo a cabeça com delicadeza, inclinando-se um pouco para o lado, deixando a garganta vulnerável e aberta. Ele parou na clavícula dela, depois tirou a mão. Ela ardeu para que ele tornasse a tocá-la, a eletricidade que o gesto disparara correndo pelo corpo todo, que ansiava por ele, inclinava-se por conta própria em direção a ele. Como se em câmera lenta, esticou-se ainda mais até Patrick, deslizando a mão para agarrar a nuca dele.

Ele franziu o cenho, afastando-a com suavidade.

— Isabel? — A voz dele era incerta, os olhos buscando.

A idéia de perder o momento fez Isabel ousar. De súbito, puxou-o para si, sentindo a boca de Patrick na sua, procurando, ardendo. A diferença em relação a Neil, a ausência do bigode áspero, o cheiro deliciosamente diferente da pele de Patrick. Colou-se a ele despudoradamente, como se pudesse ser absorvida por aquele corpo de homem, se deleitando ao sentir que ele fizera-se rígido. Nunca quisera tanto algo como queria que ele a tocasse, sentir a mão dele na pele nua. Deu um puxão na blusa que ele vestia, sem se importar com o que pensaria de seu arroubo, simplesmente desejando-o.

Ele desabotoou os botões da blusa de Isabel, que se abriu, depois abaixou a cabeça e com a língua percorreu o volume exposto dos seios dela, cuja pele se arrepiou inteira com a provocação. Ela tombou a cabeça para trás e, inconscientemente, abriu as pernas para se firmar no chão. Por favor, por favor, pensou. E, como se ele a tivesse ouvido, tocou-a por sob a saia, os dedos mornos e obstinados, descobrindo-a líquida.

Procurou atrapalhada o fecho da calça dele, qualquer resquício de inibição perdido na urgência da necessidade. Patrick abaixou a calcinha dela, que ficou caída no chão. Depois levantou Isabel sobre a mesa, espalhando os papéis por toda parte, e afastou as coxas dela. Escorregou para dentro tão facilmente que a fez perceber o quanto desejara isso desde o primeiro beijo. Não, ainda antes, desde que Justine dissera que era bom de cama. E ali estava ele. Prendeu as pernas em torno das costas dele, apertando os quadris para cima de modo a encontrá-lo, estreitando o abraço à medida que o prazer tomava conta de seu corpo em sombras de rosa e vermelho, como se o mundo tivesse encolhido e sido reduzido a nada, a não ser o peso dele esmagando o dela, mais fundo e para além, até ter certeza de que iria explodir de tanta intensidade. Arqueou as costas, os dedos fincados na superfície áspera da mesa, e em algum lugar alguém estava gemendo, por favor, por favor, por favor, e a cada por favor ele ia mais rápido e fundo, até que o vermelho transformou-se em dourado e ela soube que morreria em grande ondas de estremecimento que a embalavam.

Então sentiu-se mole como se os ossos se tivessem dissolvido na mesa, as pernas balançando na beirada do tampo. Manteve os olhos fechados, ciente de que Patrick se mexia logo ali, a seu lado. Tentava não pensar no que acabara de acontecer. E ainda assim cada célula sua pinicava com o que tinham feito. Impossível ignorar. Sentia-se maravilhosa, mas no fundo de sua mente sabia que tinha atravessado uma linha invisível, a linha que dividia a fidelidade da infidelidade. E não havia retorno. Não importa o que mais acontecesse ou deixasse de acontecer, jamais seria novamente a fiel esposa de Neil.

Algo comichou em seu estômago. Abriu os olhos.

Patrick observava-na, o rosto dele a trinta centímetros de distância do dela. Estava deitado de lado, cabeça escorada num dos cotovelos, a outra mão preguiçosamente acariciando a barriga dela. As íris verde-oliva de Patrick eram manchadas de riscas em castanho que se transformavam em dourado cálido. Parecia ter sido há muito tempo que ela estivera tão perto assim de um outro ser humano, o exame demorado e penetrante de um outro par de olhos dentro dos seus, como se todos os segredos da alma pudessem se revelar numa mirada suficientemente firme e resoluta.

Patrick foi o primeiro a quebrar o contato. Beijou-a delicadamente e depois a puxou de leve. Os olhos dele pareciam mais encobertos que nunca, mas Isabel teve a impressão de que transmitiam uma saciedade indubitável.

— Bem — disse ele, traçando círculos em torno do umbigo de Isabel — Foi uma surpresa.

— Para mim também — disse ela, e depois se sentiu corar, lembrando-se de seus pensamentos da semana anterior. Olhou na direção dele, confusa, afogada em culpa, felicidade, constrangimento, incerteza, um torvelinho nebuloso de emoções. E, de repente, foi invadida pela vontade de chorar.

— Não foi tão ruim, com certeza.

— Não, foi maravilhoso. Só que... — Expressar seus sentimentos era impossível. Em vez disso, agarrou-se a ele, como se só ele pudesse mantê-la a salvo da realidade que não queria encarar. Pôde perceber Patrick se esquivar levemente e, em seguida, desprender-se dela, deixando-a seminua e desolada. Notou que ele havia se vestido, já estava de calça, a camisa abotoada. Acabrunhada de tanto embaraço, sentou-se, puxou a saia para baixo e ajeitou a blusa sobre o peito. O sutiã parecia ter se enrolado sob uma das axilas e lutou para devolvê-lo ao lugar.

— Com licença. — Ficou imóvel, passiva, sem saber o que fazer, enquanto Patrick, expressão séria, a endireitou e abotoou sua blusa. Parecia bizarro que há poucos minutos ele fosse um completo estranho e agora estivesse ajeitando sua blusa. Pendeu a cabeça, envergonhada demais para enfrentar os olhos de Patrick.

"Você está muito calada. — O tom de voz dele era coloquial.

— Hummm. — Ela tentou encontrar as palavras. — Eu nunca, quer dizer, nunca fiz isso antes. — Patrick levantou uma sobrancelha e ela sacudiu a cabeça. — Nunca. Sempre fui... — Até mesmo proferir a palavra "fiel" parecia inapropriado. — Sempre pensei que se fosse.. bem, que tudo aconteceria de modo mais lento, que haveria tempo para pensar. Encontros curtos e conversas furtivas, esse tipo de coisa. Mais tempo para conhecer um ao outro. E muita angústia e preocupação.

— Felizmente pulamos essa parte. — Seu tom de voz era de alguém entediado?

— Não acho que consegui pular essa parte. Acho que está só começando. Pelo menos para mim.

— Bem, não sou de me preocupar muito, nem de me debater em agonia. Acho que é pura perda de tempo. — Patrick se afastou da mesa e foi até a janela. — Ainda está chuviscando — disse, quase que para si mesmo. — Por que não vivo num lugar cheio de sol?

Isabel passou os braços em volta do corpo, pressionando-os com força. Não gostaria de admitir, mas também imaginara que um caso envolveria carícias e proximidade afetuosa depois do sexo. Sentiu-se deslocada e indesejada.

Patrick recostou-se contra o armário da cozinha, e olhou para ela, o rosto com expressão grave.
— Então, o que você quer fazer?
— Fazer?
— Com relação a isso.
— Oh. — Com esforço, trouxe a mente de volta ao mundo real e cruel. — Sei o que é preciso fazer.
Patrick teve um gesto de impaciência.
— Esqueça. Estou perguntado o que você quer fazer.
— Não posso esquecer. Aliás, você nem sabe o que eu pretendia dizer.
— Deixe-me adivinhar. O que você deve fazer é ir embora daqui imediatamente e nunca mais pôr os pés na minha casa. Fingir que nunca aconteceu nada.
Isabel fez que sim com a cabeça, os olhos baixos. Patrick ainda estava recostado, pernas cruzadas na altura dos tornozelos como se falasse sobre um assunto absolutamente sem importância.
— Se é o que você quer, por mim tudo bem. Também posso fingir que não houve nada; um pouco de escapismo não faz mal a ninguém. Deus do céu, a maioria de nós não sobreviveria sem subterfúgios.
Isabel sentiu-se arrasada à idéia de que ele ficaria feliz se ela se afastasse para sempre.
— É isso que você quer? — disse ela.
— Não estamos falando sobre o que eu quero — disse Patrick. — Não tenho nada a me prender. Faço o que gosto. Não interessa a ninguém com quem eu transo. É problema meu, só meu. Não tenho compromisso, não tenho vínculos. A única pessoa que pode se ferir sou eu mesmo. — Ele fez uma pausa. Ela deixou a cabeça cair. Sentiu-se oprimida por ser responsável pela felicidade de outras pessoas.

— De qualquer modo, gostaria de saber o que você quer. — Ela lançou-lhe um olhar rápido, tímido.

— Não posso decidir por você.

O olhar dele sustentou o dela.

— Não pode, sei disso. — Ela brincou traçando com o dedo um desenho imaginário da madeira da mesa.

— Um romance complicaria a minha vida e a sua. Mais a sua que a minha. Portanto, cabe a você decidir. — Ele correu as mãos pelo cabelo, depois deu um sorriso largo para Isabel. — Não me entenda mal. Preferiria transar com você várias e várias vezes, mas não quero forçá-la a nada. Não quero que depois diga que a induzi a ter um caso comigo. — A voz dele ficou mais suave. — Mas lamentaria vê-la partir.

— Mesmo? — disse ela, sentindo-se menos deprimida.

Os lábios de Patrick se contraíram.

— Meu arquivo nunca esteve tão bem organizado. Mas é você quem deve tomar a decisão.

Sei o que devo fazer, pensou, então por que estou tão hesitante? Por que não vou embora?

— Se eu ficar...

— Não estou lhe oferecendo nada — disse Patrick rapidamente. — Nem romance, nem compromisso. Sou notoriamente volúvel — acrescentou, quase como se tivesse orgulho de carregar essa fama.

Notoriamente bom de cama, e ela estremeceu por inteiro diante de tal pensamento.

— Estou casada há 18 anos. Metade de minha vida. — Sentia-se confusa em meio a uma conversa tão esquisita, discutindo se dava prosseguimento ou não a um caso extraconjugal. Mas Patrick a queria ou não? Lembrou-se de ele dizer que gostaria de transar com ela várias e várias outras vezes. Foi bom ter colocado DIU após o nascimento de Katie, pois assim não precisava se precaver contra gravidez. Sentou-se, costas eretas, de repente se dando conta de que, nos tempos atuais, uma gravidez indesejada era apenas um dos itens na lista de preocupações. Como seria horrível ter contraído alguma doença...

— Espero que não se incomode com uma pergunta, não sei bem como começar, mas... bem, não usamos nada. Sei que sou saudável, quer dizer, tenho uma relação monogâmica há 18 anos.

— Como sabe que seu marido não...

— Neil? Ah, não, nunca. Ele não faria isso. — Patrick ergueu as sobrancelhas e Isabel foi obrigada a defender Neil. — Ele simplesmente não faria isso.

— Hummm, vou acreditar. Quanto a mim, estou limpo. — E sorriu. — Costumo ser cuidadoso ao extremo. A menos que seja realmente pego pelo inesperado. E você, senhora Freeman, foi muito inesperada.

Uma imagem percorreu o cérebro de Isabel, que reviu a si própria exposta sobre a mesa, os braços escancaradamente abertos, em abandono. Afastou-se de Patrick, sem querer que notasse o rubor que sentia lhe subir pelas faces.

— Derrubamos as flores — disse ela. O pote de geléia tinha se estilhaçado no chão e os caules de nereidas estavam torcidos em meio ao vidro quebrado. A água derramada sobre os papéis de Patrick tinha transformado os rabiscos em borrões verdes.

— Nós?

— Eu, então. — Não conseguia lembrar-se de ter posto as flores abaixo. Suas entranhas se contraíram, doendo à memória do prazer. Não havia nada que quisesse mais do que transar com você várias e várias outras vezes, tinha dito Patrick. Mas ele queria que ela decidisse se aquilo iria se repetir ou não. Isabel percebeu que há muito já havia se decidido sem mesmo saber que decidira. Discussão nenhuma, ainda que racional e desapaixonada, mudaria isso. Tinha se resolvido quando o tocara durante o temporal. Foi então que atravessara a fronteira e optara por um caminho sem volta. Virou-se e o acariciou de leve, hesitando, desacostumada a tomar a iniciativa, excitada por estar fazendo o primeiro movimento.

Ele permaneceu imóvel, à espera, a respiração pouco profunda, sem retribuir o afago.

— Solte o cabelo dessa tira idiota.

Ela puxou a tira e sacudiu a cabeça.

— Melhor assim. Você não devia amarrar o cabelo.

— É mais prático.

— Prático! — Pôs os dedos no cabelo dela. — Quem quer ser prático? — Ele mantinha-se muito perto dela, as mãos percorrendo os fios da nuca de Isabel, agitando as terminações nervosas. Os dedos de Patrick capturaram os pequeninos cachos nas pontas do cabelo de Isabel, puxando-os para baixo e fazendo-os atingir o côncavo da clavícula dela. Ela deixou a cabeça pender para trás, cedendo aos sentidos, permitindo que as sensações viajassem das extremidades dos dedos dele e invadissem o corpo dela. Sentiu que toda a pele era como um diagrama de acupuntura, os meridianos fluindo e se conectando, unindo o pescoço ao peito e ao centro, numa linha formada por um número infinito de pontilhados.

Surpreendendo-se muito atrevida, correu a mão para além e para baixo, percebendo-o fazer pressão forte contra a mão dela. A respiração de Isabel havia mudado, tornara-se mais pesada, mais profunda. Com a outra mão, ainda livre, desabotoou o fecho da calça de Patrick, que, por um segundo, a deteve.

— Tem certeza?

— Sim.

— Sem arrependimentos. Sem amor. Sem choro quando nos separarmos?

— Sim.

— Dois adultos se curtindo, mas sem amarras de nenhum dos lados?
— Sim. — Ele soltou a mão de Isabel e pôs a sua sobre a coxa dela. Foi quase doloroso quando ele a tocou, de súbito, arrebatador, um prazer maravilhoso. — Oh, sim, sim, por favor.
— O que você quer? — murmurou ele.
— Isso.
— Diga.
— Eu quero... eu quero... — Era difícil formar uma frase, difícil se concentrar na fala. Cada palavra vinha num resfolego de respiração. — Quero que você me coma.
— Ah! — disse ele. — Assim é melhor.

E dessa vez foi melhor. Mais lento, mais fundo, mais demorado. Subiram as escadas, e se instalaram no quarto, onde Patrick zelosamente tirou o resto da roupa de Isabel. Ela sempre imaginara que o embaraço de expor o corpo seria suficiente para impedi-la de ter um caso, mas ali estava ela permitindo que Patrick a cobrisse de beijos, correndo a língua sobre sua pele, aparentemente alheia às estrias e imperfeições. Não, alheia era a expressão errada. Ele a fazia sentir que eram atributos gloriosos, emblemas sensuais de uma mulher em sua plenitude, e não na meia-idade, e que seu corpo, apesar de todas os defeitos, era lindo. Encorajada pela admiração de Patrick, relaxou e, sem vergonha nenhuma, se abriu para ele de um jeito que sempre a deixara ligeiramente constrangida quando estava diante de Neil.

E nos minutos que vieram depois, ele a manteve junto a si. A mente de Isabel pusera-se à deriva. Estava meio adormecida, mas ouvia a chuva cair do lado de fora num murmúrio contínuo. Encostou o rosto na pele de Patrick, sentindo nos lábios o sabor de sal.

— O que você prefere? — disse ele, passando uma mão boba sobre o corpo dela. — Rápido e selvagem na mesa da cozinha ou devagar e sensual na cama?

— Dos dois modos, quero ambos.

— Foi cansativo. Por favor, me dê um pouco d'água, deve ter um copo no chão, bem ao seu lado.

Isabel rolou o corpo e olhou para o chão. Viu o copo d'água de Patrick e o despertador. Estava uma hora atrasada para pegar as crianças na escola.

— Socorro! As crianças! — Ergueu-se num solavanco e, em seguida, voltou a se deitar junto a Patrick, o coração ainda disparado. — Não, tudo bem. Michael vai chegar tarde hoje à noite e Katie está na casa de uma amiga. — Foi estranha a sensação de ter esquecido dos filhos, o mesmo tranco que causa náuseas no estômago e que se experimenta ao pensar que há um degrau a mais nas escadas quando não há. Isso ampliado de tal maneira que só de pensar dói. Como poderia ter se esquecido das crianças por um só segundo? Sentou-se, livrando-se do abraço de Patrick, e balançou as pernas sobre a beirada da cama.

— Posso estar seguro de que a madame considerou o serviço satisfatório?

— Ah, sim. Só estou me sentindo... — ela titubeou, sem saber o que dizer.

— Deliciada? Exausta? Desconjuntada?

— Tudo isso. Esfolada, principalmente. Nas próximas semanas vou caminhar à la John Wayne.

— Hum... Ele não fazia o tipo forte e calado?

— Oh, querido. Eu...

— Vamos dizer apenas que, felizmente, os vizinhos de ambos os lados da casa passam o dia fora, trabalhando.

Ela sorriu para si mesma, rememorando as cenas que acabara de protagonizar, enquanto recolhia as roupas do chão e começava a se vestir. Caramba, minha calcinha deve ter ficado lá embaixo, na cozinha, pensou. Patrick se aproximou por trás e lhe beijou o pescoço.

— Não prenda o cabelo de novo.

Virou-se para ele com um sorriso retraído, com a vaga sensação de ter feito algo muito ardiloso.

— Vou manter o cabelo solto.

— Feliz?

— Ah, sim. — Isabel lembrou-se das palavras de Patrick. — Sem amor — e o beijou para impedir que de sua boca saísse alguma frase inconveniente. Beijar Patrick fez com que percebesse quão raramente ela e Neil iam além de uma bitoca amistosa na bochecha. Lembrou-se de ter lido algo sobre prostitutas e o hábito de jamais beijarem os clientes, pois beijo era um gesto considerado íntimo demais. Tal pensamento a assustou e então beijou Patrick com mais intensidade. Finalmente, afastou-se dele.

— Não trabalhamos muito essa tarde — disse ela.

— E de quem é a culpa?

— Sua.

— É mesmo?

— É minha, então. — Não conseguia parar de sorrir para ele.

— Vou descontar do seu salário.

— Vou trabalhar mais duro amanhã — fingiu desculpar-se.

— Acho bom — resmungou ele —, ou vou ter de açoitá-la.

— Não sei se gosto de relações sadomasoquistas. — Ela respirou fundo. — Tenho de ir.

— De volta ao mundo real. — Ele sorriu, depois deu-lhe uma palmadinha na bunda. — Adiante, escoteiro. Sem acessos de culpa, promete?

— Prometo. — Mais um sorriso e ela saiu da cama. — Minhas pernas estão bambas.

Patrick vestiu um roupão azul-marinho.

— Vamos, Bambi, vamos verificar se você está pronta para retornar ao lar. — Ele inclinou o rosto. — Acho que está apresentável.

— Não achei minha calcinha.

— Não me tente ou não vai conseguir voltar para casa.

Isabel desceu as escadas, totalmente ciosa de estar nua sob a saia, e Patrick a seguiu. Foi apanhar a lingerie esquecida, enrolada sobre uma pilha de coisas na cozinha. Patrick se abaixou e, com um gesto rápido, recolheu a peça antes que Isabel conseguisse alcançá-la.

— Agora essa é minha. — Ele tornou a sorrir. — Um incentivo para que você volte ou uma lembrança para me confortar caso não venha mais.

Ela pensou em dizer algo, mas resolveu ficar calada. Parecia estranho, quase pervertido, mas do alto de sua tão limitada experiência, o que sabia a respeito? As pernas trêmulas lhe faziam sentir um tanto bizarra. Pegou a bolsa que estava na sala de estar e caminhou até a porta. Patrick a deteve.

— Isabel. — Ela olhou para ele e, de repente, o viu inseguro e vulnerável. — Você virá amanhã?

Um sorriso em câmera lenta tomou o rosto de Isabel.

— Oh, claro — disse timidamente. — Espero que sim.

Estava convencida de que pelo menos uma das mães perceberia algo diferente, mas todas pareciam distraídas. E se tivesse contado a elas, será que teriam acreditado? Por falar nisso, acreditava ela no que havia acontecido? Seria possível que ela, Isabel Freeman, esposa devotada e mãe de duas crianças, tivesse passado — ou consumido — a tarde nos braços de um tal de Patrick Sherwin, antes apenas patrão, agora também amante? Isso não poderia ter acontecido. Não deveria ter acontecido. Mas acontecera.

De pé, do lado de fora do ginásio, esperando por Michael, podia experimentar a nudez sob a saia, o frio farfalhar do tecido contra as coxas. Parecia extraordinário que ninguém notasse;

sentia-se cercada por um halo ardente e escarlate de depravação. O calor transmitido apenas pelo seu corpo deveria ter sido suficiente para fazer com que algumas sobrancelhas se levantassem. E o cheiro. Era certo que estava recendendo a sexo. Como se por acaso, levou uma das mãos ao rosto fingindo ajeitar uma mecha de cabelo e disfarçadamente apurou o olfato. O cheiro de Patrick trouxe de volta, como num jorro, as atividades daquela tarde. Fora pervertido, fora errado, mas fora maravilhoso. Escondeu um sorriso por trás da palma da mão.

Michael surgiu, mal-humorado por causa de uma rixa sobre uniformes esportivos. Isabel concordou com o filho apenas fazendo um meneio de cabeça e emitindo ruídos apaziguadores sem prestar atenção no que ele dizia. Tentava se concentrar em dirigir até a casa de Helen, onde estava Katie. Tinha o pensamento em Patrick, no modo demorado como ele tocava sua pele, no modo como ele sabia, sem precisar de aviso, quando agir com lentidão, quando ser rápido, a habilidade com que...

— Por que está fazendo esse caminho, mamãe? Pensei que íamos pegar Katie.

Isabel olhou em torno.

— Oh, querido, deixei passar a entrada certa. — Deu meia-volta, fez a curva, por pouco não indo de encontro ao poste, e acelerou de novo. Pegou Katie na casa de Helen, recusando uma xícara de chá. Helen pareceu desapontada e demorou a liberar Isabel de um papo na soleira da porta sobre a Associação de Pais e Mestres. — Você tem de se juntar a nós — insistia em dizer. Isabel, percebendo que uma brisa ameaçava levantar a barra da saia, mostrava-se aflita por partir. Até que conseguiu escapar. Em cada passo rumo ao carro, as nádegas desprotegidas davam a impressão de serem redondas e frias.

De volta à casa, preparou às pressas um sanduíche para Michael e correu para cima a fim de tomar uma ducha quente.

Tinha acabado de vestir roupas limpas quando ouviu Neil, do térreo, lançar um animado "Olá!".

— Já vou — respondeu, enrolando uma toalha no cabelo molhado. Eram os passos de Neil na escada. Ela fez um fardo com tudo o que usara durante o dia e jogou no saco de roupa suja, precaução necessária caso algum odor remanescente de Patrick ainda estivesse entranhado nos tecidos. Em seguida, analisou o rosto no espelho. Estava com a aparência de sempre? Olhos brilhantes, bochechas coradas. Tinha de parecer normal. Neil entrou no quarto.

— Desculpe, não quis incomodá-la. Ia apenas trocar de roupa. — Cravou os olhos nela, curioso, como se surpreendido em vê-la ali.

— Não, vá em frente. Já terminei. Esqueci de lavar o cabelo ontem — acrescentou. — Achei melhor fazer isso agora para não dormir com a cabeça úmida.

— Não precisa explicar.

Não, não precisava explicar. Pare de se explicar, disse para si mesma. Aja normalmente. Sentiu como se alguém tivesse colocado lentes estereoscópicas sobre seus olhos de modo que a profundidade de sua visão fora aumentada para super 3-D. Cada fiapo tinha a definição de um objeto de grandes proporções. Alisou, nervosa, a colcha, analisando as mãos como se fora a primeira vez que as visse.

— Como foi o dia? — perguntou ela. — Muito trabalho?

— O de sempre. — Ele deu de ombros. — Reuniões, reuniões e mais reuniões.

— Parece meio sem graça.

— Politicagem burocrática. — Neil tirou o paletó e o jogou na cama. — E você, como passou o dia?

— Eu? — Isabel congelou em meio ao gesto de recolher o paletó de Neil.

— No trabalho, como foi?

— Ah. — Pegou o paletó e o pendurou no cabide, como convém a uma boa esposa. — Somos só Patrick e eu, então não há muito espaço para politicagem burocrática. Teríamos de nos dividir em facções e fofocar pelos cantos a respeito de nós mesmos. — Fez uma pausa. Talvez não fosse uma boa idéia enfatizar que eram somente Patrick e ela na casa. — Evidentemente, Patrick fica fora boa parte do tempo. Na verdade, quase o tempo todo. Visitando clientes, esse tipo de coisa.

— E você, o que está achando disso tudo? — O rosto de Neil era o de um inquiridor delicado, não tinha nada de desafiador. Ele nem parecia muito interessado no assunto. Isabel relaxou.

— Estou gostando. É um pouco chato, para ser franca. Só atendo ao telefone e mexo no arquivo. — Não era exatamente mentira. Era tudo o que fizera até então. Até aquele dia.

— Não parece muito puxado.

Isabel retirou uma linha imaginária que detectara no paletó, tentando não pensar em como estivera escarrapachada na cama de Patrick.

— Você se surpreenderia. Jogue suas calças para que eu as pendure. — Ele as atirou em direção a Isabel. Eram cinza, da M&S, com um toque de poliéster para evitar que amassassem no joelho e no traseiro, embora em Neil tivessem uma extraordinária semelhança com capas frouxas enfiadas numa poltrona velha.

Uma gota d'água escorreu pelo pescoço de Isabel, traçando um caminho frio por onde Patrick tinha passado a língua, por cima da clavícula. Percebeu que enrubescia.

— A que horas sai o jantar? — perguntou Neil, já vestido em velhas calças de cordão na cintura e num suéter de lã, ambos em um tom indeterminado de cáqui.

— Não sei. Logo. Em cerca de uma hora. — Como ele podia não ter notado o rosto de Isabel, inflamado de desejo e saudade?

Ela esperava que sua voz pelo menos parecesse casual. — Você pode comer um pouco de patê com torrada caso esteja com muita fome.

— Gostei da sugestão. — Ele bocejou e se espreguiçou, girando os ombros e o pescoço para liberar a tensão. — Assim está melhor. Acho que vou assistir ao noticiário.

— Diga a Katie para subir e tomar banho.

Ele concordou com um gesto de cabeça e saiu do quarto. Isabel afundou na cama, as pernas ameaçando ceder pela segunda vez no dia. Primeiro havia sido a reação trêmula ao sexo, agora a reação à fraude que estava sustentando. Tentava aliviar a consciência repetindo que não havia mentido para Neil. Armou uma careta. Não tinha precisado mentir para Neil; ele não havia feito perguntas inconvenientes, não tinha percebido nada de diferente. O que era estranho, pois se sentia gloriosa e incomensuravelmente mudada. Cada molécula sua formigava, cada átomo ardia. Deixou-se cair de novo na cama, os braços bem abertos. Patrick, Patrick, Patrick. Quatorze horas até que pudesse reencontrá-lo. Será que amanhã tudo seria tão bom quanto hoje? Sorriu para si mesma. Ele tinha razão. Não se sentia culpada. Sentia-se, isso sim, esplendorosa.

8

Helen e Isabel chegaram ao mesmo tempo à igreja para o Festival da Colheita, de modo que foi natural sentarem-se juntas. Isabel ficou satisfeita, pois ainda não conhecia muitas mães, pelo menos não bem o bastante para sentar-se próxima a elas. E os pais, filmadoras em punho, eram completos estranhos. Helen, por outro lado, parecia conhecer muita gente. Isabel fez um comentário a respeito.

— É a Associação de Pais e Mestres — disse Helen. — Fiz muitos contatos nas reuniões. Já disse a você que precisa se filiar. Estão sempre à procura de sangue novo.

— Você fala como se fossem vampiros.

— Não estou de brincadeira. Por que não se associa?

— No exterior, freqüentemente organizávamos esse tipo de encontros. Não tenho certeza se gostaria de retomar a tarefa.

— Há muito mais que reuniões regadas a café — riu Helen. — E acontecem sempre à noite porque, você bem sabe, nem todas as mulheres são desocupadas.

— Eu mesma deixei de ser.

— Claro, você agora trabalha. Como tem sido a experiência?

— Boa. — Cinco semanas de trabalho, das quais três como amante de Patrick. Parecia inacreditável para Isabel. Percebeu que Helen a fitava. — Tive de tirar a manhã de folga para vir aqui e isso não caiu bem. — Patrick ficara furioso quando disse que precisaria se ausentar. Tiveram um briga que terminou com um arrancando as roupas do outro e uma sessão de sexo nas escadas. Isabel deu um meio sorriso. Talvez devessem brigar com mais freqüência. Foi trazida de volta ao presente por Justine se acomodando no banco ao lado.

— Posso me juntar a vocês?

— Claro — disse Isabel, cedendo espaço para a recém-chegada.

— Estava sugerindo a Isabel que se junte à Associação — disse Helen, se debruçando sobre Isabel para se fazer ouvir por Justine. — E ela argumentava que ficaria sobrecarregada, já que agora está trabalhando.

Justine lançou a Isabel um olhar de soslaio.

— Trabalhar para Patrick é tão cansativo assim?

Isabel ficou tesa por dentro. Justine tinha algum pressentimento? Ou sabia de tudo? Patrick teria contado a ela? Forçou um sorriso.

— Não é cansativo, mas toma muito tempo.

Justine recostou no banco da igreja enquanto Helen perseverava na conversa sobre as atividades da Associação e pressionava Isabel a tornar-se membro.

— Veja, no momento é um pouco difícil porque ultimamente Neil tem precisado ficar no escritório até tarde, mas prometo que pensarei a respeito, combinado? — disse Isabel na tentativa de encerrar o assunto.

Helen demonstrou tamanho entusiasmo com a resposta, que Isabel ficou quase comovida em constatar a sinceridade do convite da amiga. Num clarão repentino de perspicácia, ponderou se George sempre tratava bem a Helen que, ao ajeitar um dos pentes do cabelo, deixou a luva escorregar do pulso, descobrindo-o. Era imaginação de Isabel ou havia uma sombra de hematoma na parte interna do braço de Helen?

— Se quer que eu me junte à Associação, assim será — disse Isabel. — Mas basta que eu me filie? Não teria de ser aceita por todas? — E virou-se para Justine.

— Isso implicaria afirmar que há muita gente ansiosa por se associar — interveio Justine. — Não consigo achar Mary, mas ela deve estar por aqui. Provavelmente auxiliando o vigário. Falo com ela mais tarde.

— Nunca estive num ato religioso que fizesse parte do Festival da Colheita — disse Isabel, pensado quão excêntrica era aquela situação após viver em tantos países no deserto. — Esperava abóboras gigantes e cestos de maçã. — Esticou o pescoço para ver a pilha de latas e artigos não perecíveis, inclusive fraldas e lã de algodão. Mais útil, talvez, e decididamente menos românticos.

Havia um burburinho em meio aos bancos, acompanhado por uma onda de pedidos de silêncio e de cabeças virando-se para tentar enxergar algo. As crianças surgiram cantando "All Things Bright And Beautiful", as menores na frente, as mais velhas no fim do cortejo. Colocaram os presentes junto à pilha já existente e foram pastoreadas pelos professores para sentarem-se de pernas cruzadas em fileiras que não primavam pela organização. Isabel localizou Katie, olhos arregalados e chupando o polegar. Parecia muito criança. A seu lado estava Rachel, sentada ereta, mãos dobradas no colo, bem diferente de Millie, que escarafunchava o nariz na fila imediatamente atrás. Isabel podia sentir o sobressalto de Helen.

Michael se movimentara a grandes passadas, mãos nos bolsos, cabeça empinada como que analisando um ambiente que lhe era estranho. Uma vez sentado, seus olhos percorreram o público, à procura dos da mãe. Então a viu. Não sorriu — seria uma demonstração exagerada de afeto — mas condescendeu em livrar uma das mãos para acenar de maneira minimalista, tão leve que apenas um observador de olhos de lince teria notado. Isabel sentiu o coração transbordar de amor pelo filho e por sua masculinidade determinada que tinha banido toda prova de amor pela mãe, a não ser em casa, onde era seu garotinho mimado e adorado.

As crianças entoaram uma melodia alegre e ritmada em homenagem à colheita, a maioria dos rostos radiantes de sinceridade, as bocas abertas como as de filhotinhos de pássaros. Isabel estava feliz em ver Katie cantar, embora Michael parecesse mais interessado na camisa do garoto à sua frente. Michael abria a boca de vez em quando e Isabel podia jurar que durante toda a música ele se limitara a um la-ra-la-ra-la. Finda a canção, o vigário fez um discurso de boas-vindas e agradeceu doações tão generosas. Imediatamente Isabel sentiu-se culpada por não ter contribuído com mais. O pároco convidou a congregação a se levantar e cantar "We Plough The Fields and Scatter"*. Isabel pronunciava as palavras de modo mecânico quando lhe veio à mente a imagem de seus campos arados e semeados por Patrick. Deixou cair o livro de cânticos, as faces vermelhas de vergonha por ter tais pensamentos dentro de uma igreja, e precisou tatear o chão e os sapatos impecáveis de Justine para recuperá-lo. Pôs-se novamente de pé a tempo de ouvir Katie cantar uma parte solo, a qual praticara à exaustão.

Após o serviço religioso, os adultos formaram grupos e se puseram a conversar em voz alta. Era como se o encontro de pais novatos se repetisse. Helen avistou Mary, que usava um chapéu de tweed enfeitado com vistosa pena de faisão, e informou-a que Isabel estava interessada em tornar-se membro da Associação. Mary mostrou-se contente com a novidade e, ato contínuo, saiu

---

*Ao pé da letra, "lavramos e semeamos os campos". (*N. da T.*)

para abordar a diretora da escola. A Isabel restou a impressão de ter estado na presença de um rolo compressor.

— Não se preocupe, você vai se acostumar. — Justine estava junto a Isabel, os olhos brilhando de divertimento.

— Participar das atividades da Associação deve ser muito fatigante — disse Isabel.

— Agora que os três filhos mais velhos de Mary foram mandados para o internato, ela tem tempo de sobra. E faz muita coisa em benefício da escola. — Justine e Isabel caminhavam lado a lado, rumo ao pátio da igreja. — Queria ter lhe perguntado antes: você emagreceu? Está com uma aparência espetacular.

— Obrigada. Emagreci um pouco.

— Qual é o segredo?

Isabel corou, pensando sexo, sexo e mais sexo.

— Tenho feito natação — respondeu. Não era a primeira vez que Isabel imaginava exatamente qual poderia ser a relação entre Justine e Patrick. Ele havia dito que eram amigos e, quando Isabel o pressionou, disse que não cabia a ela bancar a espiã. "Você não gostaria que eu saísse por aí falando a seu respeito, gostaria?" foi o argumento dele. Argumento impossível de se combater.

— Tenho de ir — disse ela. — Prometi a Patrick estar de volta na hora do almoço. Até breve. Se não nos virmos na escola, haverá outras ocasiões.

— A próxima reunião da Associação é na segunda-feira — gritou Justine para Isabel, que escapava para a segurança do seu carro.

Isabel nadava resoluta, devorando as distâncias e deixando a mente vagar. Não mentira completamente para Justine: estava nadando regularmente. Nadar na hora do almoço era seu álibi para os cabelos molhados e para as freqüentes chuviradas da tarde necessárias para tirar o cheiro de sexo. Se flagrada com o cabelo molhado, bastava dizer que estivera na natação, o que era verdade em dois de cada cinco dias úteis. No início, ofegava após umas poucas braçadas mas, para sua surpresa, rapidamente ganhou condicionamento suficiente para nadar por meia hora, sem parar. Adorava a sensação de eficiência, tentando dar impulso provocando a menor ondulação possível na água. Desdenhava os nadadores mais velozes, os que espirravam água, chapinhadores, os que usavam óculos de mergulho. Após uma rápida arrancada em estilo *crawl*, esbanjando energia e arcos d'água, eles matavam o tempo na parte rasa da piscina, às vezes fazendo um pouco de alongamento enquanto os pulmões extenuados se recuperavam do esforço. Isabel nadava com serenidade, desfrutando da sensação de estar suspensa n'água, músculos trabalhando, pernas batendo, braços em concha, estômago concentrando a força e impelindo-a para frente. Em meio a tantos movimentos, a mente divagava.

De vez em quando rememorava cenas vividas com Patrick ou desculpas ditas a Neil, mentiras que a haviam feito escapar impune. Outras vezes o cineminha mental exibia imagens de um futuro possível, um futuro muito diferente do seu dia-a-dia. Talvez um apartamento moderno em Londres, um lugar em moda como Notting Hill, com escada de vidro e piso de nogueira, no qual a única decoração seria uma orquídea-borboleta roxa solitária arqueando graciosamente de um jarro preto de cerâmica opaca. E havia a fantasia italiana: óculos escuros e cappuccinos na Piazza Navona em frente à fonte Bernini, observando os *passegiatta*, ou circulando pelo pátio interno repleto de vasos de um *palazzo* em ruínas. Patrick perambulava com elegância por esses cenários, mas ela mesma não se via por ali. Era como se sempre escorregasse para fora da tela.

No vestiário, Isabel tomou banho, livrando-se do cloro em jorros de água quente. Passou sabonete pelo corpo, sentindo a carne mais firme, a definição em torno da cintura onde antes havia flacidez. Algumas horas na piscina haviam bastado para que começasse a perceber a diferença. Nos dias em que não nadava, tomava uma ducha na casa de Patrick, antes de pegar os filhos na escola. Também sob o chuveiro as mãos dele escorregavam sobre sua pele. Tal pensamento a fez fraca e saudosa. Deixou a cabeça pender, a água golpeando o crânio.

Existia uma certa camaradagem entre as nadadoras, especialmente entre as mais velhas, e isso era algo de que gostava muito. Pés com joanetes, seios caídos, quadris com artrite, coxas adiposas que já tinham extrapolado a fronteira da temida celulite, num mundo já de caroços almofadados e covas profundas como crateras lunares. Não que Isabel simplesmente se visse jovem e magra em comparação com as demais. Sentia-se aceita. Decorridas três semanas, todas as segundas e sextas-feiras podia ser considerada uma parte do grupo, alguém que partilhava as queixas sobre a temperatura do chuveiro ou sobre o material usado pelos alunos de natação, agora devidamente acomodado nos vestiários masculinos. Começara a freqüentar a piscina para ter um álibi, mas criou o hábito pelo prazer de fofocar com estranhas. Problemas com vizinhos e decoradores eram os tópicos favoritos; histórias passadas com conhecidos eram compreensivelmente pontuadas por levantar de sobrancelhas e franzir de lábios.

Imaginava o que diriam se lhes contasse sobre Patrick.

Mas Patrick estava preso no aconchego da casa de porta verde-papagaio e não pertencia ao mundo exterior. Ela reconhecia que havia traçado linhas delimitando sua vida, inserindo Patrick numa caixinha caprichada, enquanto o mundo real seguia girando, do lado de fora. Levar e buscar as crianças na escola, as conversas sem sentido com outras mães, preparar o jantar de Neil, dormir. Nada havia mudado.

Às vezes, no pátio da escola, à espera das crianças no fim do dia, tinha vontade de gritar: "Adivinhem o que estava fazendo uma hora atrás?" As mulheres ficariam chocadas ou haveria quem emendasse, cheia de presunção: "Eu também"? Se nenhuma dentre elas havia sido capaz de detectar adultério em Isabel, era até provável que houvesse outras infiéis no grupo, cujas identidades também mantinham-se sob o mais absoluto sigilo. Ela se lavou completamente, tirando qualquer resquício de cloro, da mesma forma que às terças, quartas e quintas não deixava vestígio do cheiro de Patrick e de sexo. Sentimento de culpa tem cheiro de água e sabonete, pensou. A higiene é vizinha do adultério.

E havia Neil. Ela tinha imaginado o que dizer mas, no fim das contas, nada dissera. Havia pensado em como sentir-se-ia, mas não sentira nada. Percebeu que era fácil enganar alguém que confiava inteiramente nela. Mas era realmente confiança o que pautava Neil, ou era arrogância? Confiava nela porque a considerava incapaz de uma traição, não porque a tivesse na conta de boa e correta, moral incontestável. Ele a supunha inepta para trapacear, incapaz de enganar alguém porque para tanto seriam necessárias agilidade mental e autoconfiança. Em questões morais, presumia Neil, ela carecia de coragem. E não havia nesse raciocínio muito de presunção? Não seria vaidade de Neil imaginar que era marido suficiente para ela e que, assim, ela jamais sentiria desejo de ir além? Então Isabel conjeturava quão injusto isso tudo era para ele. Afinal, tinha como certo que ele lhe fosse fiel. Mas será que, se a traísse, ela teria condições de perceber os sinais? Será que Isabel também sofria de cegueira?

Enquanto se vestia, pensava mais a respeito de Neil. Não queria ser injusta com ele. Havia a possibilidade clara de a opinião de Neil a seu respeito ser exatamente a mesma que alimentava a respeito dele. Muito antes de Patrick aparecer, já se sentia invisível diante de Neil. Olhe para mim, desejava gritar, às vezes. Enxergue-me como eu sou. Será que ele sentia o mesmo em relação a Isabel? Mas ela tinha tentado conversar com ele. Podia lembrar-se das inúmeras ocasiões em que ele repelira aproximações, tratando-a como uma criança querida mas teimosa que não deveria estar incomodando os adultos. Impossível lembrar-se de uma ocasião recente em que ele se aproximara de outra forma que não apenas em busca de contato físico. E agora, agora estava convencida que era mesmo invisível aos olhos dele. Não fosse assim, certamente teria percebido os erros, as mentiras e os lapsos verbais da esposa.

Penteou o cabelo de alto a baixo, deleitando-se com o escorrer da água pelas costas. Foi trazida de volta ao presente por uma das mulheres que se despedia alegremente.

— Tchau — disse rapidamente. — Até sexta. — Uma semana inteira à frente e três dias bem-aventurados com Patrick. Mas antes seria preciso atravessar o resto daquela segunda-feira. O coração desacelerou, recordando-se que concordara em comparecer ao encontro da Associação de Pais e Mestres marcado para a noite. Cogitou não ir, mas com que desculpa? Suspirou. Neil estava certo na avaliação sobre Isabel: não era uma boa mentirosa. Ele é que era ainda pior quando se tratava de identificar um logro.

Depois de nadar, foi dar uma volta pela cidade. Pensou em almoçar em uma lanchonete, mas isso lhe parecia totalmente extravagante se havia uma casa inteira abastecida com comida a apenas 10 minutos de distância. Patrick costumava almoçar num pub, quando se dava ao luxo de almoçar, e ela pensou em dar uma passadinha no The Mason's Arms, mas se deteve. Vai vê-lo amanhã, disse para si mesma. Então desceu a High Street, olhando as vitrines. Pensou em comprar roupas novas — as que tinha estavam largas na cintura —, mas decidiu esperar e ver se o número de seu manequim baixaria ainda mais. Eis uma das vantagens de se ter um caso, pensou, balançando a bolsa alegremente e dando um saltinho. O modo prazeroso de perder cinco quilos. Talvez devesse fundar um clube. Em vez de contar calorias, as sócias acumulariam pontos pelo número de vezes que fizessem sexo. E poderia haver variações, regimes com recomendações gastronômicas mas sem restrições de ordem sexual. Como a Dieta Mediterrânea, com carradas de azeite liberalmente distribuídas por toda parte; ou a Dieta da Proteína, firme favorita entre os homens. O sol brilhava, mas o vento batia fresco na cabeça molhada de Isabel e ela sentia frio. Melhor procurar abrigo.

Entrou numa livraria e se distraiu folheando alguns exemplares. Os livros estavam dispostos de forma sedutora sobre as mesas, as capas tão chamativas quanto guloseimas. E eram inteiramente light. Suspirou. Na ficção, adultérios sempre terminam mal, como para a pobre Anna Karenina, que perde os filhos e morre atropelada por um trem. Ou madame Bovary. Isabel não conseguia lembrar o que acontecia a Bovary. Era difícil ter empatia com uma heroína cujo sobrenome não se sabe ao certo como pronunciar. Isabel largou o livro que tinha nas mãos e foi à seção infantil, onde escolheu um presente para cada filho — sobre gatinhos para Katie, sobre carros de corrida para Michael.

Pagou e saiu da loja. Na rua, olhou para os dois lados. Esquerda para pegar o carro e voltar para casa, direita para caminhar no coração da cidade. Consultou o relógio. Se fosse pela esquerda, teria uma hora ou mais em casa antes de recolher as crianças na escola. Tempo bastante para alguns afazeres domésticos. Não parecia uma boa opção. Por outro lado, já estava farta de ver vitrines. Demorou-se parada no mesmo lugar, tentando se decidir. À esquerda, nada atraente. À direita parecia — aquele ali era Patrick? Tentou aguçar a vista. No fim da rua, no trecho exclusivo para pedestres, um homem moreno e alto conversava com uma mulher de cabelo louro cintilante. Justine? Isabel não podia afirmar, dada a distância. O homem jogou a cabeça para trás e riu. Isabel tinha quase certeza de que era Patrick. Então ele beijou a mulher. Foi um beijo curto, do tipo social, trocado entre conhecidos, mas havia algo ali — a inclinação do rosto dela, talvez o modo como ele pousara a mão no braço dela — que fez Isabel congelar. Eles se despediram e a loura foi engolida pela massa de passantes. O homem vinha na direção de Isabel e, à medida que se aproximava, constatou que, de fato, era Patrick.

Esperou por ele, as perguntas zumbindo no cérebro como uma colméia de abelhas enfurecidas. Não devo questioná-lo, pensou. Prometi que não faria cobranças. Ele tinha um ar distraído pelo menos até estar a cerca de seis metros de Isabel. Foi quando ergueu o rosto.

— Isabel — disse ele. — Que bom encontrar você!

— O que está fazendo por aqui? — deixou escapar.

— Moro aqui, lembra? — Ele se inclinou e beijou-a no rosto, um beijo frio de amizade.

— Você está cheirando a alho e álcool — disse, tentando parecer brincalhona.

— Estava almoçando.

Não pôde evitar a pergunta.

— Com um cliente?

— Hummm — Ele estendeu o braço e examinou a sacola da livraria que ela carregava. — O que você comprou? Um presente para mim?

— Não, para as crianças. — Tirou a sacola das mãos dele, estranhamente perturbada pelo pensamento de que ele manuseasse os livros de Katie e Michael, como se manusear os livros confirmasse que Patrick estava se infiltrando na vida doméstica dos Freeman. Ele não respondeu à pergunta com relação ao almoço com cliente.

— Seu cabelo está molhado — disse ele, pegando uma mecha.

— Com quem você estava? — Pronto. Perguntara.

— Melhor secar isso. Não quero que fique doente e falte ao trabalho. — Patrick sorriu, o cabelo desalinhado pela brisa, as pálpebras pesadas.

— Era Justine?

Ele fez uma pausa, mirando o céu como se resolvendo o que dizer. Ou como mentir. Isabel mordeu os lábios, sentindo-se levemente enjoada. Ele voltou os olhos para ela, a expressão séria.

— Eu disse a você desde o começo. Sem amarras. Sem compromisso. Sem amor.

Ela tentou rir com suavidade, o riso de uma pessoa serena e sofisticada.

— Só estou curiosa.

— Sei.

— Por favor? — Ela se deu conta de que seu tom de voz não era sereno nem sofisticado, mas isso já não tinha importância.

— Você sabe que não faço comentários a respeito das pessoas, muito menos falo de uma mulher para outra mulher. É melhor você secar o cabelo.

Ela o fitou. Patrick estava sugerindo que fossem para a casa dele? O coração de Isabel disparou e ela percebeu que não fazia muita diferença se estivera com outra mulher, se estivera com Justine. Ela o desejava. Ela o desejava tão intensamente que o teria seguido caso sugerisse entrarem num beco e transarem contra um muro de tijolos ásperos.

— Patrick — disse, tocando o braço dele, sentindo sua pele quente e viva. Ele afastou-se, usando uma das mãos para colocar o cabelo para trás.

— Essa é uma cidade pequena, querida — disse com calma. — Sejamos discretos. Beijou-a na face e ela teve de se conter para não se pendurar nele. — Amanhã nos veremos.

Ela o observou cruzar a rua, levantando a gola do paletó para se proteger do vento, que se tornara mais forte, sacudindo folhas mortas e lixo pelo ar. A cabeça de Isabel estava gelada, os fios de cabelo molhado chicoteando o rosto. Patrick enveredou por uma passagem transversal e rumou para casa. Ele não olhara para trás.

— Desculpe, estou atrasada. — Enquanto se espremia no último lugar vazio na biblioteca da escola, Isabel movimentou a boca na direção de Mary, de longe, torcendo para que a outra fizesse leitura labial. Em resposta, Mary lançou à recém-chegada um olhar de clara irritação e, em seguida, majestática, virou as costas e prestou atenção às palavras da mulher à sua esquerda. Isabel se mexeu na cadeira desconfortável talhada para crianças e fez uma careta ao peneirar os montes de papéis soltos que trazia na bolsa: recibos, lembretes, cartões, vales de combustível. Estava certa de ter trazido a programação.

— Tome — murmurou sua vizinha de assento, lhe passando uma cópia. — Estamos no item número três.

— Obrigada. — Olhou em volta da mesa. Mais uma vez, como acontecera no café-da-manhã de calouros, só havia mulheres. Imaginou a que se dedicavam todos os pais enquanto as mães se reuniam na Associação. Das 12 presentes, reconhecia somente duas além de Helen e Justine. Olhou para Justine. Era ela que tinha estado com Patrick? Como se ciente do olhar de Isabel, Justine ergueu o rosto e abriu seu sorriso de felina, transbordante de segredos.

Aturdida, Isabel baixou a vista e concentrou-se na programação. Itens um e dois eram desculpas por ausência e informes sobre o encontro anterior. Item número três, uniforme escolar. Uma mulher que Isabel não sabia quem era estava muito agitada quanto ao serviço oferecido pela lojinha da escola.

— A loja da escola é administrada por voluntárias. Não se pode esperar que funcione como a Harrods — dizia Mary, o semblante demonstrando uma luta feroz entre a impaciência e a graciosa tolerância.

— Ousaria dizer que... — A mulher estava determinada a contribuir para o debate. Mentalmente Isabel desligou-se, embora mantendo-se semi-alerta, o rosto parecendo que era toda ouvidos. Quando levara Katie e Michael à loja para comprar uniforme, considerara o atendimento muitíssimo eficiente. Olhou em volta. A maioria das mulheres estava irrequieta, brincando com os lápis. Com certeza o uniforme escolar era um item de suma importância. Justine permanecia imóvel, as unhas bem feitas pousadas de leve sobre a mesa em frente. Não devo sentir ciúme, pensou Isabel. Não sou a dona de Patrick e, de qualquer modo, Justine o conheceu antes de mim. E se almoçaram juntos? Isso não significa nada. Ou significa? Pode até não ter sido Justine. Pode ter sido qualquer outra mulher. Isabel não conseguia concluir qual das opções era a pior.

Mary, que certamente sentia o espírito agitado das mulheres presentes, decidiu dar um basta.

— Esse é um assunto sobre o qual todas temos muito a dizer. Sugiro que formemos uma comissão encarregada de preparar um relatório a respeito. Combinado? Ótimo, então precisamos de voluntárias. — Mary passou o olhar pela sala. A maior parte das mulheres ali reunidas tinham voltado todo seu interesse para rabiscar ou procurar algo nos bolsos do casaco, mas a que havia trazido à baila o problema da lojinha foi a primeira a levantar a mão.

— Lucy e.... — Muito mexer nas bolsas e checar de agendas. Isabel sentiu-se culpada por não se apresentar como colaboradora, embora não o bastante para erguer o braço.

— Oh, eu posso ajudar — disse Justine, de repente.

— Obrigada, Justine. Vocês duas podem apresentar o relatório na próxima reunião. Agora, o próximo ponto da pauta é a Festa Pirotécnica. Rebecca, poderia nos contar como estão os preparativos?

Isabel teve dificuldade em entender exatamente como as coisas estavam indo, pois Rebecca supunha que todas já soubessem o que estava por acontecer. Havia muito desde a última vez em que Isabel estivera numa celebração completa em alusão a Guy Fawkes*, inclusive com o próprio ardendo na fogueira. Em alguns países onde havia morado, queimar efígies era um ato político perigoso. Isabel soube então que a Associação providenciava cachorros-quentes, batatas assadas e quentão — feito de acordo com a receita especial de Mary — e os vendia com doces, refrigerantes e fogos de artifício. Apresentou-se como candidata a vendedora ambulante de bombinhas, um serviço que esperava lhe permitisse ficar de olho nas crianças e observar como lidavam com o barulho. Na Síria, o estrondo das armas de fogo tinha sido um evento rotineiro, às vezes num casamento, às vezes por motivo mais sinistro. A empresa fornecia carros e motoristas para que os empregados nunca se vissem envolvidos em uma discussão por desrespeito aos sinais de trânsito. Numa viagem ao deserto, o motorista da família, Hamid, tinha-lhes mostrado a arma que guardava no porta-luvas. "Não se preocupe, madame, não deixarei que bandidos levem seus filhos." E fez uma careta tranqüilizadora, o dente de ouro cintilando. "Mato todos vocês antes que os bandidos

---

*A noite de Guy Fawkes, também chamada de Noite da Fogueira, é alusiva a 5 de novembro de 1605, quando o soldado católico Guy Fawkes tentou explodir o Parlamento inglês numa conspiração para assassinar o rei Jaime I, protestante. Preso em flagrante, foi enforcado. Nessas celebrações, além de fogos de artifício, há fogueiras nas quais são jogados bonecos representando o conspirador. (*N. da T.*)

cheguem perto." Isabel sabia o que Hamid queria dizer: havia rumores sobre tráfico de mulheres e crianças européias, especialmente de garotos de olhos azuis e cabelo castanho com mechas douradas pelo sol, como Michael. Naquela noite, tinha pedido a Neil que pleiteasse uma transferência de volta ao Reino Unido. Talvez as crianças não tivessem memória do som dos tiros, talvez não o associasse ao espocar de fogos de artifício, mas queria estar por perto na festa da fogueira.

Ouviu a discussão, que tinha se concentrado em como iam ter certeza de que as salsichas estavam mesmo cozidas, sem precisar escaldá-las durante horas a fio, visto que não poderiam usar as instalações da cozinha da escola. Parecia extraordinário que algo tão simples pudesse exigir tanta organização. Isabel começou a fazer rabiscos. Sombreou todos os espaços da palavra "Programação", depois acrescentou no canto direito superior um grande "P" cercado de linhas, decoradas nas extremidades com pequeninos laços. Em caso de alguém estar olhando, adicionou mais duas formas bojudas, de modo que o P foi convertido em um trevo. "Trevo da sorte", escreveu embaixo e passou a encher de sombra também as novas pétalas. Pensou nos olhos de Patrick, verdes e de cílios longos. Cerrou as pálpebras, fazendo desfilar diante de si imagens de Patrick: ao telefone, procurando algum pedaço vital de papel e ficando nervoso imediatamente, olhando para ela e dizendo: "Venha para a cama."

— Acorde! — A mulher ao lado lhe acertou uma cotovelada nas costelas. — É com você.

— Desculpe — ouve um pequeno murmúrio de divertimento vindo do restante das mulheres.

Mary não parecia se divertir.

— Como estava dizendo, gostaríamos de dar as boas-vindas a Isabel Freeman, uma mãe recém-chegada e que, tenho certeza, será um ganho para o comitê.

Isabel, curvada na cadeira, sentiu que seria tudo, menos um ganho.

O encontro se arrastou pelo que pareceram séculos. Isabel chegou em casa depois das dez e encontrou Katie no meio de um jogo complicado envolvendo todos os seus animais de pelúcia e Michael ainda no banho, os dedos enrugados como ameixas secas e descoradas. Rapidamente Isabel os mandou para a cama, beijou-os e apagou as luzes. Fervia por dentro, pois Neil não se dera ao incômodo de colocar os filhos para dormir.

— Eles insistiram em só dormir quando você chegasse — disse Neil, como se isso explicasse o banho interminável de Michael, os pratos sujos espalhados no térreo da casa e o fato de Katie ter se deitado sem ouvir as historinhas infantis a que estava acostumada. Ele havia se aboletado na cama, percebeu Isabel com azedume, e mantinha os olhos presos na tela da televisão, hipnotizado, assistindo a um filme de suspense que, a julgar pelo modo como reagia, era imperdível. Neil era um adulto inteligente com dois braços e duas pernas que professava amor pelos filhos, pensou ela. Era deliberadamente incompetente porque pensava que assim ela não lhe pediria outra vez para cuidar das crianças à noite? Ou era incompetência pura e simples?

Colocou a louça na lavadora e arrumou tudo no andar de baixo. Tornou a subir e se preparou para deitar. Enquanto escorregava para baixo do edredom, Neil olhou por cima do livro que sustentava entre as mãos.

— A propósito, meus pais telefonaram.

— Ah, sim? Eles estão bem? — perguntou Isabel, polida como sempre a respeito dos pais de Neil, seguros na Escócia. Longe o bastante para não precisar se preocupar com eles.

— Sim, estão bem. Eu os convidei para passar um fim de semana conosco.

— Não, Neil. Por que fez isso? — A idéia pareceu aterradora. Neil mostrou-se indubitavelmente aborrecido.
— Eles ainda não viram a casa.
Isabel engoliu em seco.
— Quando chegam?
— Em duas semanas. Mamãe tem um curso de tecelagem de cestos e não quer perder aulas.
— Duas semanas. — Mentalmente, Isabel consultou sua agenda. — Acho que não temos nada marcado para daqui a duas semanas. É melhor ligar para Moira e confirmar.
— Não há necessidade. Já combinei tudo.
— Mas eu poderia ter marcado alguma coisa.
— E marcou?
— É o primeiro fim de semana do recesso escolar. Podíamos ter programado algo, um passeio, por exemplo.
— Mas não programamos.
— Sei disso, mas será que você não vê...
— O quê?
— Que deveria ter me consultado.
— Você não estava aqui. Estava no seu encontro de pais. — E enfiou de novo a cara no livro, emitindo o que parecia ser um pequeno grunhido de satisfação vindo do fundo da garganta.
— Eu nunca posso ganhar, não é? — Ela fechou os olhos. Tudo parecia tão difícil com Neil. Todas as conversas terminavam em atrito, o grãozinho de areia dentro da concha raspando contra a borda. Só que não havia pérola para compensar a irritação. Ter um caso com Patrick tornava tudo melhor ou pior? Melhor, pois tinha uma outra vida, secreta, para sonhar? Ou pior, porque ficava claro o contraste entre a vida de sonho e a vida como esposa de Neil?

Amava Neil? Sob o manto de exasperação, havia amor? Não podia imaginar a vida sem Neil, mas podia ser que não passasse de hábito. Sentia o mesmo em relação aos seus livros favoritos, um punhado de papéis empoeirados que não lera nos últimos dez anos ou mais, mas que carregava de um país para outro. Jamais conseguiria se desfazer deles. Eram parte dela, do mesmo modo que Neil.

— Lamento ter sido grosseira — disse Isabel. — Acho que estou cansada.

— Talvez deva largar o emprego — disse Neil. A voz dele parecia neutra, mas ela pensou poder detectar uma pitada de algo meio escondido. Decidiu ignorar a frase e se ajeitou para dormir, de costas para ele.

— Aliás — disse ele —, por falar em trabalho. Você disse que não ganha muito, mas o contador precisa estar informado. Preciso que me dê seus contracheques para que possa repassá-los ao contador.

— Não tenho contracheque.

— Como é o seu pagamento, então? Dinheiro vivo enfiado no sutiã? — Ele parecia achar graça. Por um segundo, ela o odiou.

— Não, claro que não. — Ela puxou o edredom por sobre os ombros. Ao cabo da primeira semana, perguntara sobre o salário. Patrick demonstrou surpresa e disse que estavam em meio a um período de experiência com quatro semanas de duração. Receberia no final e, se ambos quisessem dar continuidade ao acordo, o pagamento seria realizado todo fim de mês. Parecera razoável; afinal, ela poderia não ser de grande serventia ou ficar entediada. Mas fora útil e não se entediara. A tarde do temporal tinha acontecido antes de decorridas quatro semanas. Desde então, Patrick não lhe tinha pagado nada, e ela não quisera fazer perguntas. Neil deu um muxoxo para manifestar irritação.

— Eu já disse a você que é importante guardar os recibos. — Não precisa muito para estourar o limite de impostos. Nós teremos de fazer uma certa trapaça.

— Nós?

— Gordon e eu. Nosso contador, lembra? Minimizamos meus impostos incluindo você como dependente. Você sabia disso. — Bem, sim, sabia disso. Ou pelo menos Neil havia lhe dito o que estava fazendo, mas a informação entrara por um ouvido e saíra pelo outro, cruzando a cabeça vazia de Isabel. Lidar com dinheiro era tarefa de Neil, do mesmo modo que cabia a ela cuidar das crianças. Às vezes sentia-se culpada, pensando nas grandes ativistas que lutaram para conquistar independência para as mulheres. Por outro lado, se Neil queria que fosse assim... Rolou o corpo, virou-se para ele e o fitou. Ele ainda estava falando.

"Agora você está ganhando dinheiro, ainda que pouco, então temos de repensar a situação. E precisamos considerar a Previdência Social. — Sorriu para ela, como se metaforicamente lhe afagasse com tapinhas na cabeça. — Não precisa se preocupar. Basta que tenha um contracheque.

— Não sei se terei um.

— Não se aflija tanto. Se quiser, telefono para o seu patrão e resolvo tudo para você.

— Não!

— Tudo bem, não precisa ficar nervosa.

— Você não vai telefonar para ninguém. — Suas terminações nervosas se encresparam à idéia de Neil telefonar para Patrick. De repente, tudo pareceu excessivo, Patrick e Justine, dinheiro, a Associação de Pais e Mestres e agora Neil. A fúria rebentou. — Como pode falar sobre minhas coisas com um estranho?

— Gordon não é um estranho, querida.

— Para mim, é. — Cobriu a boca com uma das mãos, como se pudesse evitar que as palavras saltassem.

— Vamos lá, não está sendo justa.

Estavam deitados lado a lado na cama, esperando que o silêncio vermelho e quente entre eles se dissipasse. Neil retomou a leitura.

— Falaremos sobre isso de manhã, quando você estiver mais descansada.

— Prometo que vou pedir um contracheque, mas não telefone. Por favor.

— Não precisa ser tão dramática. Só quero me assegurar de que não está sendo enganada.

Oh, enganada por Patrick, pensou. Após um fim de semana inteiro sem ele, seu corpo estava teso de saudade. Obrigou a mente a se voltar para Neil e o desgraçado contracheque.

— Promete que não vai telefonar?
— Prometo. Mas me traga o contracheque.

9

— Ele quer um contracheque.
— Hein? — disse Patrick.
— Ele quer um contracheque. — Isabel repetiu a frase, olhou para Patrick esticado na cama, nu em pêlo, olhos fechados, relaxado como um gato. Ela puxou o lençol mais firmemente contra si. Patrick abriu uma das vistas e lhe lançou um olhar furtivo.
— O que você está gaguejando, querida? — perguntou num bocejo.
— Neil quer um contracheque meu para entregar ao contador.
Patrick analisou a situação por um segundo e tornou a cerrar as pálpebras.
— Imbecil!
— Patrick!
— Mas é um completo idiota!
— Ele é meu marido.
— Eu desisto. — Patrick rolou na cama e tirou o lençol de cima de Isabel. — Olhe para você. *La bellezza.* — Correu uma das mãos pelo contorno do corpo dela. — Você tem de me deixar fotografá-la uma tarde dessas.
Isabel recuperou o lençol; difícil demais se concentrar em manter a barriga encolhida e conversar, tudo ao mesmo tempo.
— Sério, o que vou fazer?

— Ignore-o. Vou ensinar um pouco de italiano a você. Essa é sua *pancia*, sua *ance*, sua adorável *coscia*, e aqui embaixo é sua *figa*. Vamos, relaxe.

— Não posso — disse Isabel, sentando-se e balançando as pernas na beira da cama.

— Não vá, ia lhe ensinar sobre minha *erezione*.

— Posso imaginar o que seja isso. — Isabel começou a se vestir.

— Para uma amante, você está muito chata. — Patrick deixou-se cair pesadamente no colchão. — Queria não ter parado de fumar. Este é o momento certo para uma baforada.

Isabel interrompeu o movimento de enfiar as pernas na calça jeans nova.

— É isso que eu sou? Uma amante?

Patrick deu de ombros.

— O que mais? Empregada, se preferir. O que há de errado em ser amante?

— É que.... — Isabel calou-se, tentando organizar os sentimentos e as idéias. Todos esses rótulos a definiam em relação a outras pessoas. Esposa, mãe. Agora, também amante. Observou um feixe de luz do sol atravessar as cortinas e iluminar uma tira de partículas de poeira tremeluzentes. Quase não havia mobília no quarto; além da cama, somente uma cômoda com gavetas e uma cadeira. Várias pilhas de roupas estavam jogadas pelo chão.

O telefone tocou e ela atravessou o patamar da escada em direção ao escritório. À medida que avançava pelo caminho, puxava as pontas do suéter para melhor cobrir as pernas.

— Patrick Sherwin Associados... sim, vou verificar se ele está. — Segurou o aparelho contra o peito. — É Andrew. Vai atender?

— Não. Droga! Tenho de falar com ele. Diga que já vou. — Patrick pôs-se a vestir as calças. — Você faria o favor de preparar um café para mim, querida?

— Ele já vem — disse Isabel ao sofredor Andrew. Depois colocou o fone sobre a mesa e desceu as escadas rumo à cozinha.

Apenas três semanas, pensou, olhando pela janela e esperando que a água na chaleira fervesse. Há três semanas eu estava aqui assistindo a Patrick se molhar no temporal. E agora sou sua amante. Amante. Uma palavra tão pesada. Sorriu, imaginando-se em uma *chaise longue*, vestida num *négligé* esvoaçante, acenando, lânguida, com um dos braços brancos, como se mandasse alguém se aproximar, uma caixa de chocolates pela metade jogada no chão. Esse tipo de amante provavelmente usava chinelos de salto alto com penas de cisne cor-de-rosa de enfeite, peças íntimas de seda francesa, meias finas e existiam apenas para o sexo. Tinha um certo apelo, Isabel admitiu para si mesma enquanto ligava a cafeteira. Porém, não conseguia ver Patrick atraído por esse tipo de cenário; era inquieto demais para tal. Não, a passividade tranqüilizadora da gueixa seria mais interessante para homens de negócios estressados, que buscam o aconchego após um longo dia no escritório, ávidos por algumas horas de mimos e afagos no ego. Alguém como Neil. Afastou-o do pensamento.

Talvez estivesse mais perto da amante moderna, a mulher de negócios que dirigia a própria vida, o marido, os filhos e o personal trainer com total desenvoltura e um palmtop. Podia se ver bem-sucedida desempenhando o papel por não mais que dez minutos. Sorriu. Não sou muito boa em mandar nas pessoas; me preocupo demais se receberei um não como resposta, pensou. Talvez deva ser mais decidida, mais assertiva. Empurrou para baixo e com mais força o êmbolo da cafeteira. Usou força demais. A máquina quebrou e o líquido fervente escapuliu e respingou no suéter e na calça jeans de Isabel.

— Merda! — Agarrou um pano de prato e esfregou na parte da frente do corpo, deixando manchas quentes e escuras de café sobre o tecido. O jeans fazia suas pernas queimarem. — Por que sou tão desastrada? — Uma visão de Justine de cabelos eternamente impecáveis e expressão contida cruzou a mente de Isabel. Tirou o suéter e constatou que o café tinha atravessado o pano e atingido a camisa branca que trazia por baixo. Caramba! E agora?

— Problemas? — Patrick recostara contra a porta, o peito nu.

— Fiz uma grande bobagem e derrubei todo o café em cima de mim.

— Que azar! — Ele não pareceu muito solidário e ela sentiu-se desconcertada.

— Vou precisar me despir.

— Exatamente como eu gosto de você. — Patrick olhou com malícia para ela e, em seguida, suavizou. — Pegue um dos meus suéteres lá em cima.

Isabel voltou ao quarto e se livrou das roupas que chegavam a soltar um pouco de vapor. Suas pernas tinham marcas vermelhas onde o café escaldara, mas não sentia dor. Fez uma busca minuciosa no armário de Patrick, se enfiando no maior suéter que encontrou — cem por cento caxemira pura, notou, e do tipo grosso e caro. Esfregou a bochecha contra o ombro, sentindo a maciez e inalando o cheiro de Patrick. Ele é egoísta e não me ama, pensou. Deve estar se encontrando com outra mulher. Na condição de amante, não tenho direitos, nem reivindicações. Nem mesmo posso fazer perguntas. Esse relacionamento se resume a sexo, apenas sexo. Amor está fora de questão.

Voltou ao primeiro andar e à cozinha e jogou as roupas sujas de café na máquina de lavar.

— Por que não coloca minhas roupas também? — disse Patrick, deslizando um dos braços em torno da cintura de Isabel e dando-lhe um beijo afetuoso atrás da orelha. Ela deu meia-volta para encará-lo.

— Claro, e você deve achar que talvez eu possa também cuidar de outros afazeres domésticos.

Patrick correu uma mão indolente pela espinha de Isabel.

— Esperava que pudesse...

— Você deve estar brincando. — Isabel riu. — Sou famosa por deter o título de pessoa mais bagunceira do mundo.

— Mesmo? — Patrick tinha o olhar cheio de surpresa. — Você me parece muito organizada. É brilhante para colocar as minhas coisas em ordem.

Isabel pensou a respeito. Era verdade que desde que começara a trabalhar para ele tinha colocado toda a papelada em dia convencendo-o a usar o armário de arquivos e as prateleiras da estante e criando um sistema que ele pudesse manter. Não havia mais papéis espalhados pela sala de estar e o escritório parecia realmente um ambiente profissional.

— Talvez seja diferente quando se trata da bagunça de outra pessoa. É mais fácil lidar com a desordem dos outros do que com a nossa própria.

— Preciso que você me organize.

— Não, não precisa, não. Não me incomodo em arrumar o escritório, mas lavar sua roupa suja é problema seu. Não me aborreça. — Beijou a palma da mão dele, pensando se tudo se resumia mesmo a sexo. — Esposas lavam a roupa suja, amantes não. Até eu sei que é assim que funciona.

— Já entendi. E o que você acha que as amantes devem ter? Além de contracheques, evidentemente?

— Não sou eu quem quer um contracheque, é Neil. E o desgraçado do contador.

— Espero que não se incomode que eu diga, mas seu marido parece um completo bundão.

— Eu me incomodo, sim, que diga isso, e você ainda não me entregou o contracheque. Na verdade, você ainda não me pagou

— Quanto você quer?
— O combinado, claro.
— Ah, esse é um assunto interessante. — Ele estava muito perto dela. — Vai me cobrar por serviços prestados ou sou eu que vou cobrar de você?
— Quanto você acha que seus serviços valem? — murmurou ela.
— O preço é você quem determina.
— Por que não decidimos que estamos quites?
Ele a beijou.
— Vamos subir e ficar quites?
— Não até que eu tenha recebido algum dinheiro. — A máquina de lavar deu um estalido e começou a vibrar contra as costas de Isabel.
— É uma mulher insensível, senhora Freeman.
— O senhor também é um homem duro, senhor Sherwin — disse ela. — Em vários sentidos.
— Está me chantageando?
— Não, estou entrando em greve.
— Acha que pode?
— Sim. — Isabel tentou ignorar a mão dele sobre ela. — Para ser franca, não estou segura disso.
— Odiaria ter de usar a força para que encerre a greve. — Ele vasculhou o bolso de trás da calça, pegou a carteira e a sacudiu, as moedas derramando-se no chão, as notas rodopiando e caindo. — Transfiro para você cada centavo que possuo. Todos os meus bens. — E mordiscou a orelha de Isabel.
Ela colocou os braços em torno do pescoço de Patrick.
— Tudo?
— Claro. Tudo será suficiente para a madame?
— Hummm, suponho que sim. Pelo menos por ora — disse, retribuindo o beijo.

— Então vire-se, criatura deslumbrante, e ceda aos meus caprichos.

Logo depois, ela disse:
— Dinheiro não é realmente importante na maioria dos aspectos; mas é essencial em alguns. Vamos encarar assim: não sou bancada por você, sou uma mulher sustentada por outra pessoa. Nesse aspecto, não preciso de dinheiro. Mas trabalhar para você era, de maneira muito remota, uma chance de fazer algo com a minha vida, ter um pouco de dinheiro próprio. De me manter ao invés de ser mantida. Então é importante. — E tomou um gole de chá.
— Dinheiro é a coisa mais importante que existe. — Patrick se reclinou na cadeira e fitou o teto.
— Mais do que amor?
— Ah, sim. Amor vem e vai, mas as contas têm de ser pagas.
— Não acredito que você seja tão cínico.
— Talvez não. Não sei, Isabel, não me preocupo muito em analisar o assunto. Só sei que numa disputa entre amor e dinheiro, o dinheiro sempre vai ganhar.
— Não é verdade.
— Olhe em volta de você. Olhe para todos esses casamentos vazios.
— Nem todo mundo se casa por dinheiro.
— Mas permanece casado por causa de dinheiro. Não é o seu caso? — perguntou ele de modo muito delicado.
Isabel ficou calada, arregaçando as mangas do suéter que tomara emprestado de Patrick.
— Se disser que continuo casada por causa de coisas como segurança, estabilidade e companhia, você dirá que equivalem a dinheiro, não é? — Ela entrelaçou os dedos, as mãos em frente ao corpo, tentando desembaraçar os pensamentos. — Eu amo

Neil. Talvez não da maneira como amava antes, mas... passamos tanta coisa juntos. Isso faz diferença. E temos filhos.

— O argumento irrefutável.

— Por que não? Não faça essa cara; muito embora você não tenha o menor interesse por esse tipo de situação, muitas pessoas desejam uma vida assim. De qualquer modo, está tudo bem para você. Dentro de dez anos, se decidir ter filhos, ainda poderá arrumar uma garota e ser pai, sem problemas.

— Talvez. — Ele olhou pela janela, o rosto triste.

— Suponho que tudo isso termine da seguinte maneira: nunca vou deixar meus filhos, eles querem estar comigo e Neil. Sendo assim, não nos separaremos.

— Tão romântico. — Ele voltou o olhar para Isabel, como se a desprezasse.

— E quanto a nós? Nossa situação é romântica, por acaso? Sexo sem amor? Sem futuro? — Ela falava mais amargamente do que tencionava, e a atmosfera tornou-se tão frágil quanto pingentes de gelo. Houve uma leve pausa, e Patrick levantou-se.

— Vou trabalhar um pouco. Quanto ao contracheque do seu marido, no que me diz respeito você é autônoma e, portanto, pode pagar impostos e Previdência Social por conta própria. Basta me mandar a fatura pelas horas trabalhadas. — Ele tocou o ombro dela com delicadeza e disse ainda mais gentilmente. — Mais tarde mostro a você como proceder. — E hesitou. — Isabel, não se esqueça do que eu disse. Sem amor.

Depois que ele saiu da cozinha, Isabel pressionou as mãos contra o rosto. Eu não o amo, disse para si mesma. Não o amo. Não posso amá-lo. Não devo amá-lo. Mas sem amor tudo não passa de sexo. Talvez eu devesse ser como Patrick e dizer que sexo é o bastante. Sem amarras, sem vínculos, sem compromisso. Não é isso que as mulheres modernas devem ser capazes de fazer, dizer "eu gosto de sexo" sem se sentirem envergonhadas?

O dinheiro ainda estava espalhado no chão e ela se abaixou para recolher tudo, recuperando as moedas de onde haviam se escondido depois de rolarem, muitas para baixo da máquina de lavar — 85,76 libras e 65 euros. Não estava certa de quanto valiam; cerca de 40 libras, pensou. Mesmo se considerando que passara metade do dia na cama com Patrick, não bastava para cobrir todas as horas que tinha trabalhado. Tenho direito a esse dinheiro, pensou. Trabalhei por ele. Esse dinheiro me pertence. Então por que me sinto como uma prostituta? Isabel distribuiu o dinheiro em duas pilhas sobre a mesa, sem querer transferir nem ao menos parte do valor para a própria bolsa. Talvez devesse separar o que lhe era devido, preparar o recibo que Patrick mencionara e ir até ele para reivindicar o dinheiro. Já vira recibos em número suficiente para poder copiar o formato; não precisava da ajuda dele.

Foi então que ouviu uma batida na porta e se levantou, as articulações do corpo todo doendo, como se estivesse gripada. Por que a vida tinha de ser tão complicada? O suéter de Patrick lhe chegava à altura das coxas, decente o bastante para não deixar ninguém excitado. Mais batidas.

— Já vou — gritou. E abriu a porta, esperando se deparar com um homem carregando uma caixa de equipamentos de computador cuja entrega só seria feita após o destinatário assinar algum papelzinho acusando o recebimento da mercadoria. Mas o que viu foi Mary Wright, as sobrancelhas lançadas para o alto ao registrarem Isabel dentro do suéter de Patrick.

— Bom dia, Isabel.

Isabel fez um cumprimento com a cabeça, muda. De todas as pessoas que poderia esperar, Mary era uma aposta tão provável quanto Nelson Mandela. O que fazia ali?

— Posso entrar?

— Claro. — Isabel escancarou a porta e deu um passo para trás, de modo que permitisse que Mary avançasse. A visita entrou na casa e enrugou o nariz.

— Cheiro de café?

— Sim, na cozinha.... — Mary começou a se adiantar rumo à cozinha e Isabel foi trotando atrás dela, totalmente consciente de suas pernas mal cobertas e dos pés nus de encontro ao chão frio. — Mas é melhor que você tome uma xícara de chá. Quebrei a cafeteira e deixei cair café por toda parte, e é por isso que... — Sua voz minguava a cada nova palavra. Mary não parecia estar ouvindo.

— O que achou da reunião de ontem à noite?

— Hum. Muito interessante. — Isabel tentou pensar em algo para dizer. — A Festa da Fogueira vai ser divertida.

— Sim, as pessoas apreciam. — Mary correu os dedos pelo tampo da mesa de trabalho. — A propósito, resolvi aparecer só para ter certeza de que tudo estava bem.

Isabel a encarou. Por que tinha vindo? O que tinha a ver com tudo aquilo a ponto de precisar verificar se tudo estava bem? E o que afinal significava aquele "a propósito"?

Mary olhou Isabel rapidamente de alto a baixo, deu uma fungada e prosseguiu.

— Não vejo Patrick há tempos. Você sabe como são os homens; simplesmente desaparecem. A menos que sejam gays, claro. — A frase ficou suspensa no ar. Isabel não sabia o que dizer. Qualquer comentário sobre as preferências sexuais de Patrick estava fora de questão, especialmente porque provas da masculinidade dele ainda impregnavam o corpo de Isabel. Sentiu que enrubescia.

— Oh, veja, minhas roupas já estão devidamente lavadas. — Arrancou as peças para fora da máquina e as sacudiu. — Vou pendurá-las. Sirva-se de chá. — Puxou o varal para fora do armário da cozinha e escapuliu para a sala de estar, chamando Patrick, que estava no andar de cima.

Ele enfiou a cabeça, assomando no patamar da escada.
— Quem é?
— Mary Wright.
— Mary? Que bom. — Desceu as escadas sem se preocupar em ser silencioso.
— O que ela veio fazer aqui? — Isabel cochichou para ele, que não pareceu entender a pergunta e seguiu direto para a cozinha.
— Que bom ver você! — Isabel ouviu Patrick exclamar, enquanto se ocupava em dobrar a roupa úmida no varal, em frente ao fogo. — E como está Richard? E as crianças?
Os ouvidos de Isabel se esforçavam para captar a resposta de Mary, mas não conseguia distinguir as palavras. Quando percebeu que não poderia continuar arrumando as roupas, vacilou e decidiu então subir ao escritório, cumprindo o papel de boa funcionária. De volta ao trabalho, estudou a lista de coisas a fazer, mas nenhum dos itens a interessou. Queria uma tarefa que lhe acalmasse, como desemaranhar clipes de papel. Um surto de riso veio do andar de baixo. Sobre o que Patrick e Mary poderiam estar conversando? Sentiu-se dividida entre trabalhar e pendurar-se com espalhafato por sobre os corrimões para escutar às escondidas. A campainha do telefone tomou a decisão por Isabel.

Desceu os degraus aos saltos e se deteve na porta da cozinha.
— Desculpe interromper, mas é Andrew ao telefone, de novo. Ele disse que é importante.

Mary estava debruçada sobre a máquina de lavar, exatamente como estivera Isabel há bem pouco tempo. O pensamento de que Mary poderia ter aparecido alguns minutos mais cedo fez o estômago de Isabel dar um salto mortal.

— Preciso atender essa ligação — disse ele a Mary. — Pode me esperar por cinco minutos? Isabel lhe fará companhia.

E saiu. Mary olhou para Isabel do mesmo modo que a formidável diretora da escola havia feito. Teve o mesmo efeito no coração de Isabel, a sensação prostrante de ser posta a pique por um iceberg.

Isabel ensaiou uma expressão afável, com destaque para um sorriso no melhor estilo "não estou nem um pouco tensa". No entanto, tinha a impressão horrível de que seus lábios formavam um esgar tolo da espécie "Sou uma pecadora. Por favor, não me castigue".

— Mais chá?

— Não, obrigada. — Mary se afastou da máquina de lavar. — Patrick me contou que tinha conseguido alguém para trabalhar com ele, mas não me contou que era você.

— Ele é muito discreto — disse Isabel, e então pensou que essa era a pior coisa que poderia ter dito, pois as sobrancelhas de Mary se levantaram novamente. — Quero dizer, ele nunca fala sobre ninguém. Só sobre trabalho — acrescentou, estremecendo por dentro, tentando parecer mais profissional.

— Entendo. — Mary hesitou e em seguida baixou o tom de voz. — Espero que saiba o que está fazendo.

— Não sei a que se refere — disse Isabel, o coração disparado.

— Não a conheço muito bem, mas sei que tem marido e filhos — continuou Mary, inexorável. — Gosto muito de Patrick, mas ele não é, como posso dizer... confiável.

Isabel sentiu o rosto arder, vermelho.

— Patrick é meu patrão — disse, agarrando-se à borda da mesa. — E só.

Mary não arrefeceu e prosseguiu, examinando suas unhas que evidenciavam seu trabalho no jardim: rachadas, curtas e com sujeira entranhada.

— Quando penso o que a pobre Caro teve de suportar! As palavras me fogem. — Estava mentindo, pois as palavras continuavam a vir. — Sinto-me responsável em parte. Foi idéia minha que se mudassem para Milbridge. E depois veio o problema com Justine.

— Justine?

— Não sabia? Caro os encontrou na cama. Na cama do casal, o que é pior. Foi a gota d'água, e ela o mandou embora.

— Eu não sabia que... não com certeza. — Isabel levou uma das mãos à boca, vendo Patrick e Justine juntos, o cabelo louro dela balançando contra a pele morena dele.

— Não que Justine tenha ficado muito tempo com Patrick. Fosse eu fofoqueira, diria que ela logo soube a quem o dinheiro pertencia: à Caro, óbvio, e não a ele. Não sei como Justine evitou que o marido descobrisse. Mais tarde, quando finalmente se divorciaram, conseguiu um acordo bastante favorável. Justine é uma mulher inteligente, mas gananciosa. Sempre com um olho no talão de cheques, embora ache que agora arranjou um bom provedor — acrescentou Mary, mantendo o tom de quem faz uma observação absolutamente neutra.

— E Patrick? — perguntou Isabel, mesmo sem querer perguntar.

— Você não é a primeira e nem será a última. Odeio ver mais um casamento destruído por causa dele.

— Trabalho para Patrick e isso é tudo — disse Isabel, tentando manter a calma. — Não há motivo para o casamento de quem quer que seja acabar destruído. Ele não significa nada para mim. — Podia sentir o lábio inferior tremer e os olhos marejarem. — Nada — repetiu.

Mary olhou para ela, um tipo de olhar penetrante, de quem faz uma avaliação demorada.

— Realmente não é da minha conta. Apenas sugiro que tome cuidado.

Isabel sentiu a alma encolher. Mentir para Neil era uma coisa, mentir para Mary era outra muito diferente. Tentou desesperadamente pensar em algo que pudesse desviar o olhar clarividente de Mary.

— Não entendo o que você pretende. Que direito tem de vir aqui e me dizer tudo isso?

— Não precisa se zangar. Todos conhecem muito bem essa história. Você tem de saber no que está se metendo.

— Saber? Não quero saber de nada disso, desse mexerico. Não passa disso, mexerico. Fofoca e conclusões precipitadas. Só porque derramei café sobre mim e tive de lavar minhas roupas, você deduziu que tenho um caso com Patrick.

Mary deteve-se. Examinou os pés de Isabel e depois deixou a vista subir pelas pernas nuas e para o suéter emprestado por Patrick, até chegar ao rosto e fitá-la diretamente dentro dos olhos.

— Só estou avisando. Patrick fez a infelicidade de muitas mulheres. Cabe a você decidir se será uma delas.

— Você nem me conhece. Por que iria se importar?

— Não estou preocupada com você. Mas me importo com Patrick.

— Está com ciúmes, não está?

Mary riu com desdém.

— Impossível.

— Deve estar. Por que outro motivo estaria me falando tudo isso?

— Ele não contou? — Para surpresa de Isabel, Mary soltou uma risada repentina. — Bem, posso imaginar que tudo isso lhe pareça meio estranho, já que não sabe. Não que haja uma razão para que saiba, evidentemente.

— Saber o quê?

Mary sorriu.

— Ora, Patrick é meu irmão.

10

— Por que não me contou que Mary é sua irmã? — Patrick deu de ombros.
— Não havia motivo, o assunto nunca veio à tona.

Estavam sentados frente a frente na mesa da cozinha, no dia seguinte. Isabel tinha deixado o dinheiro, incapaz de embolsá-lo, e agora as moedas e as notas haviam desaparecido. Sabia que não perguntaria novamente pelo dinheiro. Após a visita de Mary, Patrick tinha sumido para falar com o inoportuno Andrew, de modo que aquela era a primeira ocasião que Isabel tinha tido para interpelá-lo. Patrick parecia indiferente, mas Isabel o conhecia bem o bastante para detectar linhas de tensão puxando os cantos dos olhos dele. Quanto mais tenso estava, mais controlava os movimentos. Já o tinha visto assim ao conversar com clientes ao telefone, as palavras ficando mais lentas à medida que sua inclinação natural para explodir guerreava com a necessidade de ser calmo e educado. Então, finalmente, a erupção. Costumava se conter até que pudesse colocar o fone no gancho, mas por vezes um cliente desafortunado era tratado com insultos sem rodeios e intimidações ferozes. Tinha prometido processar tanta gente que era espantoso o Judiciário ainda não ter se paralisado por excesso de demanda — a não ser pelo fato de que, até onde sabia Isabel, ele nunca colocara as ameaças em prática. Após cenas assim, eles fariam amor ardente e apaixonadamente e, ato contínuo, Patrick telefonaria ao cliente para pedir desculpas, a voz profunda escorrendo mel e charme, uma mão distraída alisando as costas de Isabel. Em geral, funcionava.

Agora ali estava ele, sentado, tomando café, as pálpebras caídas, escondendo os olhos dela. Isabel colocou a cabeça entre as mãos.

— Foi tão constrangedor.

— E daí? Ela não vai dizer nada. Ela já conseguiu o que queria: me dar uma bronca e fazer sermão sobre o que é ser irresponsável. — Deu um riso de desdém. — Não sei por que ela ainda se dá o trabalho. Tudo o que disse eu já sei de cor e salteado.

— Você contou a ela sobre nós?

— Ela deduziu sem que eu dissesse nada. Não se preocupe. Mary manterá em segredo não importa o que saiba ou imagine saber.

— Mas estou preocupada. — Isabel mordeu a unha do polegar.

— Por quê?

— É verdade o que Mary disse sobre você e Justine?

As linhas de tensão retesaram-se.

— Depende do que ela disse.

— Você tinha me dito que Caro o trocou pelo cavalo.

— E foi isso mesmo.

— Mary disse que Caro flagrou você e Justine na cama.

Patrick ficou de pé e olhou pela janela. Correu uma das mãos pelo cabelo, mas imediatamente deixou-a cair, espalmando a testa.

— Caro queria morar fora da cidade — disse, finalmente. — Queria um estábulo para o cavalo. Eu não queria sair de Londres, mas o pai de Caro deu a ela dinheiro para comprar uma casa no campo com algum terreno em volta. A família dela tem boa situação financeira — acrescentou ele. — Mudamo-nos, nós e o quadrúpede. Juro que ela amava aquele animal mais do que jamais me amou. Foi então que passou a se dedicar à caça e me deixou livre para as mais diferentes atividades bucólicas.

— Com Justine.

— Às vezes. — Ele sorriu, como se de uma piada particular. — Não exclusivamente. Há muitas mulheres casadas e entediadas por aqui.

— Você quer dizer como eu? — disse Isabel sem titubear.

— Não, não como você. — Ele franziu o cenho. — Não sei. Talvez. Se a carapuça serviu... — Sorriu charmosamente para ela, como se para tirar o ferrão das palavras, ainda que as tenha dito de maneira suave.

Isabel sentiu-se aflita. Desde o início, Patrick deixara claro que não tinha nada a oferecer, mas agora ela percebera o que nada significava. Todas aquelas pequenas carícias, os beijos afetuosos poderiam realmente não ter a menor importância?

— Não entendo como você pode agir assim. Quero dizer, dormir com uma porção de mulheres, dizendo que não significam nada. Você era casado.

— Veja só quem está falando. — Ela olhou para ele, perplexa. — Não sei que acordo você tem com Neil, mas não posso imaginar que ele tenha dito: "Você está trepando com Patrick, não está? Excelente idéia, garota." — Ele falou sem medir as palavras, e Isabel baixou a cabeça. — Você está agindo exatamente como eu agia.

Houve uma ligeira pausa antes que ele prosseguisse.

— Disse a Caro que não podia prometer-lhe fidelidade. Ela sabia disso, desde o começo. Assim como você. Não menti para você.

— E acha que isso o livra de toda e qualquer responsabilidade — disse Isabel lentamente, revolvendo a idéia na cabeça. — Você diz às pessoas, ou melhor, às mulheres, que vai ser infiel e não confiável, se comporta como tal e, assim, dispõe de um álibi caso haja problemas. "Avisei que ia ser assim mesmo." Não acho que as coisas funcionem desse jeito. Não vejo como você pode fingir que isso não tem importância.

Patrick deu de ombros.

— Se Caro não se importava, não vejo por que você deveria. Afinal, você tem Neil. Sou eu quem está dividindo você com ele e você espera tolerância de minha parte. Ele tem toda a sua lealdade, seu comprometimento, todo o seu... — Patrick calou-se de modo brusco e Isabel imaginou se ele iria dizer "amor". Ele batucou os dedos sobre o tampo do armário da cozinha, depois virou-se para ela. — Não peço nada a você. Nada — disse ele, a voz sedosa, suave e perigosa.

— Mas não tem de ser assim — disse ela, a voz trêmula, enquanto se levantava e se punha de pé ao lado dele. Segurou-o pelo braço. — Patrick, não tem de ser assim.

Ele desembaraçou-se do gesto de Isabel.

— Sim, tem de ser — gritou, o rosto sombrio. E saiu a passos duros, batendo a porta atrás de si com tamanha violência que a casa tremeu.

Isabel perambulou pelos cômodos, desnorteada, à espera de que Patrick voltasse. De vez em quando o telefone tocava, à procura dele.

— Não sei ao certo quando o senhor Sherwin retornará — dizia, educadamente. — Lamento, não sei informar. — E a pessoa encerrava a ligação, frustrada, embora não tão frustrada quanto ela. Observava o enorme relógio de parede que havia instalado no escritório numa tentativa de fazer Patrick cumprir os compromissos nos horários agendados. Em dez minutos, vou ao pub e vejo se ele está lá, pensou. Ao fim de dez minutos, esperou mais cinco, sem querer ir, mas também sem intenção de ficar. Quando o segundo prazo de cinco minutos expirou, desceu ao térreo para pegar o casaco. Ao pé da escada, parou, ouvindo um barulho. Uma chave na fechadura, e Patrick entrou. Trocaram olhares, Isabel tentando ler nos olhos dele o que queria dela. Em seguida, se aproximaram, como ímãs atraídos um ao outro, e logo Patrick a estava beijando, acariciando o cabelo dela e pedindo desculpas repetidas vezes. Sentiu-se desprezível, feliz e confusa. Só importava o fato de ele estar de volta.

— Eu — começou a dizer, mas ele a calou, colocando uma das mãos sobre sua boca, antes mesmo que se completasse a próxima sílaba do que prometia ser uma declaração de amor.

— Não diga isso — murmurou ele. — Não diga isso. Vamos para a cama.

— Sim — disse ela, os braços em torno do pescoço dele. Patrick a pegou no colo e a carregou escada acima.

— Quero que me ensine italiano — disse Isabel, aconchegando-se sob o braço de Patrick.

— *Ciao bella* — emendou Patrick sonolentamente. Isabel podia sentir um ruído surdo ao pressionar o rosto contra o peito dele.

— Pensei que *ciao* fosse adeus.

— Olá e adeus. Ambos.

— Diga algo mais.

— *Mi piace questa donna. Mi piace i suoi occhi, il suo naso, la sua bocca* — disse ele, beijando seus olhos, nariz e boca. Ele desceu um pouco mais até o pescoço e depois além. — *Mi piace la sua gola, le sue tette, la figa* — murmurou, a voz abafada.

Languidamente, Isabel esticou os braços na cama.

— Se continuar fazendo assim, não sei se vou conseguir aprender italiano.

— Quer que eu pare?

— Não.

Mais tarde ela disse:

— Vai me ensinar italiano um pouco a cada dia?

Patrick tirou um fio de cabelo da língua e o examinou.

— Se você quiser, sim. Se você for uma boa menina. *Una buona ragazza*. — Ele arrumou o corpo contra os travesseiros.

— *Una buona ragazza* — repetiu com alegria, correndo os dedos pelo peito dele. — Vou tentar. Você é italiano por parte de pai ou de mãe?

— De mãe.

— Mary fala italiano?

— Um pouco. — Ele suspirou. — Meu pai teve três filhas do primeiro casamento: Anna, June e Mary. Aí enviuvou. Minha mãe veio da Itália para ajudar a cuidar das crianças. Meu pai tinha aquele tipo de charme de cavalheiro inglês cheio de formalidade, e suponho que minha mãe considerou isso exótico. De qualquer modo, eu nasci. Após certo tempo, mamãe descobriu que o marido não era tão exótico; na verdade era igual a qualquer outro Nigel ou Henry que se encontra no clube de golfe ou todos os anos nos encontros de verão ao ar livre promovidos pelo Partido Conservador. E havia as meninas. — Ele ergueu as sobrancelhas. — Se você acha que Mary é mandona, precisa conhecer Anna e June. Não me lembro muito bem, mas tenho a impressão de que Anna, em especial, pensava que minha mãe estava tomando o lugar da falecida, usurpando a memória sagrada, esse tipo de coisa. Não deve ter sido nada fácil.

— E o que aconteceu então?

— Mamãe fugiu com o piloto de uma companhia aérea da Tunísia.

— Você foi com ela?

— Não. Ela abandonou todos nós. — Patrick sentou-se. — Preciso trabalhar um pouco. Sabe lá Deus por que estou contando tudo isso. Você provavelmente está entediada até a alma. — Ele deu um sorriso contido.

— Não, não estou. Quantos anos você tinha? — Ela se ajeitou de modo que ficasses ao lado dele.

— Uns sete.

Isabel beijou o ombro dele.

— Pobrezinho.

— Bem, a vida é assim. Além do mais, não foi de todo mau. Minhas irmãs foram três esplêndidas mães postiças. Na adolescência, fui viver em Roma com mamãe, depois de ter sido expulso da escola. E era *persona non grata* em casa, como você bem pode imaginar. Papai casou-se de novo e construiu uma nova família, de modo que não estava muito interessado em mim.

Falava com leveza, mas Isabel podia sentir a ferida por trás das palavras. Podia imaginá-lo um garotinho moreno, talvez já alto para a idade, aturdido com a partida da mãe; depois, um adolescente rabugento rejeitado pelo pai.

— E quanto a você? — Patrick surpreendeu-a com a pergunta.

— Quanto a mim?

— Sim. Você conheceu a história desafortunada dos Sherwin, agora me conte algo sobre a sua família.

— Sou filha única. Portanto, sem irmãs para lhe dar sustos. Meu pai era empresário. Minha mãe não trabalhava fora, embora ache que teria gostado disso, mas tinha meu pai para cuidar. Nem sempre os negócios iam bem. Nunca se sabia o que iria acontecer. Num dia, meu pai poderia surgir de helicóptero para me ver participar de algum evento esportivo. No outro, os negócios fracassavam e tínhamos apenas sopa nas refeições. Mudamos várias vezes de endereço, conforme o saldo bancário. Ora vivemos num trailer, ora numa mansão elisabetana, terminando numa casa com terraço em East Sheen. A propriedade ainda me pertence. Minha pobre mãe estava sempre temendo que os oficiais de justiça aparecessem. Prometi a mim mesma que legaria a meus filhos uma casa digna e que nela nós permaneceríamos. Não que até agora eu tenha me saído bem: Michael já viveu em quatro países diferentes. Mas cá estamos nós.

— Seu pai parece ser um personagem e tanto.

— Era, sim. Parecia um pouco com Errol Flyn, embora mais baixo e sem músculos. E não usava roupa colada.

— Roupa colada?

— Como no *Robin Hood* do Mel Brooks. Fumava charuto. Ele sempre fumava charuto, mesmo quando estava falido. — Isabel sorriu, lembrando-se de sua conversa expansiva, charuto em riste. — Ele teria adorado telefones celulares — disse ela, olhando para Patrick. — Você teria se dado bem com ele.

— Ele se dava bem com Neil?

Isabel se mexeu na cama.

— Ele incentivou Neil. Analisando hoje, acho que considerou Neil responsável o bastante para tomar conta de mim. Minha mãe tinha falecido há alguns anos, e ele sabia que estava doente, embora não tivesse me contado. Tentou me proteger da má notícia, mas eu gostaria de ter sido informada. Morreu três meses após eu me casar. Eu estava enclausurada na Arábia Saudita, com Neil. Ele não deixou a equipe do hospital me contar que estava tão mal de saúde, pois tinha certeza de que eu embarcaria de volta no primeiro vôo. Então morreu sozinho, sem mim. — Ela apertou os lábios. — Paciência. Agora não há nada que eu possa fazer a respeito.

Patrick afagou o cabelo dela.

— Pobrezinha! — disse, carinhosamente.

Isabel roçou a bochecha contra o peito dele.

— Somos dois pobrezinhos, então.

O carro rodava rumo à casa de George e Helen, com Neil ao volante. A seu lado, Isabel pensava em Patrick e na troca de confidências. Os Freemans eram os convidados de um jantar especial marcado para aquele sábado. Isabel quase esquecera o compromisso, mas Helen telefonara na sexta-feira para fazer algumas pequenas mudanças na programação. O convite havia sido para a ceia, mas a anfitriã explicara que o marido decidira que preferiria uma reunião durante o jantar. Quarta-feira havia sido um dia maravilhoso, com Patrick terno e atencioso. Tinha se sentido inteiramente acariciada, por dentro e por fora. Amada, teria dito a respeito de qualquer pessoa, mas tal palavra estava proibida. Pela janela, mirava sem ver plantas e árvores passando num borrão, enquanto na sua cabeça conversava com Patrick, as vozes de ambos baixas e contentes. No dia seguinte à sessão em que revelaram recordações de infância, ele se mostrara irritado, como se tivessem se aproximado demais e fosse preciso construir novos cordões de isolamento. Ela suspirou. Se havia aprendido algo nas seis semanas em que convivia com Patrick, quatro delas como sua amante, era sua extraordinária capacidade de ser imprevisível e irascível no tocante a qualquer emoção.

A entrada da garagem da casa de George e Helen estava bloqueada por dois carros, de modo que Neil estacionou quase colado ao muro, para não interromper o tráfego, mas isso significava que Isabel não conseguiria abrir a porta do passageiro e teria de passar sobre o câmbio de marchas. Não parecia um modo elegante de resolver a situação. Sentia-se particularmente inepta, agarrando o pacote de chocolates em uma das mãos, passando as pernas por baixo do volante. Rezou para que o sapato de camurça de saltos altos, que usava pela primeira vez desde o encontro com Patrick, não agarrasse e desfiasse a meia-calça.

— Não há estrelas hoje à noite — disse Neil, olhando para o céu que parecia perto por conta de uma barreira de nuvens escuras. — Quer pegar uma lanterna? — Isabel pensou na dificuldade de tornar a passar por cima da caixa de câmbio para procurar a lanterna no porta-luvas.

— Não, não precisa. O caminho é curto.

À noite os teixos eram claramente ameaçadores, farfalhando com malícia. Isabel caminhava junto a Neil. Seria infantil dizer que estava com medo das árvores, mas considerava tranqüilizadora a firmeza do marido. Dobraram a esquina e puderam avistar a casa, luzes acesas vistas pela janela e a fraca iluminação no acesso à porta da frente. Tudo parecia formal ao extremo.

— Aposto qualquer coisa com você que Helen fará as mulheres se retirarem após o jantar, enquanto George serve uma rodada de vinho do Porto — disse Isabel, lembrando-se da sala de jantar vitoriana. — É o tipo de coisa sobre a qual ele insistiria.

— Não seja ridícula. Ninguém age assim hoje em dia.

Tiveram de pisar com cuidado o pavimento de lajes, escorregadio por causa da névoa noturna. O salto do sapato de Isabel prendeu várias vezes nas fendas do chão, fazendo-a tropeçar, e Neil colocou um braço firme em torno dela. Parecia estranho ser amparada por Neil, quase como se fosse um desconhecido.

— Espere e verá — disse ela, sentindo a pressão da mão dele.

— Você não gosta de vinho do Porto, ora.

— Mas quero ter a opção de recusar. E aposto que ele vai tentar economizar a bebida. Tomara que Helen ofereça algo com álcool durante a sobremesa.

— Um golinho de xerez — sugeriu Neil.

— Tiramisu.

— *Syllabub**.

— Um... um... um... — Isabel só conseguia pensar em pratos como *spotted dick* e *sussex pond pudding***. — Já sei, trufas ao rum.

---

*Leite ou creme misturado a vinho ou sidra e, às vezes, suco de limão. Fica mais espesso se misturado a gelatina e pode ser servido como sobremesa. (N. da T.)
**Ambas são sobremesas feitas a partir de gordura animal, sendo que a primeira leva também frutas secas, como passas e groselhas. (N. da T.)

— Duvido que vá acertar. — Ele a empurrou com gentileza.

— Vou. — Ela retribuiu o empurrão.

— Não vai.

Isabel mostrou a língua para Neil.

— Sabichão.

— Você está com ciúme — disse ele, dando um apertão no ombro da mulher.

— E você está bem-humorado — disse ela, de repente percebendo que há muito tempo não saíam juntos. Talvez se fizessem mais programas assim, só os dois, o casamento fosse mais animado, pensou. Neil tocou a campainha e, ao ouvir passos vindo na direção deles, beliscou com força a bunda de Isabel, flagrada por George com uma careta de surpresa estampada no rosto.

— Isabel! Parece espantada em me ver.

— George, claro que não, é ótimo encontrá-lo. — Ela o beijou levemente na face. — Estava prestes a matar Neil.

— Seria bem feito. Neil, bom vê-lo vivo e inteiro. Vamos entrar e beber alguma coisa. — E os conduziu para a sala de visitas, onde já havia outros convidados. George esfregou as mãos e disse:

— Então, quem vocês conhecem?

Quatro rostos viraram-se na direção de Isabel. O de Mary Wright era tão acolhedor quanto uma pedra de Stonehenge, e Justine parecia tão afável como se a chuva tivesse lavado toda e qualquer expressão de sua fisionomia. Os dois homens eram desconhecidos para Isabel, embora não por muito mais tempo.

— Meu marido, Richard — disse Mary, as boas maneiras sempre ao alcance para serem utilizadas em toda e qualquer ocasião. Richard podia ser definido como um homem corpulento com cabelo brotando das orelhas.

— E esse é Quentin Anderson — acrescentou Justine. Isabel apertou a mão do estranho, que era perturbadoramente mole e fria. O rosto era rechonchudo e meio rosado, como se a lâmina de barbear tivesse acabado de esfolar a pele. Talvez fosse rico, pensou Isabel, que de pronto foi tomada de vergonha por ser tão mesquinha.

Isabel apresentou Mary a Neil.

— E você se lembra de Justine, não?

— Evidente — disse ele, cheio de reservas. Isabel estava surpresa; pensara que ele houvesse simpatizado com Justine quando se conheceram, na cozinha de casa. Até onde conseguia lembrar, Justine havia se esforçado para ser divertida. Talvez fosse somente o fato de estarem encontrando todas aquelas pessoas ao mesmo tempo. Fazia muito tempo que não compareciam a um evento cercado de alguma formalidade. Afinal, a situação em nada se parecia com um churrasco casual preparado no quintal do vizinho.

— Então você está trabalhando para o irmão mais novo de Mary — disse Richard Wright, balançando para trás sobre os calcanhares para equilibrar o peso da pança. — Difícil de controlar! — Isabel rezou para que Neil não tivesse ouvido a insinuação.

— Não sei dizer. Só organizo a papelada e atendo ao telefone.

— Com uma coisinha jovem e bonita como você por perto, deve ser difícil para ele se conter, se é que me entende. — Ele se debruçou, se aproximando, de modo que Isabel teve uma boa vista da rede de veias vermelhas como uma teia de aranha que se emaranhavam no seu rosto e os flocos de caspa ao longo do repartido do cabelo crespo.

— Não, não entendo o que quer dizer — disse ela, com tanta frieza quanto foi capaz.

— O rapaz tem uma reputação terrível. — Richard sacudiu a cabeça. — Terrível para as mulheres. Mas espero que você saiba se safar. — Os olhos dele faiscaram de um modo que deve ter sido meio paternalista, mas que Isabel considerou sinistro. Mary teria contado alguma coisa?

— Se me der licença, preciso cumprimentar Helen — conseguiu dizer antes de escapar para o saguão, ignorando o gesto de Neil, que a questionava com um menear de cabeça. Parou perto de um elaborado arranjo floral, em frente a um espelho. Agarrada à beira do aparador, fingiu cheirar uma das rosas, respirando profundamente para recuperar um pouco do autodomínio. O tampo de mármore era frio e resistente ao toque de suas mãos. Relaxou os dedos e endireitou a postura, desfazendo o melhor que podia os borrões de maquiagem sob os olhos. Controle-se, pensou. É natural que as pessoas perguntem sobre Patrick. Presenteou a si mesma com um sorriso brilhante no espelho que, de tão alto, ficava além do alcance dos seus olhos, e foi para a cozinha em busca de Helen.

— Olá. Vim ver se posso ajudar.

Helen ergueu os olhos, o cabelo claro caindo sobre as faces rosadas.

— Poderia me dar uma mãozinha para tirar isso do forno?

— Claro. — Isabel olhou em volta e viu um par de luvas para forno. — O cheiro está delicioso. — Puxou uma travessa de conchas de vieira recheadas com purê de batatas, algumas delas queimadas nas beiradas.

— Quisera nunca ter começado a prepará-las — lamentou-se Helen, com veemência. — São trabalhosas, demoram a ficar prontas e não ficam como aparecem na fotografia.

Isabel imediatamente sentiu-se melhor.

— Não se aborreça — disse, consolando Helen. — Tenho certeza de que o gosto está maravilhoso. — Era muito tranqüilizador saber que outras mulheres também não eram cozinheiras perfeitas.

— Queria que fosse um jantar mais trivial, apenas boa comida e amigos. — Helen estava resmungando para um pote de creme chantili. — Mas George insistiu num jantar em grande estilo. Para ele não havia problema nenhum, afinal não era ele que iria ter todo o trabalho.

— Deixe-me ajudá-la.

— Muita gentileza sua, mas está tudo mais ou menos sob controle. — Helen olhou em volta da cozinha já bastante bagunçada.

— Sei a que se refere quando fala em jantar trivial, mas é divertido vestir roupas mais elegantes. Refeições triviais acontecem a toda hora. — Percebeu que Helen esperava que se retirasse da cozinha. Só então estaria à vontade para retirar os pedaços queimados e tornar a comida mais apresentável. Desejou dizer a Helen que não tinha importância, que era loucura esperar que alguém preparasse comida caseira com a qualidade de um restaurante. Mas imaginou que dizer isso implicaria afirmar que todos os esforços da anfitriã tinham sido inúteis.

— Tem certeza de que não há mais nada que eu possa fazer?

— Absoluta — disse Helen, as mãos obviamente coçando para se livrarem dos nacos queimados. — Por que não vai se servir de algo para beber?

Isabel deixou a cozinha e, com vagar, retornou para o hall, pensando sobre quão difícil era viver segundo padrões estabelecidos por outras pessoas. Seus sapatos emitiam estalidos agradáveis ao baterem contra o chão de madeira, a saia chicoteava as pernas. Pobre Helen, pensou. Aposto que George não tem idéia de como é duro produzir um jantar como esse. Para ser franca, nem ela própria sabia muito a respeito. Tinha sido fácil — e barato — obter ajuda doméstica na maioria dos países em que morara. A campainha da porta soou exatamente quando Isabel cruzava o saguão. Hesitou, mas logo avisou em voz alta:

— Eu atendo. — Menos uma preocupação para Helen, pensou. Abriu a grande porta de entrada.

Lá estava Patrick, com o braço em torno de uma mulher de cabelo louro curto que lhe pareceu familiar. Com um sobressalto, Isabel a reconheceu. A mulher do iate, a mulher da fotografia que encontrara no escritório.

11

— Patrick! — Estava atônita em vê-lo, as pernas tão bambas que davam a impressão de os joelhos terem partido numa viagem para as Bahamas. — O que está fazendo aqui?

— O que você acha? Dando uma de penetra, é claro. Vai nos deixar entrar ou vamos ficar aqui parados? — Ela podia afirmar, considerando o modo como a cabeça dele estava inclinada para trás, que não esperava vê-la e que estava na defensiva. O braço não estava mais em torno do ombro da mulher da fotografia.

Isabel se deu conta de que estava apoiada na porta, como se precisasse de uma muleta. Aprumou-se e recuou, deixando Patrick e a acompanhante avançarem.

— Gostaria de me dar seu casaco? — disse, ciente de que soava solene demais, polida demais.

— Obrigada. — A mulher despiu o casaco e o entregou a Isabel, que o jogou sobre o corrimão da escada. Usava um vestido com pouco decote, azul-marinho com um filete brilhoso correndo discretamente por todo o modelo. Era curto e tinha tirinhas finas como espaguete que cruzavam as costas lindamente bronzeadas. Isabel, que estivera sentindo-se muito magra e atraente, imediatamente sentiu-se gorda e malvestida.

— Que vestido bonito.

— Obrigada. — A mulher sorriu, educada, mostrando dentes brancos e alinhados. Não era tão jovem quanto Isabel pensara de início, perto dos 30, talvez.

— Esta é Victoria — disse Patrick. — E esta é Isabel, que trabalha para mim.

O ego de Isabel mergulhou para sob as solas escorregadias do sapato de camurça ameixa.

— Venham para a sala de visitas beber alguma coisa. — Ela caminhava à frente, procurando agir com indiferença. Tinha a sensação de que a cabeça rodopiava. Logicamente, sempre soubera que mais dia menos dia poderia se deparar com Patrick. Só que, de algum modo, esperava que isso não ocorresse. O que acontecia na casa de Patrick era muito distante da vida cotidiana de Isabel, era como um mundo particular de fantasia, desconhecido e à parte do cenário tido como corriqueiro. E agora ali estava Victoria. Tentara adivinhar quando a fotografia havia sido feita e percebeu que poderia ter sido naquele verão e não há alguns anos. Patrick e Victoria, juntos, de férias. Possivelmente pouco antes de Isabel começar a trabalhar com ele. O pensamento fez com que se sentisse mal e com frio.

— Está tudo bem com você? — Neil estava a seu lado. — Você parece um pouco...

— O quê? Não, não, estou bem. — "Bem", que palavra útil, tão prática para evitar que se diga algo importante ou honesto. Abriu um sorriso largo. — Estou bem. Não se preocupe.

Ele deu tapinhas no ombro dela.

— Se quiser, podemos ir embora...

— Oh, não, de verdade. Estou bem. — Ele não pareceu convencido. — Garanto que estou bem. Que tal a bebida?

Neil deu de ombros, depois olhou para o copo que carregava, onde um pedaço de limão encharcado boiava numa poça de água oriunda de gelo recém-derretido.

— Está boa.

— Está se saindo melhor do que eu. Não consegui nada para beber até agora. Quer que eu dirija?

— É minha vez.
— Não me incomodo.
— Não, não, querida. Divirta-se.
Ela prendeu o cabelo atrás das orelhas, repetindo o gesto várias vezes, e foi até onde George fazia barulho com cubos de gelo e água tônica. Divirta-se, dissera Neil. Que assim seja.
— Um drinque, por favor, George.
— Desculpe, Isabel. Por acaso esqueci de servi-la? — Ele preparou uma bebida, medindo cuidadosamente o gim, e o entregou a ela. Com os olhos fixos em George, Isabel tomou a dose inteira de maneira decidida, sentindo o líquido gelado fazer glub, glub garganta abaixo. Os olhos dele estavam mais arregalados e aflitos quando ela terminou de beber.
— Delicioso. Mais um, por favor — e ia devolver o copo, vazio a não ser pelas pedras de gelo. George parecia estar congelado como os cubos e, como se para se certificar, ela sacudiu o copo usado, ouvindo o tilintar suave. — George?
Ele serviu uma pequena quantidade de gim e um bom bocado de água tônica, a expressão rígida com a tensão da avareza inata lutando contra o código da hospitalidade. Isabel pensou em pedir mais gim, mas decidiu não abusar da sorte. Neil, observando-a, balançou a cabeça levemente, mais por considerar a cena curiosa do que por censura. Talvez ela se embebedasse muito naquela noite. Sim, ficaria muito bêbada. Anestesiada, a cabeça vazia, embriagada a ponto de o cérebro congelar. Levantou o queixo, mirou uma poltrona, passou por Patrick e Victoria e afundou no assento. Cruzou as pernas, de modo que a saia subiu-lhe sobre as coxas e estudou um dos sapatos ameixa de salto alto, torcendo o pé para ter uma visão melhor. A pele de cobra cintilava à luz da lareira. *Fuck me shoes*, pensou. *Fuck me.*
Por sobre a beira do copo estudou a sala. Neil e Richard trocavam idéias em frente ao fogo, aproveitando o calor. Mary ti-

nha os pés firmemente plantados no chão e conversava com Quentin. Ele, pobre homem, inclinava o corpo para trás, como se para escapar ao contato, mas a força gravitacional de Mary era mais forte do que o desejo do interlocutor de fugir à sua órbita. Justine papeava animadamente com Victoria e Patrick. Victoria insistia em alisar Patrick, de quem também não tirava os olhos.

Nervosa, Isabel mexia na casa dos botões que seguravam a parte de cima da roupa. E se pulasse da poltrona e dissesse: Desculpem, mas achei que gostariam de saber que estou dormindo com Patrick Sherwin. Não, dormindo não. Qualquer coisa menos dormir. Transando, trepando, dando para ele. Palavras grosseiras, nada amenas, nem doces. Retirou um pedaço de gelo do copo e mastigou-o, franzindo o nariz com o frio repentino. Acorde e sinta a água gelada, pensou.

— Já me perdoou por me encontrar aqui? — Patrick estava de pé diante dela, o gancho da calça na altura dos olhos dela.

— Fiquei perplexa. Você não me disse que viria.

— Nem você. — Houve uma pausa leve. Ela fez hora com o botão de cima do casaco de malha de lã e, para seu horror, a pecinha ficou entre os seus dedos, deixando o decote aberto demais. — Maldição.

— Lamento que tenha ficado aborrecida — disse ele, sem olhar para Isabel.

— Aborrecida? Quem falou em aborrecimento? — Ela se ergueu da poltrona mas, mesmo de salto alto, teve de olhar para cima de modo a encará-lo melhor.

Patrick tocou no braço dela.

— Isabel...

— Não há motivo para que me aborreça, ou há? Suponho que ela seja apenas uma velha amiga.

— E é.

— E como você mesmo me disse em várias ocasiões, não há nada entre nós além do que acontece dentro dos limites do escritório. — Falou alto demais, a voz frágil, e correu os olhos pelo ambiente para verificar se alguém percebera, mas todos pareciam estar entretidos em bater papo.

— Lamento. — Ele passou a mão pelo cabelo. — Se soubesse que você estaria aqui, teria avisado que eu também havia sido convidado. Não esperava...

— Obviamente. — Isabel sentiu que estava se zangando e o fitou de modo intenso. Ele baixou os olhos para ela, os lábios se contraíram. Sem querer, quase sorriu para ele. Patrick intuiu que ela reprimira o gesto e foi gentil escancarando o semblante.

— Oh, Isabel, o que vou fazer com você?

Ele parecia estar se referindo a uma bagagem indesejável, pensou ela. Baixou a cabeça, para que Patrick não se desse conta do quanto sentia sua presença, o cheiro dele, o calor do corpo dele junto ao dela. Estava aturdida com tantas emoções — raiva, ciúme, amor, rodopiando todas juntas como num caldeirão —, mas ciente de que devia controlá-las. Ninguém devia saber como se sentia. Assumiu ares altivos.

— Não seria melhor que me apresentasse adequadamente à sua namorada? — perguntou.

— Se você quer assim.

Atravessaram a sala juntos, Isabel com cuidado para não deixar o quadril balançar e encostar nele acidentalmente, gesto que, em outra circunstância, teria sido proposital. Os olhos de Justine, que conversava com Victoria, faiscaram ao fitar Isabel e Patrick se aproximando.

— Parece que faz muito tempo que não a vejo — disse.

— Desde o encontro da Associação de Pais e Mestres — respondeu Isabel, orgulhosa por conseguir manter a voz firme.

— Estou contente por finalmente conhecê-la — disse para

Victoria. — Patrick tem uma linda fotografia sua no escritório.
— Sentiu que Patrick reagiu ao golpe, embora permanecesse calado.

— Ora, querido, não tinha idéia. É muito galante de sua parte — disse Victoria, franzindo o nariz e soprando um beijo para ele. Velha amiga uma ova, pensou Isabel.

— Patrick, não posso deixar que seu ego fique ainda mais inchado por haver três adoráveis damas o cercando — disse Justine, jovialmente. — Isabel, vou então seduzir o seu marido.

— Fique à vontade — respondeu Isabel, de modo também jovial.

— E quem é o seu marido? — perguntou Victoria, seguindo Justine com os olhos.

— Aquele ali conversando com Richard. Você conhece Richard, imagino.

— Por Deus, sim. Adoro Mary e Richard, não é, meu bem? — Victoria deslizou uma das mãos em torno do braço de Patrick, claramente querendo marcar território e manter longe as invasoras. Patrick parecia estar incomodado, notou Isabel com satisfação, um pouco surpresa por ainda achar alguma graça na situação. Pobre Victoria, pensou. Se já ouviu falar de pelo menos metade das façanhas de Patrick provavelmente supõe que cada mulher que ele conhece seja uma amante do passado, do presente ou do futuro. Talvez por isso se mostre tão grudenta.

Helen aproximou-se e anunciou que o jantar estava pronto, salvando Isabel de ter de prosseguir naquela conversa. Como uma tropa, seguiram todos para a sala de jantar iluminada por velas. Helen tinha se esmerado a ponto de providenciar cartõezinhos com o nome dos convidados e distribuí-los de modo que indicasse o lugar de cada um à mesa. Para completar o capricho, encaixara os cartões em maçãs e peras de prata. Isabel encontrou o seu posto, encurralada entre George — na cabeceira, é claro —

e Quentin, que parecia ter definhado após o monólogo de Mary. Exatamente em frente a Isabel estava Mary, com Patrick à direita. A Justine coubera a direita de Patrick.

Isabel esvaziou as conchas de vieira, colocando de lado os pedacinhos queimados. Olhou em volta da mesa. Os homens comiam com vontade, levando garfadas à boca. Não haviam recebido porções tostadas. Nem Mary. Deu-se conta que lhe coubera, assim como a Justine, bocados igualmente bem-passados, ao passo que Helen, na qualidade de dona da casa, tinha se servido da fração mais mesquinha e crestada. Não conseguia ver o que coubera a Victoria, ao lado de Quentin. Isabel sorriu para si mesma. Era interessante saber que, no tocante à carne torrada demais, tinha sido posta no mesmo patamar que Justine. Era isso ou então a anfitriã imaginara que Isabel fosse, dentre os demais convivas, a menos luxenta.

— Está delicioso, Helen — disse Justine, inclinando-se para a frente, de modo que sorrisse com sinceridade para ela. Helen pareceu corar, mas satisfeita.

— Acho que ficou um pouco queimado.

— Oh, não, é maravilhoso ter algo quente para começar, especialmente agora que as noites estão mais frias. Não sei como você conseguiu preparar um jantar para tantas pessoas.

Um coro de congratulações ecoou. Isabel perguntou a Quentin o que ele fazia.

— Sou dermatologista. Problemas de pele. Eczema, psoríase e por aí vai — explicou ele. — Você sabia que a pele é o maior órgão excretor do corpo humano?

— Mesmo? — retrucou Isabel, olhando para o prato e tentando não pensar em órgãos excretores. — Fascinante.

Encorajado, Quentin começou a falar sobre dermabrasão, os novos tratamentos Puva já disponíveis e medicina fitoterápica chinesa. Para Quentin, falante como era, ser forçado a engolir o monólogo de Mary deve ter sido o mesmo que a morte. Isabel fazia que sim com a cabeça e vez por outra soltava interjeições com palavras apropriadas. Podia ver por que Helen, ao distribuir os lugares na mesa, fizera questão de colocar-se bem longe do médico. George juntou-se ao papo, fazendo perguntas sérias sobre terapias contra acne.

Isabel tentou desligar, sentindo um certo nojo ao imaginar os problemas adolescentes de George. Para se distrair, passou a observar Mary e Patrick, do outro lado da mesa. A julgar pelo olhar no rosto de Patrick, a irmã o estava censurando. Ele espetou um pedaço de carne no prato, depois olhou para cima e viu que Isabel o fitava. A expressão de Patrick mudou do infortúnio à felicidade em apenas um segundo e, a despeito da própria vontade, o coração de Isabel se contraiu de saudade dele. Mary notou a transformação de Patrick e voltou a cabeça rapidamente, como um falcão prestes a atacar. Isabel se sentiu enrubescer e virou-se de novo para Quentin.

— Que especialidade médica interessante — disse, sem um pingo de animação. — Não tinha idéia de que era assim.

— É claro que gosto muito do que faço. Sou profissional liberal, o que tem lá suas vantagens.

— Certamente — prosseguiu Isabel, pensando como seria ter um "consultório particular". Ponderou se o dinheiro compensaria o fato de o dono ser um chato de galochas com mãos tão macias e repulsivas. Difícil crer que Justine considerasse que, sim, era compensador.

— É preciso trabalhar em expediente integral, mas não nos fins de semana. — Quentin insistiu. — Ao contrário de muitas outras especialidades, não há risco de o bipe tocar nas horas de folga.

— Suponho que não o tiram da cama no meio da noite para atender um surto de espinhas.

— Minha área é uma das mais importantes da medicina. — Ele parecia afrontado.

— Mas não trata de grandes emergências, certo? — Isabel viu que Helen ia recolher os pratos e agarrou a chance de fuga. — Posso ajudá-la a tirar a mesa?

— Não, não, fique sentada — respondeu a anfitriã. Isabel deixou-se cair na cadeira. Queria ir para casa e pôr-se a salvo. Estava meio perturbada. Sabia o que Patrick diria. Você tem um marido, que mal há se tenho uma namorada? Ela se mexeu na cadeira. Não gostava de ser enganada, mas estava enganando Neil sem escrúpulo. Não era isso o que ela merecia? E quanto a Victoria? Era muito engraçado que ela, Isabel, se sentisse tão mal em enganar Victoria como sentia-se mal em fazer Neil de bobo. Até onde conseguia compreender, Neil não tinha queixas do casamento. Neil estava satisfeito. Não alimentava a menor das desconfianças a respeito do caso que a mulher mantinha com Patrick. Mas havia algo desesperado em Victoria, que se grudava a Patrick. Estremeceu à idéia de que, de alguma forma, era razoável iludir Neil. Sabia que estava fazendo algo errado, que Neil merecia uma esposa boa e fiel, alguém que lhe fosse inteira e exclusivamente leal. Oh, Patrick, a vida era muito mais fácil antes de você me beijar.

Ele agora conversava com Neil e Richard, algo sobre um conhecido em comum e negócios envolvendo aplicações financeiras. Patrick estava empolgado; Neil parecia levemente retraído.

— Você tem de admitir que ele agiu de maneira muito temerária — disse Neil.

— Tudo perfeitamente legal — acrescentou Patrick. — E pensem só na margem de lucro.

— Ele lucrou um bocado, com certeza. Mas quanto a ser perfeitamente legal...

— Talvez tornando as regras um pouco flexíveis. Mas para que servem as regras se não para serem flexibilizadas um pouco, de tempos em tempos? Afinal, se Deus não as quisesse tosquiadas, não teria feito as ovelhas. — Inclinou-se para trás na cadeira e arreganhou os dentes para Neil, o rosto transbordando um ar de menino travesso. Isabel se pegou rezando para que ele não insinuasse nada ofensivo.

— Foi o que disseram depois da Lloyds, e não acho que muita gente considere isso engraçado — falou Neil, com calma.

— Tem toda a razão — disse Justine, que ganhou de Patrick um olhar irritado. Isabel também sentiu-se incomodada com a intromissão de Justine. Caberia a ela, Isabel, apoiar Neil, não a Justine.

— O Lloyds ainda é uma ferida, Patrick, meu velho. E você sabe disso — comentou Richard, pesaroso. — Não devemos conversar sobre negócios nesse tom.

— Dizem que é a regra número um do comportamento civilizado — acrescentou Neil. Patrick olhou de maneira tão atravessada quanto um gato ao ser pego fazendo algo estúpido.

Richard transferiu sua atenção para Neil.

— Sei que você tem filhos no St. Joseph também. Eles gostam de lá? Já estão adaptados?

— Sim, graças a Rachel — disse Neil, para surpresa de Isabel. Ela não sabia que Neil tinha informações a respeito da filha de Justine. Supôs que Katie tivesse contado ao pai. Ele foi mais além. — Aquelas meninas parecem ter se entendido bem desde que se conheceram.

— Que bom para elas — disse Victoria. — A escola pode ser infernal sem amizades.

— Mandemos para longe todas as crianças com 7 anos de idade, ou até menos — disse Patrick, refestelado na cadeira.

— Você não pensa assim — disse Victoria, franzindo o cenho.

— Claro que sim, por que não? Livre-se dos mordedores de calcanhar até que tenham idade suficiente para apreciar um bom vinho e conseguir conversar de maneira decente.

Justine sorriu com doçura para ele.

— Talvez diga isso porque não tem filhos.

— E nem pretendo.

Isabel estava atenta ao modo como Victoria brincava com os talheres.

— Aposto que ainda vai ter filhos. — Justine recostou-se na cadeira também, como que o desafiando.

— Não. — Patrick sacudiu a cabeça. — Sou egoísta demais para ser pai.

— Pelo menos se conhece bem — disse Justine.

— Não quer contribuir com seus genes para dar continuação à espécie? — perguntou Richard.

— Veja bem, meu pai teve seis filhos de três casamentos, minha mãe teve três de duas uniões, e a maior parte dessa prole está se reproduzindo como coelhos, sendo que eu sou a exceção.

— Você é o único filho homem — disse Mary, com rispidez. — E não considero quatro filhos comparáveis a proles de coelhos.

— Que seja. Mas já há bastante DNA Sherwin circulando pelo mundo sem a minha ajuda. — Ele se agitou na cadeira, como se estivesse entediado com o assunto. — Isabel — chamou do outro lado da mesa. — Por que não pede a Justine uma assessoria de cores?

Isabel congelou ao som da voz de Patrick, pega no holofote da atenção de todos. Os olhos de Patrick sustentaram os dela como haviam feito antes, parecia que fora há anos, no dia da tempestade. Na ocasião fora perigoso, mas ela tinha desejado mergulhar no perigo. Dessa vez, ele a desafiava, e ela não tinha onde se esconder.

— Como? — disse ela, tentando ganhar tempo e, de súbito, desgraçadamente ciente da presença de Neil ali, no mesmo ambiente. Por que alienígenas abduzem as pessoas em estradas rurais desertas se, chegando em momentos como aquele, seriam recebidos de braços abertos?

— Justine presta assessoria sobre cores e, como é que se chama? — Ele virou-se para Justine.

— Beautiful You — disse ela, com tranqüilidade, mas o semblante alerta, os olhos disparando como dardos, alternando-se entre Isabel e Patrick.

— Você está brincando. — Ele riu e voltou-se para Isabel. — Por que não deixa Justine transformá-la numa belezura?

— Não sei — disse ela, tentando soar casual e pensando com melancolia na nave mãe. Todos olhavam para ela. Mary tinha o rosto de pedra. — Não creio que tenha a ver comigo.

— Você já é bonita — disse Richard galantemente, o que fez a expressão de Mary assumir a aparência de um granito.

Isabel sorriu para ele.

— Obrigada, Richard.

— Você precisa mesmo contratar os serviços de Justine — disse Helen, com entusiasmo. — É fantástico. Tivemos uma consulta, não foi Mary? Nós duas e Rebecca também. Você a conhece, é da Associação de Pais e Mestres. Só as três, e foi muito divertido. Você vai descobrir que cores lhe caem bem e que cores não são adequadas, e ainda recebe um livrinho com a paleta dos tons que lhe favorecem, para poder ir às compras e escolher as roupas certas. Foi divertido, não foi, Mary?

— Sim, recomendo, com toda a certeza. — Isabel evocou a imagem do trio de mulheres reunidas em meio a muitas risadas. Sentiu-se excluída.

— Obrigada, Mary — disse Justine. — Fico contente que tenha gostado.

— Aposto que não conseguiu convencer Mary a se desfazer do guarda-roupa — disse Patrick, e Isabel lembrou-se do velho suéter de carneirinhos.

— Fizemos uma pilha para mandar para os pobres — disse Justine com serenidade.

— Mas você não pode ter certeza de quantas roupas vão mesmo chegar às mãos dos pobres. — Os olhos de Patrick cintilaram, e Isabel pôde sentir a tensão do corpo dele.

— Obrigada por isso, Patrick — disse Mary, obviamente ofendida.

— Já contratei um serviço desse tipo em Londres — disse Victoria. — Não o Beautiful You, mas outro do gênero.

— Teria sido aquele que classifica as mulheres segundo as estações do ano? — perguntou Justine.

Victoria respondeu que sim, balançando vigorosamente a cabeça.

— Sou verão.

— Beautiful You não trabalha assim; usamos um número maior de categorias, de modo que a escala de cores é mais sutil — explicou Justine, interrompendo a frase no meio. — Mas não vou me estender sobre trabalho no meio de um jantar social. Não é a regra número um do comportamento civilizado? — E olhou em direção a Neil.

— Isso não conta. — Isabel não conseguia ver o rosto de Neil, oculto atrás do croquete que era o corpo de Quentin, mas podia perceber o sorriso que a voz dele transmitia.

— Por que não contrata a Beautiful You, Isabel? — insistiu Patrick.

— Ah, não sei — murmurou ela, esperando que ele parasse por ali.

— Você não se interessa muito por esse tipo de coisa, não é, querida? — Era a voz de Neil, bem colocada e indulgente. Isabel queria gritar "sim, me interesso", embora soubesse que era o contrário.

— Faça isso por Isabel — disse Patrick a Justine. — Eu pago.

Isabel sentiu que todos os olhos se concentraram nela. Esqueçam os círculos na lavoura, ela mandou seus pensamentos aos alienígenas, apenas lancem um feixe de luz sobre mim e me levem. Mas ela continuava no mesmo lugar. O que Neil pensaria? Isabel não podia ver através de Quentin e Victoria, mas esperava que de algum modo o marido não tivesse ouvido a impertinência de Patrick.

— Não. Obrigada — acrescentou Isabel, esperando parecer ao menos vagamente natural a despeito da dureza que concentrara na voz.

— Banco a consultoria a título de salário, caso prefira. — Ele ria para ela, como se a provocasse, desafiando-a a responder. — Pode até ser dedutível do imposto de renda.

— Não creio que será necessário. — A voz de Neil fora segura ao cortar a fala de Patrick. — Tenho certeza de que Isabel consegue combinar bem quaisquer roupas.

Patrick deu de ombros, voltando a sentar na cadeira.

— Se ela não quer...

Não, eu não quero ninguém vasculhando meu guarda-roupa, pensou Isabel, com uma estridente risada mental, mas se conteve ao ver que Justine tinha os olhos cravados no prato, os ombros curvados de constrangimento.

— Adoraria contar com sua consultoria, Justine. Sempre quis isso. — Isabel esperava que ninguém pudesse flagrar falsidade em sua voz. — Vou lhe telefonar para marcamos uma data — disse rapidamente.

— Não tenho dúvidas de que vai gostar. Embora pareça uma pena jogar fora roupas em perfeito estado — disse Mary, cujo comentário atenuou a atmosfera em torno da mesa.

— Ora, Mary, você sabe que não tem de jogar nada fora. Apenas tenha certeza de que tudo que irá comprar daqui por diante tenha as cores certas. — Justine se empertigou. Ótimo, pensou Isabel. No que eu fui me meter? Seria capaz de matar Patrick. Levantou os olhos, que se cruzaram com os dele, brilhantes e intensos. Ele correu a ponta da língua sobre a beirada dos dentes num movimento mínimo. Oh, pelo amor de Deus, pensou Isabel, é como estar com John Malkovich em *Ligações Perigosas*. Vê se cresce, sussurrou para ele.

Não se importava se pareceria alcoólatra: precisava de uma bebida.

— George, um pouco de vinho, por gentileza.

George desviou o olhar do decote de Isabel e arregalou os olhos, como Bambi em pânico.

— Vou ter de abrir outra garrafa.

— Ótimo. Vá em frente. Pilote o saca-rolhas.

Ela notou que Patrick a encarava, o rosto enigmático. O que queria dela, tão volúvel quanto um caprichoso dia de abril, que alterna ventos quentes e frios ao seu bel-prazer? Patrick sustentou o olhar de Isabel por um momento para, em seguida, voltar-se na direção de Justine. Isabel viu que ele sorria e se empenhava em fazer charme. Ela se deu conta de que Quentin, sob a cabeleira escura e farta, também observava Justine e Patrick.

— Você o conhece bem? — perguntou ele. Isabel soube de imediato a quem Quentin se referia.

— É meu patrão. — E amante, pensou. — Às vezes acho que o conheço muito mal.

Quentin olhou para ela de modo perscrutador, abriu a boca para falar alguma coisa, mas desistiu. Quando ele finalmente se decidiu a retomar o diálogo, Isabel teve a impressão de que omitira o que pretendera dizer antes. Aproximando-se dela, cochichou como se tomasse parte numa conspiração.

— Ouvi rumores de que Justine está se encontrando com alguém de Milbridge.

— Pensei que vocês... — Isabel hesitou em completar a frase.

— Ah, não. Justine me considera uma espécie de reserva. Ela acha que disfarça bem, mas eu percebo.

Isabel não sabia o que dizer.

— Justine me contou que há cinco anos não há mais nada entre eles — prosseguiu Quentin. — Mas não se pode concluir...

— Não — emendou Isabel, com tristeza. — Não concluo nada que diga respeito a Patrick.

Mal conseguiu comer o segundo prato, frango a provençal, empurrando fiapos de abobrinha para as bordas do prato. Quando Helen tirou a mesa, Isabel pediu licença e escapuliu para o lavabo. Molhou os pulsos e esfregou a nuca com as mãos frias. O rosto no espelho estava tomado por um par de olhos esbugalhados. Salpicou água no reflexo, deixando as gotas escorrerem pela sua fisionomia estampada no cristal e borrarem seus traços. Patrick estava tentando verificar qual era o limite de Isabel, checando quanto poderia ou iria suportar, mas ela não sabia o porquê. Rezou para que Neil não tivesse notado nada.

Patrick a esperava no saguão. Isabel o viu assim que saiu do lavabo.

— Por que está fazendo isso? — disse ela, baixinho.

— O quê? — disse ele, acariciando-a com a voz. — O que eu estou fazendo?

— Você sabe. Essa história das cores. E Victoria. Não, não me toque — disse, usando uma das mãos para repeli-lo.

— Não? Não é o que você costuma dizer. Normalmente é "por favor, por favor, por favor, Patrick, me coma". — Ele imitou a voz dela, os olhos duros.

Ela tentou ir embora, mas ele a deteve.

— Por que tanta frieza, querida? Você costuma ser muito mais calorosa.
— Meu marido está na sala ao lado. Junto da sua namorada.
— Está com ciúme?
— Não — disse ela, sem olhar para Patrick.
— Se tenho de dividir você, então é justo que você também me divida, não acha? — Beijou a testa dela. — Seu cheiro é uma delícia — murmurou ele. Isabel podia sentir a respiração quente em sua orelha. — Quando eu era criança, minha mãe se arrumava para sair e emanava um perfume maravilhoso. Eu pensava que era para mim. — Beijou o pescoço dela. — Fique sabendo que Victoria não muda nada entre nós dois.
— Mas... — começou a dizer, quando ele a interrompeu com um beijo na boca. Segurava-a firmemente e ela agarrava-se a ele, mesmo ciente de que era uma loucura total.
— Quero você — disse ele quando se descolaram. Colocou uma das mãos sob o cotovelo dela como se para conduzi-la a algum canto, mas encontrou resistência.
— Não, preciso voltar. Alguém pode notar a nossa falta.
— Esqueça as outras pessoas.
— Não posso. Neil... — Patrick deixou tombar o braço de Isabel. E fez ares de desdém.
— Então, sem chance de uma trepada.
— Patrick.
— Ou de uma rapidinha. Um intervalinho para deleites carnais.
Isabel respirou fundo.
— Olha, não podemos conversar aqui, vamos conversar na terça-feira. — Ela fez menção de deixar o hall rumo à sala de jantar.
— Isabel... — Tinha-na alcançado e a segurado pelo braço com um apertão firme.

— Tenho de voltar — disse ela, empurrando-o.

— Voltar para o maridinho — zombou ele. — Não é à toa que você é como uma cadela no cio; o sujeito é um chato paternalista. Você estaria melhor a meu lado.

— Não ouse falar assim de Neil — sibilou ela. — Ele vale cem de você.

— Adoro quando você fica brava. — Ele estava perto, ela podia sentir o perfume dele, sentir o calor de seu corpo, o perigo de estar com ele. Os olhos de Patrick sustentaram os dela. Isabel teve a sensação de estar prestes a cair. — Cadela — sussurrou antes de beijá-la. — *Caríssima*. — Uma das mãos de Patrick estava sobre os seios dela. Isabel o sentia inteiro contra si. Sentia-se tão mole quanto um fantoche, num teatrinho onde sexo era o boneco-mor e Patrick controlava as cordinhas. Fechou os braços em volta do pescoço dele e o beijou também, quase esquecida do momento.

Quase. Graças à existência de um pequenino canto do cérebro que não se entregara às carícias, registrou um barulho, o arrastar de uma cadeira, e uma voz masculina. George. O horror de ser flagrada por George teve o efeito de uma ducha gelada. Desgrudou-se de Patrick e saiu desabalada pelo saguão, o coração aos saltos. Encontrou George na porta.

— Com licença — disse, passando por ele arredia, a cabeça baixa para esconder as bochechas coradas. Em silêncio, sentou-se ao lado de Quentin, torcendo para que ninguém tivesse registrado sua ausência.

Patrick não voltou à sala de jantar, o que confundiu a distribuição parcimoniosa de profiteroles promovida por Helen.

— Você acha que ele está bem? — questionou Helen. — Talvez eu deva...

— Por favor, não se preocupe — disse Mary. — As maneiras de meu irmão são atrozes, e peço desculpas em nome dele.

— Não é a primeira vez — resmungou Richard.

— Se me dão licença — disse Victoria, levantando-se e deixando a sala.

Os dez minutos seguintes foram difíceis para Isabel. A ausência de Patrick e Victoria dividiu a mesa em duas: Neil, Helen, Richard e Justine de um lado; Mary, George, Isabel e Quentin, de outro. Mary e George conversavam, um assunto no qual definitivamente Isabel não estava interessada. Quentin tentou papear com Isabel, cujos pensamentos resumiam-se a Patrick. Ao perceber que Quentin esperava que lhe brindasse com resposta sobre algo incerto, pôs-se a repetir:

— Desculpe. Desculpe.

Perdera a aposta que fizera com Neil. Helen não esperou que as mulheres se retirassem da sala de jantar e deixassem os homens beber vinho do Porto e fumar charutos. Em vez disso, serviu café para todos na sala de estar.

Justine acomodou-se perto de Isabel.

— Então, o que acha que está acontecendo com Patrick? — disse, dobrando, graciosa, as pernas magras sob o corpo.

O coração de Isabel deu um solavanco, mas achou que conseguira parecer imperturbável.

— Quem sabe?

— É meio surpreendente ele aparecer aqui com Victoria. Pensei que já tivessem terminado há tempos.

— Hã? — Isabel procurou não demonstrar interesse.

— Pobre garota, há anos corre atrás dele e, de vez em quando, ele se digna a notá-la. — Justine fez um movimento com os ombros elegantes, como se para mostrar desprezo por qualquer mulher que pudesse ser tão tola. — Na verdade, ele trata mal as mulheres.

De repente, Isabel se zangou com Justine.

— Falando de experiência própria? — indagou, tão delicada quanto possível.

— Não — ronronou Justine com doçura. — Não permito que os homens me tratem mal. Especialmente homens como Patrick.

— Como assim?

Justine fez uma pausa.

— As pessoas dividem-se em gatos ou cachorros. Cachorros são leais, dependentes, confiáveis e nos olham com olhos grandes e submissos. Gatos são autônomos e egoístas. Podem conceder afeição, mas em geral apenas demandam afeição.

— E daí? — disse Isabel, tentando concluir se era felina ou canina, segundo a escala de Justine. Cães pareciam melhores, mas gatos tinham mais glamour.

— Pessoas que são como gatos podem ser felizes com outros felinos, mas são ainda mais felizes se contam com a atenção irrestrita de um cachorro. E cachorros podem ser felizes com seus iguais, embora sejam mais felizes se dispõem de um gato para cultuar. Patrick e eu somos gatos, então é melhor que nos relacionemos com cães. — Justine sublinhou a palavra com o tom de voz, e Isabel imaginou se tivera a intenção de usar "cães" como um insulto.

"Você não quer que eu lhe dê consultoria de cores, certo? — disse Justine, desconcertando Isabel com a mudança abrupta de assunto, como se tivesse se cansado de um jogo que Isabel sequer percebera que estavam jogando. — Tive a impressão de que a idéia não a entusiasma.

— Foi um pouco embaraçoso o modo como Patrick abordou o assunto durante o jantar — disse Isabel, estremecendo por dentro e rememorando a cena. — Mas provavelmente é uma boa idéia. Meu armário está atulhado de coisas que não uso.

— Você quer fazer também a classificação de tudo? É bem caro.
— Uma despesa a mais não fará muita diferença — disse Isabel. — Tomara que precise me desfazer de tudo. — Ela pegou a bolsa e abriu a agenda.

Justine pegou sua agenda também.

— Quando é uma boa data para você?
— Tem de ser numa segunda ou numa sexta-feira, numa hora em que as crianças estejam na escola. Que tal sexta depois do recesso escolar?
— É a noite da festa da fogueira. Vou estar ocupada com os preparativos.
— Verdade, tinha me esquecido. É melhor tomar nota, não quero entrar para o livro negro de Mary — acrescentou, sabendo que já constava do livro negro. — Na sexta seguinte, então. De manhã seria melhor, eu acho.
— Por mim, tudo bem. Ficarei aguardando ansiosa.

Não diria tanto, pensou Isabel, enquanto lançava o compromisso na agenda. Ao devolver o caderninho à bolsa, captou um barulho e avistou Victoria, que trazia o rosto em brasa. Patrick vinha atrás e parecia impassível, olhos inescrutáveis. Sentaram-se juntos, perto de Mary.

— Então você o encontrou — disse Mary, sempre perfeita em afirmar o óbvio.
— Sim — disse Victoria, deixando escapar uma insinuação de riso. E virou-se para Patrick. — Tinha saído para fumar um cigarro.
— Pensei que tinha parado de fumar — disse Mary.
— Eu parei. — A expressão de Patrick era afável.

Isabel ouviu Justine, sentada a seu lado, dar um risinho irônico. Virou-se para examinar melhor a reação da consultora em cores, mas essa estava voltada na direção de Patrick e Victoria. Ainda exibia uma careta maliciosa.

Victoria alisou o vestido sobre os quadris. Havia baixado a cabeça, mas Isabel pôde ver o quanto estava corada, o sorriso de satisfação. Uma das mãos descansava casualmente na coxa de Patrick, que parecia quase adormecido, relaxado e pleno. O olhar que estampava depois de...

Deu um suspiro profundo. Patrick concentrara a vista em Isabel e, com um sorriso ostensivo, fazia questão de demonstrar que estava saciado.

12

Na terça-feira seguinte ao jantar, Isabel apresentou-se na casa de Patrick. Graças ao hábito, abaixou-se para pegar a correspondência. Ao se levantar, percebeu que ele já estava vestido e sentado no sofá.

— Bom dia — disse ela. Em dias anteriores, Isabel teria tirado o casaco para imediatamente jogá-lo sobre a balaustrada, mas dessa vez ficou no mesmo lugar, parada, usando os dedos para brincar com os botões da cintura. — Levantou cedo.

Ele se pôs de pé.

— Estava esperando por você — disse ele.

— Precisamos conversar — disse ela. Hesitou, mas despiu o casaco, voltando as costas para ele. Patrick se aproximou por trás.

— Isabel. — Pressionou a boca contra o pescoço dela, e com uma das mãos lhe acariciou sob a blusa. Em outras ocasiões, teria se lançado contra ele, mas hoje se sentia fria, sem nenhum outro interesse que não fosse ouvir uma rádio de mau gosto. — Estive à sua espera durante todo o fim de semana.

— Precisamos ter uma conversa — disse ela novamente, se afastando dele. — É sobre Victoria.

— Ela é irrelevante — disse ele, seguindo-a.

Isabel deu um giro, encarando-o.

— E quanto a mim? — Toda a emoção que represara tinha transbordado e agora inundava sua mente, a raiva fazendo derreter a fria indiferença que conseguira manter até ali. Ela o agrediu várias vezes com socos, os punhos contra o peito dele. — Também sou irrelevante?

Patrick agarrou os pulsos dela e a beijou. Isabel continuou lutando contra ele, que ainda assim havia conseguido beijá-la. Até que, de repente, ali estava ela retribuindo o beijo. Haviam se segurado às roupas um do outro, desesperados um pelo outro, e tudo o que ela pôde pensar era em o quanto o desejava. E logo ele estava dentro dela, cujas costas batiam contra o piso de laje.

Pouco depois, viu-se deitada no chão, o dorso doído, a energia se esvaindo. Sentia-se fraca demais para se mover. Virou a cabeça na direção de Patrick, inerte a seu lado.

— O que eu significo para você? — sussurrou.

Ele beijou o pescoço e o cabelo dela. A voz era abafada, mas ela o ouvia com clareza.

— Tudo — disse ele. — Você significa tudo.

— E Victoria?

Patrick sentou-se.

— O que tem ela? — disse ele. E começou a se vestir.

— Você está dormindo com ela.

— E daí? Você dorme com seu marido, não dorme? Toda maldita noite, e eu não reclamo.

— Faz tempo que não transamos — disse Isabel, também começando a colocar as roupas amarrotadas.

— Ah, com certeza — disse Patrick, enfiando a camisa e marchando para a cozinha.

— É verdade — disse Isabel, vestindo a saia. Não se lembrava de quando fora a última vez, imaginando se a noite em que gritara com Neil tinha sido realmente a derradeira vez em que ele se aproximara. Estivera tão envolvida no caso com Patrick que perdera a noção do tempo. No caminho para a cozinha, seguindo os passos de Patrick, deu-se conta de que as roupas pareciam horrivelmente desconfortáveis, amarfanhadas e úmidas.

Patrick se dedicava a bater todas as portas dos armários da cozinha, para no fim retirar somente a cafeteira nova e uma única xícara.

— Não sei por que você está tão emburrado — disse Isabel.

— Se alguém tem motivo para ficar emburrado, esse alguém sou eu. Agir daquele modo bem embaixo do meu nariz.

— Perguntei primeiro. Você não quis fazer, ela fez. — Estrondo. A qualquer minuto a cafeteira nova estaria seguindo o destino de sua predecessora: a lixeira. — Estava de pau duro, é isso.

Isabel ficou chocada com a crueza de Patrick.

— Isso é uma coisa horrível de se dizer.

— É verdade. Ou não?

— Não sabia que você era tão cruel.

— Talvez não nos conheçamos muito bem. — Ele brincou com o anel de sinete no dedo mindinho, depois suspirou. Ao falar, sua voz estava mais calma, mais ponderada. — Você estava esfregando seu marido nas minhas barbas. Como acha que eu me senti?

— Sei lá. Não sei como você se sente.

Ele olhou através da janela, o humor insondável. Isabel sentiu-se confusa, tentando entender por que estava tão zangado. Sentia dores na coluna lombar.

— Você sempre soube que eu era casada — tentou ela. — Então por que isso agora faz diferença?

Ele arqueou os ombros e se afastou dela.

— Se você não quer conversar, como vou entender? — gritou ela. Queria ir até ele, tocá-lo, fazê-lo virar-se para encará-la. Mas as costas de Patrick estavam tesas.

— Vou subir e começar a trabalhar. Tenho muito a fazer — disse ela, apesar de saber que o único serviço urgente era se trancar no banheiro e chorar. Mal cruzou a porta da cozinha e ouviu Patrick chamar seu nome.

— Sim? — respondeu, já da sala de estar, sem querer voltar de imediato e dar a impressão de que estava à inteira disposição dele, ainda que ansiasse para que fosse até ela, para que tudo aquilo não significasse o início do fim.

— Você me ama?

Isabel desviou o olhar para o teto, procurando evitar que as lágrimas transbordassem. Como ele ousa fazer uma pergunta dessa? Não seria capaz sequer de definir as próprias sensações.

— Sem amor. Foi o que você disse. Sem vínculos, sem amarras, sem responsabilidades, sem nada. — Manteve o tom de voz como se o assunto fosse neutro, e um lampejo fê-la ver que havia se aprimorado na arte de enganar.

— Sim, foi isso mesmo que eu disse.

Ficou à espera de que ele falasse mais ou que se decidisse a sair da cozinha, mas só houve o silêncio. Era ridículo que estivessem em cômodos diferentes, mas ela não se mexeu, nem ele. Passado algum tempo, recolheu a correspondência de onde a tinha jogado, sobre os degraus, e subiu para o escritório, os passos pesados e todo o corpo doendo como se estivesse escalando o monte Everest sem oxigênio. É isso, pensou. É o início do fim.

Patrick passou o resto do dia nervoso, gritando com ela por perder um número qualquer de telefone, gritando novamente quando soube que não trabalharia na semana seguinte por causa do recesso escolar. Naquela mesma tarde, ergueu a vista do computador para flagrá-lo observando-a, mas não pôde decifrar a expressão no rosto dele. Patrick deixou a sala antes que ela perguntasse o que pretendia ao olhá-la tanto.

No dia seguinte, ele ficou fora a maior parte do tempo com um cliente. Pelo menos foi o que alegara, embora ninguém pudesse afirmar se era ou não verdade. Ele a beijou gentilmente antes de partir, mas um beijo poderia significar qualquer coisa, pensou ela. Ou nada. Começou a pensar em dinheiro. Odiava a idéia de discutir o assunto com Patrick, mais ainda considerando o estado de espírito em que ele se encontrava. Porém, não podia trabalhar de graça. Pôs-se a folhear a agenda para verificar as datas em que havia comparecido ao escritório e para localizar o endereço e o número de telefone de Frances na Tailândia.

Com as mãos trêmulas, discou o número. A Tailândia estava sete horas à frente, Frances deve estar em casa, talvez preparando o chá das crianças.

— Sou eu, Isabel — disse, quando atenderam do outro lado do mundo. — Não posso demorar muito, estou usando o telefone do trabalho.

— Garota levada — disse Frances, a voz familiar distorcida pelo ruído na ligação. — Mas é ótimo ouvir você. Está tudo bem?

— Sim, tudo bem. — Isabel titubeou. Como começar? — Estou pensando em me demitir.

— É por isso que está telefonando? Pensei que estivesse adorando trabalhar, sua sortuda. Deus, aqui está tudo tão chato que eu gostaria de estar no seu lugar. E a umidade? Está chovendo na Inglaterra?

— Não sei... — O zumbido ao telefone soava como se Frances estivesse no meio de uma tempestade tropical.

— Tenho insistido com David para voltarmos, mas até agora nada.

— Pensei que estivessem gostando — disse Isabel, confusa com o rumo que a conversa tomava. Frances passou a falar sobre a vida na Tailândia, tagarelando como se não tivesse trocado uma única palavra com absolutamente ninguém durante todo o dia, o que Isabel sabia, por experiência própria, que bem podia ser verdade. A solidão de mulheres que seguem seus maridos em longas permanências no exterior, a trabalho. Mas não conseguia se concentrar no que a amiga dizia.

— Estava tendo um caso, mas estamos quase rompidos — Isabel desabafou sem mais nem menos.

— Rompida? Eu? Também não estou escutando bem. — Por sobre o silvo ao fundo, Isabel pôde ouvir outras vozes. — Querida, tenho de desligar e alimentar meus corvos famintos. Mande-me um e-mail e me conte tudo. Dê lembranças a Neil e às crianças.

Isabel colocou o fone no gancho, sentindo-se mais sozinha do que nunca.

Na manhã de quinta-feira, antes que tivesse tempo de desistir, sua primeira providência foi colocar o envelope com a fatura em frente a Patrick, que trabalhava na mesa da cozinha.

Ele levantou a vista para ela e estendeu um dos braços para puxá-la em sua direção.

— O que é isso? — disse ele, com um sorriso na voz como se pudesse ser um convite para uma festa ou para qualquer outra atividade prazerosa. Sem resposta, ele rasgou o envelope, abrindo-o, e tirou a fatura. Sua expressão mudou. — O que é isso? — repetiu, num tom muito diferente.

— Estou cobrando meu pagamento — disse, balbuciante. Ele retirou um dos braços que mantinha preso ao corpo dela. — Você disse que eu devia fazer a nota — acrescentou, equilibrando-se apenas sobre uma das pernas, tamanho era o seu embaraço. Só incluíra na fatura metade das horas que passara no escritório, pois ele poderia pretextar terem consumido a outra metade na cama. Não era muito, mas era alguma coisa.

Alguém bateu à porta.

— Eu atendo — disse ela, contente em ter uma desculpa para se afastar.

Na soleira, estava um entregador, quase escondido atrás de um enorme buquê de flores.

— São para você, meu bem — disse o rapaz, enfiando as flores nas mãos de Isabel.

— Não, deve haver algum engano. Você deve estar com o endereço errado — disse Isabel, devolvendo as flores com um empurrão.

— Freeman? Número 45, Downton Road?

— Sim, mas você tem certeza? — Isabel tomou o buquê dele.

— Alguém a ama, querida. Não menospreze isso. — E piscou para ela antes de ir embora.

Devia haver pelo menos uma centena de flores no buquê. Isabel teve de abraçar o arranjo, quase soterrada pelo perfume dos lírios e frésias — frésias no fim de outubro. Isabel procurou pelo cartão, os dedos tremendo.

"*Mi perdone, carissima*", era o texto.

Patrick. Ela olhou por cima das flores e logo o localizou, apoiado contra a porta da cozinha, mirando-a.

— São fantásticas, obrigada.

— Parece que foi cronometrado. — A voz dele era fria, a face contraída. Trazia a fatura nas mãos.

— Patrick, não posso trabalhar de graça. — Apertou contra si o ramo enorme de flores. — Tínhamos acertado tudo.

— Vou fazer um cheque para você — disse ele. E virou-se abruptamente, retornando à cozinha. Ela hesitou, em seguida o acompanhou.

— Aqui está. — Entregou um cheque a ela. Isabel livrou uma mão do buquê e pegou o pedaço de papel.

— Obrigada.

Ele sentou-se à mesa e começou a ler, alheio à presença de Isabel.

Ela colocou as flores na pia.

— Patrick. — Tocou o ombro dele. — O que está escrito no cartão?

— Nada. — Ele afastou a mão dela. — Absolutamente nada.

Na manhã de sexta-feira, Isabel consultou a lista de tarefas que fizera na noite anterior. Droga, tinha se esquecido de dizer a Neil que chegasse cedo em casa. Pensou em telefonar para o trabalho dele, mas decidira que não era a melhor alternativa. Provavelmente ele teria lembrado, e havia algo de incômodo em telefonar para o escritório com vistas a tratar de assuntos domésticos. Assuntos que diziam respeito a ela, à dona de casa. A mulherzinha. Deixou para lá. Tinha certeza de que ele se lembraria.

Pretendia começar a limpar a casa para a visita dos sogros durante a semana, mas a cada noite sentia-se tomada por preocupações ligadas ao relacionamento com Patrick. Pela primeira vez em semanas havia devorado um pacote inteiro de biscoitos, sem apreciá-los, mas obtendo algum consolo no mastigar rítmico, no gosto doce.

Limpar a casa para receber os sogros consumiu parte de sua reserva de energia. Isabel mourejou nos pisos, espanou o alto das cortinas e esfregou marcas de dedos sujos na mobília. Quadros que jaziam contra as paredes saíram do casulo de plástico bolha e acabaram pendurados. Isabel fixou os pregos às paredes com a ajuda de um martelo imenso que produzia um ruído surdo. A empresa em que Neil trabalhava pagava apenas pelo transporte de um contêiner e meio, de modo que os pertences da família eram editados a cada mudança. Mas a casa nova, que passaria a ser o endereço permanente dos Freeman, Isabel conseguira atulhar em pouco tempo: fosse guardando brinquedos à espera de conserto ou pés sobressalentes para os armários da cozinha, "apenas por precaução". Abriu um novo pacote de sacos de lixo.

Ao meio-dia, pensou com tristeza na natação, em ficar suspensa na água fria, mas ainda havia muito a fazer. Lavar janelas, arrumar flores nos vasos com água e aspirina, brinquedos em seus lugares, por ordem de tamanho — os grandes atrás, diminuindo de tamanho até chegar na fileira da frente, onde ficavam as miniaturas. Um pouco como na guerra, pensou. Os mais vulneráveis vão na dianteira enquanto os manda-chuvas mantêm-se em abrigo seguro, de onde tomam decisões.

Dedicou cuidado especial ao quarto de hóspedes, colocando sabonete com fragrância de gerânios. Havia tantas flores no buquê de Patrick que cada sala poderia abrigar um ramalhete. Diria a Neil que comprara as flores em honra à visita dos pais dele, embora fosse improvável que ele notasse mudanças na decoração da casa. Era mais provável que a sogra comentasse algo sobre extravagâncias inúteis. A alternativa de jogá-las no lixo estava fora de questão. Ajeitou algumas frésias, alstroemérias e ramos de samambaia numa pequena jarra de leite. Esperava que a mãe de Neil não percebesse a improvisação. Improvável. Enquanto trabalhava, ouvia a rádio Four, o volume alto para abafar o murmúrio contínuo que ocupava seu cérebro. Vaca velha e miserável. Vem para se intrometer. Não é justo. Não é justo.

As costas de Isabel ainda estavam doídas de terça-feira, por conta do desesperado acasalamento no chão da sala de estar. No começo do caso deles, a rudeza havia-na excitado; bom senso e racionalidade vencidos por uma força mais urgente. Luxúria, supunha. Sentia como se Patrick a tivesse feito despertar de um ataque de sonambulismo. E não havia dúvida de que uma vez que se começava a pensar em sexo, mais e mais interessado em sexo se ficava. Era como comprar um carro novo; de repente o mesmo modelo parece estar em toda parte, cruzando a rua, aparecendo em anúncios.

Mas no jantar de Helen tudo havia mudado, tornara-se complicado e sombrio. Pobre Victoria. Parecera tão feliz, o rosto iluminado. Isabel imaginou se também aparentara aquela felicidade luminosa após a primeira vez com Patrick. De novo, se surpreendeu por Neil não ter percebido. Sentiu-se desonesta, sórdida mesmo. Oh, Patrick. Será que pensava nela como ela pensava nele? *Mi perdone* significava "me perdoe". Não conseguia atinar qual era a intenção dele. Perdão pelo que ele tinha feito ou pelo que ainda iria fazer? Tinha se comportado muito mal na quinta-feira, mostrara-se exasperado e frio, dirigindo-lhe a palavra apenas quando necessário.

Afofou os travesseiros da cama de hóspedes, sacudindo-os e espancando-os para que parecessem tentadoramente macios. Os lençóis eram os melhores de que dispunha, devidamente passados e conservados com sachês de lavanda. O cheiro de poeira irritou o nariz de Isabel e ela espirrou. Um espirro significa tristeza*. Parecia uma profecia fácil. Por que as sogras eram tão irritantes? Todas as pessoas que conhecia enlouqueciam por causa das respectivas sogras. A não ser pelos poucos presunçosos que arrulhavam quão maravilhosas eram as mães de seus respectivos cônjuges. Podia-se dizer que eram ganhadores no jogo da sogra. Qual era o problema? Ela tinha amigas mais velhas, se dava bem com as amigas da piscina, então não se tratava de um conflito de gerações. Talvez fosse a intimidade forçada entre estranhas, a obrigação de ter de se dar bem com outra pessoa. Ou talvez fosse uma questão de poder, do qual se abria mão em nome da harmonia familiar; como cães, farejando, rodeando, rosnando, mas evitando brigar de maneira direta.

Por que tenho a necessidade de competir com ela?, pensou. Competir por causa de arrumação, por limpeza, a tal vida de esposa-robô? É tão desonesto. De repente, Isabel riu. Imagine o que minha sogra diria diante do anúncio de que eu estava tendo

---

*Folclore irlandês segundo o qual um espirro anuncia tristeza; dois, alegria. (N. da T.)

um caso. "Vadia, piranha, sempre soube que meu Neil era bom demais para mulheres da sua laia." Alisou a colcha com gestos lentos, depois arrumou a postura, para em seguida encolher-se com mais um ataque de dor nas costas. E provavelmente a sogra estaria com razão. Neil não merece alguém como eu. Isabel olhou em volta. O quarto estava pronto, imaculado como um cenário de cinema, um santuário iluminado em honra de produtos de limpeza & espanadores. Não havia mais nada a fazer.

Neil enfiou a cabeça pela porta da cozinha logo depois que Isabel trouxe as crianças da escola. Tentava forçá-los a comer e, ao mesmo tempo, fazia o possível para manter o ambiente arrumado. Mas o único resultado fora retesar todas as suas terminações nervosas.

— Olá para todos.

— Papai! — Katie deu um salto, derrubando o leite, e se agarrou a Neil como se fosse um miquinho. Isabel limpou o líquido derramado, em silêncio, os lábios numa linha reta. Neil colocou Katie no chão.

— Não precisa quebrar meu pescoço, boneca. Oi, Michael. — Beijou o alto da cabeça de Michael, que o garoto oferecera num movimento embaraçado dos ombros. Com as costas de uma das mãos, Isabel empurrou uma mecha solta de cabelo para longe do rosto e deu a bochecha para que Neil a beijasse.

— Tem um pouco de chá para mim? — disse ele. — Estou acabado.

Isabel lhe serviu uma xícara enquanto ele ouvia, paciente, Katie discorrer sobre algum medonho ato de injustiça ocorrido na escola. Isabel queria desesperadamente que Neil cuidasse das crianças para que pudesse tomar banho e lavar o cabelo, preparando-se para a chegada dos sogros. Sua pele parecia coberta por uma fina camada de poeira, que ansiava por fazer sumir sob um jorro d'água. Colocou a xícara de chá na mesa, em frente a Neil.

— Você se incomoda se me deitar por cinco minutos antes de ajudá-la? — disse ele.

— Está tudo bem?

— Estou bem, apenas um pouco cansado, nada mais.

De que adianta voltar para casa cedo se tudo o que você faz é ir para a cama?, desejou gritar. E quanto a mim? Não fico cansada também? Mas reprimiu a irritação. Mesmo se tudo já estivesse feito e refeito, pronto e acabado, sentir-se-ia cansada porque tinha um caso extraconjugal que estava se desintegrando. Já o pobre Neil era obrigado a passar três horas por dia fazendo baldeação de trem, sem contar que, não raro, precisava ficar no escritório até mais tarde.

— Não tem problema — disse ela, tocando gentilmente o ombro dele. — Já está tudo ajeitado. Vá e relaxe. — Ele pareceu aliviado.

— Se você realmente não se incomoda...

— Vá antes que eu o obrigue a lavar o chão da cozinha.

Ele fez uma careta, beijou-a no rosto e saiu, levando o chá. Isabel pôde ouvir seus pés atravessando pesados os degraus rumo ao quarto. Bela ajuda! Não importava. Contanto que os sogros não chegassem cedo.

Qualquer horário em que aportassem teria sido cedo demais. Mas Isabel não havia imaginado que apareceriam antes das sete da noite. Às 17h35, registrou o som de um motor de carro do lado de fora. Ignorou o fato, presumindo que deviam ser os vizinhos. A campainha da porta da frente permanecera muda, afinal. Continuou limpando o chão da cozinha, torcendo o esfregão para retirar a água cinzenta. Foi uma péssima idéia cuidar do serviço doméstico, concluiu. Só me fez acalentar maus pensamentos. Um pneu furado, um cano de descarga caído, acidente trágico na estrada. O pedaço bom do seu cérebro parou por ali, a deteve de continuar ao pensar em como Neil ficaria transtornado. O lado perverso produziu uma imagem em que ela mesma, Isabel, aparecia vestida de preto, maravilhosamente solidária, segurando a mão de Neil durante o funeral. Jogou o pano de chão mais uma vez contra o piso de ladrilhos terracota. Só faltava resolver se a polícia telefonaria ou mandaria alguns agentes numa viatura com luzes piscantes. Foi então que o ruído de uma batida seca e vigorosa a assustou. Apertou o esfregão, surpresa, quando a fisionomia muito viva de sua sogra assomou pela janela da cozinha.

— Olá — disse Moira, os olhos de lince mirando sem demora e com máxima precisão o pedacinho de piso que Isabel deixara de limpar. — Desculpe, não pretendia fazê-la dar um pulo.

Mentirosa, pensou Isabel, cujo coração martelava como se tivesse visto um monstro, um Frankenstein. Ainda assim, aquele era um jogo para duas pessoas. Vestiu a máscara da nora perfeita.

— Moira. Que maravilha vê-la! E tão cedo. O trânsito deve estar bom. — Abriu a porta da cozinha. — Onde está Ian?

— Tirando a bagagem do carro. — Moira correu a ponta de um dos dedos, cujas unhas estavam pintadas de rosa-perolado, pelo peitoril da janela e suspirou feliz à vista de poeira. — Pensei que poderíamos estar um pouco adiantados, então dei a volta pelos fundos para verificar se você estava aqui.

Disfarçadamente, Isabel tentou se livrar do esfregão e do balde, tarefa difícil quando ambos estão cheios de água e sabão.

— Não ouvi a campainha.

— Oh, não quis incomodar você. Você não deveria jogar a água fora antes de guardar tudo?

— Faço isso mais tarde. — Apenas dois minutos e Isabel pôde sentir as bochechas doendo com o esforço de manter a expressão de boas-vindas estampada no rosto. — Vou ajudar Ian com as malas.

O pai de Neil estava totalmente concentrado em tirar a bagagem da mala do carro, atrapalhado pela bengala que o ajudava a equilibrar o passo, e pelo cachorro, um *terrier* que latia em seus calcanhares. Isabel correu para ajudá-lo a descarregar um par de malas idênticas, uma manta de viagem e uma sacola de compras que tilintou ao ser posta no chão. Por favor, rezou Isabel enquanto abraçava Ian, que não seja mais uísque. Pegou as duas malas e rumou para o saguão, seguida de perto pelo cachorro, que farejava os cantos, cheio de suspeitas.

— Talvez Buster possa ficar na cozinha — sugeriu, preocupada, enquanto o cão parecia prestes a colocar a pata contra o pequeno armário de origem coreana usado para armazenar condimentos.

Moira enxotou Buster para a cozinha e fechou a porta.

— Sei que não gosta de cachorros, Isabel — disse ela.

Como dizer que, sim, gosto de cachorros, só não gosto do seu? Isabel decidiu que era melhor ficar calada e os guiou escada acima, para o quarto de hóspedes. Ian cambaleante, tentava se equilibrar como se a escada fosse daquelas de corda.

— Imagino que queira se lavar e relaxar um pouco — disse Isabel, esperançosa. — Desça e beba alguma coisa quando estiver pronta. — E escapou sem esperar resposta dos sogros. Alguns passos adiante, já estava na porta do quarto que dividia com o marido. Abriu a porta com delicadeza.

— Neil? Seus pais chegaram.

Ele estava deitado na cama completamente vestido. Era como se tivesse tencionado repousar por apenas alguns segundos, mas fosse sucumbido pelo sono. O semblante tinha sido suavizado pelo descanso e o transformara num homem mais jovem, mais relaxado e mais próximo daquele que Isabel se lembrava ter visto sob os amplos céus da África. Cuidadosamente, desamarrou os cadarços dos sapatos dele e os descalçou, ergueu a parte de baixo das pernas para que se acomodassem convenientemente sobre o colchão, depois o cobriu com a colcha e cerrou as cortinas. Ele ressonava de leve quando ela deixou o quarto. Isabel correu ao andar de baixo, para a sala de estar, onde as crianças assistiam à televisão. Os brinquedos que há pouco tinha arrumado com tanto cuidado já estavam espalhados por todo o tapete.

— Rápido, rápido, rápido, guardem tudo — sibilou ela. — Vovô e vovó estão aqui.

— Agora? — disse Michael, sem tirar os olhos da televisão.

— Sim, agora. Só temos cinco minutinhos antes que eles desçam. Obrigada, queridos, estão se comportando de maneira brilhante — acrescentou para incentivá-los, enquanto eles, ainda com os rostos virados para a tela da TV, recolhiam os brinquedos em câmera lenta. Correu ao banheiro do térreo e, às pressas, escovou o cabelo. Queria lavar o rosto, mas ouviu o som de pés pesados nos degraus. Contentou-se, então, em molhar um pedaço de papel higiênico e remover as camadas de pó antes de ir para a sala de estar.

— O que querem beber? — Sorriu para eles, usando sua melhor fisionomia de anfitriã e, sorrateiramente, tentou empurrar um dos pôneis de plásticos da filha com os pés, para trás do sofá. As crianças tinham feito o serviço pela metade e sumido.

— Trouxemos um presentinho para você — disse, retumbante, o sogro, estendendo a sacola de compras.

— Uísque! Soberbo. — Vou estar falando esnobês em um minuto, pensou Isabel, aflita. — É isso que gostariam de beber?

— Seria uma boa idéia — disse ele, como se não costumasse beber uísque e soda às seis horas todos os dias, invariavelmente. Isabel serviu-lhe uma dose da garrafa aberta na antepenúltima visita dos sogros. As garrafas que ganhara nas visitas seguintes haviam sido passadas adiante. Percebeu que Ian imaginava ser um grande prazer para ela e Neil ter uísque em casa, visto que tinham vivido em países onde o álcool era banido. Já tinha explicado várias vezes que as autoridades costumavam fazer vista grossa à bebida dentro da comunidade de estrangeiros, mas parece que os sogros eram impermeáveis a esse pormenor. Já desistira de imaginar se um dia notariam que nem ela nem Neil bebiam uísque.

— Moira? — Notou que a mãe de Neil examinava a bandeja de bebidas. Não devo ser paranóica, disse para si mesma. Ela não pode estar deliberadamente escolhendo algo de que não dispomos. Estava.

— Um gim-tônica, por favor. Se não for incômodo.

— De modo nenhum — respondeu Isabel tão docemente quanto fora o pedido da sogra. — Mantenho o gim e a água tônica na geladeira para que fiquem sempre na temperatura ideal.
— Um a zero para mim, pensou, enquanto ia buscar a encomenda. Por um descuido, ao entrar na cozinha, permitiu que o cachorro escapasse.

— A que horas Neil chega? — A expressão de Moira era tão azeda quanto o limão do seu gim, enquanto afagava as orelhas de Buster.

— Ele já chegou, mas subiu para descansar um pouco.

— Ele está doente? — Moira pareceu preocupada.

— Não, só um pouco cansado, acho.

— Pobrezinho. E pensar que estou sentada aqui, bebendo. — Ela mirou Isabel como se fosse culpa dela e ficou de pé.

— Ele está dormindo — disse Isabel, levantando-se também.

— Só vou dar uma olhadinha.

— Na verdade, acho que seria melhor se... — Isabel começou, mas Moira já não estava mais por perto. Deixara a nora falando com as costas do seu casaco, que batia em retirada. Ocorreu a Isabel que, por trás, a silhueta da sogra era como o desenho de uma mulher nas portas de banheiros femininos — pequenina na parte de cima do corpo, com uma saia ampla e volumosa sobre pernas finas. Então, voltou-se na direção de Ian e fez um movimento de ombros, como se apresentando desculpas por algo. Tentava pensar num tópico qualquer que servisse de pontapé inicial para um diálogo. Enquanto isso, tinha Buster nos tornozelos. O cachorro parecia estar escolhendo o melhor lugar para morder.

— Então o trânsito não estava ruim no caminho para cá? Vieram rápido.

Não precisara muito para engatar o papo. Ian, barbada nas apostas de corridas de revezamento e obstáculos no trânsito, deu a largada, descrevendo o caminho escolhido, outros trajetos considerados e logo descartados, além dos maus motoristas que enfrentara na estrada. Ele emendava os assuntos: ao que parecia, a podridão surgira nos anos 1960, e com tal afirmativa vinha uma miríade de avenidas por onde a conversa poderia enveredar: homossexuais, hippies, exilados em busca de asilo, todos merecedores de serem abatidos a tiros.

Ao sentar-se, Ian deixara a jaqueta abrir, revelando suspensórios que puxavam as calças para cima, rumo às axilas, como um velho. Mas ele é um velho, Isabel lembrou-se. Velho e de idéias arraigadas. A voz dele ressoava pela sala e era rebatida pelo teto, como se estivesse falando em uma reunião de empresários ou num plenário deliberativo, ambas arenas em que tinha considerável experiência. A total confiança de Ian de contar com a atenção irrestrita da nora a forçava a permanecer sentada, imóvel. Mas, mas, mas, ela queria dizer. Isso não é verdade. Mas, no fundo, de que adiantaria se estressar? Estava consternada com as posições do sogro, mas isso pouco importava para ele — não mudaria de opinião só porque Isabel, uma simples mulher, discordava. Apenas seja agradecida por Neil não ter herdado essa bile, grata pelo milagre de Neil estar enquadrado na categoria ser humano normal.

Felizmente, antes que mordesse a língua e perdesse um pedaço de tanto fazer pressão para mantê-la entre os dentes, as crianças os distraíram, entrando na sala. Ian abraçou os netos teso, áspero e inflexível dentro da roupa de tweed. Isabel costumava conjeturar que o velho teria sido bom com crianças, se soubesse por onde começar. Mas a ele parecia impossível lutar contra a frieza radicada durante a infância ao estilo edwardiano, e repetira o mesmo estilo gélido na criação dos próprios filhos, guardando de Neil e Heather a mesma distância com que fora contemplado quando menino. Para agravar a situação, Ian sofrera um acidente que o mantivera quase entrevado por dois anos, numa época em que Neil entrava na adolescência. Enquanto o pai se recuperava, o único filho homem precisou assumir o papel de chefe da casa. Desde então, Ian passou a mancar de maneira acentuada. Envelhecera de repente, saltando, sem estágios intermediários, do vigor para a terceira idade.

Ian mantinha uma das mãos em torno do copo, como se por precaução, tendo Katie a seu lado, encostada indolentemente contra a poltrona em que estava sentado. Com a voz esganiçada, a menina explicava em detalhes como eram educados os labradores cor de chocolate. O avô permanecia comprimido contra as costas da poltrona, em estado de alerta inconsciente. Considerava mais fácil lidar com Michael — cuja paixão por pescaria e carros de corrida consistia em tópicos mais seguros de conversas masculinas — do que com Katie e seus gorjeios inocentes sobre criação de cães. Do conforto de seu assento, ele prometera ao garoto grandes viagens de pescaria em lagos perto de casa. Isabel contraiu-se. Sabia, de experiências passadas, que as promessas do velho eram facilmente feitas e esquecidas. Parecia desonesto provocar, numa criança, expectativas que jamais seriam transformadas em realidade. Mas afinal quem era ela para acusar outra pessoa de desonestidade? Sentiu as bochechas corarem.

— Vou começar a providenciar o jantar — murmurou. E fugiu para a cozinha, onde tropeçou no esfregão e no balde. A água suja esparramou por sobre o chão limpo. Chapinhou sobre a maré cinzenta despejando água de volta ao balde com solavancos furiosos, as costas vincadas de dor sempre que precisava se curvar sobre o esfregão. Vieram-lhe lágrimas aos olhos. Droga. Ergueu-se por um segundo, ainda segurando o cabo de madeira, uma Cinderela dos tempos modernos. Mas sem perspectiva de baile, sem Príncipe Encantado, sem Fada Madrinha. Passou a trabalhar de maneira mais metódica. Talvez não tenha demorado muito para a Gata Borralheira descobrir que "felizes para sempre" era uma frase vazia pois, mais cedo ou mais tarde, tudo voltava a ser como antes. Terminou o serviço, jogou a água pelo ralo do quintal, observando o líquido sujo rodopiar e desaparecer em meio a uma espuma de bolhas.

De volta à cozinha, ligou o forno para preparar a refeição. Rolo de salmão defumado, depois faisões com maçã e creme, batatas *dauphinoises*, seguidos por torta de limão. Creme em excesso, pesado demais para o dia-a-dia, mas ideal para afogar maus sentimentos em calorias e carboidratos. E era mais fácil cozinhar bem se usasse bastante manteiga e molho: tudo ficava com gosto aceitável, mesmo que transbordasse colesterol. Uma refeição não faria diferença. Podem se livrar disso depois, ponderou Isabel para apaziguar a consciência.

Tirou os faisões da geladeira. Nessa época do ano eles eram baratos, a região era abundante em propriedades em que era possível caçar. Nos últimos dois fins de semana, passeando pelas redondezas, Michael tinha recolhido estojos de cartuchos usados e deixados pelo caminho — verdes, amarelos, vermelhos, às vezes pretos. Isabel ainda os encontrava nos bolsos e atrás dos móveis da cozinha. Os pássaros não pareciam apetitosos, uma mistura malhada de cinza e púrpura. Ela os dobrou com tiras frouxas e estriadas de bacon e os chuviscou com óleo. Colocou-os na assadeira, devidamente cercados por umas poucas cebolas, e empurrou tudo para o forno, cuja porta fechou com um dos pés.

Quando se aprontava para bater a *mousse* para o prato à base de salmão, Moira apareceu, os sapatos estalando como línguas.

— Neil ainda não se levantou?

— Não, coitadinho. — A boca de Moira se contraiu.

— Mesmo? — Isabel piscou. — Pensei que ele estivesse apenas cansado.

— O rapaz está exausto — disse Moira. Obviamente achava que tudo era culpa de Isabel. — Está ficando gripado.

— Pobre Neil — murmurou Isabel, se concentrando em espalhar musse sobre toda a base dos rolinhos. Se não ficar liso, as laterais transbordam e formam protuberâncias de aspecto ameaçador. A sogra fungou ruidosamente.

— Vou preparar um drinque quente para ele.

— Oh, fique à vontade. Se precisar de alguma coisa, é só pedir. — E começou a enrolar a iguaria, manobrando o papel-manteiga com cuidado e ignorando os sons de portas que batiam e gavetas abertas aos puxões, resultado da investida de Moira aos armários da cozinha.

— Você tem espremedor de limão, Isabel?

— Não, costumo usar um garfo. É mais fácil de lavar.

— Entendo. — Mais buscas pelos armários. — O que é isso? — Moira exibia um espremedor de frutas elétrico.

— Esqueci que tinha isso. Desculpe. — Ela deve achar que sou maluca, pensou Isabel. Pelo menos ficará contente em estar reunindo mais provas para me acusar de ser um caso perdido. Terminou os preparativos do salmão. — Pronto. — Enfiou mais um bocado de recheio e deu um passo para trás a fim de admirar o prato, rechonchudo como um travesseiro. A decoração no livro de receitas envolvia tomates cerejas despelados, mas supôs que não teria tempo para tanto, nem agora nem nunca, para desperdiçar com peles de tomates e água fervente, embora fosse previsível que a pele saísse com facilidade. Teria de ficar assim mesmo. Olhou para o relógio. Hora de descascar as batatas, que deveriam ter ido ao forno com as aves, mas precisava colocar as crianças para dormir. Decisão executiva. Teria de ser purê de batata. Chamou as crianças e foi com elas até o segundo andar.

Enquanto Katie tomava banho, Isabel deu uma fugidinha para ver Neil, ainda deitado na cama com as cortinas fechadas. Isabel notou que a bebida quente estava intacta e fria sobre a mesinha-de-cabeceira. Neil acordara.

— Sua mãe acha que você está morrendo.

— E estou. — Ele jogou a cabeça para trás e revirou os olhos.

— Mmm. Preciso de alguém para descascar batatas.

Ele começou a se levantar.

— Desculpe, já vou ajudar.

Isabel o empurrou de volta à cama.

— Não se preocupe. Na pior das hipóteses, teremos purê de batatas instantâneo e ervilhas congeladas. Só tenho de colocar a chaleira no fogo. Sua mãe desconfia que sou uma inútil, então vou provar a ela que sou mesmo. — Podia ver que ele estava dividido entre duas lealdades, e mais uma vez sentiu-se culpada. Por que ele deveria sentir-se leal a ela, quando ela... Beijou-o na testa. Ao se dobrar para a frente, não conseguira evitar uma careta provocada pela dor nas costas.

— Está mesmo doente?

— Não. Mamãe é que gosta de fazer alvoroço. Só não estou me sentindo inteiramente disposto. — Ele esfregou um dos olhos e bocejou. — Foi uma semana estafante. Politicagem no escritório.

— Lamento. — Percebeu que, nos últimos tempos, sabia muito pouco sobre o trabalho dele. — Quer conversar sobre isso?

— Você quer ouvir? — A pergunta ficou suspensa no ar, entre eles.

— Claro — disse ela, finalmente. — Estou sempre disposta a ouvir.

— Você parece muito preocupada.

— Desculpe, não quero dar essa impressão.

Ele sorriu e tomou uma das mãos de Isabel.

— Deixa para lá.

Isabel sentiu vontade de chorar. A mão dela na dele parecia não fazer sentido. Era como se, apesar do toque, não pudessem se conectar. Parecia existir um abismo imenso entre os dois, completamente impossível de ser atravessado. Tantas coisas para dizer e que não podiam ser ditas.

"Tinha um amante, mas acho que terminamos", queria contar a ele que, por sua vez, a confortaria. "Estou confusa, não sei o que fazer. No começo era excitante, mas agora é diferente. Estou tão infeliz." E Neil a acariciaria e diria: "Não tem importância, ainda amo você."

Mas não era isso o que iria acontecer, ou era? Por mais tolerante que Neil pudesse ser, dificilmente suportaria uma revelação como aquela. Muito apropriado que as leis muçulmanas castigassem adúlteras com o apedrejamento. Conseguia sentir o peso das pedras, pesadas como mentiras, esmagando a alma. Tantos enganos machucando como uma chuva de rochas; a única libertação possível era a confissão. Mas por que Neil deveria partilhar o fardo da culpa dela?

— Desculpe — repetiu Isabel, sacudindo a cabeça.

A noite foi um desastre. Michael e Katie, alheios à convicção dos avós de que crianças devem ser vistas, mas não ouvidas, recusaram-se a ficar na cama. Isabel os devolvera com delicadeza aos seus respectivos quartos, leu historinhas para ambos, viu as pestanas se fecharem, os lábios relaxarem, a respiração se tornar mais suave. Mas, no momento exato em que preparava uma retirada estratégica, na ponta dos pés, eles se levantavam como se à força de catapulta, mais despertos do que nunca. Katie era a pior, impossível argumentar com ela. Michael pelo menos era subornável, negociando com sucesso cinco libras em troca da permanência sob as cobertas. Katie voltou várias e várias vezes à porta da sala, pedindo água, biscoito, uma historinha. Querendo uma boa palmada, segundo Moira.

— Quando Neil e Heather eram pequenos... — tentava citar o exemplo, mas Isabel já estava tocando Katie escada acima. Inútil até mesmo conversar sobre os prós e contras da palmada. E esposa ruim, agora mãe ruim.

No sábado, as crianças levantaram-se cedo, animadas, apesar de terem dormido pouco. À tarde, já tinham esgotado toda a energia, e ainda nem haviam chegado ao imóvel soberbo que Moira queria visitar. Espremiam-se todos no carro de Isabel porque Ian, tendo conseguido estacionar bem em frente à porta principal da casa do filho, não arriscaria perder a vaga. Isabel constatara que metade da rua estava vazia e oferecia espaços de sobra para parquear. Porém, ficou de boca fechada, mais uma vez.

Era o último dia em que o tal imóvel estaria aberto naquele ano e a área tinha uma aparência morta, uns poucos botões de rosa murchos desamparadamente presos a arbustos pelados. Katie agarrava-se ao braço de Isabel, puxando-a para baixo como se fosse uma âncora frouxa, enquanto Michael era desobediente e mal-humorado, raspando os sapatos no cascalho do caminho. Eles disputavam quem iria levar Buster para passear pelas redondezas, e a irritação dos dois desceu pela coleira e foi transmitida ao cão, que tornou-se rabugento, acabando por morder o tornozelo de Katie.

De volta ao lar, tornozelo já curado por beijinhos e convenientemente coberto por curativos, Katie decidiu comer em frente à televisão. Michael tropeçou na irmã — acidente ou proposital? Quem saberia? Certamente não Isabel, que precisava tentar manter tanto a paz quanto um sorriso no rosto. E a menina deixou cair o prato e viu, entre lamentos, Buster devorar com avidez toda a refeição.

— Ele está fazendo uma dieta especial — disse Moira, como se Isabel tivesse derramado, e de propósito, a comida de Katie.
— É preciso ter responsabilidade quando se adota um cachorro, você sabe. Estar com pessoas faz com que se transformem em bonecas. Não crescem e não sabem se defender sozinhos. É preciso cuidar deles ou não se arranjam.

Isabel ponderou que Buster estava se arranjando muito bem. Pelo menos havia desfrutado da ceia, pois estava certa de que ninguém na mesa comera bem. Parecia inútil ter Ian e Moira por perto: eles gemiam no telefone que estavam loucos para ver os netos, mas, uma vez lá, ignoravam ou criticavam as crianças e, por hábito, sempre faziam com que também sobrasse para a nora. Imaginou como seus próprios pais teriam se comportado como avós.

Veio a manhã de domingo e mais uma refeição. Neil estava no andar de baixo, entretido em cozinhar bacon e ovos, a julgar pelo aroma que tomava conta da casa inteira. Isabel o ouviu dizer:

— Bel? Pode atender ao telefone?

Ela interrompeu a tarefa de separar as roupas limpas de Katie.

— Claro — respondeu, indo até o saguão onde ficava o aparelho e o tirando do gancho. — Alô?

— Isabel — disse uma voz profunda e familiar. Patrick. Ela apertou o fone contra o ouvido como se palavras pudessem se extraviar e escapar pelos cômodos.

— O que você quer? — cochichou.

— Ver você.

— Por quê?

— Para me desculpar. Tive o comportamento digno de um merda, na quinta-feira.

— Sim, foi isso mesmo — sussurrou ela, virando o rosto para a parede e enrolando o fio do telefone em torno do corpo.

— Você pode dar uma escapada?

— Agora? — Ele jamais pedira que se encontrassem fora do escritório. — Meus sogros estão aqui.

Ele riu.

— Mais uma razão para vir. — A voz dele mudou, ficou séria. — Por favor, apenas uns minutinhos. Tenho um assunto para discutir com você.

— Não sei... — Enrolou o fio do telefone entre os dedos.

— Vamos nos encontrar no café italiano daqui a meia hora.

A voz de Neil.

— Quem é?

— Ninguém — respondeu. Esperou que Neil dissesse algo, mas ele não abriu a boca. — Combinado, em meia hora — murmurou para Patrick e desligou.

Foi para a cozinha. Neil estava de avental, mexendo bacon numa frigideira. Ian e Moira liam o jornal de domingo.

— Quem era? — disse Neil.

— Ninguém — disse ela. — Alguém vendendo janelas de vidro duplo.

— É ultrajante atormentar as pessoas em suas próprias casa. — disse Moira. — E num domingo. Vocês deveriam tirar o nome da lista telefônica.

— Tem razão — disse Isabel, andando furtivamente para se colocar perto de Neil. — Esqueci um ingrediente para a sobremesa — disse para ele, em tom baixo. — Vou dar um pulinho no supermercado, está bem?

— Pensei que tivesse feito crocante de maçãs.

— Não deu certo — sussurrou, esperando que ele não pensasse em olhar no fundo da geladeira. — E não tinha maçãs suficientes para fazer outro.

— Tenho certeza de que não vão se incomodar se não houver sobremesa.

— Não, não. Você sabe como seu pai adora crocante de maçãs — disse, odiando-se por mentir tanto.

— Qual é o problema, Neil? — perguntou Moira.

— Nada — disse ele, automaticamente acobertando a mulher. — Isabel precisa sair por um instante. — Ele pendeu a cabeça na direção dela, liberando-a. Sentindo-se horrivelmente culpada, ela correu escada acima, agarrou a bolsa de maquiagem e fugiu. Logo depois da esquina, parou o carro e se pintou, apagando com base as sombras escuras sob os olhos.

Começara a chover na hora em que estacionara, o tipo de chuva fina que engana e leva a pensar que não molha, até que se esteja encharcado até a alma. Patrick estava sentado dentro da cafeteria italiana, que ficava em frente à livraria. Distraía-se tomando um espresso.

Ele olhou para cima e sorriu para Isabel.

— Você veio.

— Você disse que tinha algo para conversar comigo.

— Posso pedir um café para você? Não, você prefere chá. Está vendo? Eu presto atenção. — Foi até o balcão e fez o pedido. — Quer comer alguma coisa? Um *palmieri*? Ou um *bombalone*? É uma espécie de rosca italiana. São ótimos.

— Não, obrigada. — Isabel balançou a cabeça e um jato de gotas de chuva caiu do seu cabelo. Tirou a capa e a jogou nas costas da cadeira. Nunca estivera ali, embora soubesse que era um dos lugares mais freqüentados por Patrick. O único espresso decente da cidade, segundo ele. O ambiente estava surpreendemente cheio para uma manhã chuvosa de domingo. Metade das mesas já ocupadas e música de fundo estridente, que o homem encarregado de operar a máquina de espresso acompanhava, cantarolando. A condensação fazia gotejar a vidraça da janela dianteira. As paredes eram cobertas com pôsteres gloriosos de monumentos antigos em ruínas contra céus azul-cobalto. Sicília. Roma. Nápoles. Patrick trouxe o chá de Isabel e ela teve um momento de *déjà vu*. Claro, ela lembrava-se, Patrick trazendo as bebidas naquela primeira vez no pub, quando a beijou. Tinha sido o início de tudo. Ocorreu a ela então que agora poderia ser o fim de tudo, que poderia ser esse o assunto sobre o qual ele queria conversar.

O que ele tinha dito? "Sem arrependimentos, sem amor, sem lágrimas quando nos separarmos." Bem, ela podia dar conta da última parte. Ajeitou-se na cadeira, ereta, ombros para trás.

Patrick se acomodou ao lado dela.

— Tem uma *pasticceria* na esquina de Santa Maria Del Popolo, em Roma, que faz *bombalone* maravilhosos. Costumava ir com minha mãe nas manhãs de domingo, no primeiro ano que morei com ela. Estava numa fase de crescimento acelerado e sempre faminto. Então, ela me empanturrava de *bombalone* e *suppli*.

— *Suppli*?

— Bolinhos fritos de arroz, recheados com mozarela. Quando você morde, a mozarela escorre. Deliciosos, mas têm de ser frescos.

— Não posso demorar — disse ela.

— Não. — Patrick se espichou e pegou a mão de Isabel, o polegar dele apertando o dela. Ficaram sentados em silêncio, enquanto os funcionários cumprimentavam outros clientes e anotavam pedidos em meio ao ruído de talheres. A música passou a ser *grand opera*, e o homem sentado na mesa ao lado virava as páginas dos jornais de fim de semana numa rajada de papel. Parecia vagamente familiar a Isabel, mas não demorou a sumir da mente dela. Só tinha como prestar atenção na mão de Patrick segurando a sua. Sentiu que poderia permanecer ali, naquela posição, para sempre. A mão dele era quente e ainda estava bronzeada. Imediatamente pensou na fotografia de Patrick e Victoria que achara no escritório, tirada contra céus de azul-cobalto.

Desembaraçou a mão. Ele nem pareceu perceber, os olhos cravados na janela.

— Patrick? O que você quer me dizer? — questionou ela.

— Quando eu era criança, sempre parecia estar chovendo, exatamente assim — disse ele, ainda olhando pela janela, onde a condensação tinha formado caminhos de gota do lado de dentro do vidro.

— É muito triste — disse ela, pensando no garotinho abandonado pela mãe. — Acho que é uma das coisas mais tristes que já ouvi.

— Não era essa a intenção. É apenas um fato. É mais úmido no noroeste que no sudeste. — Ele se sacudiu. — Ainda assim não quero encontrar você só para conversar sobre meteorologia, embora também tenha a ver com o assunto.

— Como assim?

— Você sabe que eu detesto o clima inglês. Cá estamos nós, em fins de outubro. Chove e provavelmente os próximos seis meses não serão diferentes. — Tomou um gole do café. — Estou pensando em voltar para a Itália.

Isabel foi pega tão de surpresa que poderia ter caído da cadeira.

— Quando?

— Não sei. Logo, possivelmente. Depende.

— De Victoria?

— Em parte. — Fez o café preto rodopiar na xícara, observando o líquido como se estivesse hipnotizado. Quando falou sua voz era tão macia que Isabel teve de se inclinar para a frente a fim de ouvi-lo. — Estava tão zangado com você naquele jantar estúpido. Ainda estou zangado.
— Por quê? O que eu fiz?
— Nada. Tudo. Você estava lá, linda, desejável e casada com outro homem. É engraçado, mas nunca passei por nada parecido antes, nunca me senti incomodado em dividir. Acho também que após uns poucos anos de casamento as pessoas não se mostram mais interessadas pelo cônjuge. — Olhou diretamente para ela. — Vocês, porém, parecem mesmo ser um casal.
— Você sabe que... Já conversamos sobre isso — disse ela.
Patrick acabou de tomar o café e acenou com a xícara para o funcionário atrás do balcão.
— *Senta* — chamou ele —, *encore, per favore*. — Voltou-se de novo para Isabel e falou energicamente. — Podia ficar aqui e me casar com Victoria. Ela é bonita, é rica e, por alguma estranha razão, deseja viver comigo. Acho que pensa que pode me mudar.
— E pode?
— Não. — Era uma afirmação descarada, mas foi dita de modo tão categórico que Isabel convenceu-se de ser absolutamente verdadeira. Patrick fez uma pausa, limpou a garganta. — Embora outra pessoa pudesse. — Fez nova pausa e Isabel se pôs a imaginar se estaria se referindo a ela. Mas após o jantar de Helen, parecia improvável. — Ah, *grazie* — disse para o garçom que substituiu sua xícara de espresso. — De qualquer modo, Victoria pretende se mudar para Midlands, que é de onde vem a família dela. Quanto a mim, quero fechar a empresa: não está dando dinheiro e detesto lidar com clientes, são todos uns imbecis, e a papelada me deixa completamente entediado, como você

bem sabe. Victoria vai me sustentar enquanto eu procuro outra coisa para fazer. Um acordo bastante moderno, não acha? — A voz dele era áspera.

— E a alternativa? — sussurrou Isabel.

— A alternativa é mudar para Roma. Podia trabalhar com computadores, mas estou farto deles. O atual marido de minha mãe quer começar a exportar para os Estados Unidos; ele poderia ganhar com um sócio que fale inglês. Seria algo a tentar, veria se me agrada. Se não, haverá outras oportunidades.

— Parece um pouco incerto.

— A vida é mais divertida sem rede de segurança. — Ele sorriu arreganhando os dentes, os olhos a provocando. Parecia Michael quando planejava alguma aventura. Então ele deu de ombros. — Mas se você insistir em ser prática, há anos eu tenho um flat em Roma. No momento, está alugado, mas posso me mudar para lá, vender tudo aqui e usar o capital obtido para viver por algum tempo. O que você acha?

— Eu?

— Sim, você. O que você acha?

— Acho — disse Isabel lentamente — que odiaria estar no lugar de Victoria.

— Acha que ela seria infeliz? Humm, é bem possível.

— Às vezes você não vale nada mesmo. Não pensa nos sentimentos de mais ninguém? — Sabia estar à beira das lágrimas. — Tenho de ir. Preciso voltar para casa. — Fez menção de se levantar da cadeira, mas ele segurou o braço dela.

— Não vá ainda.

— Por que não?

— Não disse... Não contei a você... Sente-se, só por um minuto. Por favor. — Ela acomodou-se na beira da cadeira, mal conseguindo respirar.

— Disse que estava zangado com você naquela noite. E ainda estou zangado. Zangado porque... Não acho esse tipo de coisa fácil, Isabel. Falar sobre essas coisas. Você sabe disso. — Ele ergueu os olhos para os pôsteres de agências de viagem, todos brilhantes e ensolarados, enquanto a chuva caía lá fora. — Tenho sido muito feliz nesses últimos meses com você. Mais feliz do que me lembro de já ter sido. — Uma das mãos de Patrick tremeu quando ele pegou a xícara de café. — Sou bom em conquistar o que quero. Tomar o que me é oferecido, é isso o que tenho feito. Tome e você não se machuca. — Sorriu para ela e ela sentiu como se o coração tivesse derretido. — Pedir é que é difícil.

Ela apertou as mãos, contendo-as para que não o tocasse.

— O que você quer me pedir?

— Quero que você deixe Neil. Quero que deixe Neil e vá para Roma comigo. — Ele continuou sentado, imóvel. — Você vai? Vai comigo?

13

Isabel e Neil ficaram de pé na soleira, dando adeus para Moira e Ian. Pela janela do carro, Isabel pôde ver a sogra agitando mapas, os lábios se movimentando como se desse instruções a Ian. Iriam seguir para a casa da irmã de Neil, Heather, num intervalo da longa jornada de volta ao Norte. Isabel movia o braço de maneira mecânica, um sorriso fixo no rosto, como uma máscara. Neil a mantinha junto a si, abraçada. Ali estavam eles, na entrada da casa suburbana, com os dois filhos — um menino e uma menina, apropriadamente separados por dois anos, poucos passos à frente. A família perfeita. Exceto pelo fato de que, em vez de um firmamento tempestuoso e das folhas encharcadas na rua, a mãe via céus azuis e vinhedos.

— Bem, é isso aí — disse Neil, quando os pais finalmente foram embora. — Acho que eles se divertiram.

Isabel foi jogada de volta à realidade chuvosa.

— Você acha? Sua mãe só fez reclamar.

— Ela gosta de reclamar — disse ele. — Permite a ela algo para pensar que não seja a saúde de papai. — Entraram e Neil ofereceu-se para ajudar Isabel a arrumar tudo.

— Então hoje à tarde não tem jogo de rúgbi — disse Isabel, não conseguindo dar um tom inteiramente neutro à voz. Se Neil ouviu o toque de acidez, não percebeu.

— Não, houve uma enchente em Widnes.

Os restos do almoço de domingo estavam empilhados na cozinha. Isabel pôs-se a encher a máquina de lavar louças, jogando o resto de comida dos pratos na lixeira, separando talheres. Trabalhava com rapidez, desejosa de subir para o quarto e finalmente ficar sozinha. O que iria fazer a respeito de Patrick? Roma parecia glamorosa e excitante, mas também prometia uma vida terrível de pouco dinheiro e muitas privações. Se levasse as crianças significaria dar a elas uma infância parecida com a que tivera. Neil retirou as sobras de carne da carcaça de galinha assada e as dispôs num prato.

— Eu também os considero difíceis, você sabe — disse ele, enquanto cobria o prato com papel-alumínio e o enfiava na geladeira. — Não é só você.

Isabel olhou para cima, surpresa. Nunca ouvira Neil pronunciar uma palavra de crítica sobre os pais.

— Mas eles estão sempre falando sobre como você é maravilhoso.

— E todas essas indiretas sobre os negócios. — Ele pegou a travessa contendo o que restara das verduras e legumes.

— Negócios do seu pai? Você não tem nada a ver com isso.

— Exatamente. Mas caberia a mim assumir daqui para a frente. Sou a quarta geração. Foi fundado por meu bisavô, tem de ser mantido pela família. — Ele se inclinou para trás, contra a bancada da cozinha. — A vida toda fui responsável e fiz o que eles queriam. Não ocorreu a eles que eu não voltaria à Inglaterra e não assumiria a empresa. Então quando eu disse não... A ironia é que Heather teria agarrado essa chance com unhas e dentes, mas sequer passou pela cabeça do velho fazer a proposta à filha. Em vez disso, ele liquidou o negócio.

Isabel franziu o cenho.

— Não me lembro disso. Quando foi?

— Quando estava grávida de Michael. Eles presumiram que voltaríamos para cá quando tivéssemos filhos.

— Você não me contou nada.

— Não. — Ele parecia envergonhado. — Tinha medo de que você quisesse retornar.

— Então decidiu não me contar nada?

— Tinha de tomar a decisão sozinho. Decidir o que eu queria fazer.

— Você não me contou. — Isabel não podia crer que ele tinha mantido tamanho segredo.

— Não queria preocupar você.

— É como se você tivesse uma vida secreta.

— Não seja ridícula. — Ele colocou a travessa na geladeira e fechou a porta, batendo-a com força. — São águas passadas. A não ser pelo fato de que mamãe, ao falar da saúde de papai, sempre insinua que é culpa minha.

— E por que seria?

— Ah, ela diz que ele poderia ter vendido a empresa e se aposentado há anos. Estava só esperando que eu voltasse para o Reino Unido, mas agora a saúde dele está arruinada. Esse tipo de coisa.

Isabel tornou a pensar no fim de semana. Moira certamente falava um bocado sobre a saúde de Ian, mas nunca pensou que fosse para atribuir culpa a Neil. Chegara a imaginar que as insinuações da sogra visassem criticá-la por não cuidar bem de Neil, que trabalhava tanto.

— Não estou certo se voltar foi uma boa idéia — disse ele, de repente. — A vida é mais complicada aqui.

E como, pensou Isabel. Então foi tomada por uma certa desconfiança. Ele sabia algo sobre Patrick? Pôs-se a guardar os copos.

— Como assim? — perguntou tão casualmente quanto possível.

— Tudo. As pessoas. Parecíamos mais felizes no exterior. As coisas estavam arrumadas.

— Talvez arrumadas demais.

— Talvez. — Neil olhou para o chão e mexeu nos trocados que trazia no bolso.

— Sei que você não gosta que eu trabalhe... — começou a dizer, escolhendo as palavras com cuidado, mas Neil a interrompeu.

— Dia desses alguém disse algo sobre aquele homem. Disseram que ele tem uma reputação horrorosa.

— Que homem? — Sabia o que ele iria dizer antes mesmo que abrisse a boca.

— Seu patrão. Patrick Sherwin.

— Ah, ele — fez Isabel, como se conhecesse milhares de homens de péssima reputação. Para sua surpresa, estava completamente calma e controlada. Sentia-se como um ator que conhecia todas as falas de cor e tudo o que tinha a fazer era dizê-las para que a peça prosseguisse. — Sim. Já ouvi isso também. Quem foi que comentou com você?

— Não importa, foi só de passagem. Desculpe. Não devia ter dito nada. — Parecia tão culpado que ela teve pena dele. Pobre Neil, sempre se empenhava em evitar atrito.

— Não, tudo bem. Não me incomodo, de verdade. Ele tem uma reputação medonha, sei disso. — Aposto que foi George, pensou. É o tipo de mesquinharia que ele faria, contar a Neil sobre Patrick. Podia vê-lo, cotovelada, cotovelada, piscadela, piscadela, meu velho, melhor ficar de olho na sua mulher. Mas ele não sabia de nada. Não podia saber de nada. E ninguém sabia nada sobre os planos de Patrick, a não ser ela. Conseguiu enfiar espremida uma última xícara na prateleira de cima e fechou a máquina de lavar louças. Ainda se sentia inteiramente calma. — Patrick está saindo com aquela moça, Victoria. Você a conheceu, lembra-se? Na casa de Helen e George, no fim de semana passado.

— Sim.
— Prontinho. — Olhou em volta da cozinha já em ordem.
— Missão cumprida. Estou com um pouco de enxaqueca. Acho que vou deitar por dez minutos. — Deixou a cozinha e subiu as escadas, a adrenalina começando a pulsar em seu sistema nervoso, fazendo as mãos tremerem ao se apoiarem no corrimão. Já no quarto, caiu na cama, as mãos sobre o rosto. Era verdade que estava com dor de cabeça, o cérebro parecia ter inchado de tanta informação. Neil cheio de segredos, Neil fazendo perguntas sobre Patrick, Patrick pedindo a ela que o acompanhasse a Roma. Fechou os olhos bem apertados e rolou o corpo sob o edredom.

Roma.

Fantasiara sobre ir para a Itália com Patrick, mas nunca pensara realmente que ele a pediria que abandonasse Neil e o seguisse. Na semana passada, na casa de George e Helen, havia pensado que ele quase a odiava. Não havia ternura no modo como ele a pegou. Mas ele a amava? Na semana passada ela teria dito não. Mas e agora? Lembrava-se dele naquela manhã, sentado no café com as mãos trêmulas ao pedir que deixasse tudo para ir com ele.

Relembrou o beijo do lado de fora do pub, a primeira vez durante a tempestade na mesa da cozinha. Ela se espreguiçou, sentindo os dedos dos pés se alongarem, os dedos das mãos se distenderem. O corpo sentia-se forte, firme na cintura, os músculos rijos por causa da natação. Use-os ou perca-os, pensou, perdoando-se pela presunção. Passou as mãos sobre o estômago e pôde sentir o calor das palmas. A pele do abdome não estava esticada e chata entre os ossos dos quadris, admitia, mas ainda era macia e sem ondulações, tinha a consistência de uma nectarina madura. Não era algo flácido e intumescido. Fechou os olhos pensando no momento, na primeira vez, quando tinha trançado as pernas em torno dele e o empurrado para mais fundo. Tinha sido bom. Não, mais que isso. Maravilhoso.

Espreguiçou-se novamente, sentindo a luxúria tomar conta do corpo. Se decidisse ficar na Inglaterra, seria difícil desistir dos prazeres sensuais que o caso com Patrick lhe proporcionava. Mas se o seguisse, a sensualidade poderia minguar, como acontecera com Neil. Ela e Neil tinham sido felizes no começo do casamento, aparentemente combinados em suas necessidades e desejos. E se o desejo diminuísse com Patrick, o que sobraria? Mal o conheço, pensou. Sei um pouco sobre sua origem — todas aquelas irmãs —, mas não sei de que filmes ou livros gosta. Imaginou cada cômodo da casa dele, tentando lembrar se havia estantes ou, o que era mais provável, caixas de papelão cheias de livros. Não conseguiu visualizar nenhuma. Talvez Caro as tivesse levado após o divórcio, embora Caro não parecesse ter exatamente o perfil de uma leitora voraz.

Tudo o que temos em comum é sexo. Sexo, sem expectativas, sem exigências, isso é tudo o que oferecemos um ao outro. O que concordamos em oferecer um ao outro. Até agora. Agora ele quer que eu deixe Neil e vá com ele para Roma. Não, ele me pediu. Fechou os olhos lembrando-se do rosto dele, a expressão de ansiedade ao lhe fazer a proposta. Tinha sido penoso para Patrick dizer aquilo. Talvez a amasse.

E havia Neil. O leal, o confiável, o que escondera dela um segredo por quase dez anos. Só que ele mesmo não considerava que se tratara de segredo. Era uma decisão que precisara tomar sozinho, dissera. Ela podia perceber a lógica do raciocínio, mas nem por isso doía menos. Ele deveria ter lhe contado; deveriam ser parceiros, iguais dentro do casamento. Pelo menos deveria ter sido informada. Uma bolha de ressentimento flutuou em seu cérebro, lutando por espaço com todos os outros pensamentos e emoções.

Ela fez esforço para se livrar do edredom, empurrando-o para longe, e sentou-se na beira da cama. Se saísse agora ainda teria tempo de nadar um pouco, calculou, olhando para o despertador. Vestiu uma camiseta e um agasalho e escorregou escada abaixo. Encontrou Neil no meio dos degraus, com uma xícara de chá.

— Vou nadar — disse. — Está tudo bem com você?

Neil pareceu surpreso.

— E o seu chá?

— Tomo quando voltar. — Beijou a bochecha dele. — Tenho de sair já para não perder a hora.

A piscina não estava cheia, cada raia ocupada por um ou dois nadadores. Enquanto nadava revolvia os argumentos na cabeça. Você está segura. Neil não sabe de nada. Termine tudo e será como se nunca tivesse acontecido. Mas não posso, ela queria gritar. Não posso desistir dele. Mas não podia desistir de Patrick ou do sexo? Pensava sobre isso enquanto braços e pernas se exercitavam. Talvez pudesse encontrar em Neil o que queria. Tome a iniciativa, mostre a ele do que gosta. Fique com Neil, fique com seus filhos. Se ficar com Neil sei o que estarei fazendo todos os dias, de hoje até baixar no túmulo. Então procure ter uma vida mais intensa fora de casa. Esqueça Patrick. Não posso esquecê-lo, uma vozinha gemeu na sua mente. Eu o quero. Mas e quanto às crianças? Não pode deixá-las. Elas podem ir comigo. Vai ser divertido. Mais um país, sim, mas na Europa. Um pai novo, um pai que diz não querer ter filhos, um homem sobre o qual você nada sabe, exceto como ele a faz sentir na cama.

Nadou até o último momento possível. Todos tinham saído da água e por uns poucos minutos teve a piscina inteira só para si. Podia ouvir vozes ecoando ao redor, vindas dos vestiários. Nadou tentando levantar a menor quantidade possível de água. Os movimentos tornaram-se cada vez mais lentos. Os únicos sons eram o suave bater da água nas bordas azulejadas. Ainda imersa, ergueu meio corpo e soltou o cabelo, antes preso no alto da cabeça. Rolou de costas e boiou, sentindo os fios desprendendo-se em ondas. Moveu a cabeça suavemente e a massa de cabelo aos poucos se moveu e se enrolou. Fechou os olhos e ficou deitada, suspensa, braços e pernas espichados, a mente livre de qualquer pensamento.

Isabel combinara com Helen de aproveitarem o recesso escolar para caminhar com as crianças no jardim botânico. A maior parte das folhas tinha caído, transformando o chão num tapete escarlate e laranja. As mulheres sentaram-se tiritando no banco improvisado a partir de um tronco de árvore, enquanto as crianças faziam algazarra e brincavam correndo entre as árvores.

— Logo eles já não terão mais idade para isso — disse Isabel de repente, observando Michael sair em disparada e agarrar a irmã, e em seguida disparar novamente num redemoinho de folhas caídas.

— Oh, não, não diga isso — interrompeu Helen. — Odeio o modo como as crianças têm de crescer tão rápido nos dias de hoje. — Isabel ficou calada. Sabia que Helen cedia a todas as vontades dos filhos, que tinham televisão no quarto e discman. Michael havia comentado que Rufus iria ganhar um DVD player de Natal. Sem chance, disse Isabel a ele, ignorando os olhos tão cheios de súplica quanto o de um *cocker spaniel* faminto. Você não vai ganhar um. Mas, mamãe, tinha ganido ele. Não fique esperando, dissera ela, porque simplesmente isso não vai acontecer.

— Adivinhe? — Helen parecia entusiasmada. — George concordou que tenhamos uma piscina.

— Que bom. Quando começam a construção?

— Temos de esperar até que receba o bônus de Natal e, claro, precisamos também de autorização para o projeto. Acho que por volta da Páscoa. Estará pronta para o verão.

— Vai ser muito bom — repetiu Isabel, incapaz de se empolgar com a perspectiva da piscina de George e Helen.

— Você irá nos visitar e nadar. Sempre que quiser — acrescentou Helen, graciosamente. — Assim não vai mais precisar usar a piscina coletiva.

— Obrigada. — Isabel sorriu com os lábios apertados. Gosto da piscina coletiva, pensou, o almoço especial para as senhoras de idade: — nadar, uma xícara de chá e uma refeição quente por uma libra e meia. Era impessoal, mas amistoso. Mulheres nuas e pouco se importando com o que as outras pensavam delas. Não era como nas piscinas privadas, onde havia a competitividade entre pessoas que se observavam mutuamente, olhos giratórios sob óculos escuros da última coleção Dior ou Chloé. Ou pior, George a encarando. Detestava o modo como ele só falava com o olhar fincado nos seus peitos; seria ainda mais desagradável se estivesse em roupa de banho. Puxou o casaco para mais próximo do corpo.

— É gentil de sua parte me convidar, mas gosto de nadar distâncias longas — disse, no que esperava ser uma voz diplomática. — E isso só é possível numa piscina realmente grande.

— Você é quem sabe — disse Helen, com ar contrariado.

Isabel levantou-se.

— Hora de irmos. Está escurecendo muito cedo e estou congelando. Vamos tomar chá lá em casa. — Chamaram as crianças e começaram a caminhar rumo ao estacionamento, os pés batendo contra o pavimento. Isabel chutava as folhas a cada passo, provocando pequenas lufadas e torvelinhos. Se ontem tivesse sido um dia normal, e não recesso escolar, teria ido à casa de Patrick e hoje poderia estar sem condições de andar normalmente, sentindo-se machucada, inchada por fazer amor de maneira louca e passional no tapete junto à lareira, em frente ao fogo bruxuleante. Sorriu com o clichê e sentiu um arrebatamento de excitação. Se desistisse de Patrick jamais tornaria a experimentar aquele clichê particular. Não conseguia imaginar Neil em frente ao fogo, Neil com sua delicadeza, seu toque vacilante que às vezes a fazia querer gritar.

A semana toda ruminara sobre a vida com Neil e Patrick. Havia algo de muito provocante, de muito estimulante em estar com Patrick. Perigoso. Mas um perigo confortável, confinado às paredes da casa. Desde o jantar de Helen, a situação ameaçava vazar e inundar toda a sua vida. Victoria, Neil, a traição como pedras, esmagando-a e lhe tirando a vida. E agora Roma. Era impossível, claro. Não podia largar Neil. Ou podia? As folhas farfalhavam na trilha pisada por Isabel. Helen começou a falar sobre escolas, a ladainha de praxe. Isabel já ouvira aquele monólogo antes. Queria desabafar, dizer que se via numa encruzilhada. Que caminho devo tomar? Desejou poder ter uma boa conversa com Frances, como as que costumavam ter, não um palavreado tolo sobre banalidades.

Voltou a atenção para Helen, que debatia se Rufus seria aprovado nos exames de admissão.

— Mas será só daqui a quatro anos, não?

— É preciso que esteja preparado. — E Helen embarcou completamente no assunto, lamentando como as autoridades da educação pretendiam que as escolas fossem mais rigorosas com os exames de admissão, sem considerar se os candidatos eram filhos de ex-alunos. Isabel nem se incomodava em dar ouvidos à conversa. Apenas observava Michael numa carreira desabalada, a cabeça para trás, rindo para as outras crianças. Corria ligeiro, rodopiando e virando o corpo para escapar dos braços bem abertos da irmã e dos filhos de Helen, numa agilidade surpreendente para um menino que quase sempre parecia quieto e sedentário. Sossegado. Ainda correndo, aproximou-se, dançando na senda em frente à mãe, provocando-a para que se juntasse ao jogo, mas ela o enxotou, rindo. O garoto, então, apertou as mãos em torno da cintura dela e, por um segundo, se inclinou, o crânio cabeludo no peito dela. Isabel o abraçou, curvando-se para beijá-lo no alto da cabeça, transbordante de sentimentos maternais. E logo ele já estava livre, se afastando com um grito.

— Vamos correr em volta do lago! — E os dois garotos saíram aos saltos como lebres, separando-se e fugindo em direções diferentes no caminho em círculo.

— Meninos! Não sei de onde tiram tanta energia — disse Helen.

— Damos comida demais a eles, eu acho — murmurou Isabel, desatenta. Queria ficar sozinha com seus pensamentos, tentando resolver o que fazer. Era confuso ser duas pessoas ao mesmo tempo, conciliar a mulher que era com Patrick com a mãe de seus filhos. E até mesmo a esposa que era, ou não era, para Neil. Dormir com Patrick tinha acrescentado outra dimensão à sua vida. Uma dimensão excitante e certamente perigosa, mas sua vida não mudara. Ainda desempenhava os mesmos papéis, ainda caminhava pela mesma vereda já batida e conhecida. Ainda conversava sobre escolas e trivialidades domésticas como se a existência se resumisse a isso. Talvez tivesse chegado a hora de mudar, de cometer uma loucura.

O que ela faria em Roma? À parte ensiná-la a gostar de café espresso, Patrick tinha falado sobre o vibrante mercado em Campo Del Fiori, e ela podia imaginar-se fazendo compras, um imenso chapéu de palha sombreando o rosto e livrando-o da inclemência do sol romano, cheirando romãs com fragrância de mel e enfiando as compras numa bolsa de ráfia. Parecia romântico, mas talvez viesse a perder a graça e ficar tão banal quanto ir ao supermercado. Provavelmente seria fácil encontrar trabalho como professora de inglês, pois era sua língua nativa e já tinha experiência no exterior. Podia dar aulas particulares e ajudar

Patrick com o que fosse fazer. O problema era que tudo isso parecia comum, e ela ainda não experimentara unir Patrick a coisas comuns. Nunca tinham saído para ver vitrines juntos, nem tinham pedido comida fora, durante uma sessão de cinema em casa. Patrick sabia trocar pneu? Fusível? Talvez Patrick não levasse jeito para as coisas "comuns". Uma vez dado o salto, desistido da rede de segurança estendida por Neil, não haveria caminho de volta.

Teria então uma vida muito diferente em mais um país na sua longa lista e, possivelmente — não, provavelmente —, marcada pela incerteza financeira. Uma vida como a da infância, sempre se mudando, sem nunca saber o que aconteceria em seguida. Mas ela havia sobrevivido. Não fora o ideal, mas que infância era perfeita? Uma casa estável e segura para meus filhos, prometera a si mesma na época. Mas fora estúpido se deixar dominar por uma jura de criança.

— Não posso abandonar as crianças — dissera ela no café, e Patrick respondera que poderia levá-las. Patrick, o homem que tinha deixado muito claro que não desejava filhos, que não se interessava por crianças. Teria ele hesitado antes de dizer que os filhos poderiam acompanhar Isabel? Difícil lembrar, estava agitada demais durante a conversa. E é fácil demais se lembrar exatamente do que era conveniente. Mas por que ele iria gostar de viver com os filhos de um outro homem? E, considerando isso, Neil deixaria que Isabel carregasse as crianças? Ela não podia deixá-las. Pensou na mãe de Patrick. Imaginou-a de cabelos escuros e elegantes, mãos e pés pequenos. Largara o marido e seu tweed na poltrona confortável de couro e fora embora com um amante glamoroso. E abandonara seu menininho. Isabel seria capaz de fazer o mesmo?

Bateu os pés, mas as folhas que apodreciam lentamente transformando-se em lama abafaram o ruído. Katie e Millie trotavam à frente dela, pela trilha, levantando os joelhos em uníssono e mantendo as mãos para cima em frente ao corpo, como se segurassem rédeas. Katie carregava um longo pecíolo que golpeava de leve contra a coxa, de tempos em tempos. Rápido, rápido. De vez em quando, virava a cabeça e dava um pequeno relincho. Mundos de fantasia. Isabel sorriu.

— A festa da fogueira está chegando. E logo será Natal — disse Helen.

— Natal! — O pensamento a estarreceu. Sentiu que a vida estava dividida numa série de feriados escolares e eventos: Natal, Páscoa, recesso escolar. Sem interrupção, até que de repente as crianças se fossem e então... Então não haveria nada, apenas ela e Neil encalhados numa caixa que lhes servisse de casa. Não, nada disso. Haveria palestras na Sociedade de Decoração e Belas Artes, partidas de bridge e cursos de artesanato, pinceladas em aquarelas ou garatujas em óleo para a Mostra de Verão na biblioteca local. Sentiu-se como o hamster de Katie, correndo a vida numa roda diminuta que se tornava menor a cada ano. Era esse o preço de uma infância estável para as crianças?

— Está tudo bem com você? — Helen parecia ansiosa.

Isabel cerrou os punhos dentro dos bolsos, comprimindo-os tanto que pôde sentir as unhas formando crescentes pequeninas nas palmas das mãos, sob as luvas de couro. O lago estava sereno, a superfície ondulada somente por uns poucos patos nadando e que, desanimados, vinham à beirada em busca de pão. As árvores da outra margem refletiam-se na água com luminosidade intensa. Vasculhou a mente tentando achar o que dizer, algo que mostrasse que "estava tudo bem".

— Sabe esquiar?

Se ouviu o titubeio na voz de Isabel, Helen preferiu ignorar.

— Ahm — respondeu, meneando a cabeça. — Estamos reservando um chalé em Meribel. Vamos dividi-lo com a irmã de George e o resto da família.

— Que ótimo. — Isabel, a rainha dos chavões. — Já esteve lá antes?

— Sim, fomos no ano passado com os Fowlers, que vivem no outro lado de Milbridge. Ele estudou com George. — Helen baixou o tom de voz, embora não houvesse ninguém para entreouvir a conversa. — Mas foi horrível. Eles só faziam beber e brigar.

— Deve ter sido desagradável para vocês.

Helen começou a falar aos borbotões, detalhando os horrores de dividir um pequeno chalé com os Fowlers. Isabel tentou parecer interessada no mexerico. Poderia ser eu o tema da fofoca, concluiu com percepção penetrante. Se um deles descobre sobre mim e Patrick... E apertou ainda mais o cinto do casaco. Seria intolerável. Então pensou que poderia ir embora e deixar tudo para trás. Não precisaria saber o que as pessoas diriam a meu respeito. Na verdade, não precisaria rever nenhuma dessas pessoas. Poderia estar tomando banho de sol na Riviera italiana, com Patrick deitado a meu lado, ele com o corpo flexível e bronzeado. Notou que tinha sido uma longa semana desde que fizeram amor pela última vez, ou melhor, sexo. Primeiro Patrick havia se zangado com ela e depois haviam feito sexo. Não tinha sido uma boa semana e se sentira usada por ele. Mas o desejava agora. Revirou os olhos para cima com saudade e, ao abri-los, viu Rufus andando vagarosamente à frente, num ponto em que o caminho que circundava o lago juntava-se à trilha para o estacionamento.

— Onde está Michael? — perguntou Isabel a Rufus, interrompendo a torrente de mexerico e especulação a que Helen se dedicava.

Rufus deu de ombros.

— Sei lá.

— Como não sabe? Ele não estava com você? — A voz de Isabel era mais dura do que pretendia. Rufus mais uma vez deu de ombros. Isabel apressou o passo, adiantou-se às meninas e foi direto ao garoto. — Onde ele está?

— Estávamos apostando corrida no lago — disse ele, apontando para a outra margem. Isabel se esforçou para localizar a silhueta de Michael ao longe, mas não conseguia vê-lo. O caminho da outra margem não acompanhava todo o contorno do espelho d'água, mas derivava para uma pequena moita de arbustos, boa no verão para brincar de mocinho e bandido. Droga, pensou Isabel. É tudo o que eu preciso agora: Michael sumir de repente.

— Desculpe, Helen. Espero que ele esteja escondido nos arbustos à espreita para nos dar um susto. Vou dar a volta e trazê-lo. — Ela se afastou cheia de disposição, pensando: se eu o chamar, ele vai ficar caladinho. Então melhor deixar que me dê um susto.

O arbusto estava imóvel. Isabel explorou a folhagem, sentindo-se como uma isca e esperando que a qualquer momento fossem lhe saltar em cima com berros que fazem gelar o sangue. Mas os rododendros e loureiros continuaram imperturbáveis. Chegou ao fim do atalho. Olhando para trás, mirando o outro lado do lago, pôde ver Helen e as crianças reunidas. Por um momento pensou haver quatro pequenas silhuetas, mas não, eram apenas três. Ele tinha de estar entre os arbustos. Virou-se e caminhou de volta, dessa vez chamando o nome do filho. As passadas transformaram-se em corrida à medida que o pânico tomava conta dela.

— Achou? — O rosto de Helen era de ansiedade.

Isabel balançou a cabeça, sem querer pronunciar a palavra não.

— Talvez tenha ido para o carro.

Isabel meio que andava, meio que disparava pelo caminho até o estacionamento, onde só havia os carros dela e de Helen, ao lado de um solitário carvalho. Esquadrinhou o estacionamento. Nem sinal dele. Correu para reencontrar o grupo.

— Também não está lá. — Mordeu os lábios, querendo permanecer calada e assim evitar que o medo jorrasse de sua boca. Helen bateu de leve no braço de Isabel.

— Não se preocupe. Ele está por perto, em algum lugar.
— Sim.

Refizeram todo o trajeto, chamando por ele. Michael, Michael, Michael. O som reverberava pelas árvores, ricocheteando na superfície vítrea do lago.

— Ele sabe nadar? — perguntou Helen de modo meigo.
— Como um peixe. — Michael na piscina, pernas e braços finos em movimento, a cabeça para cima e para baixo da linha d'água, a expressão de concentração para manter os outros o mais longe possível. Michael o pescador, se inclinando na borda do lago a fim de analisar melhor a água. Isabel mirou os juncos em volta da margem, juncos nos quais mesmo um nadador competente poderia se ver enroscado. Mas o lago não era fundo, todos sabiam disso. Uma criança pode se afogar em poucos centímetros de água, foi a frase que pipocou na mente de Isabel. Mas não Michael. Não o meu Michael.

— Ele deve estar escondido — disse Helen com firmeza. — Não há outro lugar aonde ele possa ter ido. Não se preocupe. — Colocou os braços em torno dos ombros de Isabel e lhe deu um aperto breve. — Vamos encontrá-lo. — E abaixou-se para Rufus. — Rufus, quando vocês estavam correndo em volta do lago, viu alguém? Ou ouviu o barulho de um carro?

Rufus fez um gesto de indiferença.

— Acho que não.

Helen ajoelhou-se em frente a ele.

— Isso é muito importante.

— Talvez um carro. — O coração de Isabel congelou. Rufus contorceu o rosto com esforço, tentando espremer algo útil. — Mike é muito mais rápido do que eu e por isso conseguiu dar a volta completa no lago. Eu não o vi.

— Não ouvi barulho de carro quando estávamos caminhando — hesitou Helen. Depois virou-se para Isabel. — Você ouviu?

— Não. — Estava envolvida demais com meus pensamentos estúpidos para prestar atenção em Michael. Por favor, Deus, permita que ele esteja bem, rezou. Olhou em volta, mais uma vez sondando as aléias e árvores como se a força de vontade bastasse para fazê-lo se materializar. Mas não havia nada. Podia sentir o pânico subindo pela garganta e colocou as mãos sobre a boca para que não escapasse. Isso não pode estar acontecendo. Isso não está acontecendo. Por favor, não deixe que isso aconteça. Não. Fique calma. Pense. Controlou a respiração.

"Dê mais uma olhada no estacionamento. Vou voltar ao lugar em que estávamos sentadas. — Tencionava caminhar com tranqüilidade, mas seus pés irromperam numa corrida. A luz bruxuleava e os arbustos pareciam ameaçadores, sombras e folhas se fundindo, farfalhando à passagem dela. Escorregou nas folhas viscosas e instintivamente se agarrou num galho à procura de apoio. Era duro e não se vergava. Correu para a clareira, chegou ao banco onde tinha se sentado com Helen. Nada de Michael enfiado entre as plantas. No alto dos galhos, um faisão piou, anunciando a estação de caça. O barulho ecoou por todo o bosque como um fantasma. Isabel deu um giro, numa última olhada. Michael não estava ali. Começou a correr de volta, o coração aos sacolejos, os pulmões estourando. Viu a si mesma conversando com a polícia, depois rogando para que Michael fosse devolvido, são e salvo. Mais uma criança desaparecida, mais uma manchete de jornal. A fotografia que ele tirou na escola estampada na primeira página, o cabelo escovado com capricho, a gravata ajeitada, o sorriso com uma janelinha entre os dentes, os olhos inocentes. Quanto tempo se passara desde que sumira? Dez minutos? Quinze? Isso não está acontecendo. Não comigo. Isso acontece com outras pessoas. Passou pelo lago, a superfície de vidro escuro refletindo as árvores que mais pareciam vultos, de volta ao ponto onde os outros acotovelavam-se num pequeno grupo.

— Alguma novidade?

Isabel sacudiu a cabeça, sem fôlego, engolindo o ar noturno. Ela se abraçou, agarrou-se a si mesma como se tentasse evitar que se desfizesse enquanto o mundo inteiro também se desintegrava ao redor.

— O que você quer fazer? — Não sei, Isabel queria gemer. Quero meu filho de volta. As outras crianças estavam mudas, os rostos pálidos no crepúsculo, órbitas dos olhos escuras. — Precisamos pedir ajuda — prosseguiu Helen. — Não trouxe o celular. E você?

Isabel novamente balançou a cabeça.

— Não, eu o perdi. Sou uma idiota. Talvez possamos telefonar da vila. — Disse isso com relutância. Aceitar a necessidade de ajuda, de polícia, significava que tudo era real, que estava mesmo acontecendo. Tateou o bolso à procura da chave do carro. Não queria ir, não queria deixar Michael naquele lugar. "Fique onde você viu sua mãe pela última vez que ela vem buscar você", era isso que sempre diziam às crianças. Mas ela estava indo embora. Estava no carro. Não podia ir. Tinha de ir. Enfiou a chave na fechadura. Foi quando...

— Aha! — Michael saiu de trás do tronco de árvore e saltou nas costas de Isabel, que deu um rodopio e levou as mãos ao peito.

— Oh, Michael! — O choque de vê-lo, o alívio, fez seus joelhos vergarem. Ele dançava em frente à mãe, deliciado consigo mesmo.

— Peguei você, peguei você!

Isabel arremeteu um dos braços para trás e depois para frente, acertando o rosto de Michael, que cambaleou sob o peso do golpe.

— Nunca mais faça isso comigo — berrou ela. — Não ouse. — Então o agarrou, trouxe-o para mais perto, abraçando-o, envergonhada por ter agido com violência. — Desculpe, desculpe — murmurou para ele várias vezes. — Estava tão preocupada. Não sabia onde você estava. Pensei... pensei.... — O cabelo dele cheirava a mofo, o rosto quente onde ela o havia atingido. O corpo do menino era compacto, precioso, a única coisa que importava. Começou a chorar, soluçando e molhando o casaco do filho, soluços sem palavras que vinham de lugar nenhum. Chorava porque ele estava ali, com ela, em seus braços e em segurança, e chorava porque, ao perder Michael, encontrara resposta à pergunta de Patrick.

14

Isabel bateu manteiga e açúcar juntos até que a mistura ficasse uniforme e clara, quase branca. Lembrava-se de quando era criança e roubava punhados de massa da tigela usada pela mãe, para deixar a intensa doçura derreter na língua. É bem verdade que sua mãe nunca tinha batido a massa o bastante, nunca insistira até que o matiz correto de palidez fosse alcançado. Isabel quebrou os ovos numa xícara e os mexeu de leve; depois lentamente, gota a gota, acrescentou-os à manteiga transformada em creme. No fim, a consistência estava compacta e espumosa, não mais molenga e diluída. Peneirou a farinha, deixando-a cair como uma cobertura macia. Em seguida, com uma colher de metal, fatiou e fez pregas na mistura, minimizando, com cada corte, a quantidade de bolhas de ar que apareciam à superfície. Para encerrar, distribuiu a massa em duas fôrmas, alisou toda a extensão de cada um dos dois volumes, e colocou-as no forno. A porta foi fechada com um estalido que coroava o dever cumprido.

Colocou todos os apetrechos de lado e dedicou-se a correr um dos dedos em volta da vasilha para pegar os últimos resíduos da massa. Bolo cru era mais gostoso que bolo assado, pensou, mas só se podia comer em porções comedidas. Ainda assim, milhões de calorias acompanhavam cada lambida. Rapidamente, pôs tudo na lavadora de louças ou na pia, despejando água sobre a tigela para não se sentir tentada a se servir novamente do que sobrara. Havia se pesado naquela manhã e descobrira que perdera cerca de seis quilos. Deve ser a natação — natação e sexo. E já não estava comendo tanto. Enquanto observava a farinha que crescia sozinha, encontrou um pacote de bombons meio comido. Inesperado. Não acabou com o conteúdo restante; apenas fechou a porta do armário, com vagar.

É engraçado, pensou, mas quanto mais eu faço, menos preciso comer. Ocorreu a ela que não mais teria um emprego. Não que trabalhar para Patrick pudesse contar propriamente como um emprego, pois não recebera pagamento. Em parte por culpa sua, ela sabia: odiava receber dinheiro dele. O cheque de Patrick, preenchido com raiva, ainda estava dobrado na carteira de Isabel. Tenho de arrumar um emprego digno, um emprego de verdade. Não posso ficar novamente em casa, sentada, engordando e mergulhando na depressão. Ou talvez deva voltar a estudar. E se imaginou caminhando por um campus universitário ensolarado com um monte de livros debaixo do braço. Depois, acomodada sob uma árvore com outros estudantes de rostos reluzentes e sorrisos radiantes discutindo... o quê? Kierkgaard e Nietzsche? Não tinha certeza de como pronunciar tais nomes. Muito menos saberia discuti-los. Política? História? Literatura inglesa? Adorava ler, devorava romances clássicos quando criança e, já adulta, os havia redescoberto.

Guardou a balança da cozinha. Tinha sido cara, um presente de Neil no último aniversário de Isabel, estilo vitoriano, mas com seixos de prata polida como pesos. Equilibrou mentalmente: num prato da balança, Patrick, sexo e emoção; no outro, Neil, Michael e Katie. No fundo do coração, sabia que não havia disputa, mas brincava com a idéia de transferir os pesos para lá e para cá de modo que tornasse a decisão mais precisa. As crianças não podiam pender para o lado de Patrick, mas será que sexo e emoção poderiam pesar a favor de Neil?

Ajeitou a postura depois de guardar a balança no armário e

olhou ao redor buscando algo mais para fazer. A inquietação, aliviada pelo vigoroso bater de bolo, ameaçava se aproximar de novo. Seus dedos batucavam no tampo imaculado da mesa da cozinha. Percebeu que não só emagrecera como ainda se tornara mais dinâmica: quanto mais tarefas havia a desempenhar, mais conseguia realizar. A casa estava muito mais limpa e mais organizada agora que precisara limitar o trabalho doméstico a apenas dois dias da semana. Talvez devesse estudar física, a estranha expansão e contração do tempo de acordo com o quanto se tem a fazer. Tinha até mesmo conseguido fazer tabletinhos congelados de caldo de galinha. Aproveitara as sobras do frango servido no último fim de semana, preparara um caldo concentrado e o distribuíra em fôrminhas para gelo, para utilização em futuras receitas, exatamente como prescreviam os programas de culinária.

— Estava procurando por você. — Neil meteu a cabeça pela porta.

— Estava fazendo bolo.

— Mal posso esperar. Há anos que você não faz bolo. — Ele se inclinou contra a beira da mesa, parecendo sinceramente satisfeito com a perspectiva. De repente, sentiu-se tímida, como se o estivesse vendo pela primeira vez. Aquela primeira vez, quando ele a tinha salvado do embaraço do vestido desintegrado. Podia lembrar-se dele muito claramente, vindo pela pista de dança até ela, despindo o paletó, o rosto sério e sardento tomado pela preocupação.

— Senti vontade de tentar novamente. — Isabel encheu a chaleira com água, mais para se ocupar do que por conta de algum desejo irresistível de tomar chá. Seu desejo irresistível era por algo muito diferente. Passara-se muito tempo desde que estivera na casa de Patrick. Nove dias, para ser precisa. Poderia mostrar a Neil o que queria? Olhou de esguelha para ele e notou que desaparecera a barriga que tinha começado a desenvolver. Ele parecia bem e em boa forma, cheio de energia. As crianças ainda estavam assistindo a um filme. As fitas haviam sido alugadas como solução de entretenimento numa tarde chuvosa de sábado.

— Farto das formigas? — disse ela.

— Acho que é preciso TV *wide screen* para aproveitar todos os recursos do desenho. Ainda assim, está fazendo a felicidade das crianças.

Passou na frente dele para pegar leite na geladeira, roçando de leve e de propósito. Não estava segura de que ele havia percebido. Já com a jarra de leite nas mãos, foi até a mesa e lá a deixou. Neil estava muito próximo. Muito másculo. Muito diferente da suavidade de Patrick.

— Neil, o fecho do meu colar parece ter enganchado no meu cabelo. Pode dar uma olhada? — Virou-se para ele, levantando o cabelo e expondo a nuca. Sentiu-se levemente culpada, como se Neil estivesse proibido a ela, como se estivesse traindo Patrick. Mas excitada também, e sua respiração tornou-se mais acelerada. Os dedos dele tocaram, suaves, a pele de Isabel.

— Parece estar bem.

— Tem certeza? — Jogou-se para trás de modo quase imperceptível. Os corpos ficaram ainda mais próximos.

— Sim. — A voz de Neil estava mais alerta. Ela deu meia-volta e o beijou, correndo a língua sobre os lábios dele, esfregando-se em ânsias contra o corpo dele. A pele de Neil parecia áspera contra a maçã do rosto de Isabel, o bigode fazendo cócegas sobre o lábio superior dela, depois passeando sobre todo o rosto com beijinhos, nas bochechas, nos olhos, na testa. Ela lambeu a base da garganta dele, a ponta da língua sentindo o gosto salgado. Alguém real, conhecido, e ao mesmo tempo um estranho. O desconhecido era excitante. Beijaram-se mais ardorosamente, perdendo consciência do mundo ao redor, concentrando-se em estar juntos, agora. Ela tomou as mãos dele e as pressionou contra si.

— Toque-me — murmurou. A mão dele era vacilante; ela

precisou pressionar o corpo com mais força contra os dedos dele.
— Assim. — Beijou Neil ávida, profunda e plenamente, sem deixar de exercer pressão contra ele. O contato a fez perceber que ele estava rijo, que a desejava. Então escorregou uma das mãos pela frente das calças dele, ouviu-o suspirar enquanto o segurava com firmeza, com movimentos para cima e para baixo. Ele afastou-se dela.
— Lá em cima.
De mãos dadas, passaram sorrateiros pela porta da sala de estar, como adolescentes escapulindo ao controle de pais rigorosos. Depois, escada acima, as mãos de Neil queimando nos quadris dela. Isabel virou-se para ele, queria fazer tudo ali, mas ele a empurrou para o quarto e fechou a porta.

Isabel sacudiu os sapatos para fora dos pés e começou a se despir, a despir Neil, buscando-o, esfregando-se nele como se tivesse uma coceira desesperadora por todo o corpo. Podia sentir que estava molhada, que estava sôfrega por ele, querendo que ele a tomasse inteira. Caíram na cama, as roupas espalhadas pelo chão, as mãos tateando aqui e acolá, apertando, sondando, bocas unidas, respiração compartilhada, arfares. Ele escorregou os dedos para dentro dela, e ela gemeu de surpresa e prazer, pois não era comum Neil tocá-la assim. A mão dele nela era deliciosa, mas não suficiente. Quero que você me coma, ordenou ela, que me coma agora. Ele fez uma pausa, como se espantado, mas sem dizer nada escorregou para dentro dela, que se abriu inteira para ele. Por um momento, permaneceram imóveis, suspensos no tempo, aprisionados num momento que era só deles, concentrados no que estava acontecendo. Então começaram a se mexer, primeiro com vagar, retirando-se para o infinito, pairando lá como à beira de uma montanha-russa, depois mergulhando de volta. Isabel mudou de posição na cama, como Patrick havia lhe ensinado, fazendo com que Neil fosse mais fundo, fazendo-o mover-se mais e mais rapidamente, os dedos dela em convulsão cravados nos braços dele à medida que perdia todo o sentido de si mesma, do tempo, viva apenas para experimentar emoções que faziam-na vibrar, faziam-na gritar como se sentisse dor, inundada de paixão.

Deitaram-se, os rostos separados apenas por alguns centímetros, respirando em uníssono. Abraçavam-se, a pele brilhava sob uma escorregadia camada de suor. Vozes ternas, murmúrios que zumbiam doces pelo cômodo sossegado; falavam de assuntos frívolos, trivialidades, coisas sem conseqüência. Olhos fixos nos olhos um do outro, profundezas azul-claras examinando profundezas castanhas, buscando e encontrando respostas a questões não enunciadas. Aos poucos o mundo real os trouxe de volta, as cores perderam intensidade, os barulhos do lado de fora retornaram, uma voz de criança chamava. Lenta e relutantemente, quebraram o círculo mágico que os protegia e retornaram à vida mundana que exigia estarem vestidos. Mas não sem comentários espirituosos e brincadeiras ao lembrarem o que tinham acabado de fazer, sorrisos irrompendo repentinos, corpos curvando-se um em direção ao outro.

Isabel tirou o bolo do forno, um pouco moreno demais, mas não muito, apenas o bastante para fazer com que a casca, ao ser rompida pelos dentes, emitisse um ruído leve. Espalhou camadas generosas de geléia de framboesa, salpicando o topo com glacê. Na hora do chá, sentaram-se em volta da mesa, pai, mãe, crianças ruminantes, menino, menina, amantes. De vez em quando, os olhares de Neil e Isabel se encontravam, partilhando sorrisos secretos. O que havia de tão engraçado, as crianças insistiam em perguntar, e Neil e Isabel sorriam novamente e diziam, com ares de felicidade, nada. Não foi nada.

Isabel jogou a fita de vídeo na caixa coletora da locadora, ouvindo-a cair com um barulho seco. Uma vez feito isso, era hora de enfrentar a decisão já tomada. O jornal de domingo ainda estava no banco do carona, ao lado do leite, do xarope para fazer *treacle tart* e de um maço de alstroeméria comprado no supermercado. "Especialmente selecionadas por nós para você", foi a frase que a fez comprar de impulso, garantia de durar sete dias. Desejou já estar sete dias à frente

Ontem tinha ficado claro. Seu lugar era ao lado de Neil. Mas agora precisava contar a Patrick sobre o que decidira. Evitou fazer qualquer contato, torcendo para que ele simplesmente sumisse e ela pudesse fingir que nada jamais houvesse acontecido. Mas ele não sumiria; ele era real demais. Isabel já tinha visto isso acontecer com mulheres divorciadas. Tendo se livrado de maridos irritantes, davam um suspiro de alívio, pensando que poderiam seguir em frente e deixar os destroços para trás. Mas ex-maridos não eram como destroços de um naufrágio entregues à maré, que se incumbe de levá-los para longe; ex-maridos tinham vontades e ressentimentos. Ressentimentos enunciados de maneira tão feroz que, por vezes, o chamado comportamento civilizado degenerava em amargura, rompendo feridas mal curadas, reabrindo chagas, fazendo pulsar ulcerações vívidas.

Não temos uma história em comum para discutir, argumentou ela, tentando se convencer de que não havia motivo para temer a reação de Patrick. Ele tinha Victoria e nós somos adultos. Fez as chaves do carro tilintarem. Nunca se sentira especialmente adulta. Era Neil que era o adulto, Isabel percebeu, deixando que ela permanecesse infantil. Também não considerava que Patrick, o amante de outrora, fosse muito adulto. Ele tinha dito "sem lágrimas quando nos separarmos". Mas sabia que, no pensamento de Patrick, nunca seria ela a tomar a iniciativa de um rompimento.

Mais cedo, antes que todos se levantassem, escrevera uma carta endereçada a ele. Devia ir de carro até a casa dele e arriscar bater na porta? Ou mandar a mensagem pelo correio para que acabasse pousando sobre o capacho inexistente da porta da frente? Mordeu a ponta da unha do polegar, correndo os dentes pela beira, ganhando algum consolo com a familiaridade do seu próprio cheiro. O que fazer? O único modo honesto de terminar um romance parecia ser ficar cara a cara, mas não se sentia exatamente honesta. Podia imaginar Neil nas mesmas circunstâncias, triste, mas resignado. Não pensava que Patrick também reagiria assim. Sentia-se estúpida, parada no meio da rua fazendo cara de quem medita sobre algo crucial. Então foi até o carro e enfiou a chave na ignição. Tinha de tomar uma decisão, e rapidamente. Demorara muito para devolver uma fita de vídeo e comprar umas poucas coisas no supermercado.

Ajudaria se soubesse se Patrick estava ou não em casa. Se soubesse que estava fora, podia bater na porta e depois, sem haver resposta, deixar a carta e dirigir de volta para a segurança do seu lar, acelerada e com a consciência limpa. Quase imaculada. Mas se estivesse em casa... Poderia ficar bravo. Pior, poderia nem se dar conta do que ela queria e interrompê-la com algo como "Não seja tonta, mulher", e em seguida pegá-la de jeito. Não tinha certeza se resistiria a tanta confiança, caso ele agisse assim e partisse para o ataque. Viu-se gaguejando explicações, confusa sob o olhar divertido dele. E seu corpo, tão acostumado ao dele, vibraria e o acompanharia antes que pudesse se conter?

Não, não queria vê-lo em casa, estar sozinha com ele. Mas parecia medonho lhe escrever, uma saída covarde. Não seja tola, disse para si mesma. Isso parece ruim porque não dá a outra pessoa chance de responder, de apresentar a sua versão. E é isso o que você quer, não é? Sem caminho de volta. Deu uma olhada no relógio. Ele costumava viajar nos fins de semana, ela sabia. Talvez estivesse com Victoria. Mesmo que estivesse em casa, provavelmente ainda não teria acordado. Uma breve visão de Patrick, barba por fazer, desmazelado, atendendo a porta com os olhos turvos, a pele ainda morna da cama, veio à cabeça de Isabel. Resoluta, afastou a imagem para longe, engrenou o carro e deu partida.

A casa parecia deserta, as cortinas fechadas nas janelas de cima. Estacionou e saiu do automóvel, fechando a porta com cuidado para não fazer barulho. Olhou em volta, mas não viu o carro dele. Abriu o portão com cuidado e percorreu o caminho até a entrada. Apurou os ouvidos, mas não havia o menor ruído, então bateu bem de leve na porta da frente. O coração estava disparado, mas continuava de ouvidos atentos. Nada parecia perturbar o silêncio reinante do lado de dentro. Ainda dormia ou não estava em casa, pensou. Voltou ao carro e releu a carta inteira.

Manhã de domingo.

Querido Patrick,
pensei muito durante o recesso escolar e decidi que não posso ir com você para Roma. Não posso deixar meus filhos e nem levá-los comigo. Devo ficar e aproveitar ao máximo o que já tenho. Imagino que vá ficar zangado, mas espero que consiga me perdoar. Desde o início você me disse que não haveria arrependimentos, e ambos sabíamos que não duraria para sempre. Vivi momentos maravilhosos com você, mas não posso arriscar a felicidade das crianças. Seria um preço alto demais a pagar pela minha própria felicidade.
Com amor, Isabel

Encontrou uma caneta que acumulava poeira sob o banco e riscou a frase sobre haver um preço alto a pagar em troca da própria felicidade. Tratando-se de um rompimento, que fosse definitivo. Patrick não deveria saber quão difícil era deixá-lo. Releu o texto e, enquanto o fazia, lembrava-se do pai dizendo:

tenha cuidado com o que põe no papel. Ele era conhecido por nunca deixar nada por escrito.

Rasgou a carta em pedaços bem pequenos. Tateando pelo carro, encontrou uma folha pautada que tinha se extraviado da pasta em que Michael transportava a lição de casa. Fez uma pausa, sugando a ponta da esferográfica, e só então começou a escrever.

Manhã de domingo.

Querido Patrick,
Estive aqui para falar pessoalmente com você. Como não o encontrei, resolvi escrever essa carta. Por favor, perdoe o papel e a esferográfica. Decidi que, devido a compromissos de família, não posso mais trabalhar com você. Lamento deixá-lo em apuros, mas estou certa de que encontrará alguém para me substituir.

Mas um substituto trabalharia de graça?, pensou e, de repente, imaginou se Patrick tinha começado o romance para economizar o salário. Não, não podia acusá-lo disso. Embora a tivesse beijado, tinha sido ela quem iniciara o caso naquela tarde de tempestade. Parecia ter sido há muito tempo. Chupou a ponta da esferográfica em busca de inspiração. Com uma careta, escreveu:

Fique com o pagamento em troca do aviso-prévio.
Saudações,
Isabel Freeman

Não estava muito bom, mas teria de ser isso mesmo. Dobrou o bilhete em quatro e escreveu o nome de Patrick na frente. Na porta, hesitou por um segundo. Era o certo a ser feito? O que ela queria? Empurrou o bilhete rapidamente pelo vão da porta. Pronto. Foi-se. Tarde demais para mudar de idéia. Enquanto voltava ao carro, sentiu-se desoprimida. Sentiu-se bem por ter optado, por ter tomado uma decisão. Deslizou Mozart e seus concertos para sopro no CD player e cantarolou em voz alta, acompanhando a música alegre enquanto atravessava os poucos quilômetros que a separavam de casa.

15

A euforia da manhã de domingo desapareceu nas primeiras horas de segunda-feira quando Neil saiu para trabalhar, deixando-a sozinha na casa, deprimida e sem energia. Passou o dia ansiosa, temendo um telefonema de Patrick. Na cidade, cabelos úmidos nas pontas por causa da natação, caminhou ansiosa ao longo da calçada, esperando ver Patrick surgir e abordá-la. Nervos em frangalhos, matou o tempo na livraria, meio que olhando os livros, meio que espreitando a vitrine para ver se ele estaria na cafeteria italiana em frente. Quando levantou os olhos de *Organize sua vida de uma vez por todas!* teve a impressão de que ele a estava espiando, o rosto escuro na sombra; mas fora só um estranho qualquer que nem mesmo se parecia com Patrick. Notou que o homem no caixa a observava, presumivelmente por tê-la achado suspeita. Uma ladra de livros em potencial. Perturbada, comprou um exemplar de *Reacendendo a paixão: Redescobrindo as alegrias do sexo conjugal*, corando um pouco quando o livreiro, após ler o título, lhe fitou de esguelha. Escondeu o volume no fundo da bolsa de compras para o caso de esbarrar com Patrick e os olhos dele poderem enxergar através da sacola de papel.

Nadou todos os dias da semana. Na piscina, nas voltas de número ímpar, fixava os olhos na entrada do vestiário masculino, só por precaução; nas de número par, podia sentir a vista de Patrick queimarem suas costas através da água. Mas ele nunca estava lá. Nunca era ele quem emergia e vasculhava a piscina como se fosse o dono, puxando o calção de banho numa insinuação de que estava apertado, aliás como fazem todos os homens. Alguns dos nadadores tinham corpos lindos, ombros largos, afunilando para cinturas delgadas e pernas longas tão firmes que os músculos da panturrilha lançavam arcos de sombra em direção aos tornozelos. Os movimentos suaves desses rapazes na água faziam-na pensar em Patrick deitado languidamente na cama, apaziguado e satisfeito como um gato. Mas gatos têm garras. Esperava que Patrick as mantivesse guardadas.

Na terça-feira, no horário em que deveria estar trabalhando, começou a escrever cartas a serem enviadas aos amigos com um resumo de tudo o que acontecera com a família no ano que estava por se encerrar. Lutas e realizações, numa espécie de balanço que se repetia a cada dezembro. Era uma boa maneira de manter contato com pessoas a quem queria muito bem e que haviam se espalhado pelo mundo inteiro por imposições profissionais. Mas o que escrever?

> *Queridos,*
> *Foi um ano interessante. Mudamo-nos de volta para o Reino Unido — Neil agora tem um cargo importante na matriz da empresa — e eu consegui emprego e amante. Mas já mandei ambos às favas.*

Melhor não, embora uma mensagem assim operasse transformações profundas no blablablá sobre proezas menores. Lutou um pouco com frases triviais, antes de desistir. Em vez de preparar o texto, preferiu ler o livro recém-comprado e tentou reacender a paixão, ou melhor, tentou reacender com Neil a paixão que tinha com Patrick. Mas embora tivessem feito amor satisfatoriamente no fim de semana, Neil agora se mostrava desconfiado dos avanços dela, quase acanhado, como se aquela tarde de sábado pudesse ser enquadrada na categoria aberração. Ele se comportou como sempre e pareceu desconcertado quando ela tentou sussurrar sugestões ou mostrar a ele do que gostava. Acabou sentindo-se envergonhada, com a mesma sensação que teria se flagrada fazendo algo errado. O que de certa maneira fizera, pois tinha aprendido com Patrick como pedir e o que pedir. Depois da segunda tentativa, desistiu, e tanto ela quanto Neil se recolheram ao respectivo lado da cama.

Pensou muito em Patrick. Patrick rindo no jardim, Patrick andando com pressa pela sala enquanto falava ao telefone, Patrick se zangando e avançando pela casa batendo as portas e depois trepando com ela. Quarto, cozinha, escadas, não importava onde. Conhecia as características do piso e da mobília daquela casa melhor do que qualquer inventariante seria capaz. Patrick ficaria amuado ao receber a carta. Tinha certeza disso. Ficou pensando nele e no quanto ficaria irritado, a irritação transformando-se em paixão.

Na piscina, nadou veloz. Braços e pernas tremiam quando saiu da água. Duas vezes teve de se sentar enquanto se vestia, frouxa e exausta, as pernas tombando pesadas, os braços pendendo inúteis ao lado do corpo, esperando que o pulso se recuperasse e o peito retomasse fôlego para poderem voltar a funcionar. Não estou acostumada a nadar tanto, pensou. Amanhã vou tomar mais cuidado. Mas no dia seguinte, apesar de começar com cautela, acelerou o ritmo após umas poucas braçadas. Singrou as raias para cima e para baixo, contando mentalmente quantas voltas havia percorrido, repetindo o número em silêncio a cada movimento de inspiração. Até então, sempre nadara considerando o tempo, vinte minutos, meia hora. Tinha ouvido dizer que 64 voltas equivaliam a 1.600 metros. Então esse passara a ser o seu objetivo. Contava as viradas obsessivamente, o que mantinha o pensamento longe de Patrick.

Na sexta-feira já tinha se habituado a sentir-se mal toda vez que o telefone tocava e já se fartara de fazer vigília ao lado do aparelho, em agonia e conjecturas sobre atender ou deixá-lo chamando ao bel-prazer. A campainha tornou a soar e ela percebeu que estava entediada e com os nervos à flor da pele. Pegou o telefone.

— Alô? Oi, Mary! — Odiou-se por dizer isso. Nunca dizia oi. Tremendo por dentro, ouviu Mary lembrá-la sobre a Festa da Fogueira. Seu nome constava na lista dos que venderiam fogos de artifício. Tinha de admitir que esquecera completamente, embora naquela mesma manhã tivesse entreouvido as crianças conversarem a respeito do evento. A informação não havia sido devidamente armazenada pelo cérebro de Isabel.

— Soube que não está mais trabalhando para Patrick.

— É verdade. — A mão agarrou-se ao telefone, enquanto rememorava Mary chegando na casa de Patrick. Naquele dia, Isabel afirmara que Patrick era um colega, apenas o patrão. Logo percebeu que soaria estranho se não acrescentasse um comentário qualquer, de modo que falou: — Não deu certo. — Com o braço livre, fez um gesto que demonstrasse descontração, muito embora Mary, do outro lado da linha, não pudesse vê-la. Houve uma pausa breve. Mary obviamente estava analisando os comentários que poderia emendar, mas decidiu ficar calada.

— Bem, nos vemos à noite. — Foi tudo o que disse.

— À noite, combinado. — Isabel fez um gesto furioso com a cabeça, como se concordando contrariada.

— E, Isabel, não se atrase.

— Não devemos nos atrasar — disse Isabel, agasalhando as crianças com camadas de casacos e suéteres e procurando, entre as coisas compradas mais recentemente, luvas que combinassem. Era estranho como uma pessoa podia perder com tanta freqüência a mão direita dos pares de luvas, sempre a direita. Achou um par que cabia em Katie. Teve de retirar a menina do casulo de lã, calçá-la com as luvas e depois devolvê-la ao monte de roupas quentes. Tudo isso levou tempo.

— Não preciso de touca — disse Michael, sacudindo a cabeça para ficar longe de uma peça de lã azul, a menos enfeitada que Isabel conseguira localizar.

— Vai estar gelado — disse Isabel, enfiando a touca na cabeça do filho. — Você não está acostumado ao frio. Vamos, temos de ir embora. — Correu à cozinha para pegar as chaves do carro e verificar se o bilhete de Katie ainda estava ali, à espera de Neil.

Querido papai, fomos para a Festa da Fogueira. Aqui está uma entrada para você, caso chegue em casa a tempo.
Beijos, Katie

Isabel havia ditado as palavras; os beijos eram todos de Katie. Tanto amor, ela pensou. Tantos beijos para serem contidos num espaço tão pequeno. Suspirou, depois deu um gritinho ao consultar o relógio da cozinha e agarrou a cesta de compras.

— Caramba! Rápido. Todos no carro.

As crianças, excitadas por estarem saindo à noite, tagarelavam com as vozes agudas enquanto o veículo avançava pelas ruas. Quantos cachorros-quentes, quantos doces, quantas bombinhas ganhariam? Milhões, bilhões, trilhões, zilhões. Eles disputavam, dando gritinhos de satisfação. A empolgação das crianças era contagiante, e Isabel sentiu-se entusiasmada também, muito embora o tempo estivesse ruim, ameaçando chuva, nuvens escondendo as primeiras estrelas. A lua era um filete prateado de luz difusa pairando suspenso no horizonte.

O carro de Isabel não era o único no estacionamento, mas fora uma das primeiras a chegar. Apresentou-se na sala de aula que usavam como quartel-general da Festa da Fogueira, bufando um pouco por causa da correria. As luzes fluorescentes pareciam horrivelmente brilhantes para quem havia acabado de deixar a escuridão do lado de fora. Acenou com a cesta de compras.

— Cá estou eu. Onde estão os fogos de artifício?

Justine se afastou de um grupo entretido com as carrocinhas guarnecidas de fogareiros.

— Nessa caixa. E os fósforos estão aqui. Mary está com todo o dinheiro, inclusive para troco.

— Está tudo indo bem?

Justine fez uma careta.

— Helen esqueceu-se de vir cedo para acender as grelhas das carrocinhas e do tonel das bebidas. Então o quentão está frio e vamos vender cachorros-mornos em vez de quentes. — Ela baixou a voz. — Mary teve um rompante, gritou com Helen e depois se afastou, furiosa. Parecia que toda a comunidade da escola estava sob o risco de uma intoxicação alimentar.

Um rompante como o de Patrick, avaliou Isabel, as entranhas se revirando só de pensar nele.

— Ela foi grosseira, realmente; não estamos no Ritz — sentenciou Justine, tranqüila.

— Parece que perdi a cena — disse Isabel, acompanhando o tom sereno de Justine. Olhou na direção contrária e viu que as bochechas de Helen ainda estavam coradas. — Pobre Helen. — Decidiu não demonstrar que se compadecia de Helen; só serviria para chamar ainda mais atenção para o incidente. Diria alguma coisa mais tarde. Abarrotou a cesta com quantos fogos de artifício e fósforos fosse possível e saiu. A noite estava muito escura, iluminada somente pela luz que vinha dos prédios da escola. Gostaria de ter-se lembrado de trazer uma lanterna. Esse era o problema em estar sempre correndo, tentando não se atrasar: acabava por esquecer as coisas. As crianças tinham se juntado a Rufus, Millie, Rachel e várias outras e estavam correndo por ali, ziguezagueando pela relva sombria. Chamou Katie e Michael.

— Vão acender a fogueira daqui a pouco.

— Onde? — Katie olhou em volta, os olhos grandes sob a touca.

— Bem ali, no alto do campo, o mais longe possível da escola. — Isabel apontou na escuridão, embora fosse impossível enxergar qualquer coisa. — E meia hora depois há o espetáculo com fogos de artifício. Tomem cuidado.

— Lembrem-se, lembrem-se do 5 de novembro — cantou Michael.

— Aqui está dinheiro para os cachorros-quentes e doces. A mãe de Rufus está servindo; ela vai ajudar vocês. Por favor, tome conta de Katie, Michael. Não vou estar longe se precisarem de mim ou se tiverem medo.

Michael riu, altivo.

— Você pode ficar bem, mas Katie talvez se assuste — disse ela, rapidamente. — Vou estar por aí. Se me perderem de vista, vão até a sala de aula onde está a comida.

Deu a cada um deles um pacote de chuvas de prata, não sem antes acender um dos palitos, para demonstração. Os meninos saíram em disparada pelo gramado em direção ao alto do campo que, com um certo exagero, era considerado, no verão, pista de atletismo. As fagulhas descarregadas pelo artefato davam a Michael e Katie a impressão de serem obra de um exército de Fadas Sininhos escandalosas.

Faróis de carro começaram a iluminar o caminho do estacionamento, primeiro irregularmente, depois num fluxo constante. Isabel vendia fogos de artifício a pais e filhos, em meio a diálogos breves e sem sentido com a maioria deles. "Tomara que o tempo continue bom" ou "Quando começa o show pirotécnico?"

As crianças escreviam seus nomes no ar com faíscas ou balançavam grandes arcos de brilho néon que clareavam as trevas, os desenhos demorando-se no ar antes de se dissolverem na noite. Os pais conversavam alto, abastecidos por quentão, assistindo a meninos e meninas correrem livres. A fogueira ardia para além da relva no alto do campo, um farolete que pouco a pouco ia atraindo os presentes. O primeiro fogo de artifício subiu, um grande foguete que explodiu num crisântemo de pétalas verdes, devidamente acompanhado por um estrondo de trovão. Todos ficaram boquiabertos.

Isabel vendeu a última das bombinhas, ainda espremida na multidão aglomerada na parte mais alta do campo. Pensou em voltar para pegar uma nova remessa. Olhou na direção da escola. Pelas janelas grandes podia imaginar as mulheres da Associação de Pais e Mestres, figuras espectrais batendo papo no ambiente aquecido. Elas estariam ultimando detalhes e preparando a próxima investida frenética de comidas e bebidas para coroar o fim da exibição de fogos de artifício. De pé, sozinha no ar frio da noite, sentia-se dividida entre ficar com a multidão e assistir ao restante do espetáculo pirotécnico ou continuar cumprindo a tarefa, o que significaria percorrer todo o caminho de volta para se reabastecer de artigos pirotécnicos. Quero ficar com meus filhos, pensou, emitindo interjeições de pasmo e deleite como todos os demais. Mas as crianças estavam na frente da massa, alheias ao barulho que a tinha feito tremer involuntariamente. Não precisavam dela e não conseguiria chegar até eles, mesmo que assim quisesse. Olhou para a cesta vazia. Sabia o que deveria fazer.

Com relutância, começou a caminhar, voltando as costas para a multidão e para os fogos. A escuridão apressou-a, fazendo-a tropeçar, e o dinheiro que tinha amealhado quase caiu da cesta. Parou e juntou tudo; com as mãos frias, colocou a féria num saco plástico que trazia no bolso e cuja boca amarrou com dificuldade. Quando chegasse ao prédio da escola, decidiu, não voltaria para se juntar ao povo. Ficaria para um papo, talvez bebesse um pouco de quentão. Na sala de aula que funcionava como quartel-general não havia sobrado muitos pacotes de pequenos explosivos para vender.

Ao passar pelo cedro-do-líbano, parte do tronco se separou e se transformou numa figura, fazendo-a pular.

— Deus, você me deu um susto — disse ela, mão no coração.

— Não era essa a minha intenção. — Um foguete explodiu no céu negro e inundou o rosto de Patrick de uma luz verde pálida. — Mary me disse que a encontraria aqui. Estava observando você. — A voz dele era firme, mas no breve instante em que a claridade foi intensa, viu que o rosto trazia linhas profundas. Então o fulgor diminuiu e tudo era sombra novamente.

— O que você quer? — Podia ouvir o medo na própria voz e agarrou a cesta vazia na frente do corpo.

— Ora essa, quero você. O que mais poderia eu querer aqui? — Ele deu um passo à frente e involuntariamente ela recuou. Há centenas de pessoas em volta de mim, ela pensou. Não há perigo. Mas tudo o que podia ver era a escuridão. O ser humano mais próximo estava a cerca de cinqüenta metros de distância, atrás das janelas.

— Isso você não pode ter. — Tentou fazer com que a voz soasse serena. — Não estou disponível.

— Não está disponível? — repetiu ele, a voz quase ronronando enquanto se aproximava mais um pouco de Isabel. Ela não arredou pé.

— Não, não estou mais. Disse a você, na carta.

— Ah, sim, aquele documento encantador. — Ele agora estava bem perto, a silhueta escura contra a escola. Sempre adorara a voz dele. — Sabe que não acredito em você.

— O que quer dizer com isso? — Corra, a mente de Isabel gritou. Corra. Mas ela não se mexeu.

— Acho que você está disponível, sim. — Tirou a cesta de entre os dedos de Isabel e a largou no chão. As mãos dele tomaram o rosto dela, o toque áspero contra a pele. Procurou manter o corpo retesado e impassível enquanto ele a beijava, os lábios cerrados como se estivessem presos com grampos. Tentou, mas podia sentir que já estava pronta para reagir. Levou as costas até a árvore, ignorando os pés trôpegos, e empurrou o corpo contra o tronco. Ele se curvou em direção a ela, prendendo-a com seu peso, enquanto uma das mãos abria os botões do casaco e tateava entre as roupas dela, puxando a calcinha para baixo.

— Não — disse ela, se livrando dele com uma torção de corpo. — Não quero...

— Quer sim... Posso sentir que quer. Está ficando molhada por minha causa.

— Oh, Deus, não. — Involuntariamente, suas costas se arquearam, o corpo pronto para responder ao dele. — Por favor, não... — A respiração de Isabel estava pesada e ela virou a cabeça, lutando por dentro com as reações provocadas pelos dedos de Patrick. As mãos cravadas nos ombros dele. Não podia, não ali. Mas era tão bom. Tão bom. Especialmente depois da rejeição de Neil.

— Por favor... — disse ela, e não sabia se isso significava "por favor, pare" ou "por favor, não pare".

Ele estava abrindo o zíper da calça. Precisava detê-lo.

— Não — gemeu.

— Mas você quer que eu faça isso... — A voz dele zumbia perto do ouvido dela.

— Não...

—... aqui? — A voz de Patrick na escuridão era de triunfo. — Todo mundo vai estar ocupado durante os próximos dez minutos. Ninguém vai pegar você. — Ele se colocou entre as pernas de Isabel, as mãos nos quadris dela, pronto para tomá-la. Se eu fizer isso agora, estou perdida, pensou, e para reagir, gritou:

— Não, eu disse não. — E afastou-se com um movimento brusco.

Ele não conseguiu forçá-la, e praguejou:

— Sua puta miserável. — Aproveitando a oportunidade, Isabel se esgueirou para o lado, livrou-se da pressão do corpo dele, e correu para a escola, o casaco aberto, os pés tropeçando no escuro, estorvados pelas roupas. Tinha a respiração curta; expirava névoa branca no ar frio da noite. Por trás, no alto, choviam estrelas cadentes e urros da platéia.

As luzes da sala de aula estavam acesas e podia ver as integrantes da Associação discutindo, alheias à louca escapada que acabara de empreender. Desviou delas e seguiu para a lateral do prédio, totalmente às escuras. Encolheu-se atrás de uma janela de sacada e abaixou-se, abraçando os joelhos contra o tronco. Se ele a encontrasse, não seria capaz de fugir de novo. Sentiu que seu corpo estava marcado por Patrick, como os desenhos deixados no ar pelas chuvas de prata mesmo após as centelhas terem se extinguido. Apertou os olhos e os manteve fechados. Tinha de retomar o controle sobre si mesma. A respiração lentamente voltava ao normal. Ouviu vozes vindas das proximidades, aos poucos se tornaram mais audíveis e Isabel concluiu que a exibição pirotécnica tinha acabado. Se Patrick havia procurando por ela, a essa altura já teria desistido.

Levantou-se devagar, os joelhos rangendo. A saia estava amassada, a meia-calça, rasgada. Arrumou as roupas, alisando-as. Ficariam escondidas sob o casaco. Refez o caminho, de volta à festa. Percebeu que seus sapatos estavam enlameados e tentou se livrar da crosta raspando as solas contra o pavimento, se equilibrando, vacilante, sobre uma perna só, uma após a outra. Parecia haver centenas de pessoas em volta. Crianças davam gritos estridentes para abrir passagem entre os adultos. Apurou a audição: Mary estava fazendo o sorteio. Não via motivo para atravessar aquele mar de gente. Então, se recostou contra o prédio, de repente exaurida pelo esforço de se manter de pé.

— Mamãe, mamãe, onde você estava? — Michael se destacou da massa e se aproximou, seguido de perto por Katie. O menino se esquivou à tentativa de Isabel de acariciá-lo na cabeça. — Não. Onde estão os nossos ingressos?

— No meu bolso, acho. Espere. — Ele se balançou para a frente e para trás enquanto a mãe fazia busca nos bolsos do casaco.

— Rápido, mamãe — implorava Katie. Sentia-se muito estúpida e lenta, como se as mãos estivessem desconectadas do cérebro.

— Aqui estão. — Pegou várias tiras de papel azul, que Michael tomou para si e estudou com atenção.

— Azul, 36. Já anunciaram esse número.

— Oh, querido. — Queria amenizar a situação. — Não tem importância. — Michael não prestou atenção. Agarrou a mãe pelos pulsos e puxou.

— Vamos. — Aos empurrões, ele cruzou a multidão, rumo a Mary. Isabel seguia-o docilmente.

— Desculpe — repetia ao esbarrar nas pessoas. Suas pernas não pareciam funcionar bem. — Desculpe.

Findo o sorteio, a massa começou a se dispersar, desfazendo-se em blocos menores. Michael não hesitou e continuou a marchar direto até Mary, arrastando Isabel.

— Com licença — disse ele, muito educado. — Minha mãe tem o azul, 36.

Mary virou-se com um sorriso.

— Isabel, você está um pouco atrasada.

— Antes tarde do que nunca — respondeu, sem resistir à malcriação. — Michael acha que ganhou alguma coisa.

— Azul, 36? — Mary consultou a lista que tinha em mãos. — Sim, ganhou alguma coisa. Está separado para você, lá dentro. — E indicou a sala de aula.

O rosto de Michael se iluminou e ele correu para receber o prêmio.

— Obrigada, Mary — disse Isabel, sendo tão educada quanto fora Michael há alguns segundos. Pegou uma das mãos de Katie e seguiram para a sala de aula, onde Michael já estava junto a uma mesinha cheia de caixas e garrafas de uísque. A seu lado, havia um homem, um homem com uma cesta no braço. Isabel parou petrificada na soleira da porta. Em meio ao barulho de mulheres fazendo a limpeza, pratos que se chocavam e tagarelices, podia ouvir vozes masculinas, mas não conseguia distinguir as palavras.

Katie empurrou-a para a frente.

— O que é isso? O que nós ganhamos?

Isabel acompanhou a filha com passos vacilantes, como se caminhasse sobre cacos de vidros.

— Aqui está! — A voz de Michael era de vitória. Sacudia uma caixinha de madeira. — Veja, mãe. — Virou-se para ela, e de pronto perguntou: — O que é isso?

— Charutos, eu acho. — Para sua surpresa, a voz saíra normal. Patrick voltou o rosto na direção de Isabel. Tinha ares de campeão. Ela foi até Michael e pegou a caixa, abrindo-a. — Não, são cigarrilhas. Charutos pequenos.

— Muito úteis. — A voz de Patrick era sardônica.

— Tenho certeza que sim. Vamos, crianças.

— Então estes são os seus filhos.

— Sim. — Pegou novamente Katie pela mão. — Vamos, Michael. Papai está em casa esperando por nós. — Desejou que Michael se adiantasse e viesse até ela.

— Ora, papai vai demorar muito para chegar em casa. Ele nunca chega cedo. — O menino ocupava-se em examinar outros prêmios. — Olhe essa garrafona de uísque. É como aquelas que vovô traz para nós. Quem beber isso tudo vai ficar muito bêbado.

— Deveria ter imaginado que eram seus filhos. — Patrick agachou-se para ficar à altura de Katie. — Olá. — Katie aninhou-se no casaco de Isabel, escondendo metade do rosto. Ele estendeu a mão e tocou o cabelo da menina. — Bonita — disse. — Como a mãe. — E levantou-se. Estava muito próximo de Isabel.

— Michael, agora venha — chamou, sem conseguir evitar um certo tom de aborrecimento. Relutante, o menino foi até a mãe, segurando a caixa de cigarrilhas.

— Posso ver? — Patrick esticou uma das mãos e Michael lhe entregou o prêmio. — São de muito boa qualidade. Vai gostar deles.

Michael fez os olhos rolarem nas órbitas.

— Não seja bobo, sou muito novo para fumar.

— Verdade. Você sabe quem eu sou? — Michael sacudiu a cabeça. — Sua mãe trabalha para mim.

— Trabalhava. Trabalhava para você. Não trabalho mais — sibilou Isabel. Patrick a ignorou.

— Meu nome é Patrick, e o seu?

— Michael. — Apertaram-se as mãos, a de Michael pequena e confiante dentro da de Patrick.

— Michael, já vamos. Agora. — Isabel saiu, arrastando Katie, rezando para que Michael a acompanhasse. E percorreu veloz o trajeto que levava ao estacionamento. Katie teve de trotar para não perder a mãe de vista. Uma outra família vinha à frente, passeando, e Isabel teve de reduzir o passo. Ouviu passos e arfadas atrás de si e logo Michael estava a seu lado, bufando exageradamente após uma breve corrida.

— O último a chegar no carro é mulher do padre — gritou ele e arremeteu com Katie escuridão afora. Isabel acelerou o ritmo para alcançar as crianças, temerosa de que decidissem brincar de esconde-esconde. Mas, ao chegar no estacionamento, viu que estavam encostadas no carro. Destrancou o veículo e Michael e Katie entraram aos trambolhões. Estava se ajeitando para sentar-se ao volante quando escutou a voz de Patrick.

— Esqueceu isso. — Ele segurava a cesta.

— Pare de me seguir. — Sentia-se encurralada entre os carros estacionados. Fechou a porta para que as crianças não pudessem ouvi-la.

— Pode agradecer.

— Agradecer pelo quê?

— Ora, por devolver isso, claro.

— Não teria perdido se não fosse por sua causa. — Recolheu a cesta, tornou a abrir a porta do carro e a jogou no banco do carona. Fez menção de voltar ao volante, mas ele esticou o braço, obstruindo a passagem.

— Você não deveria fugir de mim.

Furiosa, ela o encarou.

— Você praticamente me violentou — sussurrou com raiva.

Ele riu.

— Não seja ridícula. Você me quer tanto quanto eu a quero.

— Não.

— Por que mente para você mesma?

— Tenho de ir.

— Por quê? Papai vai demorar muito para chegar em casa. — A voz dele era de zombaria.

— Vá embora. Vá embora. — Empurrou o braço dele e entrou no carro, batendo a porta com força. As mãos de Isabel tremiam e foram necessárias duas tentativas para enfiar a chave na ignição. Saiu em disparada da vaga, sem nem mesmo olhar pelo retrovisor, ganhando com isso uma buzinada de censura vinda de um automóvel que por pouco não acertara em cheio. Acelerou para deixar a escola o quanto antes.

Neil estava em casa quando eles chegaram.

— Divertiram-se? — saudou-os, sentado diante da televisão.

As crianças correram para cumprimentá-lo. Isabel manteve-se afastada, sem saber se poderia olhá-lo de frente. O telefone tocou e ela atendeu sem pensar.

— Preciso ver você — disse Patrick.

— Não, me deixe em paz. — Mas não desligou.

— Não seja tão melodramática. Só acho que precisamos conversar.

— Não temos nada para conversar.

— Você sabe que temos. Não é justo me abandonar assim. — Ele deixou as palavras suspensas no ar. Não é justo. Ele suspirou. — Pedi a você que viajasse comigo, ofereci tudo o que tenho e você me mandou aquela carta. Acho que me deve uma explicação. Vamos nos encontrar para almoçar e conversar.

— Faço natação na hora do almoço.

— Não todos os dias, certamente. Vamos ao pub se você quiser. — Ele deve ter percebido que Isabel inspirou profundamente e não demorou a acrescentar: — Ou qualquer outro lugar. Você escolhe. — Ela pressionou o telefone contra o ouvido como se pudesse recolher os pensamentos dele através da meada de fios que os conectavam, mas permaneceu muda. Pensava no episódio em que fora posta contra a árvore e permitira que ele lhe abrisse as pernas.

A voz de Patrick não se calava, sedutora e baixa.

— Quando estávamos juntos, nunca a levei para um bom almoço. Deixe-me fazer isso agora.

Ela hesitou.

— Não sei.

— Você tem uma grande dívida comigo.

— Depois de hoje à noite, não devo nada a você. — A voz de Isabel era ríspida, fria.

— Desculpe. Pensei que você quisesse tanto quanto eu.

Ele fez uma pausa e ela sabia que era hora de dizer "não, você está enganado". Mas as palavras não saíram.

— A casa parece vazia sem você — disse ele. — Sinto sua falta.

Também sinto a sua, pensou ela. Apesar de tudo, apesar da decisão que havia tomado. Podia ouvir as vozes estridentes e os risos de Michael e Katie, contando para o pai sobre os fogos de artifício. Apoiou a cabeça contra a parede.

— Não posso mais me encontrar com você, Patrick. É impossível.

— Vamos ser amigos. Não vamos terminar tudo de maneira tão ruim, não como hoje à noite.

— Tudo bem. — A voz dela era pouco mais que um sussurro. — Mas não no pub.

— Não, sem problema. Que tal o lugar novo que abriram na cidade? Aquele afastado da praça do mercado?

— Bentham's?

— Amanhã? Meio-dia e meia?

Ela engoliu em seco.

— Apenas para dizer adeus de maneira civilizada. Nada mais.

— Nada mais.

Pausa. Então ele disse:

— Vejo você lá.

— Sim.

Ele colocou o telefone no gancho gentilmente e após alguns segundos ela fez o mesmo.

Isabel passou em frente ao Bentham's, ainda em busca de vaga para estacionar. Avistou o carro de Patrick e sentiu aquela pontada típica diante de algo que nos traz recordações importantes. Notou que havia espaço logo adiante. Engatou a marcha à ré, puxando o volante com força para encaixar sua caminhonete. Teve dificuldade em se concentrar na manobra; correra um bocado para chegar a tempo. Verificou a maquiagem no espelho. Os olhos estavam brilhantes, as bochechas rosadas como as de uma mulher que vai ao encontro do amante.

Examinou-se mais de perto. Blusa de malha de lã decotada, abotoada na frente, e sem camiseta por baixo, de modo que o tecido colava nos seios. E saia-envelope. Trajes adequados para uma mulher de atitude. Fechou os olhos e recostou a cabeça no volante. A quem estava enganando? Não era para dizer adeus, era para recomeçar tudo. Tinha arranjado até mesmo para que naquela tarde as crianças fossem tomar chá na casa de Helen, assim poderia vadiar depois do almoço. Vadiar até chegar à cama.

Já tomei minha decisão, e era a decisão correta, pensou. Tenho de me manter firme. Não posso abandonar meus filhos e eles precisam ficar aqui, então é aqui que vou ficar. Ir para Roma com Patrick é impossível. Mas o que você quer, respondia uma voz interior, é estar com ele, começar tudo de novo, a excitação.

Estou viciada nele, pensou. E ele a esperava. Só tinha de sair do carro e ir até ele. A alternativa era a abstinência. Difícil, mas não impossível. Nada de se desintoxicar aos poucos. Tal pensamento fez seu estômago se contrair, pensando em Patrick, aquele momento de agonia e delícia pouco antes de ele se lançar num mergulho. Não. Sentou-se. Não pense nisso. Pense nas crianças. Pense em Michael e Katie. Tenho de ir embora. Não posso me encontrar com ele. Vá embora. Vá embora já. Deu partida no carro e saiu, o coração aos pulos, tomando um caminho qualquer, aleatoriamente. Uma placa indicando a estação ferroviária chamou sua atenção e ela entrou na estrada, estacionou e foi até o balcão de venda de passagens.

— Quando sai o próximo trem?
— Para onde?
— Para qualquer lugar. — O homem a fitou como se estivesse diante de uma louca.
— O intermunicipal para Londres deve chegar em cinco minutos.
— Ótimo. Um bilhete de ida e volta, por favor. — Vasculhou a bolsa, desajeitada, entregou o dinheiro, pegou o tíquete. A estação de Milbridge era antiga, dispunha inclusive de sala de espera. Ficou de pé por ali, fingindo se distrair com antigos exemplares de *Country Life*, coração disparado. Metade de Isabel esperava que Patrick aparecesse e a levasse dali, embora soubesse que isso não aconteceria. Dentro do trem, estaria a salvo, a salvo de Patrick. A salvo de si mesma. O trem parou. Ela subiu em um dos vagões, fez uma pausa, um pé na plataforma, outro já no piso do carro. Poderia voltar, apenas chegaria um pouco atrasada. Pensou em Patrick esperando por ela, em como ele se sentiria lá, parado. Parecia errado simplesmente fugir dele. Cambaleou, metade do corpo para dentro, metade para fora. Veio o guarda, o boné empinado lampeiro no alto da cabeça.
— Tudo certinho, querida? — Ela olhou para ele, confusa.
— Precisa de uma mãozinha?
— Não, obrigada. Eu me viro. — E avançou vagão adentro. A porta bateu atrás dela.

Isabel arrastou-se sem rumo por Knightsbridge, olhando vitrines. Havia muito para ver, mas tudo se parecia com algo que já possuía ou então era radicalmente diferente do que usaria. Tinha um armário abarrotado de roupas que jamais saíam do cabide. Parecia desperdício comprar mais alguma coisa. De repente, lembrou-se de que tinha acertado com Justine de sair para refazer seu guarda-roupa no fim daquela semana. Com a cabeça inclinada, deteve-se em olhar um vestido vermelho cortado de viés. Poderia lhe cair bem, agora que emagrecera e ganhara tônus muscular. Sem sombra de dúvida, era diferente de qualquer peça que tinha em casa.

A loja não era do tipo que costumava freqüentar, jovial demais. Ocorreu a Isabel que durante a maior parte de sua vida de casada tentara aparentar mais idade do que de fato tinha, para compensar o fato de ser mais nova que a maioria das esposas dos colegas de Neil. E agora estava mais velha. De algum modo desperdiçara a possibilidade de se sentir jovem. Entrou na loja e experimentou o vestido. Tentou avaliar a parte de trás, espiando por sobre os ombros. Parecia ter ficado bom, bem justo e com o cós baixo. Muito bom, na verdade. Era um vestido no melhor estilo *fuck-me*, para usar com sapatos *fuck-me*. E uma atitude *fuck-me*. Não pense em Patrick, disse a si mesma, o que imediatamente a fez ansiar por ele.

É só sexo, continuou conversando consigo mesma. Um vício. Lúxuria, não amor. Oh, querido. Sentou-se num banquinho, o vestido vermelho rodopiando em torno do corpo. O cabelo ondulado em um halo em volta do rosto. Apesar de todo o bem que faz ao corpo, nadar demais está estragando meu cabelo. Examinou uma mecha, que acabava em pontas duplas. Talvez devesse cortar bastante. Colocou o cabelo para cima, segurando-o com uma das mãos, examinando-se de frente e de perfil para poder analisar o efeito. Não conseguia se imaginar de cabelo curto.

Encarou o reflexo no espelho. Parecia sexy no vestido, sentia-se sexy. Mas para que tudo aquilo quando não se pode ter sexo? Ou, pelo menos, não com o homem que se deseja. Era injusto demais. Amava Neil, nunca deixaria Neil e as crianças. Mas era... Mordeu os lábios, pensando. Era seguro. Amado, querido, confiável Neil. Seguro como são os lares. Mas ela queria mais. Talvez se tivesse transado com muitos homens, tido mais namorados, mais experiências, não se sentiria assim. Ficaria contente em sossegar o facho. Saberia que não haveria grama mais verde em outro lugar. Suspirou.

— Você está bem? — A vendedora enfiou a cabeça pela cortina da cabine.

Isabel deu um pulo.

— Sim, estou. — A moça deu uma olhada rápida e perscrutadora.

— Ficou bom.

— Sim. — Isabel suspirou novamente. — Mas quando eu iria usar algo assim?

— Numa festa, num jantar, no clube. Em qualquer lugar. O vestido ficou ótimo em você. Tem de levá-lo.

Isabel encarou a sósia sexy refletida no espelho. Era bom saber que podia ter aquela aparência. Se Patrick a visse... Mas Patrick não a veria vestida assim.

— Não vou levar, não. Adorei, mas não teria onde usá-lo.

— Que pena! — A vendedora afastou-se com um balançar de ombros e um tilintar dos ganchos que sustentavam a cortina da cabine, enquanto Isabel lentamente despia o vestido e recolocava as roupas com as quais chegara até ali. Deixou a loja e retomou a caminhada, parando na esquina, perto do acesso ao metrô. Não queria voltar à estação ferroviária e embarcar num trem para casa, mas também não estava com vontade de entrar na Harvey Nicks arriscando sessões ainda mais deprimentes nos provadores. Além disso, deveria comprar roupas após a consulta com Justine, não antes. Qual o sentido de parecer e sentir-se sexy se seu marido não dá a mínima? Virou a esquina, entrou na Sloane Street, pensando em ir até a Peter Jones para ver utensílios de cozinha. O reflexo de cabelos desgrenhados a seguia por onde fosse, passando por lojas de vestidos caros e por um salão de cabeleireiro. Num impulso, entrou.

— Tem cabeleireiro disponível?
— Para quando?
— Para agora.
A recepcionista mostrou-se surpresa.
— Vou verificar a agenda. Vejamos. — Correu um dedo de unhas perfeitas sobre o caderno. — Acho que Karl pode cortar e secar seu cabelo daqui a uns vinte minutos. Está bem para você?

— Sim — concordou Isabel, balançando a cabeça para reforçar a resposta e esperando não ser atacada por uma súbita vontade de mudar de idéia. — Vou esperar. — Sentou-se numa cadeira preta e fofa de couro. Um tanto nervosa, folheou um exemplar da *Vogue*. Estava em meio à leitura de *House & Garden* quando Karl, um rapaz esbelto em calças que combinavam com a cadeira, veio ao seu encontro.

— O que posso fazer por você? — perguntou, enfiando o pente no cabelo de Isabel.

— Quero cortar tudo.

— Tudo? — Ele demonstrou tamanha estupefação que Isabel recuou.

— Bem, talvez não tudo. Mas um bom pedaço. Está comprido demais. Acho que está me deixando abatida.

Ele começou a brincar com o cabelo dela.

— Bem, podemos tirar o peso daqui e daqui e...

Isabel deixou Sloane Street rumo à estação do metrô, mais uma vez observando seu reflexo acompanhá-la. Mas agora sacudia a cabeça e corria os dedos por uma massa de cachos curtos. Sentiu como se tivesse tirado um fardo imenso de sobre os ombros, literalmente. O cabelo tinha caído no chão em grandes novelos, mais cabelo do que ela pensara ter. Experimentava uma certa estranheza — o vento lhe provocava cócegas na nuca, a maneira fácil com que seus dedos passavam pelo cabelo. Tinha a cabeça e o coração leves. Estava jovem, livre e sexy.

Na entrada do metrô, hesitou e olhou o relógio. Tinha ainda uns poucos minutos. Correu até a loja.

— O vermelho que experimentei — disse, ofegante. — Já foi vendido?

— Uau! Seu cabelo. — A vendedora fez um gesto de aprovação. — Ficou ótimo.

— Obrigada. E o vestido?

— Claro. Aqui está.

Isabel passou a ponta dos dedos sobre o tecido sedoso.

— É lindo. — Por que não deveria parecer atraente? Se ela podia mudar, por que Neil não mudaria? Deu um sorriso largo para a vendedora e fez um meneio com a cabeça. — Vou levar.

— Mamãe está linda!

— Seu cabelo. Está fantástico. Onde você foi?

— Credo, o que você fez, mamãe? Está horrível.

Michael não gostou, mas tanto Katie quanto Helen ficaram boquiabertas.

— Sinto muito. Adorei o resultado. — E de fato, tinha adorado. Como uma garota que insistisse em exibir a mão com uma aliança de noivado recém-contraído, Isabel insistia em balançar as melenas. Supunha tratar-se de um gesto muito coquete, mas gostava de sentir o movimento na nuca. E a franja lhe dava a sensação de estar espiando por entre uma selva, era um animal selvagem e sexy com grandes olhos. Helen e Katie tinham aprovado e o comentário de Michael já era esperado. Aguardava a reação de Neil com uma certa dose de ansiedade; afinal, uma vez dissera que pediria o divórcio caso ela cortasse o cabelo. Mas ele pareceu gostar do resultado, caminhando em volta dela, fazendo ruídos de apreciação.

— Espere até ver o meu vestido novo — prometeu. Tirou uma refeição semipronta do freezer, pôs no forno, arrumou a mesa para a ceia, acrescentando um par de velas na última hora, depois mandou as crianças para a cama. Vestiu a peça vermelha. Parecia muito nua nos ombros agora que não havia mais cabelo para cobri-los. Pensou em colocar um casaquinho por cima, mas isso mataria o vestido. Deveria ser revelador. Desceu para o térreo e se apoiou contra a porta da sala de estar, onde Neil assistia à televisão.

— O jantar está servido. — Ele se virou. A expressão de Neil deixou claro para Isabel o que ela queria saber.

— Que vestido!
— Gostou?
— Muito. — Neil se levantou e a seguiu até a cozinha. Isabel podia sentir os olhos dele observando suas costas e quadris pendulares. Abaixou-se para retirar a comida do forno e uma das alças do vestido escorregou pelo ombro, expondo ainda mais os seios. Segurou o prato quente com a luva térmica e foi até ele.

— Poderia ajeitar isso para mim? Minhas mãos estão ocupadas.

Ele permaneceu imóvel, relutante. Então, usou as pontas dos dedos para, a pedido de Isabel, suspender a alça do vestido. E roçou de leve na pele dela.

— Obrigada — disse, educada. Ele fez uma reverência discreta.

— Não foi nada. — Mas tinha percebido o interesse dele e isso a fez sentir-se poderosa. Iria funcionar. Podia fazer com que funcionasse.

Comeram, beberam vinho e conversaram. Isabel provocava Neil com piadinhas e fingia não entender o que ele dizia. No fim, Neil deu tapinhas no próprio colo.

— Venha cá. — Isabel rebolou até ele. E, em vez de sentar com recato, balançou a perna por cima dele de modo a montar a cavalo, subindo a saia do vestido para cima das coxas. Neil correu as mãos por sob o vestido.

— Que mulher sexy você é. — Eles se beijaram, Isabel aninhando a cabeça dele com as mãos. Era como aquela tarde de sábado, novamente. Talvez essa fosse a resposta, não esperar até que estivessem na cama, deitados lado a lado como efígies ancestrais numa tumba, mas pegá-lo desprevenido, antes que seus temores protestantes pudessem reagir. O telefone tocou e ela se afastou dele.

— Deixe tocar. Se for importante, ligam de novo. — Neil murmurou, a voz grossa enquanto beijava os ombros de Isabel.

Ela tornou a interrompê-lo. A campainha do telefone exigia urgência. Sabia que era Patrick.

— Provavelmente é engano — disse ela. Colocou a boca novamente contra a de Neil, desejando não ouvir o telefone fazer alarde, determinado e insistente.

16

— Mas eu adoro esse — disse Isabel, segurando o vestido contra si, abraçando-o.
— É seu número? — disse Justine.
— Não.
— Sua cor?
— Hum. Não, segundo você.
— É sua cor?
— Acho que não é mesmo. Tudo bem, não é. — Isabel fez bico.
— Usou isso nos últimos dois anos?
— Não.
— Cinco anos?
— Não.
— Dez anos?
— Socorro. Não.
— Então está fora de moda?
— Sim. Mas pode voltar novamente — acrescentou com vivacidade. Justine a ignorou.
— Pregas na cintura favorecem alguém? E você pretende repôr o botão que está faltando? — Justine apontava um dedo acusador e Isabel baixou os olhos como se não tivesse notado antes. E não tinha mesmo.
— Não.
— Então para onde vai isso?

— Para a pilha do bazar de caridade?
— Ou para a pilha da igreja. Tanto faz.

Isabel foi até a cama e ajeitou o vestido no topo de um monte já bem alto de roupas. Conteve-se antes de concluir o gesto.

— Não posso ficar com ele só porque gosto?
— Não.
— Deus do céu, você é muito dura — disse, impressionada com a determinação de Justine. Obediente, desfez-se do vestido.

Justine riu.

— Se não for assim, você fica com tudo.
— Mas não vai sobrar nada.

Justine sentou-se na cama e se reclinou, apoiada sobre os cotovelos.

— Vai sobrar muita coisa, sim. Não se preocupe. Você terá menos, mas somente peças que lhe caem bem e que certamente vai usar, e muito. Tudo o que estou fazendo é jogar fora o entulho que abarrota o armário e não a deixa enxergar o que há ali de realmente útil. — Isabel olhou para o monte de roupas. Justine continuou, a voz firme. — Depois que eu sair, você pode colocar tudo de volta no armário, se quiser, e continuar como antes. Ou pode dar um passo adiante e...

— Eu sei, "compre menos, compre melhor". Faz sentido, só que é...

—... difícil se livrar de roupas em perfeito estado? — Isabel fez que sim com a cabeça, dedilhando o cinto do vestido descartado. Lembrava-se de tê-lo comprado na última ida a Londres antes de engravidar de Michael. Tinham ido ao teatro.

— Mas não são roupas perfeitas — disse Justine. — São antiquadas, não cabem mais. Não eram apropriadas para você nem mesmo quando as comprou.

— Mas e as lembranças? — Não conseguia lembrar-se do espetáculo a que haviam assistido, apenas que rira a valer. Eram tão felizes na época.

— Corte um pedacinho de cada vestido e faça uma colcha de retalhos ou uma colagem. Ou peça a alguém que faça isso para você — acrescentou Justine. — Assim terá suvenires sem estorvar o armário.

Isabel olhou para as pilhas de roupa, algumas para o bazar de caridade, outras destinadas a brechós. Deu uma olhada nas peças que sobraram nos cabides. Era constrangedor haver tantas que só vestira uma vez. Algumas nunca tinham sido usadas. Peças arrematadas em liquidação porque no mês seguinte pretendia emagrecer e conseguiria vesti-las. Mas, agora que cabiam, estavam fora de moda. Ou com nódoas. Roupas mais formais compradas sob o pretexto de que um dia seriam úteis, exceto pelo fato de que ainda esmaeciam sem nunca terem sido estreadas, as etiquetas pendendo das casas dos botões. Não gostava muito de roupas formais, decidiu, olhando as que haviam restado. De agora em diante, só compraria o que gostasse, e não o que achava que devia comprar.

— Soube que não está mais trabalhando para Patrick. — A voz de Justine interrompeu os pensamentos de Isabel.

— É verdade. — Isabel ficou contente por Justine não poder ver seu rosto. — Era aborrecimento demais e eu não precisava mesmo do dinheiro... — A voz de Isabel parecia arrastar-se. Que dinheiro? Finalmente depositara o cheque de Patrick, e logo o banco lhe informou que o devolvera por falta de fundos. Desejou tê-lo rasgado em vez de efetuar o depósito.

— Como está indo? — Justine se ergueu e foi até Isabel. A voz era agradável. Profissional. Como deveria ser.

— Oh, estou bem. — Isabel forçou um sorriso. — Você está certa, claro. Preciso me livrar de tudo isso.

— Encare como uma oportunidade de ir às compras.

— E agora eu sei o que comprar. Muito obrigada, foi bom, embora um tanto traumático. — Sentiu-se esquisita, avaliando todas aquelas roupas velhas que tinham acabado no fundo do armário e das gavetas, carregadas em contêineres de um país a outro. Esquisita, mas bem, ela pensou. Fora uma tarde até libertadora.

— É a campainha? — perguntou Justine, virando a cabeça. Isabel franziu as sobrancelhas.

— Provavelmente alguém pedindo doações ou algo do gênero. Espere um momento. Volto logo. — E saiu, deixando Justine no quarto.

Isabel desceu a escada aos saltos. Primeiro tinha se livrado do cabelo, agora das roupas velhas. Excesso de bagagem, pensou. Vou me livrar de quem estiver na entrada também, bem rápido. Agarrou a bolsa, pronta para dar um trocado ao coletor, e abriu a porta da frente.

— Oh.

Era Patrick. Esforçara-se tanto para não pensar nele que vê-lo em carne e osso a deixou em choque. Ele parecia igualmente surpreso.

— O que houve com o seu cabelo?

Sem pensar, ela levou as mãos à cabeça.

— Cortei.

— Está diferente. — Ele fez uma careta. — Mais velha.

— Obrigada. — Você também parece mais velho, pensou. O rosto dele transparecia tensão e, pela primeira vez, Isabel notou que tinha fios grisalhos meio escondidos na cabeleira. Sempre fora elegante, apesar da casa bagunçada, mas hoje o paletó estava amarrotado e a camisa mal passada.

— Não foi isso o que quis dizer. Mais sofisticada. Ficou bem. — Ele pigarreou. — Não vai me convidar a entrar?

— O que você quer? — Podia sentir o coração fazendo acrobacias.
— Não quero discutir na rua. Deixe-me entrar.
— Não. — Abraçou a bolsa em frente ao corpo, como se estivesse diante de um ladrão. Nunca ocorrera a ela que ele um dia apareceria ali. — Vá embora.
— Não é uma atitude muito amistosa, certo? — Sorriu para ela como se estivesse sendo recebido com toda a simpatia.
— Não quero ser amistosa, quero que vá embora. — E fez menção de fechar a porta, que ele empurrou, conseguindo mantê-la aberta. Isabel percebeu que ele cheirava a álcool.
— Não quer ouvir o que tenho a dizer?
— Não.
— É uma pena que tenha cortado o cabelo. — Estendeu uma das mãos para alcançar a cabeça de Isabel, mas ela se afastou. Ele deu um suspiro. — Pensei que seríamos amigos.
— Não, não é possível.
— Não quero que terminemos de maneira tão ruim. Precisamos conversar.
— Não há nada para conversarmos — conseguiu dizer ela. — Vá embora.
— Quero ver você me obrigar. — A voz dele era provocadora, o olhar duro. De repente, pensou em Justine no andar de cima. Possivelmente Justine os estaria ouvindo. Fechou a porta o mais que pôde, deixando somente uma fresta.
— Não podemos conversar aqui — disse rapidamente, tentando imaginar um modo de se livrar dele o quanto antes. — Vamos marcar em outro lugar. O lugar que você quiser. Prometo não dar o bolo.
— Tem de ser aqui e agora. Não quero que me deixe esperando novamente.
Ela baixou os olhos.

— Desculpe por aquilo.
— Deixe-me entrar.
— Não.
— O que você acha que eu vou fazer? Violentar você?

A pergunta ficou suspensa no ar. Ele se esticou como se fosse tocá-la no rosto, mas ela virou a cabeça. Ele baixou as mãos.

— Por que cortou o cabelo?

Isabel ficou em silêncio.

— Você está diferente. Sexy.

Isabel mordeu os lábios. Imaginou o que Justine estaria fazendo lá em cima, se estava a par da presença de Patrick. Verificou se o trinco poderia ser reaberto pelo lado de fora. Então, saiu para a rua e fechou a porta atrás de si.

— Diga o que tem para dizer, agora, e depois desapareça. Não estou interessada em joguinhos.

— Você está mudada. — A atitude de Patrick, antes meio brincalhona, passou a ser a de um executivo. — Está bem. Vai ser aqui mesmo, na porta. — Tirou do bolso do paletó um envelope de papel pardo. — Esse é o tipo de negócio de que eu realmente gosto — começou ele, confiante. — Todo mundo ganha. Você, eu, Neil. Todo mundo. — Isabel cruzou os braços no peito, tentando parecer tão indiferente quanto possível, de modo que algum observador casual poderia pensar que ele estava tentando lhe vender seguro de vida ou detergente líquido. — O que você quer? — prosseguiu Patrick. — Quer sua bela casa, seus belos filhos e seu belo marido. É tudo um pouco sem graça, claro, então você quer também um pouco de excitação. Um amante. Mas então o seu amante pede que o acompanhe e você descobre que não é assim tão corajosa. Ou que não o ama o bastante. — Ele parou para respirar. Ela se esforçava para evitar os olhos dele. — Acho que você o ama, sim. Acho que se ele não tivesse pedido que deixasse seu marido, você ficaria feliz em continuar com o romance. Não é mesmo?

Ela olhou para o pavimento, recusando-se a responder.
— Isabel. Esqueça Roma. Se eu ficar aqui, você volta para mim?
— Não posso.
— Eu rompo com a Victoria.
— Não funciona desse jeito, Patrick — gritou ela. — Não amo você.
Ele recuou.
— Você está mentindo.

Desejava contar a ele sobre a promessa de um lar estável para os filhos, discorrer como se sentira quando Michael desapareceu. Queria contar como Neil lhe proporcionava segurança, era o porto seguro de que precisava. Gostaria de explicar como se sentia em relação ao marido, a obrigação que tinha para com ele. E, principalmente, como tudo isso era importante para sua própria sanidade, como lhe era intrínseco. Mas era impossível.

— Tarde demais. Não posso voltar atrás.
— Entendo. — Ele passou a língua pelos lábios, como se estivesse nervoso. — Então você acha que não pode manter o amante e continuar a ter uma bela casa etc. e tal?
— Não é disso que se trata.
— Não? Acho que você está errada, mas isso veremos depois. E Neil, o que quer? Bem, ele também quer uma bela casa como cenário e gosta da idéia de ter uma esposinha só para ele. Sim, a última coisa que ele deseja é saber que está tendo que dividi-la com alguém. — Olhou para ela, a expressão séria. — Acredite em mim, sou homem, sei disso. Também não quero dividir você.

Isabel sentiu a boca seca.
— E o que você quer?
— Vou lhe dizer o que eu não quero. Não quero ficar esperando, não quero ser dispensado por meio de um bilhete patéti-

co, não quero ser sacaneado, não quero ser tratado como alguém sem importância ou sem sentimentos. — A voz subira de volume gradativamente até que Patrick estivesse à beira de gritar com Isabel. — Não quero nada dessa merda que você está me dando.

Isabel se inclinou para trás, contra a porta, para evitar que as pernas cedessem.

— Desculpe... — tartamudeou, mas Patrick a interrompeu.

— Desculpe — arremedou ele. — Desculpe. — O rosto dele estava contorcido de raiva. — Desculpas não bastam nem resolvem o problema.

Isabel pressionou o corpo contra a porta. Só conseguia pensar em pedir desculpas, mas imaginou que uma segunda tentativa também não surtiria efeito. Se eu gritar, pensou, Justine vai ouvir e virá me socorrer.

— Então, o que você quer? — Os olhos dela o desafiavam. Ele deu alguns passos para afastar-se, a respiração pesada, ganhando domínio sobre si mesmo, tirando o cabelo da testa, o Patrick de sempre, maneiroso e controlado, impondo-se.

— Espero não ter assustado você. Acho essas desculpas repetidas meio... irritantes. E irremediavelmente falsas. Mas não importa. — Mirou o envelope como se as próximas palavras que diria estivessem escritas no papel em branco. De repente, Isabel viu-se realmente assustada, congelada até os ossos. — O que eu quero é que você volte para mim, evidente. Isso é o que eu quero; se for honesta consigo mesma, admitirá que é o que você também quer. Ambos sabemos. — Fez um gesto largo, apontando para a casa. — Tudo isso, embora bonito e aconchegante, nunca será o bastante para você.

— Não é verdade — sussurrou ela.

— Você pode fingir que se contenta com pouco, mas precisa de muito mais. Se fosse feliz, nunca teria se aproximado de mim

— É o bastante — gritou ela, estragando tudo ao acrescentar: — E há muito mais além disso.
— Como o quê?
— Posso arrumar um emprego decente. Um no qual eu receba um salário, por exemplo. Ou cursar faculdade.
— Isabel. — Patrick riu com desdém. — Por que sublimar todo o impulso sexual quando você pode ter o que necessita? Comigo, de preferência. — Ele passou os dedos pela borda do envelope. — Não minta para você mesma; se não for eu, será outro, mais cedo ou mais tarde. Agora que você despertou, não pode voltar a adormecer. Terá um homem após outro.
— Não. — Patrick olhou para ela, uma sobrancelha de desconfiança levantada. — Não vai ser assim porque eu não quero que seja assim. Eu *sou* feliz, e isso basta para mim. Amo Neil e não quero nada além disso. E com certeza também não quero você. Patrick, acabou. Não posso fingir que tem sido fácil para mim, mas decidi o que é preciso fazer. E hoje tive a confirmação de que é a decisão acertada. Não tem volta. — Ela fitou-o desafiadoramente, mas ficou surpresa quando ele limitou-se a dar de ombros.
— Veremos.
— É só? — Não podia acreditar que ele demonstrava tanta resignação e, estranhamente, sentiu-se quase desapontada.
— Você disse que não queria mais joguinhos. Então, sem joguinhos. Tinha esperança de que as coisas não chegassem a esse ponto. — Com uma das mãos, levantou o queixo de Isabel de modo que ela teve de encará-lo de frente. — Nunca, nunca machucaria você. Sabe disso, não sabe? Mas não posso deixá-la destruir o que temos. É isso que conta. — Dobrando o envelope debaixo do braço, tirou do bolso interno superior do paletó um montinho de tecido amarrotado. Desfez a trouxa e ela reconheceu...

— Você não faria isso, Patrick, não faria. — Teve a impressão de que o mundo iria desabar.

— É um pouco velha, mas não resta dúvida de que é sua. — E devolveu a calcinha ao bolso do paletó. — Você escolhe. Ou seu marido fica sabendo, digamos, na tarde da próxima terça-feira, ou você vai à minha casa na terça de manhã, como antes. Não fique tão preocupada, querida. Estou facilitando as coisas para você. Vai ter o que realmente quer e não precisará se sentir culpada por isso. Coloque toda a culpa no abominável Patrick. — Beijou-a na boca, com delicadeza. — E se estiver pensando: "Direi que a calcinha pode pertencer a um milhão de mulheres", vou lhe dar algo mais. — Empurrou o envelope entre os dedos enregelados de Isabel, depois inclinou-se para perto e sussurrou.

— Você se lembra daquela sessãozinha que tivemos com a câmera, numa tarde chuvosa? Naquele dia em que você me amou de maneira especial? — Podia lembrar-se com clareza de ter se sentido gloriosamente sensual. Junto a Patrick, sob o edredom, se viu rindo diante das fotografias, antes de fazerem amor, excitados pela audácia dela.

A voz suave contra o ouvido dela, a boca encostando no pescoço.

— É isso o que eu quero de volta. É isso que você também quer. Não jogue tudo fora por um homem que não lhe dá valor. E não pense que ele vai mudar; as pessoas são como são. Conheço você. Se eu passar minhas mãos por aqui...

— Não. — Isabel empurrou a mão dele, que retrocedeu, reassumindo o comportamento frio de um homem de negócios.

— Vou deixar algumas fotografias para refrescar a sua memória. Tenho outras comigo, mas realmente não gostaria de mandá-las ao seu marido. A menos que precise. — Tentou beijá-la novamente, dessa vez mais agressivo, a língua pressionando os dentes cerrados de Isabel. Ela o repeliu com força.

— Por que está fazendo isso? — gritou. — Você tem Victoria.
— Mas eu não quero Victoria, quero você.
— Não pode achar que vou voltar para você por causa de uma chantagem.

Ele deteve-se como se não lhe tivesse ocorrido antes que a estava chantageando.

— Não quero que você me abandone — disse, após uma pausa, o rosto cheio de rugas e pesar.

— Eu já abandonei você, Patrick. — Novo silêncio, ambos respirando de modo pesado. Finalmente ela disse, assombrada por manter o autocontrole. — Nunca me passou pela cabeça que você agiria assim, que você seria assim.

Ele pareceu envergonhado, como Michael quando fazia algo errado.

— Quero você de volta — disse, cravando os olhos no capacho de boas-vindas, não nela.

— Isabel? — Era a voz de Justine vindo do interior da casa. — Você está aí?

— Já vou, só um minutinho — respondeu. Virou-se para Patrick. — Diga que não fará nada disso.

— Não farei se você voltar para mim.

Ela balançou a cabeça.

— Então não tenho escolha. É o que nós dois queremos, meu bem.

— Por favor, vá. — Abriu o trinco com as mãos trêmulas.

— Você vai voltar — ouviu-o dizer enquanto batia a porta, já dentro de casa. — Você vai me procurar na terça-feira.

— Isabel? Você está bem? — Justine debruçara-se contra os corrimões, no patamar da escada.

— Sim, estou — disse Isabel, no piloto automático. — Em um minuto vou estar com você.

Levou o envelope até a cozinha e deu uma rápida passada

d'olhos na primeira fotografia. Suas pernas cederam e ela sentou-se bruscamente, o estômago pesado em reação ao choque.

— Isabel? Posso entrar? — Justine espiava da porta. Trazia o casaco pendurado em um dos braços e a bolsa sobre os ombros, como se estivesse de saída. Isabel rapidamente escondeu as fotografias no envelope.

— Tem certeza de que está tudo bem? — O rosto de Justine mostrava ansiedade.

— Não, não, não está. — O lábio inferior de Isabel tremia e ela piscava sem parar, tentando conter o choro. — Desculpe, eu só... levei um susto. — Abriu o armário sobre a pia e enfiou o envelope na lata de lixo, depois virou-se, mãos sobre a boca.

— Sente-se. Vou servir um chá.

Isabel mal se dera conta de que Justine pusera mãos à obra, colocando a água da chaleira para ferver, pegando xícaras no armário. Estava sendo atravessada por uma onda de tremores e agarrara-se à beira da mesa, dedos cravados. Justine sentou-se a seu lado, pousando a mão com cuidado sobre o ombro de Isabel.

— Qual é o problema? Foi alguém na porta?

— Sim. — Isabel abriu a boca, ofegou, arfou e começou a soluçar. Não conseguia evitar, chorava e tremia, o choque devastando seu sistema nervoso enquanto Justine dava tapinhas nas costas dela, dizendo, isso, isso, não tem importância, e fazia afagos consoladores.

— Quer me contar tudo? Ajudaria, não acha?

— Ele disse... ele disse...

— O quê? — A voz de Justine era macia, mas insistente.

— Disse que vai contar a Neil a menos que...

— Contar o que a Neil?

Isabel sentiu-se contrair, como se a pele tivesse repentinamente diminuído de tamanho, tivesse se tornado justa demais, retesando-se sobre os ossos das maçãs do rosto, dando a impressão de que o peito poderia explodir caso lhe fosse demandado muito esforço. Não achava que poderia suportar aquilo. Tinha de dividir com alguém.

— Contar o que a Neil? — repetiu Justine.

— Contar que estou tendo um caso com Patrick — berrou Isabel. — Disse que vai contar tudo a Neil a menos que eu reate com ele. Não sei o que vou fazer.

— Entendo. — A expressão de Justine era de rigidez. Parecia estar se controlando à custa de muito esforço. Mas tinha a voz calma ao diagnosticar: — Você precisa de um lenço.

Isabel sacudiu as mãos.

— Papel-toalha. Ali.

— Certo. — Justine pegou o papel-toalha e entregou o rolo a Isabel, que pôs-se a enxugar o rosto, falando por entre fungadas.

— Não contei a ninguém sobre isso, ninguém sabe de nada e agora ele diz que vai contar a todo mundo.

Justine sentou-se.

— Quando começou?

— No início das aulas — disse Isabel, deixando-se desabar em uma outra cadeira. — Não faz tanto tempo, na verdade. — Oh, Deus. Pressionou as mãos contra a boca, mordendo o nó dos dedos para não cair novamente em prantos. — Terminei tudo no recesso escolar. Mas agora Patrick diz que, se não voltar para ele, vai contar a Neil.

— Você o ama?

— Neil? Claro.

— Não, Patrick.

— Poderia tê-lo amado, mas ele não deixou. Não sei. Era tão excitante, não conseguia pensar em nada.

— E agora?

Isabel suspirou.

— Gostaria que jamais tivesse acontecido. Foi maravilhoso, porém...

— Porém agora não é tão simples.

— Exato. Você conhece Patrick. — Como num clarão, lhe veio à mente o quão profundamente Justine conhecia Patrick. Queria perguntar a ela como havia sido o rompimento, como ficara o relacionamento depois do flagrante de Caro, como Patrick reagira. Mas perguntou apenas: — Acha que ele vai contar?

— Mesmo que conte, pode ser que Neil não acredite nele.

Isabel enrubesceu e olhou para baixo, olhos fitos no tampo da mesa. Neil provavelmente não acreditaria em Patrick se Isabel insistisse em negar tudo. Neil acreditaria que a verdade estava com Isabel, acreditaria que a esposa nunca lhe mentira.

— Não é tão fácil assim. Ele... — Isabel engoliu em seco e fez um desenho com o dedo na madeira da mesa —... tem provas. Fotos.

— Oh, Isabel. Não. Como fez uma coisa dessas? — O semblante de Justine era uma mistura de horror e júbilo.

— Na hora pareceu uma boa idéia. — E ergueu os ombros num gesto de desculpas. Justine riu diante da reação de Isabel, um riso parecido com um latido breve. E assumiu um ar sério.

— Que grande bobagem!

— Nem me diga. — Isabel colocou a cabeça entre as mãos. — Não sei o que fazer.

Justine pôs-se de pé e caminhou pela cozinha. Parecia estar maquinando algo, revolvendo mentalmente as opções disponíveis. Ou pelo menos era o que Isabel esperava que estivesse fazendo. Por fim, disse:

— Acho que você deve se abrir com Neil.

— Não posso — respondeu, abanando a cabeça. — Você não o conhece. Ele nunca me perdoaria.

— E quanto a voltar para Patrick?
— Jamais.
Silêncio. Isabel estava tão transtornada que as lágrimas voltaram, quentes e desesperadas.
— Eu o odeio por agir assim — gritou ela. — Ele estragou tudo. Como é que eu poderia reatar?
— Então a única alternativa que resta é torcer para que tudo não passe de um blefe, que Patrick não conte nada a Neil.
A voz de Justine soava distante. Isabel fungou com força, tentando parar de chorar. Afinal, não era íntima de Justine.
— Desculpe toda essa confusão. É tão constrangedor. Nem mesmo ofereci um pouco de café ou de chá.
— Não, obrigada, estou bem. — Justine olhou o relógio. — Tenho de ir. Já terminamos de arrumar o armário.
— Ah, sim — disse Isabel, vagamente. A arrumação do guarda-roupa parecia ter sido algo que acontecera há muito tempo.
— Posso receber o cheque agora? Sei que não é uma boa hora mas...
— Desculpe. Claro que pode receber agora. — Isabel olhou em volta. — Devo ter deixado minha bolsa no saguão. Espere um segundo. Vou pegá-la. — Parou na porta. — Justine, obrigada por estar aqui. Tenho certeza de que foi muito embaraçoso... — Fez uma pausa, procurando as palavras. — Sei que posso contar com sua discrição, não posso? Preferiria que ninguém soubesse a respeito.
— É claro — concordou Justine. — Não se preocupe.
— Obrigada. Por tudo. — Isabel sorriu para ela, e seguiu até o saguão, próximo à porta de entrada, onde havia largado a bolsa, em cuja confusão procurou pelo talão de cheques. Parecia desempenhar as pequenas tarefas cotidianas sem lhes prestar um pingo de atenção. Angustiada, percebeu que tudo o que havia de seguro na vida poderia desaparecer se Patrick cumprisse a

ameaça. Neil, as crianças, até mesmo o cenário de sempre: os móveis, a louça, o tapete puído. Não sabia se poderia seguir em frente fingindo que tudo estava bem, aguardando que a bomba explodisse a qualquer momento. Então lembrou-se de Justine, na cozinha, à espera do cheque. Preencheu uma das folhas, torcendo para que o banco aprovasse sua assinatura, apesar de estar toda tremida. Retornou à cozinha.

— Aqui está.

— Obrigada. — Justine pegou o cheque e saiu.

Isabel observou-a entrar no carrinho elegante que a trouxera até ali. Não devia ter contado a ela, pensou. A ansiedade, sensação tão viscosa e desagradável quanto pudim de arroz frio, aproximou-se pouco a pouco. Sentiu-se totalmente só. Tarde demais para me preocupar com ela. Ainda tenho que lidar com Patrick, concluiu.

Passou o resto do dia analisando as opções. Pensou em telefonar para Patrick e argumentar com ele, mas decidiu abandonar a idéia. Sabia o que aconteceria: iria sugerir que fosse até ele para discutirem. O que era impossível. As crianças, percebendo a inquietação da mãe, tornaram-se impertinentes. Brigaram durante todo o trajeto da escola para casa, altercando nos melhores momentos, espancando-se nos piores.

— Pelo amor de Deus! — berrou. — Podem parar de uma vez por todas? Vocês já terão brigas o bastante quando se casarem, então por que brigar quando ainda são crianças?

— Não vou me casar — disse Katie. — Garotos são nojentos.

— Garotas são alienígenas — replicou Michael. — Não são humanas.

E se estapeavam novamente, discutindo e se alfinetando, até que Isabel teve a impressão de que sua cabeça iria pelos ares no meio daquela saraivada de pequenos insultos.

— Parem. Vocês estão me enlouquecendo.

— Mas mamãe...
— Parem. Ou vão voltar para casa a pé. — Jamais faça ameaças que não pode cumprir, aconselham todos os manuais para pais. Nunca os deixaria caminhar do ponto em que estavam até em casa; eram novinhos demais e não estavam acostumados ao tráfego intenso. Felizmente, Katie e Michael cederam após alguns resmungos. Seguiu dirigindo, imaginando se Patrick tinha lido algum livro sobre como cuidar de crianças. Ele levaria a cabo a ameaça que fizera a ela?

De volta ao lar, perambulou sem destino pela cozinha, queimando o primeiro lote de gurjões de peixe empanado, enquanto os filhos brigavam pelo controle remoto da televisão. Ansiava para que Neil chegasse do trabalho, embora sentisse pavor ao pensar na presença dele. Se lhe contasse tudo, reagiria de maneira bondosa e compreensiva? Ou seria duro e implacável? Ocorreu-lhe que nunca o vira realmente fora de si. Cansado, irritado, exasperado, aborrecido, sim. Mas não tomado de fúria. O pensamento lhe provocou náuseas.

Como iria se sentir se Neil lhe revelasse a existência de uma amante? Tentou se deter na idéia, mas sua única emoção foi de completa descrença. Simplesmente não conseguia imaginar Neil fazendo algo do gênero. Será que ele se sentiria assim com relação a ela, também considerava impossível que ela o traísse? Nunca, nem mesmo depois de iniciado o caso com Patrick, se colocara no papel de infiel, pois, de algum modo, na cabeça de Isabel, o que prevalecera na relação extraconjugal fora o sexo. Todo o resto dela tinha continuado a ser o de esposa e mãe dedicada. Mais ainda, na verdade: o caso lhe dera mais energia e determinação que antes. E embora a vida sexual com Neil minguasse, pois ele estava muito cansado da baldeação de trem durante a semana, ela percebia que era melhor esposa e mãe exatamente porque mantinha um amante.

Suspirou. Não achava que tal argumento fosse conquistar a simpatia de Neil. A traição o atingiria em cheio, como aconteceria também com ela caso os papéis se invertessem. Enquanto fazia considerações sobre confiança e fidelidade, um pensamento furtivo tomou de assalto o cérebro de Isabel. Talvez houvesse uma chance de blefar, valendo-se da fé e da confiança de Neil — diria que Patrick estava fantasiando, que evidentemente não tinham tido caso nenhum. Mas havia as fotografias. Corou ao pensar nas fotografias. Elas a tinham chocado. Tinha parecido tão nua. Despida de pudor, de inibição, de reserva. Podia lembrar-se de quando posou, sentindo-se livre e poderosa, a velha insegurança deixada para trás. Poderosa. Liberada. Agora seria capaz de chorar diante de tanta ingenuidade.

As crianças tomaram banho e, aproveitando-se da distração da mãe, promoveram um duelo de jatos d'água, cujo resultado foi mais líquido fora do que dentro da banheira. Em seguida, foram para a cama. Antes de dormir, ouviram as historinhas contadas por Isabel, que manteve-se o tempo inteiro ponderando se deveria ou não se confessar a Neil. Concluiu que ele poderia perdoar o caso — um momento de loucura, encerrado quase antes mesmo de ter começado —, mas nunca perdoaria as fotos, pois a Isabel que nelas aparecia era uma que ele jamais vira.

Neil chegou tarde, depois que as crianças já estavam deitadas. Chegou resmungando sobre trens e subiu as escadas com estrondo para mudar de roupa. Ela o ouviu gritar e correu ao encontro dele.

— Que diabos é isso? — Ele apontou os montes de roupa empilhados sobre a cama. Um deles tinha tombado no chão, espalhando-se por cima de sapatos também separados para a caridade, formando um fluxo de lava multicolorido.

— Desculpe. Justine esteve aqui para uma consulta sobre cores e para arrumar meu armário. Esqueci que tudo ainda esta-

va do lado de fora. — Parecia que a arrumação tinha sido há anos.
— Pretendia colocar tudo em caixotes.
— O quê? Tudo isso? Parece um pouco de desperdício.
— Não uso nada disso há anos. — Achou espaço na cama e sentou-se, fazendo cair mais roupas no chão. Sentia como se tivesse 136 anos, pele enrugada e ossos frágeis. — Aparentemente essas cores não me caem bem, estão erradas para mim.
— E o que deveria vestir?
— Cores claras, leves. Agora tenho um livrinho com pedacinhos de tecido para servir de amostra. — Ela deixou-se cair para trás, ignorando as roupas e fitando o teto. Havia uma fina rachadura diagonal correndo pelo canto da cornija e que nunca notara antes. Ou talvez tivesse notado, mirando o alto enquanto transava com Neil. É possível que simplesmente tenha feito vista grossa e esquecido a respeito. Era muito bom ter no marido o melhor amigo, pensou, mas o que acontece quando você quer que seu melhor amigo lhe aconselhe se deve ou não confessar ao marido que está tendo um caso? Cerrou os olhos.
— Isabel. Como diabos vamos dormir aqui essa noite?
— Vou guardar tudo — disse, sem se mexer.
— Estou vendo. — Ela pôde ouvi-lo se movimentando em volta, despindo o terno, mostrando irritação ao abrir as gavetas aos puxões e murmurando a meia-voz. Identificou o estalido familiar da porta do armário. — O armário parece melhor, pelo menos. Talvez deva guardar alguma coisa minha aí. — Ele fez uma pausa. — Quer que eu ajude você a se livrar de tudo isso?
As palavras dele demonstravam boa vontade, mas, pelo tom, ela podia pressentir que era uma oferta vã.
— Não, não. Eu cuido disso. Não precisa se preocupar. — Abriu os olhos e se ergueu na cama. — Desça e beba algo. O jantar vai estar pronto em dez minutos. — Começou a enfiar as roupas em caixas: para os pobres, bazar de caridade, brechó.

Essa manhã tive a sensação de estar me libertando do passado, como uma borboleta emergindo da crisálida, pensou. E agora, apenas meio dia mais tarde, aqui estou eu, tentando desesperadamente pensar num modo de salvar a pele. Desceu as escadas, arrastando dois fardos de roupas, deixando-os abrir caminho sobre o piso da escada, depois largou-os no saguão e foi servir a ceia de Neil.

O fim de semana passou. Isabel fez tudo o que geralmente fazia: cozinhou, limpou, arrumou, levou os filhos para passear, levou Katie de carro à aula de balé e sentou-se no canal ali perto para que Michael pescasse, a água lúgubre, bem de acordo com o seu estado de espírito. Começou a escrever um e-mail para Frances. Interrompeu a tarefa ao perceber que a mensagem poderia se transformar em mais uma prova incriminadora contra ela, a esposa infiel. Mesmo supostamente deletado, o texto poderia ficar registrado na memória do computador e Neil era muito melhor em informática do que ela. Seria irônico se Patrick não cumprisse a ameaça e fosse pega por causa de um desabafo eletrônico endereçado a Frances.

Na noite de sábado, Neil e Isabel foram de carro para Fordingbury para assistir a um filme. Anunciado como comédia romântica, não pareceu a Isabel nem romântico nem engraçado, mas Neil deu mostras de ter gostado. Isabel sentou-se no escuro segurando uma das mãos do marido. Diante deles, cabeças que flutuavam a mais de seis metros do chão conversavam, se beijavam e riam. Tinham muitos problemas a superar, mas no final tudo ficava bem. Ao voltarem para casa, enfrentaram um tempo horrível, úmido e frio. Isabel sentou-se no carro, o limpador de pára-brisas chicoteando para cá e para lá, sem perder o fôlego. Pensou que, se estivesse num filme, aquele seria o momento de revelar tudo a Neil, aproveitando que a luz do painel lançava sombras escuras e estranhas sobre os rostos pálidos. O enquadramento fechado seria o do pára-brisa, para cá e para lá, para cá e para lá. Manteve-se calada.

Na manhã de segunda-feira, sabia que tinha de decidir, e logo. Patrick realmente colocaria a ameaça em prática? Talvez fosse melhor voltar para ele e esperar que se cansasse dela. Não podia imaginar sexo com alguém que não a desejasse. Mas Patrick acreditava que ela ainda o queria. Pensava que a estava ajudando a se decidir pelo que, de fato, ela queria. Achava que só quisera romper por ser escrava de convenções morais. Ou pelo menos fora isso o que ele dissera. Ainda queria Patrick? Ela o queria antes, agora não queria mais. Não só por causa do medo de perder Neil e os filhos, mas também porque não poderia desejar um homem que a chantageava.

Nadou piscina abaixo e acima na hora do almoço, tentando equacionar o problema com Patrick. Divertido, teimoso, mimado? Sim. Rancoroso? Possivelmente. Estava furioso quando foi à casa dos Freeman e gritou com ela, embora tivesse sido rápido em recuperar o autocontrole. Controle. Talvez fosse isso. Ele não gostava do fato de não conseguir controlá-la. Chantagem era a única forma de controle. Mas cumpriria a ameaça? Se fosse até Neil, perderia o único poder que tinha sobre ela. Na volta de número 24, estava começando a sentir que ele talvez não cumprisse a ameaça; na volta 33, estava convencida de que ele não faria nada. Já tinha nadado o bastante e, num outro dia qualquer, sairia satisfeita da piscina. Porém, a ansiedade fez com que prosseguisse. Na volta 40, flagrou-se pensando nos bons momentos que desfrutara com Patrick naquela casa-escritório, a primeira vez, o primeiro beijo. Nadou, as lágrimas correndo, o sal se misturando invisível ao cloro, até que foi preciso ceder lugar aos alunos de natação.

Foi muito doce com Neil naquela noite, ciente de que possivelmente seria a última em que ele ainda acreditaria nela. Sem se dar conta, tratou-o como se fosse um inválido que no dia seguinte receberia notícias terríveis, algo sobre estar em estado terminal. Passou a noite em vigília, no escuro, olhos fixos na rachadura invisível do teto. A seu lado, Neil dormia.

Na terça-feira de manhã, levou as crianças à escola, como de praxe. Depois que elas desembarcaram, não sabia em que direção seguir. Esquerda para Patrick, direita para casa. Não sabia o que fazer. A mulher no carro de trás buzinou e Isabel decidiu que caminho tomar.

17

Isabel instalou-se sentada, na cozinha, esperando que Neil chegasse do trabalho. Pouco antes, quando a mulher do carro de trás buzinara, deixara que o inconsciente decidisse e virou o volante para a direita, na direção de casa. Os cômodos estavam silenciosos, apenas o zumbido débil da geladeira. Por volta do meio-dia, ouvira um automóvel estacionar, depois passos. Mãos martelando contra a porta. Pôde ouvir Patrick gritando.

— Deixe-me entrar, sua vaca. Deixe-me entrar.

Ela não lhe deu atenção. Continuou de olhos fixos nos móveis sem graça da cozinha. Acho que vou pintá-los, pensou, pintá-los com cores vivas que me façam sorrir. Sentiu-se esgotada, para além da raiva, para além do ódio, estranhamente alheia. Não se importava com o que os vizinhos pensassem. Por fim, levantou-se e foi até a porta de entrada.

— Por que você não foi trabalhar? — Parte da agressividade tinha desaparecido agora que ela abrira a porta. Ele parecia queixoso, um menininho frustrado. Usou com Patrick a voz que costumava usar com Michael e Katie: ponderada, mas firme.

— Não volto mais.
— Vou destruir você.

Ela sacudiu a cabeça.

— Que seja.
— Vou destruir você.

— Oh, Patrick. — Ela ergueu os olhos para o céu nublado, tentando encontrar as palavras certas. Olhou diretamente para ele. — Por que você não me deixa em paz? Você não me ama.
Ele recuou.
— Quero você de volta. Agora.
— Não.
Ele virou o rosto para que ela não pudesse encará-lo.
— Por que você me abandonou?
— Você disse para não me apaixonar por você — respondeu ela, delicadamente. — Não posso me dividir em pedaços, e você não quer meus filhos.
— E se...
— Tarde demais — disse ela imediatamente.
— Quero você de volta.
— Lamento.
— Francamente, por que você tem de complicar tudo?
— Adeus, Patrick. — Tentou fechar a porta, mas ele a impediu.
— Isabel, você vai voltar. — Ela sacudiu novamente a cabeça e fechou a porta. Ainda podia ouvi-lo gritar do lado de fora. Patrick jogou algo contra a casa, cascalho ou terra, a julgar pelo ruído furioso vindo das janelas. Depois, deu partida no carro, os pneus cantando em protesto. Isabel tornou a sentar-se, imóvel, na cozinha, enquanto o silêncio se fechava novamente em torno dela.

Ainda estava sentada no mesmo lugar quando percebeu que era hora de pegar as crianças na escola. No piloto automático, dirigiu até lá, pensando em Patrick e Neil, sobre o que poderia acontecer. O cérebro estava pesado, parecia que a cabeça inclinava-se para um dos lados tantas eram as idéias que a ocupavam. Teve a impressão de estar pisando muito fundo no acelerador e reduziu, mas mal atingira os 50 quilômetros horários. Seguiu nessa velocidade durante todo o trajeto até a escola, outros carros ultrapassando-a, outras mães na correria. As articulações doíam, como se estivesse nos primeiros estágios de uma gripe. Tinha enfrentado Patrick e agora sentia-se mal, mal no coração, mal de tanta preocupação.

Mas voltar teria sido intolerável. O que Patrick imaginara? Que ela poderia fingir que nada havia acontecido? Ou que iria se sujeitar e o aceitaria passivamente, até que ele se cansasse do jogo? Por um segundo pensou em Neil tateando sob sua camisola no escuro enquanto ela deixava a mente vagar por outras paragens. Mas isso era diferente. Amava Neil. Não amava?

Tentou estacionar, ziguezagueando para trás e para a frente para acomodar o carro num espaço mais que suficiente. Parecia ter perdido toda a habilidade em julgar distâncias. Acabou por desistir e parou a quase meio metro da calçada. As pernas quase não lhe obedeciam e precisou se apoiar contra a parede para ficar ereta. Quando Katie apareceu, abraçou-a apertado, como se quisesse absorver as costas da menina no seu corpo, balançando-a para cima, tirando os pés dela do chão, e inalando o aroma doce e indefinido que vinha da nuca quente. Katie se deixou abraçar, jovem demais para repelir tais demonstrações. Então se cansou e jogou-se para trás. A mãe colocou-a no chão, mas continuou segurando-a pela mão. Alguém deu um puxão no outro braço de Isabel e ela olhou para baixo. Viu, quase como se fosse através de um microscópio, uma outra criança. Achou difícil manter o foco, depois percebeu que era Rachel, filha de Justine. Rachel teve de repetir a frase antes que Isabel conseguisse entender o que dizia.

— Por favor, senhora Freeman, Katie pode tomar chá na minha casa hoje? — O rosto de Rachel, com seus traços elegantes e pequeninos, era de súplica. Isabel olhou para além da menina e viu Justine. Era a primeira vez que se encontravam desde a visita de Patrick. Isabel de repente lembrou-se do que havia confessado, e enrubesceu. O rosto de Justine parecia ávido.

— Como está a situação? — sussurrou. — O que você decidiu?

— Como? — Isabel balbuciou, de súbito consciente de todas as outras mães ali por perto, à espera dos filhos.

— Sobre Patrick... Vocês voltaram?

— Por favor, mamãe. Quero ir para a casa de Rachel.

— Por favor, senhora Freeman, Katie pode ir?

— O que você fez? Contou ao Neil? — Justine parecia excitada, o cabelo liso balançando para frente. Isabel ficou horrorizada com tamanha sofreguidão, a intimidade implícita de segredos partilhados.

— Eu...

Todos os rostos pareciam fitá-la com insistência. Sentiu-se nua, exposta, e deu meia-volta, procurando um modo de escapar, procurando alguém que a resgatasse. Mas Rachel ainda a mantinha presa. Sacudiu o braço para livrar-se da menina.

— Não — disse com a voz entrecortada. — Ela não pode. Temos de voltar para casa. — Registrou a expressão de desapontamento no rosto de Rachel. E Justine fez-se dura e zangada. Isabel virou-se e correu, sem se importar que a estivessem observando, Katie segura firmemente pela mão. Em segurança dentro do carro, Isabel deixou as reclamações da filha transbordarem: como a mão doía, como a mãe fora injusta e qual o motivo de não poder ir para a casa de Rachel tomar chá.

Quando a respiração se acalmou, Isabel virou-se para Katie, pediu que refizesse todo o caminho e trouxesse Michael.

— Por quê? Não é justo, por que...

— Vá — gritou Isabel, para imediatamente sentir-se péssima ao ver a menina cair no choro.

Isabel telefonou mais tarde para se desculpar com Justine e

Rachel, mas não foi muito bem-sucedida, pois mantivera a voz áspera. Justine mostrou-se educada, mas distante, como se, apesar de sentir-se mortalmente ofendida, não estivesse disposta a comentar o assunto. Isabel odiava pensar que poderia ter decepcionado uma criança e insistiu em dizer que queria muito se desculpar, mas não teve forças para tentar dobrar Justine. Desejou de todo coração que tivesse desabafado com outra pessoa a respeito de Patrick. Ou melhor ainda, que tivesse ficado calada. Toda vez que via ou pensava em Justine lembrava-se daquela sexta-feira medonha e de Patrick com as fotografias.

Na quarta-feira, melhorou. Na quinta, ainda mais. Não teve notícias de Patrick e, presumivelmente, Neil também não. Permitiu-se relaxar um pouco, a rigidez na mandíbula arrefeceu e o persistente latejar de uma dor de cabeça cedeu. Estava certa quanto a Patrick; ele fazia ameaças, mas não iria além.

Uma semana após a visita de Patrick, a vida estava quase de volta à normalidade: primeiro Neil saía para o trabalho, depois ela levava as crianças na escola e emendava com nova ida ao supermercado. Dessa vez, numa tentativa de assegurar que tudo corria nos trilhos, planejou o cardápio para a semana seguinte e fez uma lista completa de compras, de modo que só precisasse de uma única viagem para abastecer a despensa. Ao retornar das compras, cansada, mas entusiasmada com tanta eficiência, viu o automóvel de Neil estacionado do lado de fora da casa. Com calma, tirou as sacolas da mala do carro, um olho na casa para ver se o marido aparecia à porta. Não era comum que ele esquecesse alguma coisa, embora pudesse acontecer. Entrou em casa carregando os mantimentos.

— Neil? — Nenhuma resposta. Foi até a cozinha e começou a guardar as compras. Estava satisfeita: armários cheios, como se armazenasse comida para o inverno, à moda dos esquilos. Durante todo o tempo em que arrumou latas de feijões e caixas de cereal, esperou que Neil desse as caras. Quando terminou, foi procurar por ele no escritório, mas não estava lá.

— Neil? — chamou novamente. Era peculiar estar numa casa vazia quando havia imaginado que haveria alguém por ali. Como cenários em palcos vazios, os cômodos pareciam aguardar quem lhes desse vida. Subiu as escadas e olhou para baixo. Se fosse um filme de horror, pensou, os espectadores gritariam para a heroína acender as luzes. Mas ainda estava no meio do dia. O instinto a fez rumar para o quarto.

"Neil? — Ele estava deitado na cama, inteiramente vestido, olhos fechados, braços sobre o peito. Ele não respondeu. Então Isabel se curvou sobre a cama e pegou uma das mãos dele. — Você está bem, querido? Vi seu carro lá fora.

Em resposta, ele lhe entregou o envelope que mantinha entre os dedos, sobre o peito. Foi demitido, pensou de pronto Isabel. Pegou o envelope, sem saber o que fazer com aquilo.

— Dê uma olhada no que há aí dentro. — A voz de Neil era rouca, agourenta. Imaginou se ele poderia estar com uma infecção de garganta. Puxou o conteúdo do envelope. Só precisou ver alguns centímetros do conteúdo para saber do que se tratava. Empurrou tudo de volta, como se esconder as fotografias pudesse amenizar a situação. O coração de Isabel batia acelerado e o ar tornou-se rarefeito. Parecia que todo o oxigênio tinha sido sugado para fora do cômodo. As pernas de Isabel bambolearam e ela sentou-se abruptamente na cama, mãos na boca.

— Não fique acanhada, vamos vê-las. — Neil arrancou o envelope de Isabel e o despejou no espaço que os separava. — Afinal, aqui você não estava nada acanhada.

Ele espalhou as fotografias pela cama.

— No início achei que fosse um equívoco. Alguém tinha me mandado fotografias pornográficas por engano, pensei. Quase não me dou ao trabalho de ver de quem eram. — Ele as manuseou de modo a formar duas fileiras arrumadas, cada uma com três fotos. — Veio um bilhetinho também, que eu rasguei, por isso não posso mostrá-lo a você, infelizmente, mas posso contar o que dizia. "Sua esposa está tendo um caso." Só isso. "Sua esposa está tendo um caso." — A voz dele estava controlada. Controlada demais.

— Sinto muito — murmurou Isabel.

— Espero que sim. — As fotografias estavam entre eles, uma barreira tão real quanto um muro de mais de mil metros de altura. Ela baixou os olhos e se viu, pernas e braços esparramados, em abandono. Boca desejosa, dedos lépidos. Desviou a vista.

— Acabou. O caso, quero dizer. Não durou muito tempo, apenas umas semanas. Percebi que cometera um erro. — Sua voz era um fio e Neil não parecia estar ouvindo. Ele olhava para uma das imagens, virando a cabeça de lado.

— Engraçado. Há anos que não vejo esse tipo de coisa. Suponho que para os padrões pornográficos de hoje isso seja bem inofensivo.

— Neil, sei que está zangado, mas você precisa me escutar, por favor.

— Por quê? Por que tenho de escutar qualquer coisa que você diga?

— Porque sou sua esposa e amo você.

Ele recuou para evitar a mão que ela lhe estendia. Levantou-se e pôs-se junto à janela. Ela o seguiu.

— Neil? Por favor, eu lamento muito.

— Saia daqui.

— Por favor, eu amo você. — Tocou o ombro dele, que se desembaraçou com um giro, num arroubo de fúria.

— Saia, sua puta. Vá embora, saia daqui. Nunca mais se aproxime de mim.

— Mas Neil...

— Nada disso. Quero você fora dessa casa. — E avançou contra ela, forçando-a com empurrões bruscos e enérgicos, na altura do peito. — Como você acha que eu me sinto? Ver minha mulher desse jeito, minha própria esposa, aquela em quem confiava. A mãe dos meus filhos. Arg, grande mãe! Como acha que eu me sinto? Pensou em mim quando estava galinhando, pensou nos seus filhos? Foi você quem insistiu em viver aqui, e olha só o que aconteceu.

— Não é justo.

— Justo? Justo? — A voz dele subiu de volume de maneira alarmante e Isabel deu alguns passos para trás. — Nada disso é justo. Foi justo quando você abriu as pernas para ele, sua puta? Foi justo quando deu para ele? Olhe para isso. — Neil a agarrou pelo cabelo e a forçou a baixar os olhos para as fotografias expostas na cama. — Olhe. Olhe bem para você. É justo?

— Não. — Tinha o nariz esmagado contra a fotografia em que aparecia com a boca escancarada. Podia sentir a superfície dura e lustrosa grudando na bochecha. Os dedos de Neil estavam apertados no cabelo dela, o peso dele pressionando-a para baixo, fazendo-a expirar mais do que gostaria, expulsando o ar à força. — Você está me machucando — ainda conseguiu dizer, a voz um guincho fraco. Ele pressionou para baixo com ainda mais vigor. A boca de Isabel foi de encontro à colcha, a língua sufocada pelo tecido, bloqueando suas vias aéreas. Arfou na tentativa de respirar, a inalação interrompida, um espasmo áspero. Ela lutou, os braços sacudindo debilmente. Então Neil a soltou e ela escorregou para fora da cama, mãos no peito, aspirando o mais que podia. Sentou-se na poltrona, os ombros arqueados.

— Minha vontade é matar você — disse ele, raivoso.

Neil colocou a cabeça entre as mãos para esconder o rosto, comprimindo as palmas com força sobre os olhos. Isabel podia ver o corpo dele balançar com o esforço feito para retomar o equilíbrio. Os olhos dela encheram-se de lágrimas, rastros salgados e quentes que transbordaram e escorregaram pelo rosto. Engatinhou até ele, tentou colocar a cabeça sobre os joelhos dele. Neil a repeliu, virando o corpo para evitar que se aproximasse mais.

— Quero ficar sozinho.

Isabel desabou contra a lateral da cadeira, ansiando por poder consolá-lo, por poder colocar os braços ao redor dele. Tinha o rosto crispado pela tentativa de reprimir os soluços. Por que Patrick fizera aquilo? Estava segura de que ele não faria nada, que aceitaria o fim do caso e a deixaria em paz. O único ganho de Patrick com aquilo tudo era a vingança. Mais lágrimas caíram dos olhos inchados de Isabel. Tinha chegado tão perto de amá-lo, e para quê? Para terminar assim, ela e Neil chorando juntos, sozinhos numa casa vazia. Ela se mexeu e arriscou colocar uma mão sobre o joelho dele.

— Neil?

Ele encolheu a perna, embora não o bastante para livrar-se do toque dela. Ele deu um suspiro profundo e esfregou os olhos com as mãos. Ela se esticou e procurou a caixa de lenços de papel guardada na mesinha-de-cabeceira.

— Aqui.

Pegou os lenços e assoou o nariz, ainda mantendo o rosto virado na direção contrária. Depois se levantou, foi para o banheiro e entrou no boxe. Ela ouviu as torneiras sendo abertas no máximo, a água salpicando por toda parte. Em seguida, silêncio. Imaginou se ele estaria olhando para o rosto, pelo espelho, identificando um novo ser, um homem cuja esposa o traíra. Lentamente ela também se levantou, o corpo trêmulo e vacilante. Esfregou o rosto com um lenço de papel, estremecendo ao tocar nos olhos doloridos de tanto choro. Juntou as fotografias, tentando não olhá-las, e colocou-as de volta no envelope. Então desabou na cama e esperou que Neil retornasse ao quarto.

Finalmente ele surgiu do banheiro e foi até a janela, fixando o olhar no lado de fora para evitar o olhar de Isabel. Até que ele disse:

— Quem era o homem?

— Patrick.

— Então quando perguntei a você sobre... — ele parou, depois recomeçou. — Quando me avisaram sobre ele... estavam me dizendo a verdade.

— Sim.

Ela podia ver que a notícia chegara como um choque, como se ele não tivesse sido capaz de acreditar que era verdade, apesar das fotografias. Tinha sido preciso que ela confirmasse tudo. Houve uma pausa enquanto ele digeria a informação.

— Você pretende ficar com ele?

— Não. — Ela estava horrorizada. — Já disse, acabou. Terminei essa história há tempos, durante o recesso escolar. Por isso ele mandou as fotos para você.

— Sei. É muito difícil de engolir. — Ele voltou a suspirar, ainda mirando as colinas para além da cidade, cobertas por nuvens carregadas, e correu uma das mãos pelo cabelo. — Isso não muda nada. As fotografias existem, não importa se você ainda está com ele ou não. Não posso fingir que não as vi. — Esfregou as mãos, sentindo as juntas inchadas como se estivessem inflamadas com artrite. — Não posso tolerar a sua presença. Quero que vá embora.

— Como assim?

— Saia. Vá.

— Não posso.

— Não quero mais você aqui.

— Mas... as crianças... — Isabel sacudiu a cabeça atordoada.

— Estava aqui deitado pensando no assunto. Primeiro eu pensei em ir embora. É o que geralmente acontece. O marido se muda. A esposa fica com tudo, a casa, os filhos. Não importa o que tenha feito, ainda fica com tudo. Depois pensei, por que devo ir? Não fiz nada de errado. Não fui eu quem arruinou o casamento. Então é você quem deve partir.

— Mas por que alguém tem de ir embora? Não podemos conversar?

— O que ainda há a ser dito? Você me dá nojo.

— Neil, não.

— Quero que você vá embora. Já.

Isabel fitou-o.

— Mas e as crianças?

— Telefonei para minha mãe antes que você chegasse. Ela está disposta a ajudar até que eu possa arranjar tudo de maneira mais conveniente.

— O que você quer dizer com "de maneira mais conveniente"? Você não pode me descartar e fingir que não existo.

— Vá embora — disse ele, cerrando os punhos. — Não quero você aqui. Pegue o que quiser e se mande. Depois os advogados podem discutir a situação.

Os olhos de Neil encheram-se de lágrimas e uma veia saltou na sua mandíbula. Isabel percebeu que ele estava muito perto de um colapso nervoso e sentiu-se invadida de culpa por tê-lo levado a tal estado.

— Como posso ir embora? Você não pode achar que vou embora.

Ele deu de ombros, recusando-se a encará-la.

— Não tenho para onde ir. As crianças, você, essa casa. Vocês são tudo o que eu tenho. — Sentiu as lágrimas brotarem novamente e tentou detê-las com tanto esforço que a boca estremeceu.

— Devia ter pensando nisso antes. — A voz dele era dura, o corpo virado de modo que não ficasse de frente para ela.

— Por favor, Neil. Pense nos nossos filhos.

Ele então voltou-se para ela, os olhos pétreos como seixos.

— Pensei nos nossos filhos, o que parece que você não fez. Por que eles têm de sofrer por causa de seu... deslize? — Ele cuspiu a palavra. — Se você for agora, há uma chance de evitarmos o escândalo.

— Mas não há necessidade de escândalo. Ninguém sabe de nada, e nem poderia saber. — Cheia de culpa, pensou em Justine. Graças a Deus tinha escondido as fotografias em vez de mostrá-las a ela. Enxugou o rosto com a mão, mas as lágrimas continuaram rolando. Tentou controlar a respiração, mas só conseguia emitir suspiros entrecortados. — Milhões de pessoas têm casos e não se separam. Por que temos de ser diferentes?

A voz dele era gélida.

— Porque eu acho que toda a região já está alvoroçada com a novidade. Não há modo de manter isso tudo na encolha.

— Como assim? — gaguejou ela.

— Já lhe disse. Abri o envelope no trem. De início, não percebi que era você. Meu Deus, quem imaginaria ver a esposa assim? — Isabel deixou a cabeça pender.

— Desculpe, desculpe.

Neil disparou um olhar penetrante, mas prosseguiu.

— Estava sentado ao lado de George, Richard, a turma de sempre.

O coração de Isabel perdeu duas batidas e ela olhou para Neil com horror.

— Oh, não. Oh, por favor, não.

— Infelizmente, sim, eles viram. Não foi culpa deles, não tinham como deixar de ver. Estávamos rindo e fazendo piadas, imaginando quem seria a pessoa a que as fotografias eram destinadas quando, um a um, eles se calaram. Então alguém, acho que foi Richard, disse que eu devia guardar as fotografias. —

Esfregou a mão na testa como se tentasse mitigar uma dor de cabeça. — Ainda não tinha visto as fotos. Não muito bem. Não é do meu feitio. Olhei apenas o bastante para concluir que não era eu o destinatário, ou pelo menos foi isso o que pensei. — As linhas no rosto de Neil estavam fundas, salientadas pela luz mortiça vinda da janela. — Não é do meu feitio, veja só você. Nunca foi. Obviamente, você sabe disso. Bobagem minha repetir o que você já sabe. — Ele mordeu o lado do polegar. — Saltei do trem na estação seguinte. Eles são bons sujeitos, mas não vão guardar segredo. Vão chegar em casa e contar às esposas, que vão contar somente para a melhor amiga, e assim por diante.

Ela baixou a cabeça, já sentindo o peso dos mexericos somando-se à dor de Neil.

— Vai ser um inferno, é claro, mas as pessoas vão se oferecer para ajudar. Dar uma olhada nas crianças, colaborar no que for possível, esse tipo de coisa. Se você não estiver aqui.

— Entendo. — Conseguia entender que as pessoas da vizinhança iriam correr para acudir Neil, a vítima inocente, e que a fofoca cessaria mais cedo se não houvesse um objeto para caluniar. Ele estava certo. Se ela não estivesse por perto tudo seria mais fácil para as crianças. Olhou em volta do quarto como se estivesse ali pela primeira vez. — Não posso simplesmente ir embora.

— Por que não?

— Porque... as crianças precisam de mim.

— Mesmo? Posso dizer que os indícios apontam que você sequer pensava nelas.

— Não é justo, e você sabe muito bem disso.

— Se tivesse pensado nelas, teria desejado poupá-las. Como você acha que elas vão se sentir com todos apontando e cochichando? Vá embora agora e poupe-as dessa humilhação.

Não conseguia pensar. Não podia fazer o que estava pedindo. Não podia deixar as crianças. Não podia.

— Não posso...

— Não se trata do que você pode ou não pode. Trata-se do que é melhor para as crianças. — Tais palavras fizeram a cabeça de Isabel arder em chamas. — Se você as amasse, iria embora.

— Não — disse ela, apertando os punhos contra os olhos. — Não posso deixá-las. — Mas e se ele estivesse com a razão? E se fosse melhor que ela partisse? Não seria por muito tempo, só até que o disse-me-disse diminuísse um pouco, uma semana, no máximo. Devo fazer o que é melhor para os meus filhos, pensou desesperadamente. Alguém me diga o que fazer. Mas não havia ninguém para indicar o caminho das pedras. Tenho de pensar por mim mesma. Tentou controlar a respiração, tentou se acalmar, tentou deter o torvelinho de pensamentos. Se eu ficar, será um fim de semana inteiro de brigas, choros, recriminações. E Michael e Katie não devem nos ver assim. Talvez Neil estivesse certo. Estava pensando em si mesma e não nas crianças. Talvez fosse melhor ir embora. Melhor para Michael e Katie.

— Talvez por pouco tempo. Apenas um fim de semana — disse, as palavras vacilantes.

— Não me interessa. — Ele tinha o ar cansado e sombrio, parecia estar mais próximo dos 60 que dos 40 anos.

— Neil, eu sinto muito. — Deu um passo na direção dele, que ergueu uma das mãos para evitar que se aproximasse. Ela não podia partir. Mas se ficasse... pensou em Neil forçando seu rosto contra a cama, com tanta força que não conseguia respirar. Se Michael visse aquilo, sairia em socorro da mãe? E depois? Tinha de proteger os filhos das conseqüências infames do seu caso extraconjugal. Finalmente Isabel falou. — Vou colocar algumas coisas numa mala.

Do alto do armário, Neil tirou uma pequena sacola de viagem e entregou a ela. Os dedos de ambos tocaram-se brevemente e ele puxou a mão para evitar o contato. Isabel sentia-se esgotada e derrotada. Começou a separar algumas coisas ao acaso, incapaz de pensar com clareza, jogando as roupas na bolsa. "Não posso acreditar que estou fazendo isso" era a frase que corria pelo seu cérebro incessantemente, mas as mãos continuavam a arrumar a mala. Foi até o banheiro e encheu uma *nécessaire* com artigos de toalete, adicionando-a à sacola. Quando o volume já estava cheio, ergueu-o do chão e arfou, surpresa com o peso.

— Deixe que eu levo a bolsa para baixo.
— Obrigada.
— Não há de quê.

Trocaram essas palavras com calma e educação, como se fossem estranhos.

— Não me despedi deles. Não posso ir sem dizer tchau. — Podia sentir o pânico irrompendo dentro de si diante do pensamento de que iria se afastar.

Ele fez um gesto de indiferença.

— O que vai dizer?
— Que os amo.
— Ah.

Isabel percebeu que o envelope ainda estava sobre a cama.

— O que vai fazer com aquilo?

Neil olhou para o papel, espantado, como se tivesse esquecido que estava ali.

— Ainda não sei.
— Gostaria que destruísse as fotos.
— Claro.
— Por favor. — Ele hesitou. — Já causaram estrago suficiente — emendou ela.

Em resposta, ele fez uma busca minuciosa na gaveta do criado-mudo e encontrou, cheia de poeira, uma caixa de fósforos de restaurante. Então, virou a cesta de lixo feita de metal, espalhando lenços de papel sobre o tapete, e ateou fogo numa das pontas do envelope, que queimou com uma chama dourada brilhante, tornando-se verde lúrido à medida que a chama bruxuleava sobre o papel fotográfico. Quando o fogo cresceu e ganhou altura, Neil jogou o envelope ardente na cesta. Isabel e ele observaram em silêncio como se consumia e brilhava para depois se transformar em material incandescente, apenas cinzas, sem flamas. Parecia não haver nada a ser dito.

Desceram as escadas, Isabel na frente, Neil atrás, seguindo-a e carregando a bolsa. Ela tinha a sensação de que se arrastava por um caminho viscoso feito de melado.

— O que vai dizer às crianças?

— Que você precisou viajar de repente. Ainda não pensei a respeito.

— É só por alguns dias, volto logo. Então você diz a eles que eu os amo, que não queria ir? — Ela colocou os braços em volta do corpo, abraçando-se, tentando conter os soluços. — Por favor, Neil, deixe-me ficar.

— Não. — Ele parou. — Estou me esforçando para ser civilizado. Se você ficar, eu... — A voz minguou. Tentou recuperar o controle. — Acho que você não entende como eu me sinto. Não posso... não posso...

Apertou-o contra si, sentindo o corpo dele retesado e inflexível. Ela deixou que seus braços caíssem, flácidos de constrangimento e remorso. Neil continuava a evitar os olhos de Isabel.

— Por favor, vá.

— Neil, está tudo errado. — Não podia ir. Era impossível. O peito de Isabel doía, a cabeça rodopiava. Impossível.

— Não posso suportar vê-la aqui. Toda vez que olho para você eu vejo... — Ele fechou os olhos como que numa tentativa de expulsar a dor. Isabel não sustentou o olhar dele e fitou o chão.

Devia ter mandado remendar o tapete, pensou num ataque de total incoerência. Se não for consertado, logo estará completamente desfiado.

— Neil, por favor... Desculpe. — Começou a tremer diante da perspectiva de partir. Mas tinha de partir, tinha de proteger os filhos.

— Não. — A expressão de dor no rosto de Neil impedira que ela continuasse a implorar. Respirou fundo, pegou a bolsa e abriu a porta da frente.

— Neil, só estou indo por um curto período. Não é para sempre. Você diz isso a eles?

Neil concordou sem dizer nada, apenas balançando a cabeça, os lábios cerrados com força. Ela saiu porta afora.

— Isabel? — Ela deu meia-volta. Ele parecia tão cansado que quis abraçá-lo novamente, mas em vez disso ficou ali, na soleira, consciente da sacola pesada puxando o braço direito para baixo.

— As fotografias. É disso que você... quer dizer, você gosta... você queria.... — Ele parecia envergonhado. — Desculpe. Não devia perguntar.

— Tudo bem. — Transferiu a bolsa para a mão esquerda. — Era diferente. Excitante. Divertido. Dezoito anos é muito tempo. Você sabe. — Ele deu de ombros. — Não amava Patrick. Nunca o amei.

Neil não disse nada, de modo que ela caminhou empertigada, as pernas bambas em direção ao carro, jogou a sacola no banco do carona e se posicionou em frente ao volante. Não podia acreditar que simplesmente estava prestes a acionar a ignição e ir embora. Girou o corpo sem desgrudar do banco e flagrou Neil observando-a. Por favor, disse a ele com os olhos. Por favor. Mas ele virou a cabeça e se recusou a olhar para ela. Parecia velho e encolhido, a semelhança de traços com o pai agora era muito forte. Ele voltou para a casa e fechou a porta. Isabel prestou atenção na cena, incapaz de crer realmente que a porta havia sido fechada e que ficara do lado errado. Até que pôs o motor para funcionar e arrancou com o carro. Sentia-se totalmente sozinha.

Isabel dirigiu sem rumo, completando círculos pelas alamedas em torno de Milbridge. Só após quase colidir por três vezes, percebeu que não estava segura na estrada. Ligou o aquecedor no máximo para afastar o desconforto, que começava pelos pés, tão frios a ponto de escorregarem dos pedais. Precisava encontrar um lugar para ficar. Um pouco adiante havia uma placa indicativa que lhe fez notar: não estava longe da casa de Helen. Podia ver o utilitário em frente à entrada, sinal de que a amiga já deixara os filhos na escola e voltara para casa. Havia um outro carro por ali, um sedã caro que suspeitava pertencer a George. Devia ser mais tarde do que imaginava.

O acesso à casa parecia ainda mais assustador que de costume, os grandes teixos sussurrando no vento, os galhos se esticando para agarrar o que passasse. Tocou a campainha.

— Isabel! — Helen tinha o ar atônito.

— Helen, pode me ajudar? Estou com problemas.

— Eu soube. — Helen parecia embaraçada e, apesar do frio, Isabel corou. Todos sabiam?

— Posso entrar por um minuto? Estou congelando.

— Não sei. — Helen mordeu o lábio, o rosto inundado de ansiedade.

— Por favor, Helen. Não tenho para onde ir.

— Quem é? — A voz de George, obviamente vindo da sala de estar. Isabel podia ouvir a televisão ao fundo.

— Não é ninguém — respondeu Helen.

— Se for aquela piranha, diga que não é bem-vinda. — Isabel se encolheu enquanto a voz dele ecoava no saguão revestido de pedra.

Helen parecia envergonhada.
— Desculpe.
— Não, não é culpa sua. Não deveria ter vindo.
— Não posso ir contra George.
— Sei disso.
— Para onde você vai?
— Não se preocupe. Vou achar uma pensão ou algo assim.
— E virou-se para ir embora.
— Espere. — Helen surgiu, fechando a porta atrás de si. — Você tem dinheiro? Posso lhe emprestar um pouco.
— Não. — Isabel torceu o rosto, humilhada. Não deveria ter pedido ajuda. — Estou bem — disse, tentando sorrir.
— Apareça aqui amanhã. George sempre joga golfe sábado de manhã.
Mas eu preciso de ajuda agora, pensou Isabel.
— Quero ajudar. Deixe-me emprestar-lhe algum dinheiro.
— Não. Estou bem, de verdade. Não deveria ter vindo.
— Apareça amanhã e vai poder me contar tudo. — O rosto de Helen parecia ávido, excitado pela perspectiva de emoções alheias.
— Oh, não, Helen, não posso fazer com que você vá contra George. — Isabel se afastou pisando forte e com ruído, rumo ao carro. O interior do veículo tinha esfriado dramaticamente nos poucos minutos em que se ausentara. Arrancou com o carro, habilidosa, tentando não dar atenção às lágrimas nos olhos. Se Helen não a ajudaria então ninguém mais a ajudaria. Ou melhor, até poderiam ajudá-la, dissimuladamente e às escondidas de seus maridos, em troca de detalhes picantes e da sensação de estarem no centro dos acontecimentos. Teria feito o mesmo, disse para si, tentando perdoá-las. Não teria ido contra Neil.
Pensar em Neil, no sofrimento dele, fez as lágrimas voltarem a rolar pelas maçãs do rosto. Tentou piscar para represá-las, mas

elas insistiam em aflorar, tornando a direção perigosa. Estava perto das escarpas do Downs. Então, enveredou pela pista que levava ao cume. O caminho de pedras acabava logo adiante, dando lugar a uma senda rural enlameada e sulcada por tratores e rodas de motocross. Apesar de preocupada com a possibilidade de o carro atolar, não interrompeu a subida até decidir que era hora de caminhar. Aos tropeções, avançou para o topo. Avistou algumas árvores e parou para repousar as costas contra a maior delas. O chão estava crespo de tantas folhas caídas: escarlates, terracotas, verdes manchadas de amarelo. Cuidadosamente, rasgou em tiras uma delas, removendo o que sobrara na parte carnuda, só deixando o esqueleto. Michael estava estudando as partes das flores na escola. Estame, sépalas, cálice. A vida sexual das plantas, dissecadas e divididas em seções. Estigma, estilete, ovário. Abelhas ocupadas, zumbindo para lá e para cá. A luz começava a cair.

O vale se espalhava diante dela, meio encoberto pelo crepúsculo. Nos vilarejos em torno da cidade as pessoas acendiam as luzes, criando pontilhados de tepidez amarela em meio à névoa cinza embaciada. Ela observava, ignorando o vento frio que se esgueirava pelo casaco, pelo suéter. Milbridge era um cacho de lampadinhas douradas e prateadas, formando um halo laranja escuro no céu que escurecia. Numa daquelas casas, Katie e Michael tomavam chá e perguntavam onde a mãe estaria. Pelo menos, esperava que estivessem perguntando.

Sentou-se ali por muito tempo, deixando o vento açoitar seu cabelo contra o rosto, a friagem insinuar-se e enrijecer seus ossos, a umidade penetrando até a medula. O vale tornou-se plúmbeo, iluminado somente pelos fachos piscantes, como pirilampos, que mostravam onde as pessoas viviam. Uma raposa se fez ouvir, um som agudo. Das folhas no chão vinham pequenos farfalhos; uma coruja pousou com asas silenciosas. Isabel notou que estava frio, realmente frio.

Pensando vagamente que deveria encontrar um lugar para passar a noite, desceu vacilante a escarpa, escorregando na lama e se embaralhando em sarças. O trajeto parecia longo e por um momento horrível pensou ter se enganado e se desviado da trilha da fazenda. O pensamento de ficar presa nas colinas em pleno fim de novembro fez com que conseguisse se concentrar; pôs-se mais alerta aos sinais, certificando-se de estar na direção certa. Seguiu uma cerca viva, cruzou a passagem estreitíssima e lá estava o carro.

Abriu a porta para o banco do motorista. Ali, em pé, mudou de opinião, fechou a porta e instalou-se na parte de trás. Qualquer lugar ou situação era melhor do que voltar à dureza do mundo real. Mesmo uma noite num carro enregelado, onde pelo menos havia um cobertor velho que as crianças usavam nas manhãs de geada — depois do calor do verão sírio, os termostatos de Katie e Michael ainda não haviam se ajustado ao frio europeu. Isabel se enrolou no tecido, encontrando algum conforto ao constatar vestígios dos rebentos deixados nos fios de lã, braços cruzados sobre o baixo ventre, tentando conter a dor. Talvez, se deitasse completamente imóvel, nada tornaria a lhe ferir.

Mas a perda dos filhos era como uma dor lancinante que enchia sua mente, bloqueando quaisquer outros pensamentos e mesmo a percepção do frio, apesar de estar batendo queixo. Podia imaginá-los: Michael saltando em meio a folhas varridas pelo vento, como um fauno exuberante e de braços compridos; Katie, séria e atenta, bochechas gorduchas como as de uma boneca, mãos de estrela-do-mar desenrolando-se para mostrar algum pequeno tesouro recém-descoberto. Se alguém lhe dissesse: "você pode ter as crianças de volta, mas para isso tem de perder o braço direito", instantaneamente o estenderia e o arrancaria fora, se necessário. Nada importava a não ser Michael e Katie.

Ela se abraçou bem apertado, um nó irremediável de dor perfurando-a por dentro. Lembrou-se de Michael sumido no bosque e misturou impressões e sensações, recordando como, há pouco, tinha sido agarrada e presa pelos galhos. Na ocasião em que o filho desaparecera, tivera a noção exata de que morreria se não tornasse a vê-lo. E, no entanto, ali estava ela, por sua própria culpa, sem ele. O mundo do lado de fora do carro era glacial e escuro. Trocou de posição no banco de trás, esticando as pernas para logo em seguida recolhê-las de novo. Não havia como escapar aos próprios pensamentos, a culpa fora inteiramente dela. Deveria ter sido fiel e, se não, pelo menos mais cuidadosa. Oh, Patrick, por quê? De maneira confusa e indistinta, sentimentos afiados apoderaram-se dela. Isabel tentou desemaranhar o novelo: amor, ódio, raiva. Raiva. Se ele não tivesse cumprido a ameaça, estaria em casa, em segurança, com Neil e os filhos. Será que Neil saberia que Michael gostava de sete beijos antes de ser aconchegado na cama e que Katie não conseguia dormir a menos que a luz do banheiro, não a do patamar da escada, estivesse acesa?

Armou uma careta exagerada, tentando não pensar nas crianças, mas era irresistível. Sentia a falta delas, cada molécula de seu corpo ansiava por abraçá-las. Porém, as tinha perdido.

18

Acordou com alguém batendo na janela do carro. Sentou-se pela metade, olhos turvos e, de esguelha, detectou dois rostos que lhe espiavam através dos vidros embaçados pela condensação, um rosto preto-e-branco e peludo, o outro vermelho, azul e felpudo. Estava tendo alucinações? Esfregou o vidro com a manga do casaco e fixou a vista mais atentamente. Os semblantes transformaram-se em um *border collie* e numa mulher com chapéu de lã, bem agasalhada contra o frio matinal. Deus, pensou Isabel, estava congelada. E sentia que uma das bochechas latejava, provavelmente por trazer impresso o desenho do estofamento do banco traseiro. Mexeu os músculos faciais para recuperar um pouco da circulação. A mulher de cabeça lanígera tentava lhe falar alguma coisa. Isabel se obrigou a sentar-se direito e, com cautela, abriu a porta do carro.

O *collie* pulou para cima dela, a língua cor-de-rosa saudável exibida em meio a nuvens de resfolego. Desembaraçou-se um pouco mais do cobertor para tentar afastar o animal. A dona mantinha a mão enluvada contra o peito, num gesto que não deixava dúvidas: estava tomada de perplexidade.

— Pensei que fosse uma suicida.

— Não. — Isabel tinha a estranha sensação de que, ao se recolher ao conforto da manta das crianças, tivera a boca selada. Usou a língua para umedecer os lábios secos, sentindo as fissuras queimadas nos cantos. — Ainda não estou morta.

— Mas por aqui há suicidas. Colocam tijolos sobre o acelerador para que o carro só pare quando o combustível acabar.

— Bom saber. Talvez numa próxima vez...

A mulher parecia horrorizada.

— Não pretendia...

— Tudo bem. Também não queria assustar ninguém.

Isabel correu as mãos pelo cabelo, notando que estavam arrepiados para cima, em tufos. A mulher não abandonou a posição, obviamente se contorcendo de curiosidade, mas educada demais para fazer perguntas. Em outra situação, Isabel teria tentado apaziguar a inquietação da desconhecida, perguntado o nome do cachorro, comentado sobre as condições meteorológicas, mas naquele momento estava cansada demais para se dar tanto trabalho. Nas últimas 24 horas, perdera todas e quaisquer reservas de bom comportamento social que porventura ainda possuísse. Reclinou-se novamente contra o banco, os olhos fechados.

— Precisa de ajuda?

— Estou bem. Bem. — Mantinha os olhos cerrados.

— Então vou seguir meu caminho. — Isabel não respondeu. Podia sentir a mulher ensaiando a passada, pronta para partir. A desconhecida inspirou profundamente. — Está um lindo dia. Venha, Tan.

Isabel ouviu-os indo embora, pés protegidos por calçados resistentes esmagando o solo, o cão metendo-se na cerca viva, os sons enfraquecendo. Sentou-se paralisada, entretida em absorver o silêncio. Depois outros sons se impuseram. Canto de pássaros em fraseados curtos, três notas repetidas terminando numa nota ascendente, como uma pergunta. Logo adiante, o chamado admoestador de um melro inquieto. Escondido na cerca viva, um tordo à procura de frutinhas silvestres. Abriu os olhos e viu que uma aranha fizera teia junto ao retrovisor lateral. A teia brilhava com gotículas de perfiladas como contas ao longo de fios prateados, a luz do sol passando através do orvalho, prismas convertendo a luz em arco-íris cintilantes. Podia sentir o calor do sol sobre o carro, ver o calor derretendo o gelo sobre a trilha enlameada. Lentamente, sentindo as juntas tão enferrujadas quanto as do Homem de Lata, abriu a porta com um empurrão e pôs-se de pé, os pulmões doendo à medida que inalava o ar fino e cortante. O dia já raiara por completo, o céu era azul-claro pálido e flutuava sobre campos arados, a terra tinha cor de chocolate e o alcantilado do Downs destacava-se majestoso no horizonte. A mulher do cachorro tinha razão. Era um lindo dia.

Era um dia lindo, então o que estava fazendo, desperdiçando o tempo no Downs enquanto os filhos esperavam-na? Neil não conhecia a rotina deles, levar Katie à aula de balé, Michael à escolinha de futebol. Ela era parte integrante e indissolúvel da vida daquelas crianças; Neil não poderia colocá-la para escanteio ou bani-la para os recantos mais longínquos do reino como um soberano de conto de fadas. Anna Karenina e Emma Bovary só tiveram o suicídio como alternativa porque eram criações de homens do século XIX. Pagaram o preço de terem cometido adultério. Mas o caso de Isabel era diferente.

De repente, lhe ocorreu que tinha aceitado com muita facilidade a exigência de Neil para que fosse embora. Ao longo de toda a vida de casada, sempre acatara as decisões do marido. Poderia ter demandas e dar opiniões, mas no fim era Neil quem decidia, Neil quem avaliava as provas e dava o veredicto. Tinham se casado às pressas por causa das regras de um outro país e parecia que tais regras tinham se estabelecido para toda a eternidade: tornara-se propriedade dele para que ele dispusesse dela como bem lhe conviesse. E tinha consentido. Rememorou aqueles tempos, a empolgação de estar num país diferente e, logo em seguida, a morte do pai. Neil tinha se incumbido de todas as providências e ela ficara grata, um hábito que se perpetuara. Parecia um trato justo na época: ele tomava conta de todos os assuntos dos Freeman, ganhando dinheiro etc., exceção apenas para a vida doméstica, seara da esposa. Para famílias vivendo no exterior, não raro esse era o único comportamento possível. Mas agora, pela primeira vez, ela especulava se tinha aberto mão da própria independência apenas porque fora mais fácil. Mais fácil deixar Neil cuidar das finanças, organizar a vida de todos.

Talvez seja mais cômodo abrir mão da própria autonomia, mas veja bem até onde isso me levou. Basta, pensou, estendendo a vista pelo amplo vale que se abria logo abaixo. Chega. Hora de voltar para casa.

As crianças ficaram felizes em rever a mãe, agarrando-se a ela, que se ajoelhara para saudá-las.

— Papai disse que não sabia quando você voltaria — disse Katie, aconchegando-se no ombro de Isabel.

— Ele disse isso? — respondeu Isabel com delicadeza, os olhos encontrando os de Neil, que permanecera de pé, no vestíbulo, boquiaberto. — Papai tolinho. Ele deve ter me entendido mal. Agora corra e pegue as suas coisas de balé. — E soltou Katie. — Rápido, ou vamos nos atrasar. Michael, se apresse e se vista. Seu equipamento deve estar pronto, esperando por você na porta dos fundos.

Michael parecia confuso.

— Mas papai disse que a vovó viria para tomar conta da gente.

— Não se preocupe com isso. Apenas se vista o mais rápido possível.

Isabel subiu as escadas, acompanhando Michael. Não havia tempo para tomar banho, mas rapidamente lavou o rosto e se trocou, fazendo caretas enquanto se livrava das roupas sujas. Já de roupa limpa e mais arrumada, voltou ao vestíbulo, onde

Neil ainda a aguardava, mãos nos quadris, boca cerrada sob o bigode.

Certificando-se de que as crianças não estavam por perto o suficiente para ouvir, encarou Neil.

— Não vou embora. Lamento o que aconteceu, mas não posso simplesmente desaparecer e deixar você fingir que não existo.

— Não quero você aqui.

— Estou aqui e pretendo ficar. Não vou me separar dos meus filhos. — Ouviu Katie pulando os degraus da escada e falou num tom de voz mais coloquial. — Vamos passar a manhã fora e voltamos na hora do almoço. Conversaremos à noite.

— Mamãe está chegando.

— Não me casei com a sua mãe, casei com você. Você vai ter de dar um jeito nela. — Isabel abraçou Katie. — Pronta, meu anjo? Boa menina. E Michael, também está pronto?

— Não sei.

Isabel chamou escada acima:

— Depressa, Michael.

A voz de Michael era um lamento.

— Não consigo achar meus tênis.

— Devem estar na porta dos fundos.

Conseguiu tirar as crianças de casa e entregá-las nas respectivas atividades, o tempo todo com o coração martelando. Quando deixou Katie no balé, houve uns poucos olhares de soslaio, conversas que foram interrompidas de repente, mas nenhuma das outras mães falou nada, a não ser Justine.

— Estou surpresa em vê-la aqui — comentou, levantando cuidadosamente as sobrancelhas depiladas.

— Oh, é mesmo? Por quê? — disse Isabel, tão casualmente quanto pôde, enquanto fingia se distrair com as sapatilhas de balé de Katie.

Justine corou levemente.

— Ouvi que... — Calou-se ao ver que Isabel erguera o olhar com a mais suave das expressões que conseguira colocar no rosto.

— Você não deve acreditar em tudo que ouve — disse Isabel. — Acho que isso aqui está precisando de elástico novo, Katie. Vou comprar na cidade enquanto você está na aula. — Isabel disparou um sorriso para Justine. — Tenho de correr — disse, e apertou o passo até o carro, onde Michael a aguardava.

Deixou o filho na aula de futebol. O que seria de nós se não fossem os comentários meteorológicos?, pensou Isabel. Com alegria forçada, repetiu o bordão "Que lindo dia!" a vários pais e mães. Tentou não registrar quem tinha erguido as sobrancelhas ou demonstrado perplexidade. Sua boa sorte não a abandonara e não demorou a encontrar onde estacionar em pleno centro da cidade.

Elástico comprado, hora de decidir o que fazer em seguida. Tinha se surpreendido quão fácil fora voltar à casa e dizer a Neil que não iria se mudar. Retomara o controle da situação de modo simples. O que aconteceria doravante era menos previsível, dependia da reação de Neil. A culpa sobrepujou-a por um momento. Mas o remorso de nada a ajudaria num momento como aquele. Precisava saber qual era sua posição legal. Os jornais estavam cheios de homens aflitos queixando-se de como a Justiça favorecia as mães, mesmo quando os pais eram inocentes imaculados e elas não passavam de depravadas. Isabel queria saber o que poderia acontecer exatamente no seu caso. Qualquer advogado poderia lhe dar esclarecimentos, mas queria informações imediatas, antes de tornar a encontrar Neil. Foi à biblioteca, vasculhou, veloz, as prateleiras de direito, mas os livros que buscava já estavam emprestados. Obviamente não era a única com problemas conjugais.

Então foi à livraria, tentando circular entre as prateleiras sem chamar atenção, caso Patrick estivesse sentado na cafeteria do outro lado da rua. Para sua surpresa, a livraria estava cheia, e embora houvesse pouco movimento na seção de assuntos jurídicos, suas costas esbarravam nas dos clientes que folheavam livros de culinária. Os assuntos variavam: leis criminais, contratuais, corporativas, constitucionais. Parecia haver muitas especificidades legais iniciadas pela letra "c". Correu os olhos pelas lombadas. Responsabilidade civil, eqüidade, propriedade, negócios. Não havia nada sobre casamento ou direito de família. Pensou em perguntar ao vendedor, mas a loja estava lotada e não queria arriscar que alguém a ouvisse. Além disso, ela perguntaria pelo quê? Desejava algo como *Guia sobre as implicações da separação para uma mulher de reputação duvidosa*, mas duvidava que tal obra já tivesse sido escrita. Deu alguns passos rumo à seção de auto-ajuda. Pegou um exemplar sobre como auxiliar os filhos a lidarem com o divórcio e, segurando-o nas mãos, sentiu as lágrimas correrem, como se a simples existência do livro significasse que sim, isso estava acontecendo com ela, sim, era real. Mas só se eu permitir, pensou, devolvendo o volume à estante.

Então se deparou com um outro livro que parecia ter uma abordagem seca e factual, em vez de emocional. Folheou-o, procurando os títulos dos capítulos. Mediação e reconciliação.

"Muitos casais que vão a audiências de mediação decidem contra o divórcio", leu. Não gostava da idéia de audiências de mediação. Muitas oportunidades de humilhação, embora ao menos Neil tivesse queimado as fotografias, o que o impediria de apresentá-las. Culpa. Censura. Adultério. O livro tinha tudo isso. Foi para o capítulo sobre a guarda dos filhos. Parecia que os pais aflitos estavam certos: a Justiça em geral relutava em privar a mãe da guarda dos filhos, mesmo quando era ela a motivadora, como chamavam os especialistas, do divórcio. Suspirou. Parecia injusto que um homem devesse perder a casa, a esposa e os filhos somente porque passava o dia inteiro fora, trabalhando e ganhando dinheiro para pagar tudo. Por outro lado, as necessidades das crianças tinham de vir em primeiro lugar.

Decidiu ficar com o livro, mas tinha de entrar na fila para concluir a compra.

— O dia hoje parece de muito trabalho — disse ao homem que finalmente a atendeu no caixa.

— É Natal — respondeu ele. — São 10,99.

Isabel entregou o dinheiro.

— Tinha me esquecido do Natal.

— É a época do ano em que trabalhamos mais — disse ele, contando o troco. — Nas próximas quatro semanas estaremos sobrecarregados. Se souber de alguém que queira trabalhar... — Ele bateu de leve no balcão.

Isabel recolheu as moedas e olhou para onde ele apontava. Um anúncio colado no balcão dizia:

Vaga para vendedor temporário. Admissão imediata. Término no Natal.
Falar com o gerente.

— Eu — disse ela, para seu próprio espanto e para o dele. — Preciso de um emprego.

— Sério? — Entregou a ela uma sacola plástica com o livro dentro.

— Sim. — Isabel percebeu que estava falando a sério, que precisava mesmo de emprego, agora mais do que nunca, e reforçou a resposta com um meneio de cabeça. — Não estou brincando.

A mulher que estava atrás pigarreou e Isabel viu que a fila tinha crescido.

— Façamos o seguinte — disse o homem, coçando a cabeça. — Venha na segunda-feira de manhã bem cedo, quando terei tempo para conversarmos, não vou estar muito ocupado.
— Ótimo. Segunda-feira de manhã, então. Obrigada.
Do lado de fora, correu para o carro. Um guarda de trânsito estava ao lado do veículo, espiando pela janela.
— O tempo estourou, não é? A fila estava enorme.
— O tempo estourou, mas a senhora está com sorte — disse ele. — Ainda não comecei a preencher a multa.
Ficou tão aliviada que poderia tê-lo beijado.
— Obrigada — disse ela, e sentou-se ao volante. Deu partida e primeiro pegou Katie, depois Michael, as bochechas coradas de tanto andar às pressas no ar fresco da manhã. O carro de Moira já estava estacionado quando chegaram em casa.
— Vovó chegou — disse aos filhos. — Comportem-se. — Imaginou o que Neil teria dito a Moira. Lampejou em sua mente que se ela e Neil se divorciassem nunca mais teria de dirigir a palavra a Moira. — Comportem-se — repetiu, muito embora as crianças já tivessem saído do carro.
Moira estava no saguão, cercada pelos netos.
— E essa é a posição da sereia — explicava Katie, quando Isabel se aproximou. A menina estava sentada no chão como a estátua da Pequena Sereia em Copenhague, pernas de um lado, braços estendidos.
— Uma graça, querida — disse Moira —, mas levante-se ou vai sujar toda a sua linda roupinha.
— Katie, meu amor, vá trocar de roupa — disse Isabel. — Você também, Michael. E dessa vez coloque seu uniforme no cesto de roupa suja, e não embaixo da cama — gritou para o menino, que já escalava os degraus rumo ao andar de cima, seguido bem de perto por Katie.

Ao som da voz de Isabel, a sogra se virou, mãos na cintura.

— Fez boa viagem? — indagou Isabel com animação, decidida a não ceder à sogra nem um pedacinho de território doméstico.

— Sim, obrigada — replicou Moira, secamente. — Embora se trate de uma visita não programada.

— Concordo inteiramente — disse Isabel. — Foi muito inesperada. — Olhou Moira direto dentro dos olhos, desafiando-a a falar mais. Mas para sua surpresa, Moira hesitou e logo desviou o olhar. O cabelo da mãe de Neil estava desalinhado e Isabel pôde ver que havia uma área do rosto em que a sogra não conseguira espalhar a base, deixando a pele exposta. Naquela janelinha, a epiderme aparecia branca como cera, enfraquecida pela idade. Em comparação a ela, Isabel sentia-se jovem e forte, mas também envergonhada por tal pensamento.

— Moira, você dirigiu um bocado até aqui. Por que não se senta um pouco enquanto eu lhe trago um café?

— Café de verdade ou instantâneo? — perguntou Moira, reforçando ainda mais a postura já bastante beligerante. Mas o cabelo desarrumado e a maquiagem feita às carreiras estragavam a tentativa de se mostrar inexorável. Parecia mais uma perua velha, exausta, de pescoço comprido que, embora débil, saía em defesa de seus pintinhos com unhas e dentes.

Isabel riu.

— Instantâneo. Se você não quiser instantâneo, pode tomar chá. É pegar ou largar, pois é tudo o que tenho a oferecer.

— Instantâneo, então, já que não tem café de verdade. E creme?

— Não sei, duvido que tenha. — Falou com calma, mas de maneira firme, cansada demais para sustentar o joguinho das pequenas implicâncias.

Moira parecia atônita, como se confundida por uma Isabel que não reagia. Talvez esse fosse o segredo, pensava Isabel. Durante todos esses anos me esforcei para ser a nora boazinha, quando a negligente teria sido muito mais apropriada. Não que negligente fosse a palavra certa. Mais, indiferente, alheia aos pequenos queixumes e alfinetadas. Olhando para o passado, parecia ridículo, duas mulheres adultas batendo boca por causa de ninharia.

Imaginou novamente o que Neil teria contado à mãe, já que tinham conversado pelo telefone ontem e na manhã de hoje, quando a velha chegara. Mesmo que ele tivesse excluído os detalhes, Moira deveria saber que algo extraordinário acontecera. Inútil, então, discutir trivialidades quando havia batalhas reais a serem travadas.

Ela sorriu e disse amavelmente:

— Você precisa descansar. Vá, sente-se. Vou lhe trazer café.

— Você é muito gentil — disse Moira, com frieza.

— Não é incômodo nenhum — Isabel foi até a cozinha. Neil não estava lá e imaginou onde poderia ter ido. Viu um prato grande coberto de papel-alumínio e levantou uma das pontas. Era uma torta de sabe-se-lá-o-quê, direto do freezer de Moira, pensou Isabel. Moira tinha escrito algo numa etiqueta em caligrafia trêmula, mas a letra tinha borrado e se tornado ilegível. Veio à mente de Isabel a imagem da sogra diligente abastecendo o freezer com tortas tamanho família, labutando numa eterna rotina doméstica, apesar de os filhos já estarem criados e terem saído de casa há vinte anos.

Isabel lembrou-se de que ontem tinha passado no supermercado, compras feitas de acordo com o novo planejamento alimentar semanal, o início de uma vida nova e organizada. Programara pizzas para o almoço, mas em vez disso ligou o forno e colocou a torta de Moira lá dentro.

Voltou para a sala de estar.

— Eis o seu café — disse.

Moira sentou-se, como se tivesse sido acordada com um susto, e pegou a xícara que Isabel lhe estendia. Seus dedos sobre a xícara eram frágeis, nós de veias azul-escuras nas costas das mãos, aliança de casada encaixada no anular.

Isabel pigarreou.

— Moira, sabe onde Neil está?

— Ele disse que precisava sair e tomar algumas providências.

Providências. Soava uma palavra horrivelmente fria. Isabel sentou-se ao lado de Moira.

— Não sei o que Neil disse a você mas...

— Disse que você tinha ido embora e que precisava de minha ajuda com as crianças.

— Entendi. — Isabel correu as mãos pelo cabelo. — Não sei se ele contou detalhes...

— Alguns. O bastante. — Moira tomou um gole do café, a boca franzida como o traseiro de um gato.

Isabel contou até três, depois até dez.

— Neil está muito zangado comigo — disse. — E tem razão em estar. Mas um único erro não pode nos fazer ignorar todos os anos que passamos juntos.

— Um erro.

— Sim — disse Isabel. As duas mulheres ficaram sentadas, em silêncio. Um erro. Mais apropriado dizer uma série de erros. Desde o início Neil não queria que fosse trabalhar para Patrick. Desconfiara da falta de um endereço comercial adequado. Se ao menos não tivesse ido à entrevista, se não tivesse usado os sapatos de camurça ameixa, se Patrick não a tivesse beijado. Se não tivesse sido tão estupidamente ingênua. De agora em diante, só vou trabalhar com pessoas que tenham endereços comerciais apropriados. Então a culpa emergiu de novo. Tinha sido mais do que ingênua, tinha sido intencionalmente alheia à dor que poderia causar.

Moira foi a primeira a quebrar o silêncio.

— Suponho que você pense que estou do lado de Neil.

Isabel pensou em Michael.

— Claro.

— Amo meu filho, mas isso não me torna cega aos defeitos dele. — Moira fungou. — Não que ele me conte muita coisa. Sempre foi um menininho reservado. Guarda tudo para si. Deve ser difícil viver com ele.

Isabel abriu a boca, estupefata.

— Mas não estou perdoando suas atitudes — continuou Moira, energicamente. — Seu comportamento é repreensível. Mas você é uma boa mãe. Apesar de não sermos íntimas, sei disso muito bem. Além do mais, na nossa família ninguém se divorcia. — Fez um som como se divórcio fosse uma quebra de etiqueta sem importância, equivalente a colocar garrafas de ketchup na mesa.

Moira recostou-se na poltrona e fechou os olhos.

— Todo esse corre-corre não faz bem para uma pessoa da minha idade — disse. — E as crianças, não precisam almoçar? Trouxe uma das minhas tortas especiais.

— Já coloquei no forno.

Os olhos de Moira escancararam-se.

— A que temperatura?

— Cento e oitenta, acho.

— Vai estar pronto em meia hora, então. — E fechou os olhos.

Isabel ficou de pé e esperou, mas era óbvio que a entrevista com Moira estava encerrada. Voltou à cozinha para começar a organizar o almoço, contando as facas e garfos. Estranho que a sogra, tida como inimiga temível, pudesse se mostrar uma aliada.

Mas onde estava Neil? Ele não retornara a tempo de almoçar.

— Neil levou alguma coisa com ele ao sair? — perguntou Isabel. A garganta estava apertada de ansiedade.

Mas Moira achava que não, que Neil não levara nada.

Jogaram Banco Imobiliário durante a tarde. Moira foi rápida em fazer fortuna: construiu um império e cobrou aluguéis sem demonstrar a menor misericórdia. Já Isabel era mandada para a prisão toda hora. Michael parecia furioso em ver que a mãe sequer sabia o tamanho e a composição do próprio patrimônio. O menino, a exemplo de Moira, jogava a sério e mostrava-se obcecado em conquistar para si as melhores propriedades. Katie não se importava: tinha o cão Scottie — parecido com Buster — para empurrar pelo tabuleiro, e emitia um pequeno latido agudo ao avançar por cada casa.

Neil voltou na hora do chá. Sua presença foi anunciada pelo bater ressonante da porta da frente e por passos pesados escadas acima. Isabel o seguiu e o encontrou fazendo as malas.

— O que está acontecendo? — perguntou.

— Se você não vai embora, vou eu — disse ele, tirando camisas dos cabides e jogando-as na mala.

— Para onde você vai?

Ele não respondeu.

— Neil, precisamos conversar.

Então ele olhou para ela.

— Você pode querer conversar, mas eu não. — E fez menção de fechar a mala, mas ela estendeu uma das mãos e o deteve.

— Você não pode simplesmente ir embora.

— Então observe.

— E a sua mãe? Ela dirigiu um bocado para vir até aqui.

Ele deu de ombros.

— Você está de volta, então se vira com ela.

Isabel estava estarrecida com a atitude dura de Neil. Aquele não era o homem que conhecia. Ou que pensava conhecer.

— Neil, por favor, fique. Fique até que tenha se acalmado e possamos conversar.

— Se eu ficar, minha atitude pode ser interpretada como perdão a tudo o que você me fez.

— O quê? Você consultou um advogado?

Virou as costas para ela e puxou o zíper da mala. Ela pensou no livro que havia comprado e que ainda deveria estar no saguão. Comprara o livro para descobrir quais eram seus direitos, para descobrir que munição poderia usar. Por que imaginara que Neil deixaria por menos? Sentia-se cansada, a noite tumultuada estava cobrando o seu preço. A pele parecia ter se tornado pesada, repuxada pelo medo.

— Para onde você vai?

— Não interessa.

— Mas e se houver uma emergência? Como vou achar você?

Ele fez uma pausa, depois consultou a agenda, escreveu algo com impaciência, arrancou a folha e jogou o papel para ela.

— O número do meu celular.

Isabel cravou os olhos na seqüência de algarismos, confusa.

— Não sabia que você tinha celular.

— A empresa me deu. — Ele pegou a mala e saiu do quarto. Isabel deixou o pedaço de papel cair e correu, interrompendo os passos dele no patamar da escada.

— Não seja tão melodramático — sibilou ela, consciente das crianças na sala de estar. — Primeiro você me expulsou, agora está indo embora. As pessoas têm casos o tempo todo e, sim, isso acaba com alguns casamentos. Mas não tem de ser assim.

— Então devo fingir que nada aconteceu, que tudo está muito bem...

— Claro que não. Não estou pedindo que faça isso, estou pedindo que fique até que possamos conversar e decidir o que é melhor para as crianças. Sei que magoei você e lamento muitíssimo. Mas aconteceu e temos de lidar com isso. Não é bom simplesmente ir embora, afinal o problema não vai desaparecer, não vai mudar o que já passou. Ir embora só vai tornar as coisas ainda mais difíceis para as crianças. — Percebeu que estava agarrando os braços dele. Libertou-o e recuou alguns passos. — Vou para o quarto de hóspedes, não quero atrapalhar o seu caminho, você pode fingir que não estou aqui. Mas, por favor, não vá.

— Já tomei algumas providências — anunciou ele, abruptamente, sem olhar para ela.

— Desfaça-as. — Ela observou atentamente o rosto de Neil quando ele interrompeu a fala. Ele parecia estar avaliando as opções de que dispunha.

— Não posso.

— Você quer dizer que não quer. Nem mesmo por seus filhos — disse Isabel, incapaz de manter o tom de voz livre de qualquer sinal de fúria. Ele virou-se e a empurrou contra a parede.

— Pare de usar as crianças como uma arma, sua vaca egoísta — ele cuspiu, o rosto assomando grande, tão próximo do dela. — Foi você quem arruinou tudo. É tudo culpa sua. Você jogou no lixo tudo o que fiz por você. E agora está me obrigando a ir embora.

— Não é verdade — protestou ela.

— A verdade é que eu sinto desprezo por você — disse ele, e pegou a mala do chão. Isabel o viu descendo os degraus e notou quando as crianças se aproximaram do saguão, presumivelmente atraídas pelas vozes altas. Esperou fervorosamente que não tivessem ouvido o bate-boca. Moira estava de pé atrás dos netos.

— Aonde você vai? — disse Michael.

Isabel prendeu a respiração.

— Vou passar uns tempos com um amigo — disse Neil com naturalidade, a despeito de há poucos minutos ter proferido insultos veementes contra Isabel. — Não há motivo para preocupação.

— Posso ir com você? — perguntou Katie.

— Agora não.

— Quando?

— Veremos. — Ele se abaixou e beijou o rosto maquiado de Moira. — Lamento, mamãe.

— Espero que lamente mesmo — retorquiu ela, de maneira ácida. E segurou no braço do filho: — Melhor pensar bem no que está fazendo, Neil.

— Claro. — Levantou Katie do chão e enterrou-lhe um beijo no pescoço. — Vamos nos ver logo.

Obviamente Katie tinha decidido que se tratava de uma viagem de negócios inesperada.

— Vai me trazer um presente do lugar para onde vai?

— O que você quer?

— Um gato.

— E você, o que vai querer? — Neil desmanchou o cabelo de Michael.

— Um tanque. Ou um carro de corrida.

— Não posso prometer nada, mas vou ver o que posso fazer. — Beijou Michael, que não se esquivou como de hábito. — Tchau.

Saiu sem olhar para Isabel.

Isabel, Moira, Michael e Katie ficaram na soleira da porta e observaram Neil dar partida no carro.

— Ele vai voltar, não vai? — perguntou Michael, a voz incerta e aguda.

— Claro que sim — disse Moira, abraçando-o. — Quando seu pai era um garotinho, certa vez fez as malas e foi embora. Iria para a Austrália, disse ele, para ver se todos por lá estavam de cabeça para baixo.

Katie tirou o dedo da boca.

— Ele chegou lá?

— Voltou para o chá. Agora é hora de tomar banho e ir para a cama. — E ergueu os olhos para Isabel.

Isabel sentia-se incapaz de pensar. Seu cérebro havia parado de funcionar; estava privada da possibilidade de raciocinar. Mas não devia chorar na frente das crianças.

— Vovó está certa — disse, a voz rouca e rachada. — Para cima, hora do banho.

— Ainda não está na hora — queixou-se Michael, raspando a sola dos sapatos no chão. — Só os bebês tomam banho tão cedo.

— Nada disso, rapazinho — disse Moira, tomando-o pela mão e marchando com ele escada acima. — Já tivemos discussão o suficiente nessa casa hoje.

Isabel os viu subir para o segundo andar.

— Seja um bom menino.

— Eu sou uma boa menina, não sou? — quis saber Katie.

Isabel abraçou-a.

— É, sim, com certeza. *Una buona ragazza* — acrescentou, relembrando.

— O que é isso? — perguntou Katie enquanto subiam as escadas, a mão pequenina e quente na de Isabel.

— "Uma boa menina", em italiano.

Moira ficou até a tarde de domingo e, embora Isabel tivesse instantes de exasperação, esses eram muito menos extremos do que antes. A atmosfera serena era ainda mais surpreendente se considerasse que a noite anterior fora de insônia. Mal acabara de adormecer quando Michael surgira, vermelho de vergonha e aflição por ter molhado a cama pela primeira vez em anos. Em meio a murmúrios tranquilizadores, ela trocou os lençóis e o acomodou novamente. Quando Katie apareceu, um pouco mais tarde, Isabel estava cansada demais para levá-la de volta ao próprio quarto, apesar de saber que a presença do corpinho quente da filha perturbaria qualquer resto de sono que ainda preservasse. De manhã, mudou a roupa de cama de Katie, mas deixou a sua própria intocada, sem querer perder a familiaridade com o cheiro de Neil.

Nem Isabel nem Moira mencionavam o nome de Neil, como se temerosas de admitir a ausência dele. Para as crianças, as duas mulheres sustentavam a idéia de que ele partira numa nebulosa viagem de negócios. Na verdade, Isabel não podia crer que ele tinha ido. Continuava a pensar que o ouvia pela casa e parecia surpresa em encontrar o quarto de casal sempre vazio. Sem Ian nem Neil por perto, Moira se dedicava exageradamente a Michael, que se dividia entre o constrangimento e a satisfação. Enquanto isso, Katie se agarrava a Isabel. Seguia a mãe por toda a casa, um dedo firmemente na boca, gesto de bebê que Isabel imaginava ter sido abandonado há meses.

Isabel não pensou na livraria até que chegasse a noite de domingo e precisasse separar os casacos, as bolsas e o equipamento de ginástica das crianças, a serem usados na escola no dia seguinte. Em meio aos preparativos, se deparou com a sacola contendo o manual sobre divórcio. Tinha dito que estava interessada em trabalhar, tinha sido uma resposta automática, mas agora não sabia ao certo o que queria. No final do domingo, porém, leu o livro, fazendo anotações. Uma coisa era bastante clara: não importa como fosse dividida, a renda de Neil não seria suficiente para sustentar duas casas e manter o padrão de vida que tinham tido até agora. Trabalhar não era mais uma escolha para Isabel.

Tantas novidades haviam surgido durante o fim de semana que as fotografias quase não ocupavam seus pensamentos. Nem os pais dos coleguinhas de escola de Michael e Katie. Os pais costumavam deixar as crianças pouco antes do início das aulas e iam logo embora, em especial nos dias gélidos como os de fins de novembro. No entanto, naquela manhã de segunda-feira havia grupinhos de mães chilreando e um burburinho de conversação e guinchos rapidamente abafados. Estranhas completas sentiam-se livres para fitar Isabel com insistência e não faltaram cochichos e risadinhas à sua passagem. Agarrou com firmeza a mochila com os apetrechos desportivos de Katie e assumiu ares de alheamento, olhos fixos num ponto acima da cabeça das pessoas. Por um momento, Katie se mostrou relutante em deixar Isabel, que precisou se livrar das mãos crispadas da filha para só então empurrá-la até a sala de aula. Aterrorizava-a a idéia de que Katie pudesse ter entendido o conteúdo de algum dos murmúrios.

Pendurou a bolsa da filha no vestiário enquanto a cabeça maquinava, procurando lembrar quem estivera ao lado de Neil quando o fatídico envelope fora aberto. George, com certeza, e ainda podia ouvi-lo dizer, claramente: "Se for aquela piranha, diga que não é bem-vinda." Esperava que Helen não se prestasse ao papel de fonte da fofoca, comprando uns poucos momentos no centro das atenções por bocados suculentos de escândalo.

Não que culpasse as outras mães por passarem os mexericos adiante. Conhecia tão poucas entre elas que a fofoca para muitas pareceria ser sobre alguém de longe, era como ouvir sobre um acidente trágico ocorrido a meio mundo de distância. Mas se você fosse a pessoa cuja casa tivesse sido tragada por uma avalanche, então o acidente teria tintas de realidade quase insuportável. Enfiou as mãos no fundo dos bolsos do casaco e fechou os punhos. Não deixe que saibam que você se importa, disse a si mesma. Não deixe que vejam que você se importa.

Isabel deixou o prédio da escola e seguiu para o carro, quase uma batida em retirada pelo hall repleto de fofoqueiras. Evidentemente sabia que nem todas as mães de alunos tinham ouvido sobre as fotografias, e que algumas poderiam estar conversando sobre suas próprias atividades de fim de semana. Porém, saber disso não impedia que se sentisse exposta e desamparada. Tentou não olhar para as pessoas de maneira direta, evitando os olhares atravessados e as sobrancelhas erguidas. Então, em frente a ela postou-se a figura inevitável.

— Isabel, em carne e osso. — A voz de Mary dominava o ambiente e Isabel deu-se conta de que ao redor se impusera um silêncio de expectativa. Levantou o queixo, pronta para reagir mas, para sua surpresa, Mary lhe deu o braço e lhe acompanhou até o estacionamento, tagarelando em alto e bom som. — Estava enviando convites para minha festa de Natal e não consegui encontrar seu endereço. Como pude ser estúpida a esse ponto. Espero que você e Neil possam comparecer.

Isabel notou que a simpatia de Mary para com ela estava sendo devidamente registrada, silenciando os mexericos. Sabia que devia ser grata pelo apoio. De fato, estava agradecida, mas também zangada por necessitar de resgate. Chegaram ao carro de Isabel. Mary percorrera todo o trajeto em meio a frases agradáveis.

Isabel tirou o braço do de Mary.

— Obrigada pelo convite, mas não creio que possamos comparecer à sua festa. Você estava certa ao me advertir a respeito de Patrick ser um destruidor de lares. Ele conseguiu acabar com o meu casamento.

Mary baixou a voz.

— Ouvi dizer. Aquele sapo do George Weedon-Smith se fartou de falar sobre o assunto. Richard me contou que foram horas de comentários no clube de golfe.

Isabel sentiu-se tonta e estendeu uma das mãos para equilibrar-se.

— Não é de espantar que todos pareçam saber de tudo.

— Não se incomode. Vai ser fogo de palha. Logo todos já terão esquecido.

— Neil não vai esquecer.

Mary acariciou o braço de Isabel.

— Minha querida, segundo minha própria experiência, o que os homens dizem no calor do momento e o que eles realmente fazem são duas coisas bem diferentes.

— Ah, mas foi exatamente nisso que eu me enganei — disse Isabel, a voz trêmula de fúria contida. — Patrick ameaçou usar as fotografias e achei que ele estivesse blefando.

— Patrick se comportou muito mal. Mas garante que não enviou as fotos.

Isabel abriu a porta do carro com um movimento brusco.

— Então além de cretino é também um grande mentiroso — disse. — Quem mais poderia ter sido?

As mãos de Isabel ainda tremiam quando chegou à entrada da livraria. Teve de respirar fundo para tentar se manter no controle. Na porta, uma placa indicava que o expediente ainda não começara, mas havia luzes lá dentro. O homem alto e magro que vira no sábado apareceu por trás do balcão e a viu esperando do lado de fora. Destrancou a porta e a deixou entrar no ambiente aquecido

— Acabei de fazer chá. Aceita um pouco?

— Por favor — disse Isabel, pensando que precisaria de um pouco de cafeína para enfrentar a entrevista. Atrás do balcão havia uma escada que descia para um corredor estreito, tornado ainda mais estreito por pilhas de livros. Esperava que o escritório fosse bagunçado e em mau estado de conservação, entulhado de livros e mais livros e coberto por uma boa camada de poeira. Mas, para seu espanto, era funcional e moderno, com uma mesa formidável de vidro e aço.

— Sente-se — disse ele, apontando a poltrona de couro preto em frente à mesa. — Acho que ainda não sei seu nome.
— Isabel — disse ela. — Isabel Freeman.
— Adam Rockcliffe. Sou o dono. — Ela estava admirada; parecia jovem demais para ser proprietário de uma livraria. Devia ter mais ou menos a mesma idade que ela. Imaginava que livreiros fossem mais velhos; era o tipo de atividade a que as pessoas se dedicavam após a aposentadoria. Mas também tinha imaginado que o escritório seria desarrumado e atravancado, e ali estava ele, tinindo de limpo e novinho em folha.

Adam lhe entregou uma prancheta.

— Talvez você possa preencher esse formulário enquanto pego chá para você. — E deixou a sala.

O coração de Isabel esmoreceu diante da tarefa de completar os dados. Adam Rockcliffe voltou com uma xícara de chá, colocou-a ao lado dela e depois se reclinou na beira da mesa, as pernas longas esticadas à frente. Em silêncio, ela devolveu a ficha. Ele examinou o papel com um golpe de vista.

— Você não preencheu muita coisa — comentou, enrolando as mangas do blusão grosso e canelado.

Isabel sentiu a raiva subir dentro de si, raiva de tudo e de todos.

— Você não fez as perguntas certas — disse, levantando-se. — Tenho alguma experiência, mas nada do que já fiz se encaixa nas opções apresentadas pelo formulário. Não, não trabalhei em uma loja antes, mas não deve ser tão difícil trabalhar no comércio. Minha única qualificação é irrelevante e desatualizada. E o último emprego que tive deu errado, não posso lhe dar uma carta de referência adequada sobre meu desempenho profissional. E nem pessoal, pois todos os meus amigos vivem do outro lado do mundo. Então, o que vou fazer? Mentir? Ou o quê? — Seu corpo estava tremendo, mas prosseguiu. — E você deve saber muito bem, porque todo mundo na cidade parece saber, que meu amante queria que eu deixasse meu marido e que fosse com ele para Roma, mas que eu não faria isso. Aí ele me chantageou e meu marido não perdeu tempo em me botar para fora de casa, mas eu não aceitei, então ele me abandonou e tudo o que eu quero é um emprego para ganhar algum dinheiro e me sustentar, e não acho que esteja pedindo muito, ou estou?

E se calou, horrorizada por ter deixado escapar um desabafo daquele.

Adam piscou, mas esse era o único sinal de que algo inconveniente tinha acontecido.

— Parece razoável — disse ele, em tom conciliatório.

— Desculpe — disse Isabel, agarrando a bolsa. — Fiz você perder seu tempo.

— Não, não vá. Por favor, sente-se.

Isabel empoleirou-se na beira da cadeira e fitou o chão, consternada.

— Veja, tenho duas assistentes em tempo integral e uma garota aos sábados. Maria sofreu uma ameaça de aborto e o médico recomendou repouso, de modo que está afastada do trabalho. Já Angela precisou se ausentar para cuidar do pai, que teve um derrame na sexta-feira. Restaria a garota que reforça a equipe aos sábados; mas ela estuda e não tem disponibilidade durante a semana. Essa é a época do ano em que o volume de vendas é maior e, francamente, estou desesperado. Não me importa quantas lacunas do formulário você possa preencher, contanto que queira trabalhar.

— Preciso do dinheiro — disse Isabel.

Ele lhe lançou um olhar penetrante, mas disse apenas:

— Pago o salário mínimo mais 20%, o que não é muito, embora seja mais que em outras casas comerciais. O horário é de 9h30 às 17h30, mas é provavelmente que eu vá manter a loja aberta até mais tarde em algumas noites perto do Natal. Você tem uma hora de almoço e dois intervalos para o chá, de 20 minutos cada. Pode trabalhar aos sábados?

Isabel balançou a cabeça, zonza com tanta informação.

— Pena. Bem, quer o emprego?
— Sim — respondeu, instintivamente.
— Então está contratada. Pode começar hoje?
— Agora?
— Sim. A loja abre em meia hora. Antes do primeiro cliente ainda teremos tempo para conversar a respeito de alguns procedimentos.
— Acho que posso começar hoje, mas não ficar até as 17h30. Tenho de sair às 15 horas. — Poderia matricular as crianças em mais atividades extracurriculares e assim mantê-las na escola durante a tarde inteira pelo resto do período letivo, mas seria injusto fazer isso sem avisá-las antes.

Rapidamente, Adam mostrou a ela o subsolo da loja, quase todo transformado em almoxarifado, e depois ministrou um curso relâmpago sobre como usar a caixa registradora. Suas instruções eram claras e lógicas. Havia também um arquivo cheio de regras, normas e instruções, datilografados com capricho, e Isabel teve um ataque agônico lembrando-se do caos em que Patrick vivia mergulhado. Ali, na livraria, ninguém necessitava de suas pretensas habilidades organizacionais. Adam era muito mais metódico do que ela poderia sonhar ser um dia.

O primeiro comprador chegou dez minutos após a abertura da loja. Daí em diante, esteve ocupada durante todo o expediente, se atrapalhando com o troco, verificando pedidos dos clientes, levando encomendas para a sala de estoque e os desembrulhando. Concluiu que fora um dia exaustivo e ficou grata por encerrar cedo a jornada. Não estava segura se ela — ou seus pés — conseguiria suportar o dia de prontidão. Apanhou as crianças na escola e dirigiu de volta para casa. Seria maravilhoso se houvesse um rosto sorridente e um grande drinque para recepcioná-la. Seria ótimo se não existisse nada por fazer, exceto colocar as pernas para cima em frente à televisão. Mas sabia que, ao chegar, não haveria ninguém tomando providências para lhe proporcionar o conforto que outrora ela própria assegurava a Neil. Preparou o jantar dos filhos, supervisionou o banho deles e cochilou enquanto lia para Katie. Deixou a cozinha por arrumar e foi direto para a cama. Teve a primeira noite de sono tranquilo dos últimos quatro dias.

Os dois próximos dias de trabalho foram piores que o primeiro, o cansaço físico fazendo o corpo se arrastar. A loja também estava mais cheia, o que significava mais pressão para operar a máquina registradora corretamente e não confundir documentos vitais, como recibos e faturas. Mas era uma bênção estar tão esgotada a ponto de sequer conseguir pensar.

No fim da semana seu corpo já tinha começado a se adaptar ao ritmo do emprego. E encontrara um par de sapatos que não lhe apertava. Havia imaginado que o trabalho seria monótono, horas passadas de pé com nada com que se ocupar a não ser lustrar o tampo do balcão. Mas a verdade é que dispunha de poucas oportunidades para ficar à toa. Quando não estava no caixa, havia pilhas de livros a serem arrumadas e perguntas de clientes a serem respondidas. Isso geralmente implicava ter de recorrer a Adam, mas já começava a aprender as respostas a algumas das dúvidas mais precisas. Mais importante que tudo: percebera que gostava de trabalhar ali. A livraria emanava um brilho, um calor, confortável, era um porto seguro que a resguardava da escuridão reinante do lado de fora.

Neil telefonava todas as noites para falar com os filhos. Na primeira vez em que ligou, Isabel estava exausta demais para pensar com clareza e esqueceu de perguntar a ele onde estava hospedado e quais eram seus planos. Só depois, ao longo de várias conversas forçadas, descobriu que se mudara da casa do amigo para um hotelzinho.

— Precisava de espaço para pensar — disse ele para logo se calar, como se tivesse revelado algo pessoal demais.

— Você pode voltar para casa — murmurou ela.

— Não force a barra — respondeu ele. E pediu para falar com as crianças. Mais tarde, Isabel concluiu que tal palavreado não era típico de Neil e conjeturou onde ele fora buscar aquela expressão.

Na sexta-feira, quando Isabel se preparava para ir embora, Adam colocou um envelope marrom em suas mãos.

— O que é isso? — perguntou. Ele a olhou com surpresa.

— Seu pagamento, ora. Se houver possibilidade de você trabalhar nos próximos dois sábados, me avise. Ajudaria mesmo que fosse por um curto período, no horário do almoço.

— Aviso, sim — disse, segurando o envelope. Era um volume sólido. Podia sentir as bordas de duas moedas. Uma vez do lado de fora da loja, não resistiu e rasgou com cautela a parte superior do invólucro, os dedos tremendo. Um pequeno pacote de notas com um pedaço de papel dobrado, em tamanho maior. Tirou a folha e a desdobrou. Era um contracheque com seu nome escrito, horas trabalhadas, número da Previdência Social, cálculo dos impostos descontados e recolhidos, tudo exatamente como deveria ser. Havia até mesmo uma quantia extra por trabalho aos sábados, algo que nunca pensara em pedir. Lembrou-se de Neil exigindo que obtivesse um contracheque com Patrick. Fora grande o aborrecimento entre Neil e ela por causa disso, mas a verdade é que ela deveria receber um contracheque decente como aquele que acabara de receber. Fazia dias que não pensava em Patrick. Ele se aboletara num lugar irritado e dolorido da mente de Isabel e que ela não queria explorar para evitar justamente que provocasse um dilúvio de acusações.

Olhou para cima e viu Adam observando-a através da janela, a face magra curiosa. Ela sorriu e lhe mandou um pequeno aceno. Lembrou que Adam jamais fizera qualquer menção ao desabafo causado pelo preenchimento do formulário. E ponderou que talvez um dia viesse a conhecê-lo bem o bastante para contar por que um contracheque modesto lhe fazia rir e chorar ao mesmo tempo.

19

Michael e Katie concordavam: tinha de ser amarelo. Katie havia optado inicialmente por púrpura e Michael queria verde-camuflagem, mas Isabel os conduziu a tons mais claros e reluzentes.

— Não acham que é um pouco brilhante demais? — perguntou, piscando à profundidade da cor. Na noite anterior bebera uma garrafa de vinho e tropeçara para a cama e o esquecimento, mas não sem antes decidir que não podia mais viver com uma cozinha bege. O pequeno quadrado resplandecente amarelão era o bastante para provocar dor de cabeça mesmo em quem não estivesse acometido de uma ressaca esmagadora, mas ainda assim Isabel comprara a tinta, além de pincéis e rolos. Pagou em dinheiro — seu dinheiro — e depois levou as crianças para comemorar com pizza. No mercado, fez exercícios de adivinhação para calcular a quantidade de tecido estampado de girassóis necessário para as cortinas. Comprou também tecido quadriculado amarelo para a toalha de mesa.

Ao voltar para casa, percebeu que havia um aroma diferente pelos cômodos; logo concluiu que Neil tinha estado por lá. Correu escadas acima e, sim, ele levara mais camisas, um terno e algumas roupas de fim de semana. Parecia infinitamente trágico que escolhera uma hora em que sabia que todos estavam fora, inclusive as crianças, ocupadas em atividades desportivas. Preferira entrar sorrateiro como um ladrão em sua própria casa a ter de encontrá-la. E Isabel imaginou como ele podia suportar não ver os filhos. Ligou para o celular dele, mas uma voz metálica informou que o número estava indisponível.

A cozinha, com todos os seus apetrechos empilhados sobre a mesa, tinha ares tão suaves que a tinta amarela recém-escolhida funcionaria como um ataque veloz e frontal. Talvez eu devesse ter começado com algo como trigo, ou mesmo amarelo-claro, pensava Isabel enquanto passava o rolo pelas paredes, em arcos dramáticos e coloridos. Felizmente as paredes estavam em boas condições e não precisavam de preparo. Michael se entediou em pouquíssimo tempo e abandonou o trabalho para brincar no computador, mas Katie, diligente, permaneceu no canto que lhe coubera, salpicada de tinta, apertando o pincel e deixando as gotas escorrerem pelos dedos. Isabel esperava que o cômodo parecesse melhor com mais uma demão.

Passou a segunda camada de tinta no domingo de manhã. Ainda estava escuro do lado de fora, mas o cômodo resplandeceu sob a luz elétrica com um fulgor nuclear. Os músculos do antebraço doíam, depois acostumaram-se a uma dor insistente. Ela terminou exatamente quando Michael apareceu à porta, sonolento e ainda de pijama. Então serviu o desjejum na sala de estar e o deixou assistindo desenho animado com instruções para dar de comer a Katie quando ela descesse.

— Vocês terão de comer com o prato no colo — disse, olhando para as montanhas de coisas tiradas da cozinha. Depois voltou para a cama e adormeceu. Teve a impressão de ter ficado na cama por horas, mas o repouso foi breve.

Após um piquenique na hora do almoço, arrastou as crianças relutantes para um passeio pelo campo. A terra parecia encharcada e miserável, tocos de pés de milho agitando-se empertigados ao vento inclemente, a luz chata e cinza. As crianças deram vivas contidos ao ouvirem a mãe anunciar que era hora de retornar para casa. Caminhavam sob o mau tempo, a descoberto, pois as cercas vivas forneciam quase nenhum abrigo. Isabel brincava com a filha, animando-a, mas o vento fazia os olhos marejarem e a voz tremer. Michael vinha atrasado, chapinhando em poças enlameadas, chutando água negra ao longo do caminho.

— Quero meu pai — murmurou Katie. O coração de Isabel se contraiu. Ajoelhou-se na lama e abraçou sua garotinha, bem apertado.

No percurso de volta, alugaram uma fita de vídeo. Em casa, acomodou os filhos com chocolate quente, para aquecê-los. A cozinha tornara-se agressivamente amarela, um desafio a qualquer espírito depressivo. Isabel devolveu seus pertences ao lugar de sempre: o fio de pimentas mexicanas, os potes marroquinos de cobre. Mirou a fotografia de Neil no Empty Quarter, as areias desoladas se estendendo por trás dele, as montanhas distantes tocadas de dourado. Parecia tão jovem. Tocou o rosto dele. A imagem continuou sorrindo confiante, congelada no tempo.

De volta ao trabalho na segunda-feira. Sábado tinha sido um bom dia, disse Adam, e Isabel passou boa parte da manhã ajudando-o a reabastecer as prateleiras. Era fascinante o que as pessoas liam. Adam disse que, todos os anos, surgiam livros destinados quase que exclusivamente a servirem de presentes — em geral, textos inofensivos relativos a uma celebridade ou a algum programa de televisão. Ou ainda o lançamento, em capa dura, de um best seller de autor consagrado.

— Mesmo uma loja pequena como essa, que não pode oferecer grandes descontos, vende muito esse tipo de literatura.

— Não tem medo de que as grandes redes de livraria acabem com seu negócio? — perguntou Isabel.

Adam balançou a cabeça.

— Milbridge é pequena demais para uma grande rede. E embora as pessoas possam ir a Fordingbury em busca de livros, estamos na porta delas. É só uma questão de jogar com os números, imaginando o que vender e por quanto, de modo a fazer com que valha a pena para a vizinhança comprar aqui em vez de ir a outro lugar. — Ele lançou um olhar pela loja, onde um cliente solitário folheava algo, fixo na seção de ciência popular. — Por falar nisso, já que a situação está calma, vou terminar de processar os números de sábado, descobrir quais títulos precisamos repor e então fazer os pedidos às editoras. Grite por mim se precisar de ajuda.

Desceu as escadas até o escritório, sem se preocupar em dar passadas silenciosas. Isabel ficou atrás do balcão. Uma jovem mãe empurrando um carrinho de bebê comprou um livro de figuras, todo confeccionado em pano. O cliente que folheava na seção de ciência popular adquiriu um exemplar sobre terapia genética e fez encomenda de um outro. Quando ela entregava a sacola ao rapaz, a campainha da loja tocou. Isabel fixou a vista e percebeu uma forma familiar abaixar a cabeça para atravessar o batente da entrada. Educado, o recém-chegado segurou a porta aberta para que o estudioso de genética saísse. Maneiras tão polidas quanto os sapatos que calçava.

— Olá, Isabel — disse ele, ao passar diante da seção de biografias. Aproximou-se para colocar-se de pé diante dela.

— Patrick. — Era uma estranha visão, as mãos dele descansando levemente sobre o balcão. Mãos que outrora ela conhecera bem, que havia beijado, que tinha deixado explorar seu corpo. Cruzou os braços sobre o peito, escondendo as próprias mãos e as fechando como figas.

— Como você não foi me ver, vim ver você. — A voz era profunda e suave como sempre, mas controlada como se soubesse do poder que emanava e procurasse detectar com exatidão o ponto fraco da interlocutora.

Isabel engoliu em seco.

— Suponho que Mary lhe disse que eu estava trabalhando aqui.

— Não, foi Justine. Mary não está falando comigo. — E deu um sorriso largo e forçado, de pesar. — Ou melhor, ela me disse tanta coisa que ambos acabamos aborrecidos. Ao que parece, todos acham que tudo de mal é culpa minha. — Olhou para ela de um modo que antes considerava charmoso, a voz confiante.

— E não é? — A voz dela soou metálica.

— Ora, somos ambos adultos. Você sabia em que estava se metendo.

Isabel virou a cabeça e olhou para o teto. Sim, sabia desde o começo: ele impusera os limites para um relacionamento claro, sem ambigüidades. E, sim, sabia que ela tinha mais a perder do que ele. Mas fora ele que dissera "sem lágrimas quando nos separarmos". E fora ele que tentara chantageá-la. Não houvera nenhuma combinação prévia sobre a possibilidade de chantagem.

Ele então se inclinou para frente.

— Pobrezinha, passou por maus bocados. — O dedo dele traçou a linha da mandíbula dela, tocou-lhe os lábios. — Minha oferta ainda está de pé — disse, a voz um sussurro ressonante se insinuando pelas células de Isabel.

Ela recuou um passo, pondo-se fora de alcance.

— Devia estar louca quando me envolvi com você — disse ela, bem devagar.

— Querida, sei que está zangada comigo e admito que a situação ficou meio esquisita...

— Esquisita? Esquisita? — Isabel correu os dedos pelo cabelo. — Meu Deus, você tem idéia do mal que causou?

Ele teve, pelo menos, a benevolência de parecer um pouco envergonhado.

— Você sabia dos riscos. Ninguém forçou você a ter um caso.

— Então é minha culpa. Fui eu que fiz você me chantagear? — A campainha da loja soou. A porta abriu e uma cliente passou a distrair-se com os livros espalhados na mesa dianteira. Isabel manteve a voz baixa ao dizer: — Eu deveria ter pensado melhor sobre meus atos em vez de simplesmente me deixar levar.

— Mas foi divertido, apesar de tudo — disse Patrick. Os olhos de ambos se encontraram.

— Divertimento caro.

— Então venha comigo. Você não precisa ficar aqui.

Isabel agarrou a beira do balcão e tentou permanecer calma.

— Não posso sair correndo, ainda tenho responsabilidades e você é o último homem no mundo com quem eu fugiria. Patrick, acabou. Não importa o que tenha sentido por você, já desapareceu. — Parou para recuperar o fôlego, pressionando uma das mãos contra a parte de cima do peito como se pudesse esmagar o que estava sentindo. Se deixasse que Patrick a irritasse, significava que ele ainda podia controlar os sentimentos dela. Assim que se sentiu em condições de continuar, disse: — Quando você mandou as fotografias para Neil sabia o que provavelmente iria acontecer. Ainda assim você o fez, sem pensar em mim ou nos meus filhos ou em quem quer que fosse, a não ser em você mesmo.

Patrick se empertigou.

— Não mandei fotografia alguma.

— Ah, claro.

— Não fui eu. — O rosto dele era de um vermelho soturno. Isabel afastou-se, desgostosa.

— Quer mesmo que eu acredite nisso?

— Eu não minto. Você devia saber disso.

— Vá embora, Patrick. Vá. Não quero mais vê-lo.

— Não. — Ele se espichou por cima do balcão e segurou o braço dela. — Não fui eu quem mandou aquelas fotografias.

Isabel tentou se desembaraçar dele.

— Largue-me. — Puxou a mão dele, mas Patrick era mais forte. Olhou ao redor procurando por socorro e viu a cliente, uma mulher idosa, que ergueu os olhos das biografias, no rosto uma expressão de horror aristocrático. Desesperada para livrar-se, Isabel baixou a cabeça e mordeu o punho dele com tanto vigor quanto pôde.

Imediatamente ele a soltou.

— Sua puta desgraçada — exclamou, esfregando o punho. — Ofereci tudo a você...

— Não quero nada disso. Não quero você — gritou ela de volta. — Deixe-me em paz.

— O que está acontecendo? — A voz de Adam surgiu atrás de Isabel.

Ela se virou, incapaz de falar. Seus olhos injetados encontraram os do patrão, que pousou uma mão tranquilizadora no ombro dela.

Adam olhou direto para Patrick.

— E então?

Patrick colocou o cabelo para trás, os olhos semifechados ao encarar Adam e Isabel, alternadamente.

— Você trabalha rápido, não é? — disse para Isabel, de maneira a sublinhar cada palavra.

Ela ofegou.

— Como ousa? — Deu um passo à frente, mas Adam a deteve, colocando-se à frente.

— Temo ter de pedir que saia da loja — disse ele a Patrick, a voz neutra. — Você está perturbando meus funcionários e clientes.

— Clientes? — Patrick olhou em volta para a idosa, que prontamente recolheu-se por trás de um compêndio de história antiga. — Não vejo onde.

Adam suspirou. A despeito da conduta ameaçadora de Patrick, ele parecia completamente relaxado. Tinha a voz firme.

— A senhora Freeman pediu que fosse embora; agora sou eu quem está pedindo que saia.

— E se eu não sair?

— Veja bem, eu sou o responsável pelo estabelecimento — disse Adam. — Se precisar chamar a polícia para retirá-lo, eu o farei. Então é melhor que se vá.

Eles se encararam, Patrick mais robusto que Adam, o corpo tenso. Adam alto e magro, aparentemente sereno, tão confortável como se estivesse lidando com um pedido de livros meio embaraçosos.

— Está acabado, Patrick — disse Isabel.

Ele olhou para ela, o rosto vermelho de raiva. Depois se virou e saiu, esbarrando numa pilha de livros, batendo a porta e fazendo a campainha disparar feroz.

Isabel percebeu que estava tremendo.

— Desculpe, Adam — disse ela. — Não tinha idéia de que ele viria aqui.

Adam levantou as sobrancelhas.

— Manhãs de segunda-feira são sempre interessantes quando você está por perto — disse ele. — Desculpe-nos por isso — disse em voz alta para a cliente de idade que rumava para a saída, às pressas. — Volte mais tarde. — A porta fechou atrás dela. Adam começou a recolher os livros espalhados pelo chão à passagem de Patrick.

— Suponho que da próxima vez será seu marido — disse ele, com vivacidade.

Isabel notou que estava ficando escarlate.

— Desculpe — disse. — Minha vida está um pouco confusa no momento.

— Foi o que você me contou na segunda-feira passada.

— Desculpe — Isabel insistiu. Suas pernas estavam bambas por causa do choque. Ou pelo menos ela supunha que fosse esse o motivo.

— Ainda bem que ele não escolheu vir no sábado à tarde. — Esfregou a ponta do nariz ossudo. — Não vamos pensar mais nisso. Desça e se recupere, se quiser, e eu tomo conta de tudo por aqui. — Enquanto ele falava, a porta se abriu. Ambos olharam em volta de imediato, como se preocupados que um agressivo Patrick pudesse irromper, mas não era nada mais sinistro que uma mulher com um carrinho de bebê duplo. Adam foi ajudá-la com a porta e Isabel escapuliu escada abaixo, assimilando a idéia de que talvez Adam não fosse tão frio quando parecia.

Sentia-se despreocupada, como se ao confrontar Patrick tivesse liberado suas ansiedades. Friccionou o alto do braço, onde ele a tinha agarrado. Ela o tinha mordido. Em outros tempos, isso teria parecido impossível. Não é à toa que ficara tão perplexo. Assim como ela também se surpreendera por ter tido uma reação tão primitiva. Ela o tinha mordido! Deu uma risadinha, surpresa consigo mesma. Não deveria tê-lo mordido, mas e daí? Ele não deveria tê-la segurado, não deveria ter voltado. Tentou imaginar por que ele se mostrara tão persistente. Talvez apenas porque fora ela que o dispensara. E Patrick estava acostumado a dar o fora. Havia ainda outro ponto: era muito estranha a negativa dele em assumir qualquer culpa pelo envio das fotografias. Afinal, ninguém mais poderia ter feito aquilo.

— Isabel? — A voz de Adam vinha do alto das escadas. — Poderia, por favor, me trazer as contas que estão na minha mesa?

Ela as pegou, com uma xícara de chá. Agora havia várias pessoas dentro da loja.

— Obrigado. Tudo bem com você? — Os olhos cinza de Adam eram gentis e cheios de preocupação.

Ela fez que sim com um gesto de cabeça.

— Sim. Posso ficar responsável pela loja se você tem mais o que fazer.

— Não preciso de um computador para tudo. — Observou-o correr o lápis por uma coluna de números e somá-los com tamanha rapidez que ela mal conseguia acompanhar.

— Está mesmo fazendo as contas tão rápido assim?

— Claro. Sinal de uma juventude desperdiçada.

Ela o examinava deslumbrada, enquanto ele fazia cálculos na mesma velocidade em que os escrevia no papel.

— Tem certeza de que as contas estão certas?

— Verifique, se quiser. Deve haver uma calculadora em algum lugar. — Olhou em volta. — Tente aquela gaveta.

Ela procurou e achou a calculadora.

— Certo, vamos fazer aquela coluna.

— Preparar, apontar, já!

Isabel apertou as teclas dos algarismos tão rápido quanto pôde. Ainda assim era mais lenta que Adam.

— Incrível! Você deveria utilizar esse dom em outras atividades.

— Como, por exemplo?

— Não sei. Tornar-se contador?

Adam riu, os olhos formando rugas nos cantos.

— Não, obrigado.

— Estou falando sério, você deve ser capaz de fazer algo mais que... — Interrompeu-se, embaraçada com o que acabara de dizer.

— Mais do que dirigir uma livraria provinciana?

Ela fez um gesto com a cabeça.

— Não tive a intenção de ser grosseira.

— Sei disso. Não se preocupe, a maioria das pessoas faz suposições. — Rabiscou na planilha cheia de números. — Já fui corretor da Bolsa, brincava com números. Vivia repetindo que trabalharia naquilo por apenas cinco anos. Aí já teria um bom patrimônio e largaria tudo. Mas quando chegou a hora, pensei que suportaria ficar mais um ano. E mais outro. Estava preso à situação, à adrenalina, à disputa para manter o posto de mais veloz. E isso me consumiu.

Isabel tentou imaginar Adam gritando: "Compre, compre, compre!", mas não conseguiu.

— Você é tão bom em contas, é como mágica — disse ela. — Não poderia fazer algo mais com isso?

— Antes de trabalhar como corretor, fui professor em Cambridge. — Disparou um olhar para ela, como se para checar a maneira como Isabel recebera a informação. Abriu um sorriso largo diante da surpresa da interlocutora. — Matemática pura é ainda pior que a Bolsa para consumir alguém. A maior parte das pessoas já fez o melhor que podia aos 24 anos. Nas décadas de 1980 e 1990, Cambridge era procurada por muitos caça-talentos atrás de figuras como eu: Ph.Ds. em matemática ainda sem vínculos profissionais.

— Por quê?

— Agilidade. No fim do dia, o pregão é uma questão de agilidade. Quanto mais rápido pode fazer os cálculos, mais dinheiro você ganha. Quando estava na Bolsa, fazia diariamente negócios que equivaliam à receita de um ano inteiro na livraria. E não era nada, não passava de dinheiro virtual.

Um cliente comprou uma imensa quantidade de títulos. A julgar pela variedade — de livro de gravuras para crianças à mais nova biografia —, conseguira zerar sua lista de presentes de Natal. Isabel registrou tudo na máquina e, com cuidado, distribuiu os volumes em duas sacolas, enquanto pensava em matemática e em Adam, cuja cabeça, encimada por cabelos anelados e escuros, continuava pendida sobre os números, o lápis rabiscando loucamente.

— Sente falta?

Ele ergueu os olhos.

— De quê? Da Bolsa ou da matemática?

— Dos dois.

— Sinto falta de ambos, às vezes. Mas só às vezes. De vez em quando brinco de negociar com o mercado, apenas por diversão. Além disso, faço parte de um grupo que se encontra uma vez por mês para jogar pôquer. E tenho a loja, que me permite manter a sanidade.

Pôquer. Sombras do Velho Oeste. Um outro Adam que nada tinha a ver com o acanhado dono de livraria, em seus jeans desbotado e sapatos de camurça macia. Mas, pensando bem, fazia sentido: a habilidade com cálculos, a reserva calma. Olhou para ele disfarçadamente.

— Muitas pessoas consideram que trabalhar numa loja as enlouqueceria.

— Mas uma livraria como essa é diferente. É fascinante, é como tomar parte na vida das pessoas. Basta analisar o tipo de livro que compram para saber as situações e problemas em que estão envolvidas. — Ele olhou para ela. — Por exemplo, sabia quem você era.

— Eu? O que você sabia?

— Sabia que comprava muitos livros infantis, então imaginava que tinha filhos. E também ficção. Havia também outro tipo de literatura. — Tinha um ar tímido.

Mentalmente Isabel rememorou o que havia comprado. *Reacendendo a paixão*, depois o livro sobre divórcio.

— Já entendi como os livros podem ser reveladores. — Imaginou o que Adam costumava ler.

Ele brincava com o lápis.

— Não foi a primeira vez que a vi, e nem ao homem que veio aqui hoje. Há alguns domingos, eu estava na cafeteria italiana. E vocês também estavam.

Isabel puxou pela memória. Claro, o homem com o jornal na mesa próxima e que parecia familiar.

— Você ouviu nossa conversa?

Adam deu de ombros e sorriu.

— Desculpe. Era uma conversa das mais intrigantes que já ouvi. Apostava que você não o seguiria.

Isabel fez o possível para absorver a idéia de que todos pareciam saber o que ela estava fazendo mesmo antes que ela mesma soubesse.

— Milbridge é uma cidade pequena — disse Adam, gentilmente.

Ao abrir a porta, percebeu que a cozinha ainda parecia brilhosa demais, mas pelo menos dava um toque de alegria no retorno à casa. Em comparação com aquele espaço amarelo fúlgido, os demais cômodos eram lúgubres e sem graça. Assim que as crianças foram para a cama e adormeceram, Isabel ligou para o celular de Neil. Havia muito barulho ao fundo, pessoas falando, copos tinindo, e imaginou se ele estava numa festa. Porém, ele parecia deprimido e cansado.

— Por que você não volta? — disse, num impulso.

— Voltar?

— Não gosto de pensar que está vivendo num hotel. — Uma música começou a tocar e ela teve de se esforçar para entender as palavras dele.

— Sinto falta das crianças — disse ele.

— Elas estão com saudade de você. Entendo que não queira me ver, mas isso não significa que não possa visitar as crianças.

Ele disse algo que ela não entendeu.

— Não consigo ouvir muito bem. Vamos nos encontrar e conversar. Por favor. — Silêncio, a não ser pelo barulho ao fundo. — Neil?

— Preciso desligar — disse ele, e cortou a ligação.

Isabel colocou o telefone no gancho e foi para a sala de estar. Queria começar a fazer cortinas para a cozinha. Enquanto cortava e costurava, e costurava e cortava, pensava em Neil. Mas toda vez que seus pensamentos começavam em Neil, terminavam em Patrick. Depois, quando se concentravam em Patrick, infalivelmente acabavam por retornar a Neil. Era como se estivessem ligados, como se cada um existisse apenas como reflexo do outro. Patrick-Neil, Neil-Patrick. Mas não importa o que tivesse sentido por Patrick, era um sentimento morto, extinguira-se como uma tempestade violenta. Não sabia o que se passava na mente e no coração de Neil, nem se algum dia ele voltaria para casa. Tal decisão estava fora do alcance de Isabel. Seu papel era aguardar que ele decidisse o que queria. Não posso forçar uma pessoa a me amar simplesmente porque considero que assim será melhor para os meus filhos. E, se já não existia amor entre eles, havia razão para continuarem casados? O que é o amor no contexto de um casamento? Gostar um bocado de alguém, se sentir confortável ao lado dessa pessoa, conhecê-la. Não parecia o suficiente. Não era uma emoção onipotente, avassaladora, que movesse montanhas e sacudisse a terra.

Mas eu não amei Patrick, pensou. Houve vezes em que pensara que o amava, no início. Mas nunca mais do que amava as crianças. Talvez fosse por isso que ele ficara tão zangado. Talvez tenha pensado que ela deveria abandonar os filhos e escolher a ele, ao amante, como a própria mãe havia feito. Se não fosse pelo episódio das fotografias, teria permanecido com Neil. E, sempre que se sentisse entediada, suspiraria, melancólica, à lembrança do louco romance extraconjugal que mantivera por período tão breve. Um pouquinho de pimenta para temperar o dia-a-dia. Franziu o cenho. Patrick tinha dito que mais cedo ou mais tarde ela incorreria na infidelidade, que teria se entregado a outro homem caso não o tivesse conhecido. Se o casamento fosse feliz, havia dito ele, ela jamais teria tido um caso. Era verdade? Cavucou a memória, tentando encontrar resposta. Talvez feliz fosse a palavra errada. Ela carecia de contentamento. Sentia-se inquieta. Não fosse pelas fotografias, talvez tivesse arrumado outro amante, se tornado uma adúltera contumaz.

Amo meus filhos, pensou, mas isso não impediu que colocasse a felicidade deles em risco. Amo meus filhos, mas ainda assim destruí o nosso lar, voluntariamente.

O telefone tocou. Era Neil, dessa vez num ambiente silencioso.

— Gostaria de ficar com as crianças nesse fim de semana — disse ele abruptamente.

— O fim de semana inteiro?

— Por que não?

— Por nada — balbuciou Isabel, apavorada ao pensamento de não ter as crianças por perto. — O que você vai fazer?

— Levá-los para casa de minha irmã. Heather adoraria vê-los.

— Você sabe que eu ainda não contei a eles sobre...

— Eu sei.

Queria perguntar sobre os planos dele, sobre o que pretendia. Ao longo de toda a semana anterior alimentara o medo de encontrar, por baixo da porta, uma correspondência qualquer endereçada por um advogado à senhora Freeman. A cada dia que passava, sentia-se aliviada — e desapontada. Aliviada porque significava que Neil não tinha certeza sobre qual seria o próximo passo; desapontada porque continuava sem direção, solta no éter.

Combinaram que ele pegaria as crianças na noite de sexta-feira e que as devolveria na tarde de domingo.

Isabel colocou o telefone no gancho sentindo-se como se alguém tivesse removido suas entranhas e as tivesse enrolado ao redor de um espeto enferrujado. Nunca ficara sem as crianças por tanto tempo quanto um fim de semana inteiro. Decidiu que trabalharia na loja no sábado e que no domingo iria pintar a sala de estar de azul, de um azul-claro de alto verão, a ponto de parecer estar se dissolvendo no infinito.

O fim de semana também pareceu se estender ao infinito. Passou a noite de sexta-feira tirando os móveis da sala de estar e tentando não se sentir como se o coração tivesse sido despedaçado pela alegria das crianças em ver o pai e pela partida jubilosa com ele. Neil sequer tinha saído do carro para recebê-las. O sábado foi caótico. Teve a impressão de que toda a população de Milbridge passara pela loja, transformada numa torrente de clientes queixosos solicitando volumes obscuros. Até mesmo Adam estava mais sensível. No sábado à noite, sentiu vontade de entrar em colapso com a ajuda de uma garrafa de vinho, mas preferiu dedicar-se à pintura da sala de estar, missão encerrada pouco depois da meia-noite. Na manhã de domingo, deu a segunda demão, embora os braços doessem. Ainda bem que não preciso mexer nas vigas de madeira, pensou. Em seguida, sentou-se na cozinha para almoçar um sanduíche de presunto. Estava exausta, mas ainda tinha fôlego o bastante para admirar as cortinas e o frescor do cômodo. Impossível sentir-se triste quando se está cercada de claridade e de girassóis; impossível sentir-se triste quando as crianças voltassem para casa. Enquanto mastigava, pensou que o próximo ambiente a ser renovado seria o seu quarto, talvez num carmim profundo. Algo dramático e extraordinário.

Neil também não saiu do carro quando deixou as crianças. Isabel as fez correr para dentro de casa e depois enfrentou a chuva para falar com Neil, os sapatos escorregando no concreto.

— Entre — convidou, os pingos escorrendo pelo pescoço.
— Precisamos conversar.
— Ainda não — disse ele, e arrancou com o carro, espalhando água das poças em arcos sujos.
— Quando, então? — gritou ela, enquanto o carro era engolido pela escuridão. — Quando?

Segunda-feira no trabalho. Às escondidas, dedicou-se a ler sobre mudanças após o fim de um relacionamento. Aceitar a perda, luto, apego ao passado. Ouvira tais palavras antes, mas nunca as tinha aplicado a si mesma. A cada oportunidade, mergulhava os olhos no livro e devorava mais um capítulo, esperando que Adam não notasse. Não que pensasse que ele teria se incomodado, mas sentia que já se expusera o suficiente.

Estavam organizando o estoque, quando ele disse:
— O que pretende fazer daqui para a frente?
— Como assim?
— Angela volta depois do ano-novo, mas acho que Maria não. Sobrará uma vaga, se você quiser.
— Não pensei no que está por vir. Planejar o Natal já é difícil o bastante. — Falou de maneira precipitada, a voz fria.
— Talvez deva pensar a respeito — disse ele, atencioso.
— Estou esperando que Neil decida...
— A vida é sua — ponderou Adam, ajeitando uma pilha de livros que Isabel tinha formado aleatoriamente. — Mas se fosse comigo, não gostaria que alguém tomasse decisões em meu lugar.
— Tais como?
— Digamos que vender livros seja o trabalho ideal para você.

Mas pode ser que qualquer outro emprego também lhe seja conveniente.

Isabel quase cuspiu de tanta irritação.

— Pensei nisso, mas sei que não tenho nenhuma experiência nem qualificações e estou muito velha.

— Pode conseguir experiência e obter qualificação. É uma questão de decidir o que quer fazer e pôr mãos à obra.

— Se fosse tão fácil, todo mundo estaria fazendo isso.

Adam riu.

— Acorda, Isabel. As pessoas estão tentando melhorar. Um em cada cinco estudantes já está na meia-idade. Quase todo mundo que conheci na Bolsa hoje tem uma outra ocupação, como administrar um chalé de esqui ou uma fazenda de produtos orgânicos. Sem contar aqueles que continuam fazendo a mesma coisa, mas que gostariam de mudar.

— Para os que trabalharam na Bolsa, não há problema. Já têm dinheiro acumulado ou propriedades em Londres, as quais podem vender quando bem quiserem.

— Concordo. Mas insisto em dizer que as pessoas estão mudando de carreira e se reinventando o tempo todo. Há montes de livros para mulheres que querem voltar ao mercado de trabalho. Pesquise um pouco. Ou não: a vida é sua. Se quiser continuar aqui, o lugar é seu.

— Vou pensar a respeito disso tudo.

— A respeito do emprego também? — Adam deu um sorriso largo e ela não pôde deixar de retribuir o gesto.

— Sim, a respeito do emprego também.

— Ótimo. Agora, quero reduzir a seção de ficção e montar um mostruário maior de culinária. — E passaram o resto da manhã mudando os livros de lugar, até que Adam estivesse satisfeito por ter otimizado o espaço segundo probabilidades de lucro por centímetro quadrado. Isabel amava o modo como ele levava os cálculos tão a sério, o modo como pesava dois livros nas mãos, estimando as chances de sucesso de cada um junto aos leitores de Milbridge. Uma vez, Adam flagrou Isabel lhe estudando.

— O que é tão engraçado? — perguntou ele, achando graça.

— Nada — respondeu ela, rindo tolamente por ter sido pega em flagrante.

— Você acha que sou louco, não acha?

— Acho, mas no melhor sentido da loucura.

Isabel foi à biblioteca durante o horário de almoço e vasculhou a seção de carreiras profissionais. Descobriu que havia um departamento da municipalidade que oferecia consulta gratuita informatizada sobre carreiras, ocupações e ofícios, despejando sobre o interessado uma batelada de possibilidades profissionais, como se qualquer um pudesse simplesmente se servir delas, misturando-as ao bel-prazer. Começou a discutir idéias com Adam, primeiro com uma certa hesitação, depois com mais confiança.

— Adam — era o pontapé inicial de Isabel. — O que acha de horticultura?

— Depende de que tipo — respondia ele. — Não vejo você de macacão e responsável por uma máquina de cortar grama municipal. No entanto, algo como paisagismo seria bom.

— A não ser pelo fato de não saber nada sobre plantas. Bem, não sobre plantas inglesas, pelo menos.

— Jardins exóticos estão na moda.

— Por que você é sempre tão positivo?

— Otimismo nato?

— Que tal domadora de leões?

— Trabalhar com animais. Muitas oportunidades de viagem. Indumentária sedutora.

— Se os cachorros têm mau hálito, imagine os leões.

— Sim, mas você terá um chicote. — Ele levantou as sobrancelhas e ela deu um risinho.
— Guarda de trânsito?
— Também usa uniforme. Vida ao ar livre. Chance de ser má com os donos de carrões novinhos em folha e também oportunidade para ampliar o vocabulário.
— Sério, o que acha que devo fazer?
— Sério? Acho que você mesma deve decidir.
— Para você é muito simples. Sempre soube o que queria fazer.
— Não é verdade. — Ele balançou a cabeça. — Sempre fui bom em matemática, então todos presumiam que esse era o caminho a seguir. Não escolhi matemática; simplesmente aconteceu.
Isabel pensou por um momento.
— Ainda assim — disse ela — você teve uma carreira e é livre para fazer o que quiser, e eu não sou.
— Não é o quê?
— Livre. Tenho filhos e marido, eu acho. — Suspirou. Ajudaria se soubesse o que Neil pretendia, se iria voltar ou não. Detestava imaginá-lo num hotelzinho horrível ou mudando-se para uma quitinete sórdida. Não que todas as quitinetes necessariamente fossem horríveis ou sórdidas, mas era como ela as via.
— Não tem de ser na base do tudo ou nada, você sabe. A escolha não é entre trabalhar oito horas por dia ou ficar em casa. — Adam se levantou, seu talhe alto se desdobrando aos poucos, como um varal de lavanderia. — Clientes.
Isabel foi atendê-los, pensando no que Adam dissera. Talvez ela estivesse se concentrando nas dificuldades em vez de vislumbrar as possibilidades. Ficou surpresa ao constatar que estava conseguindo trabalhar em horário integral e que, embora resmungassem por permanecerem na escola a tarde toda, as crian-

ças pareciam felizes. Mas havia também as férias escolares e não conseguia imaginar como iria lidar com isso. Deteve-se. Lá estava ela novamente olhando para os obstáculos em vez de analisar as opções disponíveis. Precisava pensar nas possibilidades.

— Se voltasse a estudar — disse a Adam mais tarde —, não teria de me preocupar com as férias escolares. E, quando me formasse, as crianças já estariam crescidas, o problema não seria tão grande e eu poderia conseguir um emprego melhor.

— Parece bom. Que curso?

— Antes de conhecer Neil queria me dedicar à língua inglesa.

— Por que não agora?

— Seria mais para deleite particular do que por vocação.

— Faça algo que lhe dê prazer. Sempre haverá ocasião para se especializar, talvez um pouco mais tarde. — Ele bocejou e se espreguiçou, os pulsos ossudos surgindo de sob as mangas.

— Desculpe. Estou sendo chata.

— De jeito nenhum. Por que não telefona em busca de informações?

— Agora?

— Use o telefone do meu escritório. Você tem dez minutos.

Obediente, Isabel desceu as escadas. A primeira ligação foi exasperante, mas ninguém fez perguntas embaraçosas e ela logo se sentiu mais à vontade e pôs-se a telefonar com afinco. Na seqüência, fez contato com três outros lugares. Estava à beira de concluir a chamada para a quinta e última universidade da lista quando Adam enfiou a cabeça pela porta.

— Visita para você.

Isabel o seguiu até o andar da loja, imaginando quem poderia ser. Com certeza não seria Patrick, a julgar pelo comportamento de Adam. Quando chegou ao alto da escada, recuou para a seção infantil e abençoou a discrição do patrão diante do que provavelmente seria mais um encontro constrangedor.

— Helen. — A última vez que a vira estavam em extremidades opostas no pátio da escola. Estava certa de que Helen a tinha percebido e que evitara cruzar olhares. E antes disso, houvera o episódio medonho na porta dos Weedon-Smith, quando George a chamara de piranha e mandara a mulher livrar-se da amiga. Isabel cerrou os lábios e cruzou os braços.

— Olá, Isabel. Mary disse que você estava trabalhando aqui. — Helen esfregou uma mão na outra. Parecia tão nervosa que Isabel baixou um pouco a guarda.

— Você está bem?

— Sim — disse Helen, mas não parecia ser verdade. Havia sombras escuras sob seus olhos e as unhas estavam maltratadas. Respirou fundo. — Vim convidar você e a Katie para o chá. Espero que aceitem.

Isabel ficou atônita.

— E quanto a George?

O rosto de Helen enrubesceu.

— A casa também é minha — disse, o ar de desafio digno de Joana d'Arc pronta a partir para a fogueira e não o de uma mulher fazendo preparativos para que uma garotinha e sua mãe lhe acompanhassem durante o chá. Mas Isabel sabia o quanto significava aquele convite.

— É muita gentileza de sua parte. Katie sente falta de Millie, mas não quero lhe causar problemas. Pensei que George tinha me banido da casa de vocês.

— E baniu — disse Helen. — Porém não vejo motivo para deixar de convidar quem eu quiser. — Então estragou tudo ao acrescentar: — Ele não costuma voltar antes das sete na maioria das noites.

Isabel sorriu.

— Katie adoraria participar desse chá. E eu também. — De fato, também adoraria. Lamentava por Helen. Devia ser horrível estar casada com George. Isabel sabia que ele era tirânico e imaginava se não seria algo ainda pior. Pressionou os lábios um contra o outro, ruminando o que desejava dizer. — Você sabe, essas últimas semanas provavelmente foram as piores de toda minha vida. Pensei que tivesse perdido meus filhos... — Teve de se calar. Após um momento, continuou, escolhendo as palavras com cuidado. — Mas embora tenha sido ruim, aqui estou eu, e acho que tudo vai dar certo. Costumava sonhar em voltar no tempo e mudar o passado, mas agora não estou segura se é mesmo o que gostaria de fazer. Neil e eu estávamos presos. E por mais doloroso que tenha sido, não sou mais presa a ele. Entende o que quero dizer?

Helen corou e depois rapidamente fez que sim com um gesto de cabeça.

— Não sou corajosa como você.

— Oh, Helen, não sou corajosa. — De modo gentil, Isabel colocou uma das mãos no braço de Helen. — Veja, há pessoas e organizações que podem ajudar. Se você quiser, claro.

Helen assoou o nariz.

— Não é tão fácil assim — disse.

— Sei que não é. — Isabel abraçou Helen. — Mas quando estiver pronta, é só falar.

Na noite de sexta-feira, Isabel abriu uma garrafa de Rioja para comemorar mais uma semana de trabalho, espalhou os prospectos e os leu. Quanto mais lia, mais a idéia de voltar à faculdade para estudar inglês ganhava forma e volume. Parecia que encerrava sua vida num círculo: desistira da universidade para estar com Neil e, agora que não estava mais com ele, poderia voltar à universidade.

Alguns dos folhetos promoviam as maravilhas da vida de estudante, como se estudar fosse uma interrupção menor, um intervalo entre atividades mais sérias como praticar esportes, beber e se divertir de maneira mais geral. E os cursos pareciam muito interessantes, muito mais atraentes do que se lembrava terem sido há vinte anos. Havia uma gama imensa, não só de cursos de literatura inglesa específicos sobre autoras anglo-saxônicas ou vitorianas, como também módulos de sintaxe, semântica e sociolingüística. Algumas das combinações pareciam absurdas: inglês e estudos arquitetônicos evocando visões de pedreiros literatos que discutem George Eliot em meio a colheradas de argamassa na construção de muros.

Ela olhou para o currículo requerido pelas faculdades. Seu histórico escolar não continha tantas notas boas quantas eram solicitadas para ingresso nas universidades mais conceituadas, mas a maioria dos prospectos dizia que as exigências de acesso não valiam para estudantes já maduros. Talvez Adam a deixasse usar o escritório novamente para ligar e confirmar. E havia também o fator dinheiro. Precisaria do bastante para se sustentar e às crianças e ainda pagar os custos do ensino. Tentou imaginar quanto valia a casa que o pai lhe deixara.

Enquanto subia as escadas rumo à cama pensou em como a noite tinha sido tranqüila. Sentia-se culpada, mas era agradável estar sozinha, a despeito das dificuldades. Tinha um fim de semana inteiro pela frente. Agendara uma ida ao parque de animais selvagens que, àquela época do ano, mantinha um Papai Noel de plantão. Michael era velho demais, mas não dispensaria um presentinho (ele não dispensaria nada que fosse de graça) e Katie ainda acreditava no bom velhinho. Depois iriam para Fordingbury e às compras de Natal, com chocolate quente e bolos numa cafeteria. Esperava que os agrados compensassem a ausência de Neil, ou pelo menos a tornasse menos evidente. Na manhã de domingo iria pintar o quarto de Katie de lilás. Não era um cômodo muito grande. Então à tarde tentaria fazer um bolo natalino. Talvez as crianças pudessem fazer creme de hortelã-pimenta para presentear os pais de Neil. Isso supondo que ainda os fossem visitar, conforme o acertado.

Mas posso arranjar as coisas segundo a minha conveniência, pensou. Fazer o que me agradar. Se quiser estudar inglês, não há problema: e posso usar o meu dinheiro, não preciso consultar Neil. E uma vez formada, posso me tornar professora e ficar com as crianças nas férias. Começou a sentir sono, matutando seus planos e sorrindo. Sempre gostara de lecionar. No ano que vem já terei concluído meu primeiro período letivo na universidade. Espreguiçou-se e rolou na cama, se aninhando no edredom. Fazia muita diferença ter algo em vista, um futuro, em vez de perder tempo preocupando-se com Patrick ou com Neil. À beira do sono ouviu um barulho. Escutou, de repente muito bem acordada. Lá estava o barulho de novo, como se alguém estivesse abrindo cautelosamente a porta da frente. E depois um arrastar de pés. Não havia dúvidas de que alguém caminhava no andar de baixo. Ladrões. Ou, e a mente dela esquivou-se disso... Patrick. A cama grande, que tinha parecido tão aconchegante, de súbito pareceu vazia. Desejou com fervor que Neil estivesse ali, que pudesse acordá-lo e mandá-lo ao térreo investigar o que estava acontecendo.

Pensou em ficar deitada imóvel e esperar que quem quer que fosse simplesmente partisse. Ladrões levariam a televisão e o vídeo da sala de estar e, se tudo corresse bem, logo iriam embora. O quarto estava muito escuro, com sombras ameaçadoras. Apurou os ouvidos, atenta. Silêncio. Depois uma pancada. E um rangido. E mais um. Alguém subia os degraus. Deslizou da cama tão silenciosamente quanto pôde e colocou o penhoar, enquanto avaliava, com desespero, o que poderia usar como arma. A luminária da cabeceira era a escolha óbvia. Tateou no escuro, tentando arrancar o objeto da parede, mas a tomada ficava em algum lugar embaixo da cama, que não conseguia localizar. Então se lembrou dos suportes de livros comprados em Nairóbi, elefantes esculpidos em madeira numa base de pedra-sabão. Perfeito: pesados o bastante, mas não pesados demais para que ela os carregasse.

Agarrou um elefante com força e se arrastou até a porta. Sempre mantinha a porta aberta para o caso de as crianças chamarem, então foi fácil empurrá-la e escancará-la. Ouviu as passadas se aproximarem. O coração martelava, o sangue pulsava nos ouvidos. Não conseguia decidir se deveria esperar ou gritar. Ou então atacar com o suvenir africano e torcer para ter atingido algo. Podia ouvir a respiração de alguma coisa ou de alguém. Tomou fôlego, numa inspiração profunda. Pronta para berrar, ergueu o elefante de Nairóbi e acendeu a luz do patamar da escada.

Neil estava de pé em frente a ela, a respiração ofegante.

— Voltei — disse ele.

20

— Caramba! — disse Neil ao entrar na cozinha. — Está um pouco forte.

— Gostou?

Ele olhou em volta, o rosto tão sombrio quanto o cômodo era brilhante.

— É só a tinta, suponho. É possível passar algo por cima. Poderia baixar um tom.

— Já viu a sala de estar?

— Oh, não, o que você fez por lá?

— Pintei de azul.

— Azul.

— Ficou ótimo. Venha ver. — Isabel estendeu uma das mãos para ele, mas ele não a tomou. Contentou-se em segui-la. — E então?

— É. Azul.

— Não gostou?

— Não, não muito.

Isabel o observou jogar-se para trás, sobre os calcanhares, mãos nos quadris como um fazendeiro supervisionando o dano que o temporal causara à colheita. Não parecia hora de contar a ele que pretendia pintar o quarto — o quarto de casal — de um vermelho laqueado chinês. Na noite anterior, havia proposto mudar-se para o quarto de hóspedes. Hoje, Neil se limitara a argumentar que estava cansado demais para discussões. Escalara a cama e deitara, aparentemente insensível, enquanto ela hesitava na beira do colchão. Mudar-se para o quarto sobressalente daria a impressão de que não queria que ele voltasse, pensou Isabel. E não desejava fazer com que Neil se sentisse inconveniente na própria casa. Ou desejava? Por fim, escorregou até esticar o corpo na horizontal. Mesmo deitada, não conseguiu adormecer durante as três horas seguintes, imaginando onde Neil teria estado e por que tinha voltado. Ouvia o ronco dele e se sentia congelar. Neil tinha se enrolado confortavelmente em três quartos do edredom, de modo que as pernas dela estavam descobertas no ar frio da noite.

Ele tinha voltado, mas parecia claramente avesso a qualquer tentativa de diálogo. Ela imaginou o que isso significaria. Talvez quisesse que ela se empenhasse em pedidos de desculpas mais servis, mais submissos, antes de poder perdoá-la de maneira magnânima. Isabel não esperava que ele esquecesse o ocorrido. As crianças estavam exultantes. Até mesmo Michael tinha pulado na cama, dando vivas. Katie fizera torradas queimadas para o pai no café-da-manhã, o rostinho com rugas de ansiedade para o caso de ele não apreciar o resultado. Embora com uma certa má vontade, ou pelo menos assim pareceu a Isabel, Neil fingiu comer as torradas e Katie ficou satisfeita. Isabel consultou o relógio. Se não saíssem já, perderiam a reserva do parque.

— Neil? Fiz alguns planos para hoje.

— Tenho muito o que fazer por aqui. — Ele tinha o ar de quem fora claramente ofendido.

— Não, você me interpretou mal. Quis dizer, você quer vir também? Estamos indo ao parque de animais selvagens para ver Papai Noel. Pensei em depois irmos às compras em Fordingbury.

— Você já tem tudo organizado, vá em frente.

Ficou em dúvida sobre qual o propósito de Neil: desejava ouvi-la implorar para que o acompanhasse no passeio? Ou não havia segundas intenções em suas palavras?

— Espero que não tenha pintado meu escritório.

— Evidente que não — disse ela. No fundo, imaginava pintar o cômodo de um verde suave, verde-salva, caso viesse a ocupá-lo e transformá-lo em seu próprio escritório.

O parque estava frio e úmido, com o vento chicoteante vindo do Downs. Grupos familiares amontoavam-se em busca de calor, espiando por frestas para apreciar pandas vermelhos e nesóquias. A casa de borboletas era popular, um oásis de vapor quente, mas o contraste ao sair tornava o vento ainda mais incômodo, dando a sensação de facas fatiando rostos róseos.

Isabel tinha razão. Michael já estava bem crescido. Katie também. A maioria das outras crianças não havia passado dos cinco anos de idade. Katie sentou-se no joelho de Papai Noel, cuja barba branca analisou com cautela.

— O que você quer de Natal... — ele consultou a lista com nome das crianças — Katie?

— Quero que meu pai fique em casa e não vá mais embora — disse ela, numa voz cristalina. Isabel sentiu as palavras com a dor de uma punhalada no coração. Tentara com muito empenho fingir que tudo estava bem com Neil, que ele logo voltaria para casa. E, agora que voltara, não havia garantia de que permaneceria. Naquele momento, prometeu que, se preciso, comeria a torta da humildade pelo resto da vida, contanto que o desejo natalino da filha fosse atendido.

Papai Noel parecia desconfortável.

— Bem, isso é algo difícil de fazer passar pela chaminé. Existe alguma outra coisa de que gostaria?

— Um cachorrinho — disse Katie, com firmeza. Isabel sacudiu a cabeça e Papai Noel virou-se na direção de Michael.

Michael estava extremamente contrafeito, embora rápido em fornecer uma lista do que queria para o Natal: um caniço de seis metros, um puçá novo e uma clava, o que fez Papai Noel piscar de surpresa.

— Usa-se para nocautear o peixe. É como um porrete — disse Michael, gesticulando para demonstrar a utilidade do objeto. Papai Noel deu brindes a cada uma das crianças — um jogo de chá para Katie e o quebra-cabeça de uma locomotiva para Michael — e acenou para a próxima família, aliviado.

— Por que papai não veio? — perguntou Michael, mas Isabel não tinha resposta.

Em seguida, circularam pelas lojas de Fordingbury. Apesar de a tarde ainda ir pelo meio, as luzes de Natal já estavam acesas, estrelas cintilantes e anjos soprando trombetas pendurados acima das ruas e mantidos no ar por festões. As vitrines brilhavam, cheias de guloseimas. Havia um burburinho de excitação no ar e, no fim da praça do mercado, uma banda de música tocava canções de Natal. Isabel comprou um exemplar de *The Big Issue*, grata por não ser uma sem-teto.

As crianças escolheram presentes para os professores e para a família de Neil: Moira, Ian, Heather e o marido. Heather estava grávida e deveria dar à luz no ano-novo. Isabel sabia que a cunhada desejava um menino. Estava imbuída da atitude Freeman, segundo a qual garotos eram de alguma forma superiores, muito embora exatamente por isso tivesse sido preterida como sucessora do negócio de Ian. A mão de Isabel passeou entre pezinhos diminutos de macacões azuis. Parecia absurdo pensar que o azul estivesse destinado apenas a meninos e o rosa, a meninas. Era grande a tentação para se ater somente a essa dicotomia, especialmente quando as alternativas eram amarelo-limão ou verde-menta, cores que tendiam a enfatizar a semelhança entre recém-nascidos e duendes. Por fim, decidiu-se por um móbile brilhante e alegre, e tocou os filhos rumo a xícaras de chocolate quente.

Ao chegarem em casa, as crianças fizeram um espalhafato imenso com Neil, insistindo para que lesse histórias e as colocasse para dormir. Isabel trabalhou em silêncio na cozinha, preparando a ceia, abrindo uma garrafa de Rioja para deixar respirar. Pôs a mesa com esmero; como não queria que parecesse uma refeição festiva, dispensou as velas. Por outro lado, queria deixar claro que havia se esforçado. Na escuridão do jardim, encontrou alguns ramos de sempre-verde — alecrim e outras variedades — e um de jasmim-amarelo. As espigas amarelas fizeram-na se lembrar das nereidas que uma vez colhera no jardim de Patrick, mas aquilo parecia ter sido há muito tempo. A beleza frágil das nereidas já teria murchado com as primeiras geadas.

Neil não notou o arranjo de flores ou, se notou, não comentou. Sentaram-se frente a frente, Isabel tentando manter uma conversa na qual Neil participava com respostas monossilábicas. Não sabia ao certo o que ele queria. Talvez estivesse esperando que implorasse perdão. Ou talvez voltassem a ficar juntos sem sequer terem discutido o acontecido. Talvez ele quisesse fingir que nada tinha acontecido. Mas tinha acontecido. Não podia ser varrido para debaixo do afável tapete da polidez.

Até que não conseguiu mais se conter.

— Neil, o que está havendo? Você está de volta ou o quê? Não sei se estou à beira de um divórcio ou de uma reconciliação.

— Você quer o divórcio?

— Você quer?

Ele não respondeu, apenas fitou as próprias mãos. Isabel sentiu a palavra "divórcio" se enovelar pelo cômodo como fumaça. A palavra lhe vinha com "D" maiúsculo. Pensou em outras palavras com a mesma inicial: deprimida, desanimada, desencorajada. Era uma luta para pensar em palavras positivas com "d".

— Não sei o que dizer. Ou o que quer que eu diga — disse Neil afinal. — Quero ficar aqui, pelas crianças. Quero manter a família unida. Mas você... — ele interrompeu-se e serviu-se de mais vinho. — Toda vez que olho para você, vejo aquelas fotografias. O momento em que segurei aquelas fotografias em minhas mãos e percebi o que estava vendo... — As mãos tremeram quando levantou o copo e o levou à boca.

— Lamento tanto — murmurou Isabel.

— Às vezes gostaria que estivesse morta.

Ela baixou a cabeça, como se oferecendo o pescoço para o machado do carrasco.

— Sei que mereço toda coisa horrível que possa dizer a meu respeito. — Ela ergueu a cabeça. — Mas se não tivessem sido as fotografias, você não teria sabido de nada. Não estou dizendo que isso torna as coisas melhores, mas eu já tinha me afastado dele. Estava tudo acabado.

— Não sei, Isabel. Não sei se poderei confiar em você novamente. — Ele se levantou e pôs-se de pé junto à janela, olhando para fora, para a escuridão.

— Mas, se vamos viver juntos novamente, você tem de confiar.

Ele virou-se.

— Como vou saber que não vai acontecer de novo?

Ela pensou em fazer promessas, mas promessas não valeriam de nada.

— Você não sabe. Você não pode saber. As pessoas não vêm com garantias. Tudo o que posso dizer é que não vou colocar novamente em risco o futuro dos meus filhos.

— Então, pelo bem das crianças, devo perdoar e esquecer?

— Se você puder, sim.

— Não sei se posso. — Ele tornou a sentar-se e correu uma das mãos pelos cabelos. — Não posso falar sobre isso agora. Preciso pensar.

— Tudo bem. Talvez numa outra hora. — Ela começou a retirar os pratos sujos da mesa, em silêncio.

Neil terminou de tomar o vinho que restava no seu copo.

— Não quero o divórcio — disse ele abruptamente. — Não existe divórcio em minha família.

— Sua mãe já me disse isso — retrucou Isabel. Imaginou se esse seria o fator decisivo para que seu casamento não se desfizesse. Não porque Neil a perdoava, ou a amava, mas porque os Freeman não se divorciavam. Parecia uma razão mesquinha, como se todos os males pudessem ser curados pelo simples fato de não nos referirmos a eles e os deixarmos esmaecer numa reconciliação miserável.

Neil subiu as escadas, rumo à cama. Isabel ajeitou a cozinha, sem saber o que fazer em seguida. Ao acabar, também foi para o quarto. Despiu-se no escuro e escorregou entre os lençóis frios, ouvindo a respiração estável de Neil. Imaginou o que ele estaria pensando. Talvez a odiasse. Ou a amasse e odiasse ao mesmo tempo. Desconfiava que somente um santo pudesse perdoar o tipo de ferida que ela provocara nele. Enroscou-se em posição fetal, de costas para Neil, e fechou os olhos para dormir.

Sonhou que era enterrada sob flores, alecrins emaranhados com nereidas e jasmins-amarelos. O peso pressionava seu corpo como se galhos e flores fossem pedras, esmagando-a e expulsando o ar de seu peito. Acordou, confusa, mas o peso permanecera. Neil estava por cima, empurrando-se para dentro dela. Ainda meio adormecida, gritou.

— Cale-se — resmungou Neil.

Ela ia protestar, repeli-lo, mas lembrou-se de Katie querendo que papai ficasse para sempre, e baixou as mãos.

Certa vez, vira um documentário na televisão: duas tartarugas gigantes acasalando, o macho empoleirado precariamente no alto da fêmea, o pescoço magro espichado com esforço, os cascos se batendo. A fêmea não oferecera resistência, ficara imóvel com a boca cerrada como se num gesto de abnegação. Isabel uniu os lábios. Sabia por que estava fazendo isso: não tinha nada a ver com prazer. Ele a estava reclamando como propriedade, numa fase pós-Patrick. A cama balançava, a cabeça dela batia contra a cabeceira, mãos para cima na tentativa de suavizar os golpes. Bate, bate, bate. Os dedos doíam, ritmicamente esmagados entre o crânio e a superfície dura da cabeceira. Empurra, empurra, empurra. A parte de baixo do corpo queimava com uma dor seca, em brasa. Mas ela não fez esforço para apressá-lo, apenas ficou deitada passivamente, aceitando a dor, esperando que tudo terminasse logo. E terminou. Um súbito crescendo e Neil rolou para o lado. Estava liberta. Podia novamente enroscar o corpo e tentar recuperar o sono.

O fim de semana continuava. As crianças saltearam ao redor de um lacônico Neil, que se acomodara em meio aos jornais de domingo e à Fórmula 1 na televisão, como se nunca tivesse saído de casa. Isabel empilhou as coisas de Katie no centro do quarto e, sem pressa, pintou o cômodo de lilás. Vai combinar com as sombras sob meus olhos, pensou, enquanto os braços mecanicamente subiam e desciam, subiam e desciam com o rolo. Sobrara apenas o quarto de Michael, já que Neil se recusara a deixá-la pintar o quarto de casal de qualquer cor, muito menos de carmim.

— Poderia tentar algo menos dramático, como laranja-pálido — disse.

Neil rolou os olhos.

— Está bom do jeito que está — disse, a voz tão apática quanto paredes pintadas de bege.

A manhã de segunda-feira estava cinza, como se o sol tivesse decidido que não havia motivo para surgir. Neil saiu para trabalhar, deixando atrás de si a correspondência. Isabel percebeu que agira assim propositalmente. Sem dúvida, não queria mais surpresas durante as viagens de trem. Além do mais, a maior parte das cartas destinava-se a ela. Dois novos prospectos, cartões de Natal da Arábia Saudita e da Malásia, um envelope branco. Abriu e tirou um convite. Vinha da senhora Richard Wright. Isabel teve de raciocinar por um segundo quem era o remetente. Era irônico que alguém tão cheia de personalidade quanto Mary pudesse ser ofuscada pelo nome do marido. Desdobrou o convite. No verso, Mary tinha escrito em letra caprichada e redonda: "As pessoas têm memória curta. Venha, acompanhada ou não." Do marido, pensou Isabel. Com a ponta dos dedos, deu um piparote no cartão, imaginando o que fazer. Então colocou-o no consolo da lareira. Foi gentil da parte de Mary convidá-la.

Por coincidência, esbarrou com Mary na escola, que reiterou o convite verbalmente para logo depois baixar a voz:

— Minha querida, Patrick está arrasado. Ele disse que...

— Neil voltou para casa esse fim de semana — cortou Isabel, célere.

Mary fez uma pausa, depois disse:

— Entendo.

Isabel fitou o piso cinzento do playground, sem encontrar os olhos de Mary.

— Vai ser difícil — disse com prudência. — Mas acho que vamos conseguir.

— Ah. — Por um segundo, Mary pareceu desapontada, depois deu uma pequena sacudida, como se vestindo novamente o manto de presidente da Associação de Pais e Mestres. — Bom para você. Uma decisão muito sensata. — E deu tapinhas no braço de Isabel.

Não sinto como se tivesse tomado uma decisão, Isabel quis lamentar, sensata ou o que fosse. Tudo me acontece, simplesmente; não tenho tido escolha. Esfregou a testa com uma das mãos, como se alisasse as rugas.

— Você sabe que pode me ligar para conversar — disse Mary muito delicada. — Eu entenderia o que se passa. — Isabel fixou o olhar em Mary. Estava insinuando que também tivera um caso extraconjugal?

Mary olhou para o chão e Isabel pôde ver o quanto se parecia com Patrick.

— Todos os casamentos têm trechos acidentados — disse.
— É conseqüência inevitável do terreno sobre o qual se assenta.
— E fungou, a Mary vivaz de sempre se reafirmando. — Ligue para mim, se quiser. Ou apareça para um café. E vá à minha festa. Vai lhe fazer bem.

— Não creio que...
— Patrick não vai estar lá, se é isso o que preocupa você. Ele foi para a Itália.

Não queria perguntar, mas precisava.
— Sozinho?

Mary disparou um olhar para Isabel.
— Victoria foi para Londres — disse. — Deve ter percebido que Patrick estava emocionalmente envolvido com outra pessoa. Tanto quanto Patrick pode estar emocionalmente envolvido, claro.

— Lamento — disse Isabel, mas não estava certa se lamentava por Victoria ou por Patrick. Ou por si mesma.

— Não se incomode, não foi culpa sua. Agora preciso ir. Cuide-se. — E se afastou com pressa.

Isabel foi trabalhar.

Como na maioria das manhãs de segunda-feira, a loja estava calma. Percorreu penosamente, em várias idas e vindas, o caminho entre o estoque e o ponto de vendas, reabastecendo as prateleiras, pensando em Patrick, em Neil, em escolhas e decisões sensatas. Adam também não falava muito, como se estivesse envolto em pensamentos sigilosos. Enquanto mudava os livros de um lugar para outro, percebeu que estava perdendo parte do vigor adquirido com a natação. A firmeza muscular em volta da cintura, a sensação de ter um centro de força estava sumindo. Não nadava desde que rompera definitivamente com Patrick.

Na hora do almoço, foi até a piscina para pegar panfletos sobre o programa de férias para crianças. O ar no salão de entrada era denso de vapor e cloro, quente após o frio que fazia do lado de fora. Pelo vidro podia ver os nadadores singrando a piscina para lá e para cá, escorregadios e ágeis como focas. Assim era eu, outrora, pensou. Inclinou a cabeça contra o vidro duro, tonta de tanta infelicidade. Consegui o que queria, ponderou. Um lar estável para meus filhos, com pai e tudo. Consegui até mesmo um emprego. Só vai demorar um pouco para que tudo volte ao normal.

O corre-corre tomou conta da loja durante a tarde. Entre um cliente e outro, Adam perguntou a Isabel se tinha preenchido os formulários de inscrição nas universidades.

— Ainda não.

Ele franziu o cenho.

— O prazo não está acabando?

— Depois do Natal.

— Mas seria bom mandar os documentos antes do prazo final.

— Neil voltou — disse ela de repente. Adam não respondeu de imediato.

— Você deve estar contente — disse ele, finalmente, soando muito formal e distante.

— Sim, estou. Claro. — Sentiu-se à beira das lágrimas.

— Fico feliz por você.

— Obrigada.

Ficaram lado a lado atrás do balcão, sem dizer nada, observando os clientes folhearem os livros.

— Isabel? O que é tudo isso aqui, atravancando? — Neil retornara do trabalho, tomado de irritação. Ele estava recolhendo a pilha de prospectos.

— São meus — disse Isabel. Respirou fundo. — Estava pensando em ir para a faculdade no ano que vem.

— Por quê?

— Por mim. Porque tenho vontade. Porque quero fazer algo com a minha vida.

— Entendo. E quem vai tomar conta das crianças enquanto você está fora, estudando?

— Existem três universidades a apenas uma hora de carro daqui, além de uma em Fordingbury que oferece cursos de extensão. Não vai fazer diferença para as crianças. Elas ficam na escola o dia inteiro e eu vou estar de férias quando elas também estiverem.

— E quanto ao dinheiro? Você não tem mais direito a subsídios.

— Eu sei. De qualquer maneira, não poderia mesmo requerer, pois morei no exterior. — Ela reuniu os pensamentos. — Vou vender a casa dos meus pais.

— Mas nós usamos o dinheiro do aluguel para pagar a escola das crianças.

— Sei disso também, mas do modo como a propriedade tem se valorizado, posso obter um bom preço. Há o bastante para pagar minha ida para a universidade e a escola das crianças.

— Tínhamos acertado que o dinheiro seria gasto em educação. — O rosto de Neil era de teimosia.

Não, Isabel pensou em dizer. Você decidiu e eu concordei. Mas em vez disso, retrucou com fineza:

— Por que não na minha educação?

Neil jogou os prospectos, as páginas lustrosas fazendo um farfalhar suave.

— E o que vai fazer com a sua educação?

— Lecionar. — Ela procurou o rosto dele, tentando avaliar como reagiria.

Ele se reclinou na cadeira.

— Acho que não há mal em tentar.

Esperou para ver se ele iria acrescentar algo mais.

— O que temos para o jantar? — perguntou ele.

Foi uma sorte que Neil tivesse desistido de abrir a correspondência antes de sair para o trabalho, pois uns poucos dias mais tarde Isabel recebeu uma carta rechonchuda postada da Itália. Ela a enfiou na bolsa sem abrir, sabendo quem a enviara, imaginando o que ele teria a lhe contar. A loja estava cheia. Precisou aguardar até o intervalo da manhã para fugir até o estoque. Fechou a porta e, já sentada sobre caixas de livros, tirou a carta da bolsa e a desdobrou.

Dentro havia um outro envelope, contendo três tiras de negativos de filme, um cartão-postal do Coliseu com um endereço no verso, e um pequeno pacote envolto em papel-toalha. Segurando o maço inteiro, flagrou-se entretida em rememorar como tudo começara, o primeiro beijo. À época, sentira-se inteiramente extasiada, na expectativa, eletrizada com a vida e suas possibilidades. E agora?

A porta abriu e Adam apareceu.

— Está tudo bem?

Em resposta, estendeu a mão. O anel com sinete de Patrick cintilou na palma de Isabel.

— Parece que não sou capaz de me libertar — disse ela. Deveria sentir-se estranha em dizer algo tão pessoal ao patrão, mas lhe parecia natural confiar nele. Adam se inclinou contra a porta, a expressão séria.

— Você quer se libertar?

— Sim. E não. — Passou os dedos pelo anel. — Parece que, ao me libertar, estaria fechando as portas para tudo que tem vida.

— Você o ama?

Ela balançou a cabeça, negando.

— E a Neil?

— Não sei. Estou com ele desde sempre, desde que me considero adulta. Tudo o que sou, tudo o que tenho está ligado a ele. Não consigo imaginar a vida sem ele. Isso é amor? Não há violinos nem foguetes, apenas levamos a vida em nosso mundinho, a cada ano nos afundando ainda mais na rotina.

— Não me parece que seja amor. — O rosto de Adam estava triste, e ela imaginou qual seria o passado dele.

— As crianças o amam.

A campainha da loja soou e ele se mexeu, como que se preparando para sair.

— Tenho de voltar. Suba quando puder. — Na porta, virou-se para ela. — Não esqueça que sempre há alternativas. — Ele olhou como se fosse emendar mais uma frase, mas a campainha tocou novamente. Sorriu para ela e deu de ombros. — Preciso ir.

Isabel sentiu-se envergonhada. A loja pertencia a Adam, ela era a empregada, e ainda assim fora ele quem se dispusera a receber os clientes. Com impaciência, empurrou a carta de Patrick e o anel de volta à bolsa e subiu para juntar-se ao patrão.

Durante o dia todo pensou no que Adam dissera sobre alternativas. Talvez não tivesse de escolher entre Patrick e Neil, como pensara inicialmente, mas entre ficar na rotina ou ir adiante. Ir adiante não significava correr para Patrick ou deixar Neil. Poderia ir adiante dentro do casamento, o que poderia incluir esforços em prol de seu desenvolvimento pessoal. Assim, manteria o lar estável para os filhos, algo que desejava ardentemente. Até então, as conversas sobre sua volta à sala de aula não tinham parecido reais, assemelhavam-se a um elaborado jogo de salão. Só agora percebera que estudar era realmente algo muito importante.

Tarde da noite, esperou que Neil se recolhesse. O azul das paredes da sala de estar era quase tão forte quanto o do céu por trás do Coliseu. Escreveu o endereço num envelope, depois rasgou o cartão-postal em pedaços e os colocou no fogo, com as tiras de negativo de filme. O celofane se enrolou e torceu como se sentisse dor, depois dissolveu-se nas chamas. Ato contínuo, desembrulhou o anel. Era pesado, um lindo círculo dourado. Sem experimentá-lo, embrulhou-o de novo e colocou-o no envelope, o qual foi devidamente selado. Era o fim.

21

Neil tocou a campainha da casa de Mary. Enquanto o som ecoava, Isabel sentia o pânico crescer nas entranhas. Queria correr, estar em qualquer outro lugar. De dentro, vinham barulhos de festa que davam a impressão de haver centenas de pessoas mexericando. Neil deve ter percebido o pânico dela, pois abraçou-a pela cintura, de modo que, quando a porta abriu, estavam enlaçados.

Mary contratara pessoal para a festa. A porta foi aberta por uma jovem mulher de vestido preto e avental cheio de babados, com uma expressão de tédio no rosto. Entraram, Isabel desejando estar usando algo mais elegante e com mais brilho. Pela maneira como Neil esticava o pescoço, era óbvio que a gravata estava apertada demais e que ele sentia-se igualmente nervoso. Taças de champanhe na mão, abriram caminho até o vestíbulo. Isabel estava grata pelo fato de não reconhecer nenhuma das pessoas com as quais cruzara até o momento, à exceção de Millie em roupa de gala, espiando por entre os corrimões do patamar do andar de cima.

A sala de visitas de Mary estava apinhada. Neil mais uma vez colocou o braço em torno de Isabel, como se a protegesse dos montinhos humanos.

— Isabel, minha querida, é muito bom que tenha vindo. — O rosto cor-de-rosa de Mary contrastava com o alto da cabeça, dourado e cheio de paetês. A anfitriã navegava, majestosa, na direção deles. — E Neil também veio. Que ótimo! Quero que conheçam algumas pessoas. — Animada, apresentou-os a um pequeno grupo. — Neil e Isabel Freeman, de volta ao país após anos vivendo no exterior.

Com a apresentação de Mary, a conversa tomou o rumo de praxe: quais países, o que faziam por lá, por quanto tempo? Neil era o que mais falava, o que era bom, pois ela se sentia sem fôlego com a tensão, apreensiva demais para conversar. Olhou para cima, observando a boca de Neil escondida sob o bigode, boca que se abria, vermelha e carnuda enquanto ele despejava as palavras. Ele insistia em se referir a "nós" — nós fazíamos isso, nós fazíamos aquilo.

Um garçom se aproximou com canapés. Isabel comeu um, embora não pudesse identificar do que era feito. Esperava que as crianças estivessem bem: havia sido o último dia de aula e tinham chegado em casa carregando bolsas plásticas cheias de livros de exercícios e brinquedos feitos de papel higiênico e novelos de lã, pinturas compostas por espirros de tinta e pedacinhos esparsos de lantejoula. Tinha sido um sofrimento deixá-los com uma garota das redondezas como babá. Katie e Michael estavam tão limpos e deliciosos após o banho, os pescoços cheirando a sabonete quente e inocência. Precisam de segurança, pensou, suprimindo uma lancinante agonia de rebelião. Precisam que Neil e eu fiquemos juntos.

Então concentrou-se na conversa, balançando a cabeça e sorrindo. Mais canapés, mais champanhe. Começou a relaxar. Aquelas pessoas não pareciam conhecê-la; ou, se conheciam, escondiam tal detalhe sob uma camada impenetrável de sociabilidade. Uma ou duas faces familiares passaram, mas Isabel agiu como se nada tivesse acontecido, e elas fizeram o mesmo. Uma mulher, a quem Isabel reconheceu do único encontro da Associação de Pais e Mestres do qual participara, quis provocá-la sobre o fato de não tê-la visto nas reuniões subseqüentes.

— Não vá se esquecer da próxima — recomendou, jovialmente.

Mary havia escrito que as pessoas tinham memória curta, mas olvidar algo tão chocante quanto as fotografias implicaria a atenção fugaz de uma pulga. Isabel imaginou qual teria sido o comportamento dos convidados se Neil não estivesse presente. Afinal, se Neil a perdoara, então ninguém mais tinha o que dizer a respeito. Começou a aproveitar a festa, apesar de fazer questão de não se afastar da presença tranqüilizadora do marido. Hesitante de início, depois com mais segurança, pôs-se a discorrer sobre seus planos para a universidade. Era encorajador perceber quantos dentre os convivas conheciam alguém que se tornara universitário já na idade madura; em muitos casos, eles próprios haviam tomado tal iniciativa. Vai ser fácil, pensou, descontraída com a terceira taça de champanhe. Mesmo se soubessem do acontecido, ninguém iria se referir a Patrick. Voltou-se para ver onde Neil tinha ido e esbarrou com um homem de pé atrás dela.

— Opa, desculpe — disse ela. O homem virou-se e a fitou com olhos arregalados.

— Ora, ora, se não é Isabel — disse George.

Ela recuou alguns passos, mas estava encurralada pelo ajuntamento de convidados. George colocou as mãos no ombro dela e a beijou, as palmas úmidas de suor, a respiração quente na bochecha dela. Uma das mãos roçou — acidentalmente? — contra o peito dela. Ele estava de pé e bem próximo, próximo demais, assomando sobre ela, que não conseguia se mexer e fugir.

— Mal pude reconhecê-la assim, vestida — disse ele, a voz arrastada, os olhos demorando-se no corpo dela.

— Com licença. — Isabel tentou abrir caminho entre os grupinhos, para longe de George, mas ele a deteve.

— Por que tanta hostilidade? — disse, passando uma mão

gorda nas nádegas dela. — Todos sabemos que você não é exatamente exclusiva.

Ele não se deu o trabalho de baixar a voz para proferir tal frase. Isabel sentiu algumas cabeças se voltando em sua direção. Captou o lampejo no olho dele. Está gostando disso, pensou, está gostando de me humilhar. Mas não tenho de ser importunada por George. Já passei por muita coisa e agora não preciso mais deixá-lo escapar impune.

— Acho que você está precisando se refrescar, George — murmurou e, propositalmente, despejou a taça de champanhe sobre a parte da frente das calças dele. George ganiu e retrocedeu, mas era tarde demais. Ignorando o alvoroço dele, tentou novamente escapar através da massa e conseguiu alcançar a porta, perto da qual Neil conversava com Mary.

Neil levantou as sobrancelhas.

— Você parece corada.

Isabel fez que sim com a cabeça.

— Está incrivelmente quente aqui. — Ela ouviu um barulho atrás de si e se virou. — Oh, querido, parece que George sofreu um pequeno acidente. — A voz dela foi mais longe do que pretendia e fez com que várias cabeças se virassem para ver George abrindo caminho rumo aos Freemans, as calças encharcadas. Alguém riu. George manteve o passo, seguindo para os lados de Isabel e Neil, o rosto vermelho, os olhos salientes. Quando abriu a boca para falar, foi impedido por Mary, que interveio.

— Não faz mal, George — disse, colocando uma das mãos no braço do convidado.

— Mas...

— Venha comigo, vou cuidar de você, meu bom menino — disse, arrastando-o para longe de Isabel e Neil, com modos de uma matrona elegante e resoluta.

Richard juntou-se a eles.

— O que aconteceu?

— George teve um probleminha — sussurrou Isabel no ouvido de Richard. — Você sabe. — E levantou os olhos sugestivamente.

— Mesmo? Meu Deus. Pobre rapaz — disse Richard.

— Mas não conte a ninguém — acrescentou Isabel, pensando que a fábrica de fofocas do clube de golfe poderia muito bem funcionar em seu benefício, tanto quanto funcionara em seu detrimento.

— Jamais imaginaria uma coisa dessas. — Ele buscou Mary e George com o olhar. — Quem poderia supor algo assim? — Ele se sacudiu um pouco. — Mais champanhe, Isabel? Neil? As taças de vocês estão vazias.

Richard encheu as taças deles até a borda.

— Preciso circular, mas estou muito contente com a presença de vocês. De ambos. — Sorriu para Isabel e ela corou com a amabilidade do anfitrião.

— Então o que foi isso, afinal? — perguntou Neil quando Richard estava longe o bastante para não poder ouvir.

— Depois eu conto — disse Isabel, voltando a pensar no rosto de George ao perceber que ela realmente iria lhe dar um banho de champanhe. Sorriu. Não fora a desforra mais perspicaz do mundo, mas funcionara.

— O que é tão engraçado? — quis saber Neil. — Você não devia rir do pobre e velho George.

— Pobre e velho George, uma ova!

— Você olhou para ele como se fosse algo particularmente nojento em que você acabou de pisar.

Ela mirou Neil. Talvez tudo tenha começado quando Neil contou a George a história do vestido de festa que se dissolveu. Lembrou-se do modo como ele a encarara naquela ocasião, cheio de malícia. E da maneira como as mãos dele a tinham tocado nos ombros há poucos minutos.

— Vou ao toalete — disse ela. No vestíbulo, um dos garçons a mandou para o andar de cima, para um cômodo que, sem dúvida, era o quarto de Mary e Richard, cheio de babados, festões e tecidos floridos contrastando com as maneiras usualmente secas de Mary. Uma dupla de mulheres estava recostada na cama, conversando.

— Estão esperando? — perguntou.

Responderam que não e indicaram o banheiro.

Quando retornou ao quarto, as duas já tinham ido, e outra mulher estava de pé examinando os objetos sobre uma cômoda.

— Justine.

Ao girar e se dar conta de quem a havia chamado, Justine deu a impressão de sentir-se tão culpada, tão consternada que, por um segundo, Isabel imaginou se a tinha flagrado tentando pegar algum pertence de Mary. Mas ela usava um vestido colado ao corpo, sem nenhuma saliência ou reentrância, onde esconder qualquer coisa teria sido impossível. Justine não demorou a recuperar a expressão afável e confiante de sempre.

— Há quanto tempo não a vejo — disse Isabel, tentando lembrar-se de quando vira Justine pela última vez.

— Tenho andado ocupada — retrucou Justine, se afastando da cômoda e alisando o vestido sobre os quadris.

Ocorreu a Isabel que ambas as mulheres com quem inicialmente fizera amizade estiveram ausentes quando lidara com as conseqüências do romance com Patrick. Apenas Mary tinha sido solidária. Talvez tenha sido esse pensamento que a fez comentar:

— Neil voltou, você sabe.

Justine prendeu o cabelo atrás das orelhas e sentou-se na cama.

— Eu sei. — Seu rosto era rígido. — Então Neil voltou para casa e a perdoou. Que sorte a sua.

— Sim, tive sorte. — Num lampejo, Isabel viu-se escrevendo "trevo da sorte" na agenda, durante a reunião da Associação de Pais e Mestres. Na verdade, não tinha trazido muita sorte. Tentou ler o que se insinuava no rosto perfeitamente maquiado de Justine, mas não havia como adivinhar o que estava pensando.

— Por que não foi embora com Patrick? — perguntou Justine, usando a ponta do dedo para acompanhar o desenho formado pela estampa da colcha.

— Como poderia fazer isso? — disse Isabel.

— Ele parecia abatido.

Isabel tentou manter a voz amistosa.

— Espero que tenha sido apenas pelo ineditismo de ter sido rejeitado.

— Talvez. — Justine se levantou. — Tenho certeza de que Neil lhe contou a versão dele sobre os fatos, mas saiba que nunca desejei mal a você. Ainda iremos nos encontrar na escola, em eventos sociais como esse, então é melhor sermos todos civilizados. Ou, pelo menos, corteses. — Ela examinou as unhas. — Está claro que Mary decidiu apoiar você, e quem sou eu para ir contra ela? Especialmente quando não tenho um marido dedicado para me apoiar. E eu pensando que vocês já não se toleravam mais, que só conseguiam morrer de tédio quando estavam juntos.

— Não é verdade — disse Isabel automaticamente, como se à deriva.

— Disso eu já sei — concluiu Justine. — Ou o tédio é melhor que o risco. Foi o que Neil escolheu, mas de alguma forma eu esperava que você agisse diferente. Não importa. Melhor não forçar a barra.

Isabel reconheceu a frase. Lembrou-se de tê-la ouvido da boca de Neil e de ter estranhado que ele se expressasse daquele modo

O mundo parecia ter mudado de ângulo, como um espelho distorcido numa feira de exposição. Tocou a parede em busca de equilíbrio. Podia ouvir o que Justine estava insinuando, apenas não conseguia entender. Então pensou em Patrick na loja insistindo que não tinha sido ele a mandar as fotografias. Patrick, o que evitava respostas em vez de mentir. Tinha presumido que ele mentira porque não havia ninguém mais com conhecimento, oportunidade e motivo para fazer as fotos chegarem a Neil. Ou assim Isabel pensara. Seu corpo parecia tão vacilante como se tivesse acabado de descer de uma montanha-russa, a visão desfocada. Porém, ao focalizar Justine, as imagens superpostas se ajeitaram em linhas claras e nítidas. Justine. E as fotografias. Isabel engoliu em seco.

— Como você as conseguiu? Com Patrick?

— Patrick? Não, por que ele as daria para mim? Foram as suas cópias, é óbvio.

Havia um gosto amargo na boca de Isabel. Sentiu o corpo inteiro ruir com o choque.

— Quando?

— Quando arrumei seu armário. No início estava simplesmente curiosa para ver como eram, então as peguei da lixeira. Depois pensei que poderiam ser úteis.

— Por que você fez isso?

— Ora, obviamente porque... — Justine deteve-se, os olhos estreitados. Martelou as unhas vermelhas sobre a penteadeira de Mary, como se ganhando tempo, decidindo o que dizer. — Já era de se imaginar... Ele não contou nada, contou?

— Quem? Patrick?

— Não. Patrick, não. — Justine parecia quase se divertir.

Isabel tentou pensar a quem mais Justine estava se referindo. Não poderia ser...

A porta se abriu e três mulheres irromperam entre risadinhas tolas e afetadas. Em segundos as recém-chegadas captaram a atmosfera do ambiente.

— Opa. Desculpe! — disse alguém, e o grupo preparou-se para retroceder.

— Não, não tem problema — disse Justine, sorrindo para elas, o rosto bonito tão liso quanto um ovo. E deu meia-volta rumo ao banheiro, a bolsa balançando lampeira sobre o ombro.

Isabel a agarrou pelo braço, não se importando com quem assistia. Queria arrancar algumas respostas de Justine nem que fosse à força. — Sobre quem você está falando?

Justine baixou os olhos para a mão de Isabel no seu braço, e Isabel se afastou.

— Obrigada — disse.

— Por favor, Justine — insistiu Isabel. — Por favor.

Justine olhou para ela com olhos frios, depois abriu um sorriso felino.

— Por que não pergunta a Neil? — disse. — Tente perguntar a seu marido.

Isabel esperou até que Neil estacionasse o carro do lado de fora da casa e desligasse o motor.

— Conversei com Justine essa noite — disse, quebrando o silêncio.

Neil se mexeu no banco do carro.

— Temos de falar sobre isso agora? Está tarde e precisamos dispensar a babá.

— Acho que é importante. Justine disse que mandou as fotografias para você. — Ela esperou a reação dele, mas ele não deu sinal de ter ouvido nada, continuou impassível, meio escondido pelas sombras. — Quando eu quis saber o motivo, disse que deveria perguntar a você.

Neil se ajeitou no banco, cabeça contra o recosto. De perfil, parecia descontraído. Parecia não ter sido surpreendido. O frio atravessou a espinha de Isabel e ela sentiu-se mal.

— Você sabia. Você sabia que tinha sido ela. Não entendo o que está acontecendo.

Neil virou-se para Isabel, o rosto realçado pela luz da rua.

— Não está acontecendo nada — disse ele, brando como um tonel de tinta de cor neutra. — Mas estava.

22

— Fiquei lisonjeado com a atenção — disse Neil, se recostando na pia. — O que mais posso dizer? Não quero entrar em pormenores, nem acho que você queira conhecê-los.

Isabel, cotovelos apoiados na mesa da cozinha, pôs o rosto entre as mãos e assim permaneceu. Parecia que sua cabeça iria explodir com tanta informação, interrogações e angústia. O sangue lhe martelava as têmporas. Tivera de esperar a saída da babá para só então fazer todas as perguntas que desejava. E agora ali estava ela. Neil e Justine. Neil e Justine. Apenas a familiaridade confortável das palmas das mãos contra os olhos parecia evitar que seu cérebro escorresse para a toalha de mesa quadriculada de amarelo.

— Quando começou?
— Não muito tempo depois de você ter ido trabalhar para aquele homem.
— Então no jantar...
— Sim.

Isabel cutucou a memória. Lembrava-se de presumir que o comportamento de Neil para com Justine parecera antipático. O que a havia espantado, pois ao se conhecerem tinham se dado muito bem.

— Fui uma estúpida — murmurou ela. — Muito estúpida.
— Você tinha outras coisas na cabeça. — Ela ergueu os olhos para ele. Neil esfregava a nuca. — Está tarde. Vamos nos consi-

derar quites. Ambos pulamos a cerca. Ambos encerramos nossos casos. Não vai fazer diferença ficar remoendo quem fez o quê e quando.

— Mas por quê? — perguntou Isabel.

— Voltar para a Inglaterra... Acho que você não notou o quanto toda essa mudança foi difícil. Eu tinha autonomia, chefiava meu próprio trabalho, e vim trabalhar em um escritório onde reinam a politicagem e as intrigas. Você não estava interessada no assunto.

— E ela estava?

— Sim. Oh, sim. Justine seria a esposa perfeita de um homem envolvido no mundo das grandes corporações. Identificaria a quem bajular, que pessoas teriam importância, saberia mover as peças do tabuleiro político. — Ele parecia amargo.

Isabel sentiu-se culpada. Sabia que tinha pouco interesse pelo trabalho de Neil. Mal se detivera em analisar o que vir trabalhar na matriz poderia significar para ele. Mas Justine era diferente. Neil e Justine. Fora apunhalada e agora sofria com a dor da traição.

— Como teve coragem? — gritou ela. — Eu confiava em você.

— E eu em você. Confiei em você mesmo quando Justine me avisou sobre aquele homem. — Ele deu de ombros. — Não vou me sentir culpado por causa disso. Essas coisas acontecem.

— Então simplesmente perdoamos um ao outro e dizemos que está tudo bem.

— O que mais pode ser feito?

— Você fez eu me sentir um lixo nessas últimas semanas, me fez rastejar, me fez... — Uma visão das tartarugas gigantes veio à sua mente e ela se abraçou, balançando o corpo para trás. — E durante todo esse tempo você estava.... Foi muita hipocrisia.

— E quanto a você? Pensou nas crianças? Pelo menos não deixei rastro.

— Então não tem problema quando não se é pego, é isso?
— Não. Mas, meu Deus, torna a situação menos dolorosa.
— Ele esfregou as mãos no rosto. — São águas passadas. É assim que tem de ser. Vamos dar tempo ao tempo.

Ela não respondeu, não conseguiu responder, embora fervesse por dentro com uma massa de emoções embaralhadas. Sentia vontade de gritar e de gemer de fúria, mas obviamente ela e Neil iriam se comportar de maneira civilizada e adulta. Neil, pelo menos, agiria assim. Águas passadas, varrer tudo para debaixo do tapete, jogar uma pá de cal sobre o assunto.

Ele bocejou e se afastou do balcão da cozinha.

— Vou dormir. Também vem?

— Não, vou ficar por aqui mais um pouco. Ainda não engoli isso tudo muito bem — respondeu, cobrindo os olhos com as mãos.

Neil tocou o cabelo de Isabel.

— Desculpe — disse sem graça. — Talvez eu devesse ter contado a você antes. Mas nunca parecia ser uma boa hora. Para o seu bem, achei melhor que não soubesse de nada. — E acariciou o ombro de Isabel.

— Não soubesse — repetiu ela. — Não saber. Ser protegida da verdade. Se fingirmos que nada aconteceu podemos continuar como antes. É isso mesmo que você acha?

Mas ele já tinha saído.

— Engraçado — disse ela a Adam no seu último dia na livraria. — As pessoas estão sempre tentando me proteger da verdade, o que a torna duas vezes mais dolorosa ao ser descoberta.

— A honestidade é a melhor política, é o que dizem — emendou Adam, levantando uma sobrancelha para ela. — Mas por que esse comentário?

— Neil me contou algumas coisas. — E estamos fingindo que não aconteceram, pensou, a cabeça latejando.

— Algumas verdades?
— Aham. — Ela esticou os braços. — Tenho a sensação de que poderia dormir por uma semana inteira.

Adam olhou de soslaio para ela, mas não fez mais perguntas. Era uma das coisas de que Isabel mais gostava na livraria, as conversas entre o atendimento a um e outro cliente. E também de trabalhar com Adam, que jamais a inquiria, jamais a forçava a confissões ou desabafos.

Foi então que ele quis saber:

— Já decidiu se vai continuar trabalhando? Maria entrou em contato para me dizer que por ora vai se manter afastada. Ficaremos fechados até o ano-novo, depois Angela estará de volta. Vou precisar de mais alguém.

— O que vai fazer no Natal, Adam? — deixou escapar, de súbito. Tinha a imagem dele sentado sozinho no apartamento no andar sobre a loja. Nunca estivera lá, mas imaginava que era moderno e minimalista, como o escritório. Muito elegante, mas um lugar frio para se passar o Natal.

— Tenho uma grande reunião de família. Minha mãe gosta de exagero. É tudo muito tradicional, família numerosa, punhados de amigos, comida farta, esse tipo de coisa.

— Parece maravilhoso — disse Isabel, ajustando a imagem mental que cultivava a respeito de Adam, antes em casa solitário com uma pequena taça de xerez, agora no centro de um redemoinho de vida familiar afetuosa. Certamente parecia melhor que Moira e Ian, Heather e o marido, e a competição de quem havia preparado a melhor torta de carne, pois era exatamente assim que seria o seu Natal. — Sou filha única, nunca tive esse tipo de festa natalina.

Isabel atendeu um homem de olhar desesperado com uma pilha de livros, obviamente compras de última hora. Quando terminou, disse:

— Sempre quis dar a meus filhos um Natal tradicional familiar, em casa, em meio a muitos amigos e parentes. Pensava que talvez fosse assim esse ano, mas as coisas não funcionaram conforme o planejado.

— Não tenho filhos, então talvez não devesse dizer isso — Adam falou devagar —, mas acho que é melhor proporcionar às crianças o que elas realmente querem, em vez de lhes dar o que você gostaria de ter tido.

E se afastou para esclarecer a dúvida de um cliente. Isabel pensou sobre o que ele dissera. Estava tentando dar aos filhos o que ela queria, e não o que eles desejavam? Mas certamente todas as crianças queriam um lar estável, com pais que as amassem. A loja lotou de clientes apressados, em busca de presentes ou de títulos capazes de mantê-los ocupados ao longo dos feriados. Isabel e Adam não tiveram descanso até meia hora antes do horário de fechar a loja. Só nos minutos finais é que o ambiente sossegou e viam-se somente uns poucos distraídos folheando livros.

— Você ainda não respondeu minha pergunta — disse Adam. — Vai voltar ao trabalho depois do Natal? E se voltar, quando?

— Lamento — disse Isabel. — Deveria ter avisado antes. Sim, adorarei voltar no ano-novo, tão logo o ano letivo recomece.

— Ótimo — disse Adam. Ele parecia encantado.

— Não tinha percebido que significava tanto para você — disse ela, ao mesmo tempo embaraçada e satisfeita, tentando fazer piada com a situação.

— Costumo tirar algumas semanas de folga em fevereiro e viajar para o exterior. Não poderia fazer isso se Angela ficasse trabalhando sozinha.

Uma explicação tão lógica fez Isabel sentir-se curiosamente murcha.

Adam despachou os últimos clientes, destrancando a porta para deixá-los ir, e virou a plaquinha da loja para "fechado". Isabel vestiu o casaco e o cachecol. Pegou a bolsa.

— Aqui está. — Adam lhe entregou um envelope marrom. — Seu pagamento.

— Obrigada. — Pensara em comprar um presente para ele, mas desistira. Afinal, ele era seu patrão. E o conhecia há pouco tempo. Apenas umas poucas semanas. Ele abriu a porta para ela, depois curvou-se e a beijou no rosto.

— Feliz Natal — disse.

— Para você também. — Ela brincou com a alça da bolsa. — E obrigada. Estou contente por não estar dizendo adeus.

— Eu também.— Ele franziu a testa. — Não vai se esquecer de se candidatar à universidade, vai? Seria uma vergonha perder o prazo.

— Esperei por isso durante vinte anos; vou esperar mais um — disse.

— Era o que eu costumava dizer no pregão — disse ele. — Saio no próximo ano. Fiquei tempo demais, e isso me fez mal. — Tocou uma mecha dos cabelos dela. — Não deixe que isso aconteça com você. — Isabel olhou para ele, os olhos cinzentos de Adam claros e diretos. Abriu a boca para falar, mas ele interrompeu o contato.

— Vá, cuide-se bem. Estou congelando.

Ela se pôs na ponta dos pés para beijá-lo no rosto.

— Tchau, Adam. Feliz Natal.

Até onde Isabel podia compreender, Michael e Katie tiveram um bom Natal, embora lhe parecesse que nenhum dos adultos havia se divertido. Mesmo em melhores tempos, Isabel já tinha convivido com uma Heather consideravelmente irritada, mas o status de mãe principiante tinha deixado os nervos da cunhada à flor da pele.

Tudo e qualquer coisa podiam ser interpretados como crítica. Tornar-se alvo de anedotas por ter roubado um pedaço de torta com licor equivalia a ser vítima de acusações de maus-tratos ao filho ainda por nascer. No entanto, o comentário de Moira fora apenas: "Estou surpresa em ver você comendo isso, Heather." Moira também resmungou sobre a saúde de Ian que, por sua vez, queixou-se de indigestão, fazendo a mulher presumir que se tratava do primeiro estágio de um ataque cardíaco. O marido de Heather passou boa parte do tempo olhando pela janela, estudando a paisagem desértica de granito. Neil se fechou completamente, surgindo por detrás da capa de algum livro apenas nas refeições ou para assistir a um filme de aventura na televisão. Moira franziu os lábios por conta da rudeza do filho, mas não disse nada.

Enrolada em camadas de casacos, Isabel ocupou grande parte do tempo em supervisionar Michael e Katie brincando com Buster no jardim. Disse a si mesma que precisavam de vigilância porque o jardim terminava num rio que, nessa época do ano, corria rápido e estava quase transbordando por causa da chuva. Na verdade, o que realmente queria era estar perto deles, ter certeza de que estavam felizes. E o ar claro e límpido, ainda que frio, era preferível ao abafamento ácido que envolvia o interior da casa como guirlandas natalinas fantasmagóricas. Ela se viu quase gostando de Buster, sempre disposto a jogar futebol, jamais se cansando de ser levado para passear. O animal sequer ensaiava as mordidas de praxe. Em um momento temerário, prometeu considerar a hipótese de arranjar um cãozinho.

— Um cachorrinho seria uma diversão para as crianças — disse a Neil.

— E o que fazemos com ele se formos para outro país?

— Não vamos para o exterior novamente, vamos? — perguntou ela.

Neil alisou o bigode.

— Poderia ser ótimo — disse ele. — Um recomeço para nós, em um lugar onde ninguém conheça nossa história. — Isabel corou, sabendo que ele aludia às fotografias. — E eu gostaria de retomar minhas atividades de outrora. Além do mais, essa baldeação de trem... — Ele balançou a cabeça. — Já é ruim e só vai piorar.

— Acabamos de voltar ao Reino Unido. Não podemos nos mudar mais uma vez. — Isabel estava espantada por sentir tanto pavor à idéia de mudar-se novamente.

Neil deu de ombros.

— Não acho que as crianças se importem tanto em mudar de casa, para ser franco. Muitas famílias estão na mesma situação, gente que já morou fora, militares. Não acho que os meninos se importem tanto quanto você.

— E o meu emprego? E a minha ida para a universidade?

— Um empreguinho mixuruca numa livraria? — Neil riu. — Não acho que isso tenha a menor importância. E quanto à universidade, se é o que realmente quer, pode fazer um curso à distância.

Isabel apertou os punhos num esforço para se controlar diante da atitude desdenhosa de Neil.

— Você se candidatou a algum cargo?

— Fale baixo, não quero que todo mundo na casa ouça — disse ele, sem olhar para Isabel.

— Neil, você se candidatou?

— Fiz algumas sondagens — foi tudo o que ele respondeu.

Isabel sentou-se no banco encharcado do jardim, olhando sem ver os filhos brincarem com Buster. Não importa o que Neil dissesse ou fizesse, ela não podia, não iria desistir de seus sonhos tão facilmente, não uma segunda vez.

De volta à casa, antes que fizesse qualquer tarefa doméstica, antes mesmo de colocar um fardo de roupas na máquina de lavar, foi buscar os formulários de inscrição na universidade e os preencheu. Já tinha discutido com Adam de que a apresentação pessoal deveria consistir e agora a caneta corria veloz, a tinta preta delineando sua ânsia por mudança. Colocou como referências Mary Wright e Adam Rockcliffe.

Não contou a Neil que tinha enviado os formulários.

Na véspera de ano-novo, Neil abriu champanhe e Isabel preparou uma refeição especial, mas seus corações não estavam nesses gestos, e a garrafa foi abandonada pela metade. Recolheram-se muito antes da meia-noite. Houve sexo, uma relação furtiva no escuro, misericordiosamente rápida. Começar um novo ano com o espocar de algo diferente, pensou Isabel, deitada insone no seu lado da cama.

No entanto, a única faísca do iniciozinho do ano foi a volta ao trabalho. Angela retomara seu lugar na livraria. Era uma mulher por volta dos 50 anos, imaginara Isabel, o cabelo num permanente caprichado, olhos tristes como se esperasse que o mundo velasse por ela. Como a velha funcionária estava a postos, Adam passava mais tempo no escritório, escada abaixo, deixando Isabel aprender sobre a artrite que fazia padecer o marido de sua companheira de trabalho. Havia ainda a demência senil da mãe, o derrame do pai, a histerectomia da irmã e o vasto número de enfermidades debilitantes que acometia a família. Na geração mais jovem abundavam mães adolescentes, pais precoces, viciados em drogas, desemprego de longa data, tudo recontado em tons de serena aceitação. Isabel concluiu que apenas por conhecer Angela era estatisticamente improvável que viesse a ser atacada por alguma doença, incapacidade ou comportamento anti-social, pois a colega havia monopolizado o mercado de infortúnios pessoais.

Adam viajou algumas semanas mais tarde: primeiro foi a Praga, em seguida encontrou-se com amigos que também tinham abandonado a City e que agora administravam um chalé de esqui na Suíça. Avisara que ficaria afastado por pelo menos quatro semanas. Era estranho estar na livraria sem a presença dele. Angela era a responsável nominal por ser a mais velha das duas mulheres, mas como se preocupava exageradamente com ninharias e se aborrecia em tomar a mais ínfima das decisões, era Isabel quem sugeria o que deveria ser feito.

— Gostaria que Adam estivesse aqui — lamentava Angela. — Não é a mesma coisa quando ele está longe.

Isabel dava uma resposta evasiva, sem querer admitir para si mesma como era diferente quando Adam estava fora, o quanto sentia falta de sua presença tranqüilizadora. Angela adorava falar sobre Adam e era cheia de informações sobre seu passado. Isabel tentou dizer a si mesma que dava ouvidos a fofocas sobre Adam apenas porque era um assunto mais palatável que uma torrente de parentes enfermos. Porém, era estranhamente irresistível saber que fora casado por pouco tempo, que tinha tido uns poucos relacionamentos em Milbridge, e que resistia firmemente aos avanços da sobrinha de Angela, aquela com 46 piercings, incluindo três "lá embaixo".

Isabel fora rejeitada de maneira direta por duas das universidades a que havia se candidatado, mas a terceira, a de Fordingbury, pediu-lhe que se apresentasse para uma entrevista levando ensaios.

— Ensaios! — gemeu Isabel. — Há anos que não escrevo um ensaio.

— Se pelo menos Adam estivesse aqui — disse Angela. — Ele saberia o que fazer.

— Ora, mas ele não está — disse Isabel, mais estridente do que pretendera. Onde diabos ela encontraria modelos de ensaios? Seus compêndios dos tempos de estudante não teriam nenhuma serventia. Não poderia recorrer a Adam em busca de ajuda. Muito menos pedir socorro a Neil. Pensou por alguns minutos, depois riu. — Sou uma idiota — disse. — Trabalho numa livraria. Deve haver ao menos um livro sobre normas para ensaios.

Ela verificou e, sem dificuldade, encontrou vários guias para estudo.

Naquela noite, depois de as crianças já estarem acomodadas, a ceia pronta e servida, a máquina de lavar louça abarrotada, sentou-se à mesa da cozinha e começou a escrever um ensaio sobre Carol Ann Duffy. Fazia séculos desde a última vez que tentara fazer algo assim e não estava convencida de que se saíra bem nem nas dissertações de adolescente. Mas dessa vez ela parecia ter melhor compreensão do que lhe havia sido solicitado.

Neil se aproximou e sentou-se do outro lado da mesa.

— O que está fazendo?
— Escrevendo um ensaio — disse, sem levantar os olhos.
— Para quê?
— Tenho uma entrevista.
— Para quê?
— Já contei a você. Uma vaga na universidade.
— Achei que não estivesse falando sério.

Ela respirou fundo, prestes a explicar por que era importante para ela, depois decidiu calar-se.

— Mas estava falando sério.
— É uma pena.
— Por quê?
— Ofereceram a mim um posto em Gana.

Ela ergueu os olhos para ele, então.

— Gana? — repetiu Isabel. — Não vamos para Gana.
— Por que não? — disse Neil. — É estável, relativamente seguro e há uma comunidade numerosa de estrangeiros.
— Porque acabamos de nos mudar para cá. E quanto às escolas?

— Há uma escola internacional em Accra. — Ele coçou o ouvido.

— Sabe tão bem quanto eu que a maioria dos garotos vai ficar em internatos ingleses. Se for algo parecido com Damasco ou Muscat, a turma de Michael terá provavelmente um ou dois meninos, e só. Não quero isso para meu filho.

— Então por que não o colocamos no internato?

Isabel fixou os olhos em Neil, boquiaberta.

— Internato? Você está brincando?

— Não. Há aquela escola logo no fim da estrada, aquela para a qual George e Helen mandaram o filho. Os resultados são bons.

— De maneira nenhuma. — Sacudiu a cabeça, horrorizada com a idéia. — E quanto aos meus estudos? As aulas devem começar em setembro.

— Pode adiar isso. Ou fazer outra coisa. — Ele falava como se fosse algo insignificante. A raiva acumulada nos últimos meses tomou conta de Isabel.

— Não — disse ela. — Não, não vou adiar nada. Já adiei o bastante. Não sou sua propriedade, me arrastando atrás de você mundo afora. E nem nossos filhos. É injusto esperar que, de repente, levantem acampamento e sigam para Gana, logo agora que, pela primeira vez, têm quartos só para eles numa casa que é deles. — Faltava-lhe fôlego, tamanha era sua irritação.

— E você espera que eu me sacrifique simplesmente para que as crianças tenham seus próprios quartos? Odeio baldeação de trem e não pretendo continuar nessa vida. Vou para Gana.

Isabel olhou para ele. Ele esticava o pescoço de um modo agressivo e ela notou que tinha a pele em volta da garganta vincada e enrugada, como uma tartaruga. Estava parecido com o pai, estabelecendo as regras, crendo que poderia convencer pelo grito. Pensou em Moira, congelando refeições que ninguém queria comer, transformando frustrações em pequenas vingan-

ças. E em George e Helen, a personalidade da mulher afogada pela aceitação da autoridade do marido. Pensou nos filhos, em Michael confinado num internato, em Katie mais uma vez afastada das amigas, crescendo numa casa de gélida amabilidade.
— E então? Você vai comigo ou não?
Serenamente, Isabel respondeu apenas:
— Não.

23

Isabel e Neil mantiveram as aparências, convivendo de maneira civilizada, mas alheios. Nunca se tocavam e prestavam a máxima atenção para não violar o espaço um do outro. A distância entre eles fez Isabel perceber o quanto haviam caminhado em direções distintas. Ou o quanto tinha crescido e se afastado dele. À noite, cada um ocupava seu território sob um pedaço de coberta; havia um abismo intransponível entre eles.

Não discutiram divórcio. Não era incomum entre casais estabelecidos no exterior que a mulher e os filhos ficassem para trás quando o marido era enviado a algum lugar considerado inadequado pela esposa. Mas também era sabido que os casamentos freqüentemente não sobreviviam à separação.

A entrevista se aproximava. Isabel lia o máximo que podia. Pediu a Angela que lhe fizesse perguntas para testá-la.

— Vamos lá, Isabel — incentivava Angela, olhando de esguelha para o livro com exemplos de questões que poderiam ser apresentadas pela banca. — Qual a importância de se ler um texto analisando-o em profundidade em vez de apenas lê-lo por prazer?

E quando Isabel respondia, Angela ficava impressionada.

— Logo, logo seu nome será precedido por muitos títulos, assim como o de Adam.

— Obrigada, mas acho que primeiro vou tentar ser aprovada. — O problema era que Isabel não tinha idéia se seria bem-sucedida, se diria e faria exatamente o que era esperado. Havia consultado modelos de ensaios na internet e concluíra que havia produzido algo rudimentarmente parecido. Na verdade, não havia como ter segurança de estar no caminho certo. A entrevista seria dali a uns poucos dias.

Angela baixou a voz.

— É engraçada essa história dos títulos. Quer dizer, Adam é um doutor, mas é tão cheio de melindres quando se trata de sangue. E nem gosta de conversar sobre doenças.

— Não é o mesmo tipo de doutor — disse Isabel, pensando no pobre Adam ouvindo, educado, a lengalenga de Angela sobre mazelas.

— Por falar nisso, contei a você que a filha de minha sobrinha está com um bioma?

— Bioma? Mas isso não é doença, eu acho.

— Estou certa de que foi isso o que ela disse. — Angela mostrava-se desconcertada.

— Parece muito sério, seja o que for — disse Isabel. Foi o bastante para animar Angela, cuja aula sobre os sintomas de uma doença tão grave e sofrida foi interrompida pelo toque da campainha.

— Adam!

Ele ficou parado na porta, mais moreno e mais magro.

— Ouvi dizer que há uma emergência.

Isabel franziu o cenho.

— Não que eu saiba.

— Uma entrevista.

— O quê? — Ela virou-se para Angela, que batia palmas.

— Só mandei um cartão-postal dizendo que você tinha uma entrevista e precisava escrever ensaios. E também que não sabíamos o que fazer.

— Oh, Angela — disse Isabel, dividida entre o aborrecimento

e a comoção pelo fato de a colega ter se interessado pelo assunto. — Não devia ter feito isso.

Angela saiu apressada para preparar uma xícara de chá, enquanto Adam colocava a bagagem no apartamento do andar de cima.

Quando ele voltou ao térreo, Isabel disse, o rosto vermelho de constrangimento:

— Espero que não tenha interrompido suas férias por causa de uma entrevista boba.

— Senti vontade de voltar mais cedo. — Adam correu os dedos bronzeados pelo cabelo e balançou a cabeça. — Para ser franco, estava entediado. Havia um bocado de amigos lá, mas ou eram casados e tratavam a temporada como uma segunda lua-de-mel, ou estavam atrás das moças do chalé.

— Não posso imaginá-lo flertando com as moças do chalé — disse Isabel.

— Ah, já tive meus momentos — disse Adam. — Dessa vez, porém, foi diferente. Após um dia muito agradável na montanha, fomos ao clube. Em certo momento, olhei ao redor, para todas aquelas pessoas falando, bebendo e se divertindo. E só queria estar de novo aqui. — Ele olhou para ela de lado. — Patético, não acha?

— Que bobagem! Ninguém que conheça você poderia chamá-lo de patético. — Com a ponta dos dedos, ela desenhou a figura de um oito no balcão. — Estou contente em vê-lo — disse.

Angela passou os dias seguintes mimando Adam, trazendo-lhe bolos e rosquinhas para que ganhasse peso. Isabel manteve distância, num acesso de timidez. Decidiu não deixá-lo ler os rascunhos dos ensaios, nem orientá-la, embora ele tivesse gentilmente se oferecido para ajudar.

— Quero provar que sou capaz de me virar sozinha, de fazer tudo sem que ninguém me ajude. De manipular os cordões que me movem. Parece uma tolice mas...

— Não é uma tolice. Não se preocupe, você vai conseguir.
— Ele fez uma pausa. — Imagino que seu marido esteja cooperando.
— Não. — Isabel sequer tinha mencionado a entrevista para Neil.
— Não?
— Neil vai para Gana nas próximas semanas — disse ela.
— E você?
— Eu fico.

Adam brincou com um rolo de fita adesiva, girando-o várias vezes com os dedos longos e magros.

— Parece uma decisão importante.
— Oh, não — disse Isabel. — Não foi uma decisão. Apenas aconteceu e suponho que nenhum de nós se importe o bastante para mudar tal situação.
— Você gostaria de mudar?

Ela sacudiu a cabeça.

— Não. Acho que as coisas acabaram para nós há muito tempo, só não tínhamos admitido ainda.
— Uma pena.
— Sim. — Deveria sentir uma certa estranheza em abrir-se com Adam a respeito de algo tão pessoal, mas a conversa lhe parecia absolutamente cabível. Ele era um bom ouvinte, pensou, mesmo se o tópico fosse a filha da sobrinha de Angela e o bioma, que acabou se revelando ser mioma. — Senti tanta tristeza e infelicidade nos últimos meses que é como se estivesse de alma lavada. Agora que estamos nos separando, não sinto rigorosamente nada. É esquisito.

Adam puxou as mangas do suéter. Isabel podia ver que os punhos da camisa de baixo estavam começando a puir.

— Está mesmo se separando? — disse ele, sem olhar para ela.
— Sim. Não conversamos muito sobre separação, mas é o

fim, e ambos sabemos disso. Nem discutimos divórcio. A família de Neil não se divorcia. — Ela fez uma careta de contragosto.

— Isso não deixa você no limbo?

— Não me incomodo. Ainda tenho minha casa, segurança, mas posso olhar para fora e ver o que está acontecendo.

— Você quer dizer que ainda mantém todos os ônus do casamento e nenhum dos benefícios? Como um pássaro que segue dando voltas na gaiola muito embora a porta esteja aberta.

— Você faz parecer terrível.

— Não seria a minha escolha.

— É fácil para você dizer isso.

— Talvez. É como depois de um naufrágio. Você pode ver a costa, mas tem medo de nadar e então permanece agarrada aos destroços. Sabe que os destroços não vão ajudar você, na verdade está condenada caso insista em ficar ali; porém, se desprender e partir é assustador. — Ele suspirou. — Só posso falar de minha experiência. Quando trabalhava na City, sabia que estava morrendo aos poucos, mas não conseguia desistir do estilo de vida, do burburinho, de todo o dinheiro. E a cada dia ficava mais assustado. E, assustado, me aferrava ainda mais aquilo tudo. A costa parecia cada vez mais distante.

— O que aconteceu?

— Fui tragado pelas ondas. Não é de admirar, afinal eu era um destroço.

— Você afundou?

Adam desviou o olhar, seus olhos cinzentos sem foco, como se vissem algo que não eram prateleiras de livros. Ao falar, o volume da voz era mais baixo.

— Sim, por um tempo. Afundei. E foi difícil. Mas foi melhor do que passar o resto da existência assombrado. — Ele virou-se para ela e sorriu. — Mas você, Isabel, é mais forte do que eu era. Vai se sair bem.

— Como assim? — Isabel não se sentia forte, sentia-se sem energia e confusa.

— Olhe para o que já conseguiu. Conseguiu um emprego, uma casa, planos para o futuro. E há quanto tempo voltou ao país? Seis meses? Sete?

— Nesse período também pus meu casamento a pique e ganhei má reputação.

Adam riu.

— Pelo menos tem se mexido, em vez de se trancar em casa, chorosa, à espera que algo aconteça.

Eles interromperam a conversa assim que um cliente entrou na loja e pôs-se a consultar livros de jardinagem, finalmente escolhendo um chamado O *jardineiro novato*.

Novos jardins, novos começos. Acho que já é primavera, pensou Isabel, enquanto colocava o livro na sacola. Adam tinha razão: estava agarrada aos destroços, mas era duro se desembaraçar.

A entrevista de Isabel era no fim da manhã do dia seguinte. Angela presenteou-a com um pé de coelho que herdara de uma tia-avó, a mesma que havia morrido esmagada por um muro, a caminho do bingo. Os lábios de Isabel se contraíram ao cruzar com os olhos de Adam.

Ele estendeu um pequeno pacote envolto em papel de seda.

— Não posso garantir que vai lhe dar tanta sorte quanto o pé de coelho, mas espero que goste. — Dentro do embrulho, havia uma delicada pulseira de prata.

— É linda. — Ajustou-a no pulso. — Obrigada.

Ele sorriu.

— Boa sorte.

A entrevista não foi tão aterrorizante quanto pensou que seria. Um dos dois entrevistadores, uma mulher jovem, parecia mais nervosa do que ela, tossindo e se agitando na cadeira. O outro era um homem mais ou menos da idade de Isabel e que falava muito devagar, as frases se arrastando rumo ao nada. Isabel discorreu sobre o que lera recentemente, seus autores favoritos, por que queria estudar inglês.

— Fiz a escolha errada quando tinha 19 anos — disse ela, girando a pulseira prateada. — Agora sei o desejo fazer.

O táxi de Neil chegou mais tarde que o previsto, o que tornou a partida um desastre. Durante a espera, as crianças escapuliram para assistir aos programas televisivos de todas as manhãs de domingo, deixando Isabel e Neil no saguão, sem saberem o que fazer ou dizer para matar o tempo. Se é que tivessem alguma coisa a dizer, pensou Isabel. Durante anos a fio, acreditara que ele fosse seu melhor amigo, a única pessoa com quem podia conversar sobre qualquer assunto. E agora não havia nada.

O táxi buzinou lá fora.

— Já não era sem tempo — disse Neil, pegando a mala.

As crianças vieram correndo, Michael na frente, Katie logo atrás, para dar beijos e abraços de despedida no pai.

— Eu quero um presente! — gritou Katie.

— E o que você quer?

— Um elefante!

— Mas não vai caber na minha mala. Vamos lá, boneca — disse ele, afastando a filha. — Deixe o papai ir ou ele vai perder o avião.

— Seria bom — disse Michael, mas largou o pai.

Ficaram de pé na entrada da casa e o observaram colocar as malas no táxi. Neil abriu a porta do veículo e fez um momento de pausa, a cabeça erguida como se já pudesse sentir o cheiro do tépido ar de Gana. Por um segundo, Isabel reconheceu o rapaz com quem havia se casado, o homem na fotografia que Justine tinha admirado há tempos. Foi então que ele embarcou e bateu a porta.

Num impulso Isabel correu até o táxi e deu soquinhos na janela.

— Neil — disse ela, sem saber o que iria dizer até que dissesse. E, ao deixar que as palavras saíssem, a última peça do quebra-cabeça se encaixou. Ele abaixou o vidro.

— Neil, Justine foi a primeira?

Ele virou o rosto, mas ainda assim ela teve tempo para captar o quanto de culpa havia naquele par de olhos.

— Adeus, Isabel.

Isabel estava desempacotando livros no almoxarifado. Era o trabalho de que menos gostava, lutar com fita adesiva e isopor para embalagem, cujos pedaços não só escapavam das caixas a qualquer oportunidade como ainda colavam no cabelo e nas roupas. Pôs-se a estudar um toco já meio quebrado, formato de ponto de interrogação, que grudara no seu casaco de malha.

Por quê? Por quê? Por quê?

Por que ela não ficara sabendo?

Porque sou estúpida, porque confiava nele, porque ele teve oportunidade. Porque, porque, porque.

Não sou muito boa em adultério, pensou. E tão claramente quanto se ele estivesse a seu lado, ouviu Patrick dizer: "A prática leva à perfeição." Podia imaginá-lo enunciando a lição e dando palmadinhas na cama. Mentalmente, travou mais uma batalha com a lembrança de Patrick. Mas eu não quero sexo sem amor, me consumir para tentar controlar o que sinto. Não quero um casinho, não quero um passatempo qualquer, um divertimento em que nada importa, ninguém se machuca e todos se comportam como adultos.

Era isso o que Neil queria? Tarde demais para descobrir, ele estava no avião a caminho de Gana. Com um puxão, rasgou uma caixa de livros sobre viagem, relembrando todas as noites em que

Neil havia deitado em cima dela, expulsando a vida que lhe restava. Havia permitido porque era mais fácil dizer sim do que discutir. Por que consentira que ele a traísse? Por que ela não percebera? Como podia ter sido tão idiota? Apanhou um rolo de fita adesiva e o arremessou ao outro lado do almoxarifado, por pouco não atingindo Adam, que abria a porta.

Felizmente ele tinha bons reflexos e esquivou-se a tempo. — Você está bem?

— Não, não estou bem — gritou ela. — Estou muito puta. Vocês são todos uns merdas, uns cretinos. Odeio todos vocês — e rodopiou para longe dele, envergonhada de suas emoções.

Adam tocou o ombro dela.

— Isabel? — disse ele, hesitante. — Não chore.

Sua voz era acolhedora, tão confortante que, sem pensar, ela se aproximou. Adam a abraçou e a sustentou para que chorasse o quanto quisesse.

— O pior de tudo é que não paro de pensar com quem mais Neil pode ter me traído. — Isabel soluçava junto ao peito de Adam. — Com quem mais? Isso aconteceu em cada lugar onde moramos? Oh, por favor, a Frances não — pensou. — Nunca mais vou poder confiar em alguém.

— Calma. — Adam afagou o cabelo dela. — Claro que vai.

Não importava que ele desconhecesse os motivos de tanto choro. Era bom ser acolhida, acariciada e ouvir palavras apaziguadoras e de consolo. Só desejava continuar ali, junto a ele, amparada por ele. No entanto, assim que se acalmou e a realidade se impôs, Isabel deu-se conta de estar de pé no almoxarifado e nos braços do patrão, a quem acabara de gritar ofensas como uma lavadeira. Queria ficar ali, mas não podia. Com relutância, repeliu o gesto protetor e se afastou.

— Desculpe — disse, engolindo os últimos soluços. — Estou meio confusa.

Ele cavucou o fundo do bolso e encontrou um lenço.
— Tome.
Isabel assoou o nariz.
— Desculpe.
— Quer que peça a Angela para descer e lhe fazer um pouco de companhia?
— Não, não estou interessada em mais informações sobre gastroenterite. — Esboçou uma careta. — Devo ser a pior funcionária do mundo. Sempre aos prantos, insultando o patrão...
— Jogando coisas nele. — Adam abaixou-se e recolheu o rolo de fita adesiva.
— Não pretendia atingi-lo. Você entrou no momento errado. E não posso acreditar nos xingamentos que lhe dirigi, logo a você, que tem sido simplesmente maravilhoso comigo.
— É, bem, está difícil encontrar bons empregados. — Ele virou o rolo nas mãos. — Se quiser tirar uma folga, é só pedir.
Isabel sentiu-se culpada.
— Estou bem, de verdade. Trabalhar talvez seja o melhor remédio para mim. Se é que você vai conseguir me aturar. — Pôs-se de pé e começou a desfazer a caixa mais próxima, sorrindo para mostrar que realmente estava bem, que era a funcionária dedicada que a livraria merecia. — Estou quase terminando.
Adam a observava, sorrindo de leve.
— Tenho certeza de que posso aturar você por mais algum tempo.

O envelope foi posto no tampo do balcão. Isabel, Angela e Adam calados, observavam. Isabel o alisou como se pudesse ler o conteúdo através das pontas dos dedos.
— Não vai abrir? — Os olhos de Angela estavam arregalados.
— Agora que chegou, estou com medo — disse Isabel.

— Tolinha. Não sei como pode suportar a espera. — Angela estendeu a mão até o envelope. — Quer que eu olhe primeiro?
— Não. — Isabel arrancou o envelope das mãos de Angela. — Eu faço isso. — Com o volume nas mãos, sentiu que precisava abri-lo. Mas não queria. — Ir para a universidade era mesmo uma idéia idiota — disse ela. — Eu me sairia muito melhor fazendo qualquer outra coisa.

Ao investigar o conteúdo, encontrou somente um pedaço minúsculo de papel, cujo teor ela leu, uma das mãos na boca.

— Continue, Isabel. O que diz? — Isabel sacudiu a cabeça para Angela, incapaz de falar.

Adam tirou a tira de papel dos dedos trêmulos da funcionária.

— É uma oferta incondicional.

— O que isso significa?

— Significa que eles a querem muito. — Ele hesitou, depois se inclinou e beijou o rosto da caloura universitária. — Parabéns.

Vou para a universidade, pensou Isabel. Não acredito. Tomou o pedaço de papel de Adam e leu novamente. Vou para a universidade. Dessa vez eu vou.

Não parou de sorrir pelo resto da manhã. Tentou parecer séria, parecer normal, mas logo o fulgor invadia toda a atmosfera e espalhava-se também pela sua fisionomia. Impossível evitar. O fenômeno se repetia com tanta freqüência e intensidade que passou a dar pulinhos de empolgação e gritinhos de prazer.

— Acabei de receber boas notícias — contava aos clientes perplexos.

Angela saiu na hora de almoço, deixando Isabel encarregada da loja e Adam trabalhando no andar de baixo. Após um certo tempo, ele subiu para juntar-se a ela.

— Mal posso esperar para contar às crianças — disse ela. — Sei que não vão entender muito bem do que se trata, mas quero partilhar esse momento com eles. O que está procurando? — Adam vasculhava uma gaveta, mas a fechou de pronto.

— Nada.

— Se quiser trabalhar lá embaixo, não se preocupe. Posso cuidar de tudo sozinha. Chamo você se houver muito movimento.

Ele hesitou.

— Será que gostaria de sair para comemorar?

— Oh, Adam, seria ótimo. Mas não podemos sair todos ao mesmo tempo, a menos que fechemos a loja.

Adam brincou com os punhos. Não era de espantar que estivessem puídos, pensou Isabel.

— Estava me referindo a comemorarmos depois do trabalho.

— Mas preciso pegar as crianças na escola e Angela tem compromissos.

Adam puxou um longo novelo de explicações.

— Quis dizer depois de depois do trabalho — resmungou, voltado para a caixa registradora. — E o convite não inclui Angela.

— Oh — disse Isabel, o coração aos saltos. — Você quis dizer algo à noite.

— Que tal um jantar? — sugeriu Adam, ainda aparentemente ocupado com os punhos. — Se você quiser.

Isabel pensou a respeito. Não fazia idéia de quando fora a última vez que saíra para jantar com um homem. Neil não contava, é claro. Só havia feito um único programa com Patrick, aquele almoço no pub após o qual ele a beijara. Antes de conhecer Neil, dividira várias refeições com inúmeros rapazes, mas seria exagero considerá-las jantar a dois. Uma ocasião como a proposta por Adam pressupunha muitos preparativos: saltos altos, babá, guardanapos de linho branco e garrafas de vinho em baldes de prata.

Se aceitaria jantar? Olhou para Adam.

— Adoraria. Obrigada. É...

— Algum problema?

— Não sei se devo. Prometi a mim mesma que jamais sairia novamente com o patrão — sentia a face enrubescer. — E jantar é sair, não é? Então tenho de recusar o convite.

— Mmm. Quando abri a loja, estabeleci uma regra: nunca teria encontros com funcionárias.

— Longe de mim fazê-lo desrespeitar uma norma funcional.

— Tinha me esquecido completamente. Para ser franco, nunca tive vontade de ir contra essa regra. Até agora. — Olhou para ela, que tornou a corar. Que situação estranha após tantos anos de casamento! Estranha e agradável. Sorriu, ouvindo o coração acelerar. Oh, sim, era agradável.

— Mas existe a promessa que fiz a mim mesma. E não quero quebrá-la, pois a considero importante.

— Entendo. Bem. Foi só uma idéia. — Ele virou-se para sair e Isabel, de repente, sentiu que deveria aproveitar o momento, sob pena de nunca mais ter outra oportunidade.

— Não, Adam, espere. — Isabel encontrou um pedaço de papel. Às pressas, rabiscou alguma coisa e entregou a Adam, que o leu.

— O que é isso?

— Minha demissão. Estou me demitindo porque vou para a faculdade.

— Mas não de hoje para amanhã, certo?

— Em outubro. — Olhou para ele de esguelha. — Acho que a partir de agora não sou mais exatamente sua funcionária, ou sou?

— Suponho que não — disse Adam, um sorriso largo se abrindo no rosto. Fitou-a com atenção. — Então, Isabel Freeman, gostaria de jantar comigo?

— Adoraria — disse ela, o rosto resplandecente. — Adoraria.

A campainha tocou e Angela entrou, braços retesados pelo peso das sacolas de compras. Adam foi ajudá-la, mas a mulher sacudiu a cabeça, dispensando a gentileza.

— Não, estou bem, meu caro Adam, está tudo sob controle. Aquele supermercado está mais cheio a cada dia que passa. Seria de esperar que colocassem mais atendentes nos caixas durante o horário de almoço, não é? Só vou colocar isso no andar de baixo e já volto. — Passou por eles, ligeira. Para abrir caminho, Adam recuou e deixou que uma de suas mãos tocasse a de Isabel, quente e pulsante.

Angela voltou à loja. Subiu as escadas ocupada em ajeitar o cabelo.

— Melhor assim. E então, algum acontecimento novo e excitante durante minha ausência?

Adam, ocupado em arrumar, sem qualquer critério, as papeletas de cartão de crédito, olhou de lado para Isabel.

— Talvez — disse, de maneira casual. — O que você acha, Isabel?

Isabel fingia classificar, em ordem alfabética, os formulários de pedidos, mas as palavras dançavam em frente a seus olhos e não faziam o menor sentido.

— Definitivamente — disse, sorrindo para si mesma. — Um talvez definitivo.

Este livro foi composto na tipologia Times New Roman,
em corpo 11/15, e impresso em papel off-white 80g/m²,
no Sistema Cameron da Divisão Gráfica
da Distribuidora Record.

Seja um Leitor Preferencial Record
e receba informações sobre nossos lançamentos.
Escreva para
RP Record
Caixa Postal 23.052
Rio de Janeiro, RJ – CEP 20922-970
dando seu nome e endereço
e tenha acesso a nossas ofertas especiais.

Válido somente no Brasil.

Ou visite a nossa *home page*:
http://www.record.com.br